Tobias O. Meißner
Die letzten Worte des Wolfs

Zu diesem Buch

Der Bund des Mammuts, unter Führung von Rodraeg Delbane und frisch verstärkt durch den jungen charismatischen Magier Eljazokad, erhält einen neuen Auftrag: In Wandry droht ein massenhaftes Abschlachten von Walen. Die Gruppe bricht zu der Küstenstadt auf, doch schon bald wird sie von einem unheimlichen Werwolf angegriffen. Und seine letzten Worte klingen für Rodraeg alles andere als beruhigend: »Ihr werdet die Wale nicht retten können!« Als die Gefährten nach Wandry gelangen, entpuppt sich die auf Pfählen errichtete Stadt als Labyrinth aus Machtintrigen, Auftragsmördern, verrückten Sehern, magischen Fallstricken und dem organisierten Verbrechen des Rotleuchtenviertels. Können die verführerische Schauzauberin Ronith und eine uralte, geheimnisumwobene Gezeitenfrau dem Mammut bei seiner bislang schwierigsten Aufgabe beistehen? Oder werden hunderte von Walen die auf morschem Holz gebaute Stadt in den Untergang reißen?

Tobias O. Meißner, geboren 1967, studierte Kommunikations- und Theaterwissenschaften und lebt als freier Schriftsteller in Berlin. Seine Romane »Starfish Rules«, »Neverwake«, »Hiobs Spiel« und »Das Paradies der Schwerter« wurden von der Kritik hoch gelobt. Von seinem ersten aufsehenerregenden Fantasy-Zyklus »Im Zeichen des Mammuts« liegen die Bände »Die dunkle Quelle« und »Die letzten Worte des Wolfs« vor.

Tobias O. Meißner

Die letzten Worte des Wolfs

IM ZEICHEN DES MAMMUTS 2

Piper München Zürich

Von Tobias O. Meißner liegen in der Serie Piper vor:
Das Paradies der Schwerter (6588)
Die dunkle Quelle. Im Zeichen des Mammuts 1 (6581)
Die letzten Worte des Wolfs. Im Zeichen des Mammuts 2 (6604)

FSC

Dieses Taschenbuch wurde auf FSC-zertifiziertem Papier gedruckt. FSC (Forest Stewardship Council) ist eine nichtstaatliche, gemeinnützige Organisation, die sich für eine ökologische und sozialverantwortliche Nutzung der Wälder unserer Erde einsetzt (vgl. Logo auf der Umschlagrückseite).

Originalausgabe
März 2006

Umschlagkonzept: Büro Hamburg
Umschlaggestaltung: Nele Schütz Design, München
Umschlagabbildung: Higuchi / Mauritius (Hintergrund),
Agentur Luserke (Mammut)
Karte: Erhard Ringer
Autorenfoto: Carsten Belz via Eichborn AG, Frankfurt
Satz: Satz für Satz. Barbara Reischmann, Leutkirch
Papier: Munken Print von Arctic Paper Munkedals AB, Schweden
Druck und Bindung: Clausen & Bosse, Leck
Printed in Germany
ISBN-13: 978-3-492-26604-8
ISBN-10: 3-492-26604-5

www.piper.de

Inhalt

Der Kontinent

Prolog

Es war um die Mitte des Wiesenmonds. Ein früher Abend.

Der Mann ging über sein Feld. Die Heuernte hatte noch nicht begonnen, für einen Bauern gab es wenig zu tun in diesen Wochen. Alles Säen und Pflanzen war geschehen, der lästige Maulwurf war – obwohl der geizige Bürgermeister sich wieder nicht an den Unkosten beteiligt hatte – von dem Fachmann Jerik Trinz vertrieben worden, das Wetter war nicht so trocken, daß das Feld gewässert werden mußte, und nicht so naß, daß Fäulnis zu befürchten stand. Die Hundsrosen blühten in den Hecken und erfüllten den milden Wind mit ihrem Duft, das Feld wogte und knisterte in Schattierungen von prachtvollem Gelb und unreifem Grün.

Geduldig begutachtete Pargo Abim hier und da den Stand des Roggens und den Wuchs des für das Futterheu wichtigen Weißklees. Er war allein auf dem Feld, Frau und Tochter waren im Haus. Um so mehr irritierte es ihn, als er aus den Augenwinkeln plötzlich eine Bewegung wahrnahm. Er wandte sich um.

Dort standen vier Männer, mitten in seinem Feld. Vier Männer, die ein paar Augenblicke zuvor noch nicht da gewesen waren. Um sie herum flimmerte die Luft wie in der Glut des Hochsommers, doch das Flimmern ließ nach und verschwand. Die vier kamen auf Pargo Abim zu, es war zu spät für ihn, sich noch zu verstecken oder zur Flucht zu wenden. Sie waren nur fünfzehn, zwanzig Schritte entfernt und würden ihn im Nu erreicht haben.

Was waren das für Gestalten? Groß waren sie alle, groß und breitschultrig, der Vorderste maß über zwei Schritt. Gekleidet waren sie in verschiedenfarbige Felle wie im tiefsten Winter, obwohl das Wetter warm und angenehm war. Sie trugen Waffen:

Schwerter, Doppeläxte, Speere, eigenartig verbogene Armbrüste, massive, lederumwickelte Bögen. Der Vorderste trug ein verziertes Metallrohr anstatt eines Schwertes. Alle waren sie vollbärtig, mit düsteren, sturmgegerbten Gesichtern. Ihre Haare waren geradezu absurd; Pargo Abim hatte in Kuellen noch nie dergleichen gesehen, obwohl ab und zu Waldläufer aus dem Larnwald hierherkamen, die auch eine verrückte Haartracht hatten. Aber einer der vier trug nur einen hohen Haarkamm in der Mitte des Kopfes, der Rest seines Schädels war rasiert. Ein anderer hatte ebenfalls eine Glatze – bis auf zwei lange Zöpfe, die wie Hörner oben aus seinem Kopf sprossen. Der dritte hatte seine Stoppeln wie ein Schachbrett gefärbt und gestutzt. Der Vorderste hatte lange Haare fast bis zum Gurt, aber die Farbe war vollkommen unnatürlich: ein dunkles Blau, beinahe schwarz wirkend, aber nichtsdestotrotz ein Blau.

Pargo Abim stand erstarrt, wie ein Kaninchen vor einem speicheltriefenden Raubtier.

Die vier Männer kamen auf ihn zu – und gingen an ihm vorüber. Sie beachteten ihn überhaupt nicht. Ihr Weg kreuzte nur ungefähr den seinen, lediglich der mit den Haarhörnern schritt direkt an ihm vorbei und berührte ihn an der Schulter, wie um ihn besser umschiffen zu können oder wie um zu sagen: »Fürchte dich nicht, Bauer. Weder du noch dein Feld sind für uns von Belang.«

Sie gingen Richtung Nordwesten, das Getreidefeld mit einer vierfachen Spur durchziehend. Was lag in dieser Richtung? Tagelang nur Wald; der Larn, in seiner selbst vom Frühsommerlicht kaum zu durchdringenden Finsternis. Dann die Stadt Tyrngan, mitten in den Kjeerklippen. Dahinter die Klippenwälder und irgendwann das Meer, aber darüber wußte Pargo Abim nichts Genaues. Er hatte das Meer noch nie gesehen. Der Bruder seiner Frau hatte ihm davon erzählt, von blauen Wellen bis hinter den

Horizont, von riesigen Fischen und schuppenbedeckten Ungeheuern, aber Pargo Abim hatte nur die Schultern gezuckt und »Aha« gesagt.

Wo waren die Männer hergekommen?

Pargo Abim ging zu der Stelle, wo er sie zuerst erblickt hatte. Hier begann ihre Spur, begann einfach so, mitten im Getreidefeld. Der Bauer untersuchte den Boden, als ob die vier Männer vielleicht aus einem Maulwurfsloch gekrochen seien, das Jerik Trinz übersehen hatte, doch da war nichts, der Boden war eben und fest. Langsam blickte Pargo Abim hinauf zum Himmel, der blau und klar und ehrlich war, aber dennoch keine Antworten gab.

1 In Ruhe

Rodraeg erschien als letzter zum Frühstück.

Zum ersten Mal hatte er in seiner engen, lichtlosen Kammer richtig tief und entspannt schlafen können. Vorher hatte er nicht zu schätzen gewußt, was das bedeutete – ein eigenes Bett. Einundvierzig Tage Sklavenarbeit in einer giftdurchwehten Höhle hatten das gründlich geändert.

Er betrachtete die anderen.

Naenn, das Schmetterlingsmädchen, das ihn aus seiner Existenz als Rathausschreiber herausgelöst hatte, so, wie man eine Muschel von einer Muschelbank löst. Vorsichtig genug, um die Schale nicht zu zerbrechen, aber dennoch mit Bestimmtheit. Mit ihrer Magie hatte sie hineingeleuchtet in diese Muschel und ein Sandkorn darin entdeckt, das eines Tages eine Perle werden könnte. Und dennoch war es für Rodraeg bislang nichts weiter als Sand.

Naenn sah müde aus, sie hatte dunkle Schatten unter den Augen. Ihr ohnehin bleiches, zart-schönes Antlitz wirkte noch zerbrechlicher als sonst, wie angespannt unter einem inneren und äußeren Druck, den Rodraeg sich nur teilweise erklären konnte. Er vermied es, ihrem Blick zu begegnen, aber er konnte selbst aus den Augenwinkeln stets Glut sehen dort, wohin sie ihren Blick richtete.

Cajin Cajumery, der Junge neben ihr. Blond, sonnig, freundlich, nichts wissend von dem düsteren und blutbesudelten Geheimnis seiner Herkunft. Er war der Verwalter und Instandhalter dieses Warchaimer Häuschens, das der *Kreis* finanzierte, damit die Gruppe namens *Mammut* ihrer Arbeit nachgehen konnte. Cajin kochte, putzte, wusch, kümmerte sich gemeinsam mit Naenn um Korrespondenzen, hatte sämtliche Schlafstätten selbst gezimmert und machte nebenbei noch Hilfsarbeiten für verschiedene Handwerker, um die Unkosten des *Mammuts* möglichst gering zu halten. Ihm war es zu verdanken, daß Naenn und er in den zwei Monden, die die anderen fort gewesen waren, mit den wenigen Talern, die Rodraeg ihnen dagelassen hatte, hatten auskommen können.

Cajin gegenüber saß Bestar Meckin, der große, muskelbepackte Klippenwälder. Hinter seinem häßlichen Gesicht mit den schiefen Zähnen und der breiten Nase verbarg sich eine treue und verantwortungsbewußte Seele, soviel war schon während ihres ersten gemeinsamen Einsatzes deutlich geworden. Zweimal war Bestar schwer verwundet worden, noch immer litt er unter der Bauchverletzung, die ein geschleuderter Speer ihm zugefügt hatte, aber er ließ sich nichts anmerken. Er scherzte und lachte mit Cajin und versuchte auf unbeholfene Art, einen guten Eindruck auf Naenn zu machen, der er aber allein schon wegen seiner enormen körperlichen Präsenz unheimlich war.

Neben Bestar schließlich Hellas Borgondi. Hellas hatte sich den dunklen Bart, der verriet, daß seine weißen Haare nicht natürlich waren, längst wieder abgenommen, so daß er älter aussah, als er eigentlich war. Älter und einsamer. Er reiste mit ihnen, aß mit ihnen, sprach mit ihnen, lachte sogar mit ihnen, aber zwischen ihm und allem anderen stand eine unsichtbare Mauer. Hellas tötete ohne Skrupel. Bestar hatte im Talkessel bei Terrek ebenfalls mehrere Menschen erschlagen, aber er hatte dabei jedesmal sich selbst, den eigenen Leib in die Waagschalen geworfen. Hellas dagegen war ein Bogenschütze, ein sehr begabter Bogenschütze – er tötete aus der Distanz. Sogar die königliche Armee hatte ihn vor Beginn ihres zwielichtigen Affenmenschenfeldzuges als Ausbilder angeheuert. Aber dort hatte Hellas einen Magier getötet und war desertiert. Rodraeg fand es nach wie vor gut, im Ernstfall jemanden wie ihn dabeizuhaben, aber bevor er sich wirklich wohl fühlen konnte mit dieser kleinen Truppe, mußte es ihm erst noch gelingen, Hellas davon zu überzeugen, daß es oft sinnvoller war, mit einem Pfeil zu warnen, statt gleich zu töten.

Einer fehlte bereits. Migal Tyg Parn, Bestars Kindheitsfreund aus Taggaran, hatte das *Mammut* verlassen und war zu einer anderen Gruppe namens *Erdbeben* übergelaufen, die skrupelloser war und weniger nachdenklich und somit deutlich mehr Spaß verhieß. Daß Bestar geblieben war – darüber staunte Rodraeg immer noch.

Er schob sich den Rest eines frischen Brötchens in den Mund, kaute, hustete kurz und begann dann seine für den heutigen Morgen geplante kleine Ansprache.

»Mit den fünfhundert Talern, die uns Riban mitgebracht hat, haben wir jetzt 504 Taler zur Verfügung. Ich kann euch also erstmals euer redlich verdientes Geld auszahlen. Ursprünglich dachte ich an dreißig Taler pro Kopf und Mond, aber nun hat unser erster Auftrag schon zwei Monde gedauert, ich muß jetzt aufpassen, daß das Geld nicht gleich wieder weg ist. Deshalb habe ich mir folgenden Auszahlungsschlüssel überlegt: Bestar und Hellas erhalten – auch als Entschädigung für die Gefangenschaft, die sie unter meiner ziemlich hilflosen Führung erdulden mußten – jeweils fünfzig Taler. Ich selbst nehme dreißig Taler. Ich bin zwar nicht der Meinung, daß ich mir einen Lohn wirklich verdient habe, aber es ist sinnvoll, auf Reisen etwas Handgeld dabeizuhaben. Wir haben das letztes Mal erlebt, als wir uns die Rückreise kaum noch leisten konnten. Von meinen dreißig Talern bekommt Hellas noch mal zehn, denn er hat mir zehn Taler geliehen, damit ich mir den Oobokopf von Benter Smoi kaufen konnte. Nun zu Naenn und Cajin. Ich bin mir sicher, daß beide jetzt die Hände heben und abwehren werden, aber auch sie haben sich Lohn verdient. Es ist nicht hinnehmbar, daß ihr in Warchaim am Hungertuch nagt, während wir im ganzen Kontinent von Gasthaus zu Gasthaus reisen. Etwas weniger als für den Einsatztrupp, aber doch immerhin: jeweils zwanzig Taler für Naenn und Cajin. Das macht insgesamt 170 Taler Lohnkosten, dann bleiben uns immer noch 334 Taler übrig. Von diesen Talern werden wir uns heute ein paar grundlegende Besorgungen leisten. Jeder von uns soll sich einmal neu einkleiden können, Hellas braucht einen Bogen aus der Fertigung der Ehefrau Baitz, und Bestar soll einen Brustpanzer aus Hartleder bekommen. Sonst mache ich mir zu große Sorgen um deine Wunden.«

»Das ... das geht doch nicht«, haspelte Bestar erschrocken. »Du kannst mir nicht fünfzig Taler zahlen und dann noch 'ne Rüstung. Ich weiß, was die für einen in meiner Größe kostet: volle hundert Taler.«

»Ja. Hundert für deine Rüstung. Hundert für einen wirklich erstklassigen Bogen, etwa zehn für jeden von uns an Kleidung – bleiben immer noch 84 Taler übrig. Das sollte doch wohl reichen bis zur nächsten Geldlieferung.«

»Wir wissen nie, ob und wann Riban wieder etwas schicken kann«, gab Naenn zu bedenken.

»Bestar hat recht«, mischte auch Hellas sich ein. »Du verteilst zuviel Geld. Wenn Bestar und ich jetzt mit mehr als fünfzig Talern herumlaufen und wir wieder in Gefangenschaft geraten, dann ist das Geld einfach weg.«

»Das wird nicht noch einmal passieren«, sagte Rodraeg bestimmt. »Außerdem: Wenn ihr befürchtet, daß euch das Geld unterwegs abhanden kommen könnte, dann laßt es doch hier im Haus auf euren Zimmern. Dafür ist so ein Haus ja da. Ich finde es jedenfalls sinnvoller, das Geld innerhalb der Gruppe zu verteilen, als es in einer Truhe zu horten. Wenn jemand hier einbricht und die Truhe stiehlt, sehen wir ziemlich alt aus, denn dann haben wir gar nichts mehr.«

»Wahnsinn«, hauchte Bestar, dem wie den anderen auch dämmerte, daß Rodraeg von seinem Vorhaben wohl nicht mehr abzubringen war. »Fünfzig Taler und eine Lederrüstung! So reich war ich noch nie!«

»Du mußtest auch ziemlich viel durchmachen, um so reich zu werden«, lächelte Rodraeg. »Kommt, eßt auf, wir gehen einkaufen.«

»Mmh – der Brief!« platzte es aus Cajin heraus. »Wann öffnen wir endlich den zweiten Auftragsbrief?«

»Eins nach dem anderen, Cajin. Eins nach dem anderen.«

Das Bekleidungshaus *Vierfaden* in der Nähe des Adelsbezirkes war in Warchaim die erste Adresse für erschwingliche Kleidung. Das *Mammut* sah sich hier in aller Ruhe um, probierte an und aus, lief voreinander auf und ab und hatte eine Menge Spaß. Für Schuhe reichte das Geld nicht, aber die vier Männer kauften jeweils neue Hemden und Hosen, Strümpfe, Lendenschurze und ärmellose Unterhemden. Naenn bekam ein Kleid, das zwar einfach war und von unverziert dunkelgrauer Farbe, in dem sie aber dennoch sehr weiblich aussah. Sie lächelte beinahe, als sie es den anderen vorführte.

Rüstungen, die zu mehr taugten, als nur gut auszusehen, gab es nicht im *Vierfaden*, und auch im großen Ausrüstungsladen von Bep Immergrün waren zwar normale Ausführungen vorrätig, aber nichts in Bestars Größe.

Auf dem großen Rathausplatzmarkt wurden sie fündig. Eine selbst in enges Leder geschnürte Lederschneiderin namens Cobeni Zayl nahm Bestar Maß – seine »Flügelspannweite«, wie sie es nannte – und versprach, für einhundert Taler bis morgen abend einen stabilen Harthautpanzer anzufertigen.

Vom Markt aus waren es dann nur noch ein paar Schritte bis zur Schmiede von Teff Baitz. Hier unterhielt Hellas sich ausführlich mit Lerte Baitz, der Frau des Schmiedes, während ihr Mann mit verschränkten Armen im Hintergrund stand und überwachte, was vor sich ging. Lerte Baitz war eine geübte Bognerin und hatte, wie sie stolz betonte, ihr Handwerk in Galliko gelernt, wo es die berühmtesten Schützenregimenter des Kontinents gab. Hellas ließ sich von ihr vier unterschiedliche Langbögen zeigen, konnte sich zwischen den beiden längeren jedoch nicht entscheiden.

»Das ist nicht so einfach, Rodraeg«, raunte er zur Seite hin. »Ein guter Bogen für hundert Taler will wohl gewählt sein. Gib mir den Rest des heutigen Tages, dann gehe ich wieder zur Straße mit der Vogelscheuche und finde in Ruhe heraus, welcher mir am meisten liegt.«

»Gut. Ich würde gerne mitkommen und dir zuschauen, aber ich will mit den anderen noch ein wenig Warchaim erkunden. Nimm die hundert Taler und laß sie hier beim Ehepaar Baitz, als Pfand, als Anzahlung, als Zeichen unserer Vertrauenswürdigkeit.«

So machten sie es. Hellas ging mit drei Köchern voller Pfeile und zwei Langbögen Richtung Miura aus der Stadt, und die anderen machten bei dem wunderschönen Wetter einen ausgedehnten Spaziergang, der sie bis hinunter zur Larnusbrücke führte.

Auf dem Rückweg nordwärts Richtung Stadt kamen sie an einem kleinen Haus vorbei, das auffällig abseits von allen anderen Gebäuden stand. Ringsum war fast fünfzig Schritt weit freies Feld, während sich die Warchaimer Gebäude ansonsten gegenseitig in die Höhe drängelten. »Diese Hütte dort ist äußerst interessant«, erläuterte Cajin. »Niemand traut sich in der Nähe zu wohnen, weil hier unheimliche Dinge vorgehen sollen.

Die Hütte gehört den Dulfs, drei Brüdern, die auch *die Dreimagier* genannt werden.«

»Hast du sie schon mal zu Gesicht bekommen?« fragte Rodraeg.

»Nein. Es heißt, sie führen ein sehr zurückgezogenes Leben und lassen sich ihre Nahrungsmittel liefern. Einer, den ich mal befragt habe, sagte, die Dreimagier seien noch recht jung, aber eine alte Frau wiederum hat mir erzählt, daß es die drei schon gab, als sie noch ein Kind war. Jedenfalls sind sie keine Bedrohung für die Stadt, höchstens für Unbefugte und allzu Neugierige, die sich an ihr Häuschen heranpirschen wollen.«

»Hmm«, brummte Rodraeg nachdenklich. »Man läßt sie gewähren, obwohl man nicht versteht, was sie eigentlich treiben. So etwas in der Art möchte ich für das *Mammut* auch gerne erreichen.«

»Meinst du, wir sollten Kontakt mit ihnen aufnehmen?« fragte Naenn.

»Eines Tages sicherlich. Wenn es sie wirklich schon so lange gibt, dann gehören auch sie zum geheimen Wissen Warchaims, das wir nutzen müssen. Aber im Moment sollten wir erst einmal unseren zweiten Auftrag abwarten, bevor wir drei rätselhafte Magier auf uns aufmerksam machen.«

Als sie weitergehen wollten, blieb Naenn noch stehen und blickte zu dem Magierhäuschen hinüber. Sie zitterte leicht.

»Was macht denn der Junge da?« fragte sie.

»Welcher Junge?« Rodraeg konnte niemanden sehen. Auch Cajin und Bestar machten ratlose Gesichter.

Naenn schüttelte den Kopf. »Ich weiß nicht. Ich muß mich getäuscht haben. Er sah wie ein Schmetterlingsjunge aus. Zwölf, dreizehn Jahre alt.«

»Jemand, den du kennst?« fragte Rodraeg besorgt.

»Nein. Ich muß mich getäuscht haben. Da ist niemand.«

»Sollen wir hingehen und nachsehen?« schlug Bestar vor.

»Nicht nötig.« Erneut durchlief sie ein Schauder. »Da ist nichts.«

»Hier sind wahrscheinlich Energien am Werk, genau wie im Tempelbezirk«, mutmaßte Rodraeg. »Für so was bist du empfänglicher als wir, deswegen konntest du etwas sehen. Oder die Dreimagier versuchen, mit dir Kontakt aufzunehmen, weil sie gespürt haben, daß draußen ein Schmetterlingsmensch vorbeigeht. Du kannst das selbst am besten einschätzen. Sollen wir jetzt zu ihnen hingehen oder lieber nicht?«

»Bitte nicht«, sagte Naenn beinahe flehentlich. »Ich bekomme hier Kopfschmerzen. Laß uns weggehen von hier. Laßt uns doch lieber irgend etwas ... Lustiges tun.«

»Au ja«, sagte Bestar. »Eine Keilerei am Hafen!«

Naenn ließ sich nicht beirren. »Cajin hat mir von diesem Volkstheater erzählt: *Lachende Maske.* Wollen wir nicht alle zusammen ins Theater gehen? Ich war noch nie in einem Menschentheater.«

»Na gut«, zuckte Rodraeg die Schultern. »Ist denn da tagsüber schon etwas los?«

»Das ist ein Volkstheater, keins für den gehobenen Abendgeschmack«, erläuterte Cajin grinsend. »Es gibt zwei Vorstellungen tagsüber, und eine mit etwas derberem Inhalt nach Einbruch der Dunkelheit.«

»Also los.« Rodraeg machte ihnen Beine. »Gehen wir ins Theater.«

Die *Lachende Maske* lag am westlichen Stadtrand im Schatten des Adelsbezirkes und unweit der Straße Richtung Aldava. Ein einstöckiges Gebäude mit einer bunt bemalten Fassade, auf der unterschiedliche Fabelwesen und Kostüme dargestellt waren.

Ein Mammut war unter den abgebildeten Sagengestalten nicht zu finden.

Das Stück, das zur Zeit mehrmals täglich gegeben wurde, hieß *Der nasse Rock* – ein volkstümlicher Schwank mit etlichen turbulenten Szenen, wie die Kartenverkäuferin versicherte. Vorstellungsbeginn war in einer Drittelstunde. Rodraeg kaufte die Sitzplatzkarten, und dann setzten sich die vier auf eine runde Bank im Innenhof, tranken Apfelwein und knabberten an frischen Brezeln.

Außer ihnen fanden sich etwa ein Dutzend weitere zahlende Zuschauer ein, so daß der Bühnenraum, in den vielleicht fünfzig Personen paßten, alles andere als voll war. Rodraeg, Naenn, Cajin, Bestar – so plazierten sie sich nebeneinander in die fünfte Reihe und warteten gespannt darauf, daß der flickenübersäte Vorhang sich hob.

Was sich in den nun folgenden anderthalb Stunden abspielte, konnte bestenfalls als billig bezeichnet werden. Die Hauptdarstellerin lief pausenlos in tropfnasser Wäsche durch die Papierkulissen, und die hauptsächliche Komik des Stückes schien darin zu bestehen, sie immer wieder aufs neue mit Wasser zu übergießen oder in Bottiche zu tunken und anschließend Witze über ihre deutlich sichtbaren Brüste zu reißen. Darum herum gab es ein paar Raufereien zwischen mehreren absurd herausgeputzten Galanen, eine Gesangsnummer mit einem rempeligen, auf dem Bretterboden dröhnenden Gruppentanz und eine Verfolgungsjagd zwischen den Sitzreihen der Zuschauer, bei der die Zuschauer auch ihren Gutteil Wasser abbekamen. Bestar lachte laut und dröhnend, besonders die unwahrscheinlichen Prügeleien ließen ihn auf dem Sitz vor Belustigung vor- und zurückzucken, während er auf das Geschehen deutete und Cajin Einzelheiten erzählte, die jeder sehen konnte. Cajin wurde von Bestars prustendem Gelächter angesteckt und steigerte sich ebenfalls in ausgelassene Albernheit. Naenn saß mit gerötetem Gesicht steif da und hielt ab und zu die Hände vor die Augen. Keine einzige Pointe zündete bei ihr, es war geradezu rührend, mit anzusehen, wie sie zweimal höflich lachte, in Szenen, die fast gar nicht komisch waren. Rodraeg war das Ganze äußerst peinlich. Aus der Hauptstadt war er anspruchsvolles Theater gewöhnt, bei dem die Schauspieler nicht einfach nur laut, sondern begabt und mitreißend waren. Von der *Lachenden Maske* fühlte er sich regelrecht verschaukelt. Zu allem Überfluß überfiel ihn im zweiten Akt ein Hustenreiz, den er nicht mehr unter Kontrolle bringen konnte. Minutenlang versuchte er, den Husten zu unterdrücken, aber immer wieder platzte es bellend aus ihm hervor, bis zwei Zuschauer sich bei ihm beschwerten, weil sie dem Krawall auf der Bühne nicht mehr folgen konnten.

Der Husten wurde schlimmer. Rodraeg bekam Schmerzen und Schwierigkeiten beim Atmen. Naenn sah ihn besorgt an.

»Ich gehe kurz raus«, würgte er mühsam hervor. »Das hat keinen Sinn so.«

»Soll ich mitkommen?«

»N-n. Du … verpaßt ja sonst … das tolle Finale.«

Hustend und röchelnd verließ er das Gebäude. Draußen an der runden Sitzbank beugte er sich vornüber, stützte die Hände auf die Knie und hustete, bis ihm fast schwarz vor Augen wurde.

Die Vergiftung. Es gab kein Entkommen. Das Schwarzwachs, das er während der Gefangenschaft eingeatmet hatte, wütete und wucherte in seinem Inneren wie ein Tier, das den Ausbruch aus einem zu engen Käfig begehrte.

Als der Anfall vorüber war, war Rodraeg naßgeschwitzt und ausgelaugt. Mit unsicheren Schritten ging er zu der Kartenverkäuferin hinüber und erklärte ihr, daß sie seinen Freunden, wenn die Vorstellung vorüber wäre, ausrichten solle, er sei noch eine Besorgung machen gegangen und komme dann nach Hause.

Da er sich nicht mehr erinnern konnte, wo der Kräuterladen sich befand, den Cajin ihm auf dem Stadtplan bezeichnet hatte, mußte er zuerst zum *Haus des Mammuts* zurück. Er umrundete die Mauern, mit denen Baron Figelius sich und sein Anwesen vom Rest der Stadt abgrenzte, kam erneut am *Vierfaden* und bei Bep Immergrün vorbei und schloß die Tür seines neuen Zuhauses auf. Nach dem Frühstück hatte Cajin jedem von ihnen einen eigenen Schlüssel ausgehändigt.

Hinten rechts in seinem kleinen Schreibzimmer hing Warchaims Stadtplan an der Wand. Der hölzerne Oobokopf auf dem Schreibtisch strahlte Ruhe und Würde aus und half Rodraeg dabei, die neuen Hustenwallungen niederzuhalten. Er verglich die fünfzig Zahlen auf dem Stadtplan mit den fünfzig Beschriftungen auf der linken Seite und fand schließlich, was er suchte: Nummer 41, Samistien Breklaris, Kräuter & Drogen. Zwei Häuser östlich von der Schmiede des Teff Baitz, gar nicht weit entfernt vom Tempelbezirk. Dort hatte Rodraeg ohnehin noch einen Besuch abstatten wollen. Er fürchtete sich zwar ein wenig davor, Priester ins Vertrauen zu ziehen, aber angesichts der Rätsel um Quellen, Zahlen und die Götter gab es wohl keine andere Möglichkeit, als jede sich bietende Informationsmöglichkeit auszuschöpfen.

Erneut ging er Richtung Markt. Der Tag neigte sich dem Abend entgegen, das Blau des Himmels wurde langsam stumpf. Eine Dreierpatrouille Stadtgardisten kam ihm entgegen und passierte ihn. Auf dem Marktplatz wandte sich Rodraeg nach Süden, dann nach Osten auf die Miurastraße, die auch Hellas genommen hatte, um sich mit seinem neuen Bogen anzufreunden. Das Geschäft von Samistien Breklaris war schwer zu finden. Es lag nicht direkt an der Straße, sondern weiter hinten in einem Hof, am Ende eines wahren Labyrinths von kreuz- und querstehenden Häusern, Hütten, Zäunen und Mauern. Der Laden war noch winziger als das *Haus des Mammuts.* »Kräuter & Drogen« stand über dem Eingang.

Als Rodraeg die Tür öffnete, die nur halb so breit war wie gewöhnliche Türen, bimmelte ein darüber angebrachtes Glöckchen. Eine Treppe führte ein paar Stufen hinab. Der Laden lag tiefer als die Straße und war nur von Kerzen und einigen Glutbecken erhellt. Der Geruch war überwältigend. Rauch und Gewürze, Kräuter und Aromaöle. Rodraeg mußte erneut husten.

Samistien Breklaris war ebenso hoch und schmal wie seine Tür. Der Eindruck von länglicher Verzerrtheit wurde noch verstärkt durch den seltsamen, federgeschmückten Hut, den er trug. Sein Gesicht war dunkel und faltig, überwuchert und beherrscht von einem schwarzen Rauschebart und einer markanten Nase.

»Ihr wünscht? Etwas gegen Husten, nehme ich an?«

»Ich bin auf der Suche nach Marionettengras. Habt Ihr das vorrätig?«

»Marionettengras. Ihr meint Mastiges Fettengras?«

»Nein. Marionettengras. Eine Heilerin namens Geskara hat es mir in Terrek gegeben. Man kann es kauen und bekommt davon grünen Speichel. Es hat mir gut geholfen.« Rodraeg beschrieb das Aussehen des Grases. Der Kräuterhändler zog die Stirn kraus. Dann wandte er sich um, öffnete eine Schublade und hielt Rodraeg einen in voller Blüte getrockneten Halm hin.

»Das hier. Ihr meint das hier.«

»Ja, das ist es! Habt Ihr auch frisches?«

»Das ist Grüner Fadenwurz. Den habt Ihr frisch gekaut.«

»Ja. Mehrere Tage lang.«

»Da ist Euch eine seltene Ehre zuteil geworden. Grüner Fadenwurz wächst nur in unzugänglichen Gebieten des Nekeru-

Gebirges, das, zugegebenermaßen, von Terrek nicht allzu weit entfernt ist, aber immerhin noch fünf Tagesreisen.«

»Aber das verstehe ich nicht. Es war frisch gepflückt. Ein ganzes Büschel davon.«

»Nun, womöglich hat diese Geskara eine Methode entwikkelt, den Fadenwurz bei sich im Garten wachsen zu lassen.«

Rodraeg fiel in diesem Augenblick ein, daß er sich noch gar nicht Naenns Kräutergarten angesehen hatte. Seit zwei Monden war sie dort am Zupfen und Jäten, und er hatte das vollkommen vergessen. Hoffentlich war sie ihm nicht böse deswegen.

»Mit anderen Worten«, faßte Rodraeg zusammen, »Ihr habt nur getrockneten Fadenwurz da, weil er so schwer zu bekommen ist.«

»Genau. Und selbst wenn ich frischen dahätte, würde ich ihn Euch wohl nicht zu kauen geben. Das Gras enthält ziemlich stark wirkende Substanzen, die süchtig machen können. Aus diesem Grund ist der Name *Marionettenkraut* recht originell. Als diese Heilerin Euch das gab, meinte sie damit, das Gras wird Euch in eine Marionette verwandeln. In einen Süchtigen.«

»Aber das kann nicht sein! Ich habe doch gar keine … der Husten? Ist dieser hartnäckige Husten ein Anzeichen der Sucht?«

»Das kann ich leider nicht beurteilen. Ich würde schätzen, Ihr habt eine ziemlich heftige Erkrankung, sonst hätte Euch diese Heilerin nicht ein Kraut verabreicht, das man im allgemeinen allenfalls Sterbenden gibt, um ihnen die letzten Tage und Wochen zu erleichtern. Ihr macht aber nicht den Eindruck eines Süchtigen auf mich. Womöglich wußte die Heilerin genau, was sie tat, und Eure Erkrankung hat die Suchtfaktoren des Fadenwurzes aufgesogen und vollständig eliminiert. Ihr müßtet mir sagen, was Euch fehlt, dann kann ich womöglich weiterhelfen.«

Rodraeg lächelte hilflos. Jetzt saß er in der Falle. Er *konnte* dem Kräuterhändler nicht verraten, was ihm fehlte. Wenn er jetzt erzählte, daß er an einer Schwarzwachsvergiftung litt, würde Breklaris fragen: Schwarzwachs? Wo gibt es denn heutzutage noch Schwarzwachs? Vielleicht würde er Erkundigungen anstellen. Womöglich würde er in Erfahrung bringen, daß es da diese Mine bei Terrek gab, wo unter dem Segen der Königin Schwarzwachs abgebaut wurde. Diese Mine war in mehrere gewalttätige Gefechte verwickelt und wurde schließlich stillgelegt. Einer seiner Kunden war offensichtlich dort gewesen. Die Spur, hochverehrte Königin, führt hierher, nach Warchaim.

Rodraeg konnte überhaupt niemandem von seiner Krankheit erzählen, auch keinem Priester. Die Kleriker Warchaims standen gewiß mit denen der Hauptstadttempel in Verbindung. Von dort aus bis zum königlichen Palast war es nur noch ein kleiner Schritt. Daß er eben Terrek erwähnt hatte und Geskara, war schon viel zu leutselig gewesen für einen, der eine Einsatztruppe anführte, deren Missionen den Interessen der Königin zuwiderliefen. Er mußte sich endlich angewöhnen, wie ein Geheimniskrämer zu denken.

»Entschuldigt bitte«, rang er sich schließlich ab. »Gebt mir einfach etwas gegen Reizhusten. Ich bin offensichtlich nicht süchtig nach Marionettengras, denn ich bin gerne bereit, etwas anderes auszuprobieren.«

Samistien Breklaris musterte ihn argwöhnisch und fragte ihn noch nach den genauen Äußerungsformen dieses Hustens. Rodraeg konnte nicht mehr berichten als: schmerzhaft, krampfartig, aber ohne Auswurf. Der Kräuterhändler verkaufte ihm ein Dutzend selbstgemachter Pastillen, die das Öl des Kampferbaumes und Harzanteile einer Zwergkiefernart enthielten. Rodraeg bedankte sich und verließ den Laden ein wenig zu hastig.

Draußen atmete er erst einmal durch. Er fühlte sich schwindelig und benommen von dem Geruch dort unten, ähnlich wie damals in den Katakomben des *Kreises*, als der Feenrauch ihm zugesetzt hatte.

Er wollte in den Tempelbezirk, zu Kjeer, dem Erdreich, das ihn verwundet hatte, und zu Delphior, dem Wasser, an dessen Quellen er jahrelang vor sich hin gelebt hatte. Er wollte zu Helele, weil deren Schüler sich am ehesten auf Heilkunde verstanden, und zu Arisp, weil er zum Frühling gebetet hatte in dem kleinen Dorf namens Kirna, als er noch nichts wußte über Schwarzwachs oder Kruhnskrieger oder Organisationen namens *Batis* oder *Erdbeben.* Er wollte zu Lun, weil jetzt Sommer war, und er in einem Mond – wenn das Lunfest gefeiert werden würde und er bis dahin noch lebte – möglicherweise ein Gebet zu Lun sprechen würde. Er wollte zum Siechenhaus im Nordosten der Stadt gehen und sich dort heilen und pflegen lassen, aber er wollte auch zum *Haus des Mammuts* zurück und den neuen Auftragsbrief öffnen. Er hatte warten wollen bis mindestens morgen, sich einen Tag Ruhe gönnen, an dem er die Ereignisse des ersten Auftrages überdenken und verarbeiten konnte, ohne daß der zweite ihm bereits Sorgen und Befürchtungen dazwischenkrakeelte. Aber es hatte keinen Sinn, so zu tun, als gäbe es nichts Dringliches zu erledigen. Der Kontinent wurde weiterhin von rätselhaften Begebenheiten heimgesucht. Der *Kreis* würde in seinem Brief mit Sicherheit von einem weiteren solchen Ereignis zu berichten wissen.

Eine der wohlschmeckenden Pastillen lutschend, kehrte er nach Hause zurück.

Die anderen waren schon dort. Bestar lachte immer noch über die letzten turbulenten Purzeleien auf der wackeligen Bühne. Hellas hatte sich für den längsten aller Bögen entschieden und trug ihn selbst hier im Haus über die Schulter gespannt.

»Alles in Ordnung?« fragte Naenn.

Rodraeg zeigte ihr die Pastillen. »Hilft.«

»Wann öffnen wir endlich den zweiten Auftragsbrief?« wiederholte Cajin seine Frage vom Frühstückstisch.

»Jetzt, Cajin«, antwortete Rodraeg. »Genau jetzt.«

2 Der zweite Brief

Sie waren alle im großen Raum um den Tisch versammelt. Das Tageslicht schwächelte schon sehr. Deshalb hatte Cajin den großen Wagenradkerzenleuchter entzündet, der unter der Decke hing.

Rodraeg öffnete den mit einem nicht ganz geschlossenen Kreis bemalten Umschlag mit bedeutungsvoller Miene und sah dann jeden einzelnen von ihnen prüfend an.

An das Haus des Mammuts
Rodraeg T. Delbane

Ein gutes Leben allen Teilen des Kontinents!

Nach Auskunft zweier Seemagier der Glutsee wird am vierten oder fünften Tag des Sonnenmondes eine große Herde Buckelwale im Sund von Wandry stranden. Es ist nicht auszuschließen, daß von Wandry aus Magie wirksam wurde, um die Tiere in den Tod zu locken. Ihr müßt dieses Massaker unter allen Umständen verhindern – wenn die Informationen der beiden Seemagier richtig sind, ist dies die letzte Herde von Buckelwalen, die es überhaupt noch gibt!

Für einen bequemen und zügigen Transport haben wir diesmal Sorge getragen: In Rigurds Stall steht eine Kutsche für Euch bereit, deren Kutscher Alins Haldemuel in der Lage ist, Euch binnen zwölf Tagen nach Wandry zu bringen.

Tut Euer Bestes, mehr kann niemand von Euch verlangen.

Viel Erfolg!

»Unterzeichnet mit dem Kreis«, beendete Rodraeg die kurze Lesung.

Cajin pfiff anerkennend durch die Zähne. »In zwölf Tagen nach Wandry – das ist wirklich schnell. Zu Fuß von hier aus am Larnwald entlang und über die Kjeerklippen ... das wären gut dreißig Tage, würde ich mal schätzen. Ein voller Mond.«

»Es geht in deine Heimat«, sagte Rodraeg zu Bestar. »Die Klippenwälder.«

»Ja, aber nicht meine Gegend. Wandry liegt an der Küste, nicht drin in den Wäldern. Das ist Laichgebiet, wie wir aus den Wäldern sagen. Dort wohnen nur Schwächlinge.«

»Na, dann wird das alles ja wieder ganz einfach«, bemerkte Hellas. »Diesmal haben wir zwar nicht nur die Bemannung einer Mine gegen uns, sondern eine ganze Stadt, weil die ganze Stadt sich am Abschlachten einer gestrandeten Walherde gesundstoßen kann. Aber da das alles nur Schwächlinge sind, legen wir die gefürchteten Freibeuter von Wandry einfach ein bißchen übers Knie, und dann werden sie schon ablassen von ihrem unrechten Tun.«

»Ganz genau!« bestärkte ihn Bestar.

»Fängermagie ist von den Göttern verboten worden«, sagte Naenn leise.

Rodraeg beugte sich vor. »Fängermagie?«

Naenn räusperte sich. Ihr Blick irrte im Raum umher wie ein verirrter Käfer, der nach einem Fenster sucht. »Am Anfang, als die Götter noch unter den Menschen wandelten, um sie anzuleiten und ihnen Rat und Trost zu spenden, bildeten sich die ersten magisch begabten Menschen heraus. Die Götter waren erfreut über diese Entwicklung, zeigte dies doch, daß die Menschen den Göttern ähnlicher waren als den Tieren. Die Schmetterlingsmenschen gingen sorgfältig um mit ihrer Magie, verschlossen sie in Zeichen, Gegenständen und komplizierten

Ritualen und benutzten sie nur selten. Die Riesen gingen sorgfältig um mit ihrer Magie, langsam, bedächtig und stabil wie die Felsen, zwischen denen sie lebten. Die Untergrundmenschen gingen sorgfältig um mit ihrer Magie, denn sie fürchteten sich vor ihr und wollten sie am liebsten überhaupt nicht mehr einsetzen. Doch die gewöhnlichen Menschen, die Menschen der Küsten und Ebenen – sie merkten, daß sie sich die Magie zunutze machen konnten. Daß sie sich dadurch Vorteile verschaffen konnten, die nicht natürlich waren. So bildeten sie zum Beispiel Fängermagier aus, deren Aufgabe es war, das Wild in ganzen Herden zum Jäger zu locken. Mit Hilfe dieser Fängermagie richteten die Menschen schon in der Frühzeit des Kontinents großen Schaden an. Ganze Tierarten wurden ausgerottet. Ich glaube, auch die Mammuts sind den Fängermagiern zum Opfer gefallen.«

Rodraeg biß die Zähne aufeinander. In seinem Mammut-Traum hatte er Jäger gesehen, die dem letzten überlebenden Jungmammut erbarmungslos nachgestellt hatten. Sie hatten nicht wie Magier ausgesehen, eher wie Barbaren, wie Wilde, aber etwas an ihnen war dennoch seltsam und fremd gewesen. Rodraeg hatte sich nie einen Reim darauf machen können.

Das Schmetterlingsmädchen fuhr fort: »Als die Götter des Schadens gewahr wurden, legten sie einen Bann über Fängermagie jeglicher Art. Alle, die diese Art der Zauberei praktizierten, wurden wahnsinnig und starben. *Wenn ihr jagen müßt*, so sprachen die Götter, *dann geht dorthin, wo die Beute ist. Vergießt euer Blut und euren Schweiß, um Beute zu machen. Andernfalls habt ihr sie euch nicht verdient.* Das Verbot wirkte fort. Seitdem gibt es keine Fängermagier mehr. Es kamen das Zeitalter der Städte, das Zeitalter der Verdrängung, das Zeitalter der Kriege und das Zeitalter der Vereinigung, doch niemals mehr wurde Fängermagie gewirkt. Dieses Geschehen in Wandry jedoch, von dem der Brief uns berichtet, sieht mir sehr danach aus. Jemand bricht die uralten Gesetze.« Sie schüttelte sich, und auch Rodraeg fühlte einen kalten Schauder seinen Rücken hinabrinnen.

»Das sieht mir jedenfalls nach einer lohnenden Aufgabe aus«, faßte er zusammen. »Und ich glaube nicht, Hellas, daß wir uns mit der ganzen Stadt anlegen müssen. Diese ... *Fängermagie* wird doch höchstwahrscheinlich nur von einer einzigen Person ausgehen – und die müssen wir ausschalten. Wir müssen sie nicht einmal umbringen. Es genügt, daß wir sie betäuben und daran hindern, die Magie wirken zu lassen, bis die Wale in Sicherheit sind.«

»Eines verstehe ich trotzdem nicht«, sagte Hellas mit einem weiterhin unzufriedenen Gesichtsausdruck. »Kann es sein, daß das *Mammut* – im Auftrag des *Kreises* – die Aufgabe hat, darüber zu wachen, daß die heiligen Gesetze der Götter eingehalten werden? Wir sind doch keine Kleriker! Ehrlich gesagt kann ich diese frommschwatzenden Kuttenträger nicht ausstehen.«

»Die Priesterschaften und Tempel sind doch nur das, was den Menschen von den Göttern geblieben ist, Hellas«, versuchte Naenn ihm zu erläutern. »Eigentlich vertreten sie die Götter gar nicht, sondern in erster Linie sich selbst. Aber sie nähren sich von überliefertem Wissen, das bis in Wahrheiten zurückreicht. Deshalb plädiere ich dafür, daß wir langfristig Kontakt mit den Tempeln aufnehmen und halten – was nicht unbedingt bedeutet, daß ich gutheiße, was sie den anderen Völkern im Namen der Menschheit angetan haben.«

»Ich höre immer *Wahrheit*«, hielt der Bogenschütze dagegen. »Jeder hält sich für im Besitz der *Wahrheit*. Der *Kreis* weiß und bewahrt die *Wahrheit*, die Schmetterlingsmenschen stehen für *Wahrheit*, die Priester mit ihren Göttern predigen die *Wahrheit*. Aber die Königin steht auch für *Wahrheit*. Das Heer streitet für die *Wahrheit*. *Batis* und Deterio und die Kruhnskrieger schürften in Terrek nach der *Wahrheit.* Und wahrscheinlich kämpfen sogar die verdammten Affenmenschen für ihre eigene *Wahrheit.* Der Witz an der ganzen Sache ist: Es gibt viel zu viele Wahrheiten, um wahr zu sein.«

»Weshalb machst du es dir so schwer?« fragte Rodraeg schmunzelnd. »Du kannst es doch auch ganz einfach folgendermaßen sehen: Jemand bezahlt dir Geld dafür, daß du nach Wandry gehst und dort verhinderst, daß die Buckelwale ausgerottet werden. Das kann doch eigentlich nichts Schlechtes sein.«

»Ich habe noch nie einen Buckelwal gesehen«, entgegnete Hellas unbeeindruckt.

»Aber ich«, mischte sich erstmals Bestar ein. »Nicht in echt, aber der alte Selt Fremmender hat Schnitzereien von ihnen gehabt, an seiner Hütte und innen drin auch. Riesige Tiere, dick und drollig, mit unglaublich klugen Augen. Sie müssen so ziemlich das Größte sein, was in den Meeren rumschwimmt. Ich finde es toll, daß wir sie retten. Ich fand auch die Sache mit dem Fluß gut. Und daß wir zumindest dazu beigetragen haben, daß die Pferdchen nicht gefressen wurden. Das sind Wahrheiten, Hellas. Wir schaffen Wahrheiten, dadurch, daß wir was tun.«

»Wenn du keine Lust hast, uns zu begleiten, können wir dich nicht zwingen«, sagte Rodraeg zu dem Bogenschützen.

»Darum geht's doch gar nicht. Du hast ja recht. Aus dem Blickwinkel eines Söldners betrachtet ist die Sache für mich ganz simpel. Außerdem seid ihr mir hundertmal lieber als meine bisherigen Auftraggeber. Ich kann nur dieses geschwollene Gequatsche nicht vertragen. Letzten Endes gehen wir wieder zum Blutvergießen hin, machen wir uns doch nichts vor. Wir leisten die Drecksarbeit, wir werden Salzwasser schlucken und Hiebe kassieren, und dieser arrogante Greisenknabe streicht den Ruhm dafür ein und erzählt uns hinterher, was wir alles falsch gemacht haben.«

Erneut mußte Rodraeg schmunzeln. Hellas' Beschreibung des *Kreis*-Anführers Riban Leribin, ihrer aller direkter Vorgesetzter, war einigermaßen zutreffend. Leribin hatte sich sogar noch Mühe gegeben, bei seiner Manöverkritik nach dem ersten Einsatz nicht allzu herablassend zu wirken, aber seine Unzufriedenheit und Geringschätzung war ihm doch zwischen sämtlichen Silben hervorgequollen.

Er hustete kurz und fragte dann: »Kennt sich eigentlich einer von euch mit Booten aus? Es ist ja immerhin nicht auszuschließen, daß wir aufs Wasser rausmüssen, um etwas für die Wale tun zu können.«

Nur einer von ihnen hob zaghaft die Hand: Cajin.

Rodraeg schüttelte den Kopf. »Das war ja fast zu erwarten. Wahrscheinlich gibt es nichts, womit du dich nicht auskennst. Dabei stammst du doch mitten aus der Wüste.«

»Aber die Flüsse«, erklärte Cajin immer noch kleinlaut. »Ähm, Tambul und Mesat. Ich bin oft in Booten gerudert oder gepaddelt, aber richtig zur See gefahren bin ich natürlich noch nicht.«

»Trotzdem kannst du uns leider nicht begleiten. Naenn kommt diesmal mit, und da brauchen wir dich hier im Haus. Sonst keiner? Bestar? Nie im Brennenden See gesegelt?«

»Geschwommen, ja. Gerudert, gut. Aber wie man ein größeres Boot in Gang kriegt – keine Ahnung.«

»Na ja. Ein Ruderboot werden wir ja wohl noch bewegt bekommen.« Rodraeg seufzte. »Also, der Zeitplan sieht folgendermaßen aus: Wir brechen übermorgen auf. Wenn wir wirklich innerhalb von zwölf Tagen in Wandry sind, haben wir dann immer noch fünf oder sechs Tage Zeit, um dort in Erfahrung zu bringen, was wir tun müssen – und es zu tun. Das sollte eigentlich reichen. Morgen bringen wir unsere Ausrüstung in Ordnung. Bestar holt seinen neuen Brustpanzer ab, und ich kann im Rathaus in der *Encyclica* stöbern gehen und alles in Erfahrung bringen, was uns über Buckelwale vielleicht von Nutzen sein könnte. In der Nacht zu übermorgen erwarten wir dann noch die zwei uns von Riban angekündigten Kandidaten auf Mitgliedschaft in unserer erlesenen Runde. Wer weiß – vielleicht hat unser hochverehrter Auftraggeber ja vorgesorgt, und es ist ein Seebär mit dabei? Jetzt noch Fragen?«

»Noch eine.« Hellas.

»Ja?«

»Wieder dreißig Taler, und fünfzig bei mondelanger Gefangenschaft?«

»Hm. Wieviel haben wir jetzt noch, Cajin?«

»Vierundachtzig.«

»Tjaaa. Wenn wir alle fünf gefangen werden – Naenn, Bestar, du, ich und unser neuer Seebär –, dann wird das ziemlich teuer. Wir werden diesmal wohl ohne Gefangenschaft arbeiten müssen. Wenn uns der *Kreis* bis dahin wieder mindestens hundert Taler nachschickt, können wir uns dreißig pro Mann leisten.«

Jetzt war es Hellas, der breit grinste. »Ich wollte nur hören, wofür ich das Ganze eigentlich mache. Eigentlich habe ich heute genug Geld vom *Kreis* bekommen. Das reicht fürs erste. Ich bin also dabei.«

»Wunderbar«, schloß Rodraeg. »Dann erkläre ich den heutigen Abend zur freien Verfügung. Ich für meinen Teil werde ins Bett gehen. Ich könnte nur noch schlafen.«

»Kurier dich mal richtig aus mit deinem Husten«, sagte Bestar besorgt. »Ich gehe noch mal ins Theater. Cajin hat gesagt, die Abendvorstellung ist noch lustiger als die vom Tag.«

»*Lustiger* habe ich nicht gesagt«, warnte Cajin. »*Lüsterner.*«

»Will ich trotzdem sehen. Sonst noch jemand?«

»Ich hasse Theater«, erklärte Hellas. »Ich gehe auch früh schlafen.«

»Kann ich mitgehen?« fragte Cajin Rodraeg.

»Du brauchst mich nicht um Erlaubnis zu fragen. Es ist deine Freizeit.« Als er sich erhob und an Naenn vorüberging, raunte er ihr zu: »Morgen früh zeigst du mir mal den Kräutergarten. Ich bin sicher, ich werde ihn nicht wiedererkennen.«

Sie nickte ernst und zog sich von allen als erste auf ihr Zimmer zurück.

In dieser Nacht erwachte Rodraeg mehrmals. Sein Schlaf war nicht mehr so ohnmachtstief wie in der Nacht davor, der ersten, die er nach längerer Zeit wieder in seinem Bett hatte verbringen dürfen.

Die Tür ging, als Bestar und Cajin mitten in der Nacht nach Hause kamen. Auf Zehenspitzen schlich der Klippenwälder an Rodraegs Zimmertür vorbei. Danach war aus seinem Zimmer noch mehrmals gedämpftes Glucksen zu hören. Bestar lachte sich kaputt über das Theaterstück, und er preßte dabei sein Kissen aufs Gesicht, um niemanden zu wecken.

Zu Mitternacht sang die Andachtglocke des Bachmu-Tempels leise und mit klarer Stimme durch die Stadt. Es war also noch gar nicht so spät.

Die Tür ging noch einmal, aber Rodraeg war zu dicht vorm Einschlafen, um darüber nachzudenken.

3 Geheimnisse

Rodraeg stand diesmal sehr früh am Morgen auf. Hustenanfälle hatten ihn aus dem Schlaf gerissen, und er wollte nicht das ganze Haus damit wach machen. Er zog sich hastig an und ging in den Keller hinunter, um sich dort so richtig auszuhusten. Als er erschöpft und schweißgebadet aufblickte, stand Cajin neben ihm.

»Ich mache mir echte Sorgen um dich, Rodraeg.«

»Mist, verdammter«, ächzte Rodraeg. »Ich habe meine Pastillen oben im Zimmer vergessen.«

»Ich hole sie dir.« Cajin lief annähernd lautlos nach oben und kehrte mit den Pastillen wieder zurück. Es waren nur noch fünf übrig. Schweigend beobachtete Cajin, wie Rodraeg verbissen lutschte und inhalierte. Bei jedem Einatmen rasselte und quietschte seine Lunge wie ein altes Scheunentor.

»Wir gehen jetzt zusammen zum Haus der Kranken«, schlug Cajin vor. »Ich begleite dich. Die Heleleschwestern dort werden bestimmt wissen, wie sie dir helfen können.«

»Das geht nicht. Ich darf niemandem verraten, woran ich eigentlich leide. Wir waren in Terrek Gesetzesbrecher. Ich kann das leider nicht herumposaunen.«

»Dann ... fragen wir Naenn! Sie wird dir etwas Schmetterlingsmäßiges zusammenbrauen, da bin ich ganz sicher.«

»Ja, das können wir versuchen. Was ist eigentlich los mit ihr? Sie sieht so ... bleich und angespannt aus. Ist irgend etwas vorgefallen, während wir weg waren?«

»Ich fürchte, sie leidet ein wenig unter der Stadt. Sie ist das Leben im Wald gewöhnt, und im Vergleich dazu kommt ihr das Haus wohl wie ein Gefängnis vor. Da kann ich tun, was ich will, um es ihr so gemütlich wie möglich zu machen, aber gegen den großen Larnwald in ihrem Herzen komme ich nicht an.«

»Du hast recht. Gut, daß sie jetzt mitkommt nach Wandry. Wir reisen am Larn vorbei und kommen in die Klippenwälder. Das wird ihr guttun.«

»Ich gehe sie holen. Die anderen können wir ja noch schlafen lassen.«

»Cajin?«

»Ja?«

»Mir war so, als hätte ich heute nacht die Tür gehört, nach Mitternacht, nachdem du und Bestar schon wieder zu Hause wart. Hast du das auch mitbekommen?«

»Das war ich.«

»Ach so?«

»Ich hatte ein Geräusch gehört. Eine Art Schnuppern und Schaben, wie von einem Hund, und ich habe nach dem Rechten gesehen. Auf der Straße war nichts, auch kein Hund. Wahrscheinlich habe ich mich getäuscht.«

»Hm. Trotzdem gut, daß du wachsam bist. Man kann ja nie wissen.« Stöhnend richtete Rodraeg sich auf. Seine Stirn glänzte feucht. »Es geht mir schon besser jetzt, lassen wir Naenn doch noch schlafen. Im Laufe des Tages habe ich genügend Zeit, mit ihr zu sprechen. Mensch, ist das ein Dreck mit diesem Husten. Ich weiß immer gar nicht, wo ich hin soll. Ich kann ja auch nicht einfach rausgehen an die frische Luft und nachts halb Warchaim aus den Federn bellen.«

»Du solltest dir nicht so viele Gedanken um die anderen machen, Rodraeg. Wenn du husten mußt, dann huste doch einfach. Bestar schnarcht so laut, daß er und Hellas wahrscheinlich nicht mal etwas davon mitbekommen.«

»Du könntest recht haben. Wie war das Stück gestern abend?«

»Unglaublich. Ich wäre vor Peinlichkeit am liebsten untern Sitz gekrochen. Bestar fand's großartig.«

»Hast du eigentlich die beiden Bücher gelesen, die ich dir dagelassen hatte?«

Cajins Gesicht leuchtete regelrecht auf. »Natürlich! Der Roman ist wirklich wunderbar. Bei den Gedichten finde ich nicht alle gut, aber eine ganz bestimmte Zeile wird mir für immer im Gedächtnis bleiben.«

»Welche?«

»*Er lebte neben dem Geschehenen, den Fesseln des Gesehenen.* Die ganze Zeile hat nur *E*s als Selbstlaute. So etwas ist nicht einfach.«

»Stimmt.« Rodraeg sah Cajin nachdenklich an. »Das ist mir, glaube ich, gar nicht aufgefallen. Ich möchte in Wandry gerne ein Buch über das Meer kaufen und unserer kleinen Sammlung hinzufügen.«

»Laß dich durch so etwas aber nicht vom Auftrag ablenken.«

»Nein – ich finde, das gehört dazu.«

Sie gingen ein Stockwerk höher in die Küche, und Rodraeg bereitete ihnen beiden einen wohlschmeckenden Tee zu.

Nachdem alle gemeinsam gefrühstückt hatten, zogen Bestar und Cajin los Richtung Markt. Hellas verbarrikadierte sich auf seinem winzigen Zimmer und beschäftigte sich damit, seinen neuen Bogen mit Wildlederstreifen zu umwickeln.

Naenn tat geschäftig und unabkömmlich, aber es gelang Rodraeg dennoch, sie sanft in Richtung auf den kleinen Hinterhof zu drängen, wo sie im Laufe der letzten beiden Monde einen Garten angelegt hatte, dessen Anblick für Rodraeg ziemlich verblüffend war. Die verschiedenen Kräuter und Gemüse wuchsen nicht entlang gerader Furchen, sondern in Wellen- und Kurvenmustern, und sie waren auch nicht voneinander getrennt in Beeten angelegt, sondern alles schien zu fließen und ineinander überzugehen. Die verschiedenen Pflanzen und Farben und Wuchse bildeten Muster, Gefälle, Ballungen und Lichtungen aus. Alles schien lebendig und ungestüm zu sprießen, und dennoch der ordnenden Hand eines Künstlers unterworfen. Rodraeg war schlichtweg begeistert.

»Ist der Boden hier so fruchtbar, daß *das alles* gedeihen kann?«

»Boden ist fast immer fruchtbar. Selbst in der Felsenwüste gibt es Leben.«

»Mit diesem Garten hinterm Haus können wir selbst einer Belagerung wochenlang standhalten. Großartig gemacht. Ich hoffe, Cajin wässert das Ganze ausreichend, während du mit uns auf Reisen bist.«

»Cajin ist zuverlässig«, sagte sie fast tonlos.

»Das ist er gewiß. Mann, schau sich einer diese Tomaten an. Solche habe ich noch nie gesehen, die sind ja überhaupt nicht rund. Die Bohnen und die Salatköpfe sind zum Essen fast zu schade. Und was ist das da? Zwischen den Erdbeeren? Knoblauch? Wieso zwischen den Erdbeeren? Das paßt doch gar nicht.«

»Das schützt die Erdbeeren vor Pilzbefall. Rodraeg, ich muß dringend mit dir reden.«

»Jederzeit.«

»Nicht hier. Nicht im Haus. Unter vier Augen.«

Rodraeg schaute ihr forschend ins Gesicht. »Wo sollen wir denn hingehen?«

»Ich weiß es nicht. Irgendwohin, wo wir wirklich ungestört sind.« Naenn schien zu frieren, hatte die Arme um den Oberkörper geschlungen und wirkte aufgeregt und scheu, als würde sie am liebsten davonlaufen.

»Ähhhhm, ich weiß … wir gehen …« – Rodraeg überlegte fieberhaft – »nach Westen aus der Stadt raus in den Wald?«

»Ja. Gut. Sofort.«

Sie gingen dorthin, wo sie sich am Tag vor ihrem Aufbruch zur Terrek-Mission in verschiedenen Wettkämpfen gemessen hatten. Der Himmel war unverschämt blau, nicht eine einzige Wolke war zu sehen. Die Schatten der Bäume und Äste übermalten beim Gehen ihre Gesichter, und sie gingen, bis sie inmitten von Laub und Sträuchern am murmelnden Larnus ankamen. Hier war sogar noch der Kreis von fünf Schritt Durchmesser zu sehen, den Rodraeg vor zwei Monden mit einem Stock in den regenfeuchten Boden gekratzt hatte. In diesem Kreis hatte Cajin gegen Migal gekämpft und verloren. Danach Rodraeg gegen Bestar, bis Rodraeg aufgab. Einen Entscheidungskampf Migal gegen Bestar hatte Naenn verhindert, und sie hatte recht gehabt damit. Ein solcher Schlagabtausch hätte – selbst mit dick umwickelten Fäusten – beiden mehr geschadet als genutzt.

Es war still hier und menschenleer. Einhornhirsche nutzten diese Stelle zum Trinken.

Den ganzen Weg über hatte Rodraeg auf Naenns Lippen geachtet, ob sie sich öffneten, um zu sprechen, aber sie blieben verschlossen.

Auf dem Rückweg nach den Übungen waren sie vor zwei Monden hier im Wald einer jungen Frau begegnet, Meldrid, einer Dienerin im Hause Figelius, die zwischen den Sträuchern auf Beerensuche gewesen war. Bestar und Migal waren ganz aufgeregt gewesen angesichts der Schönheit dieser Frau. Rodraeg jedoch konnte sich kaum noch an sie erinnern. Er hatte immer nur Naenn vor Augen; wenn sie bei ihm war, wie jetzt, oder wenn sie fern war, und selbst wenn er die Augen geschlossen hielt. Er benahm sich närrisch, das wußte er selbst. Er war alt genug, ihr Vater zu sein, und sie war innerhalb des *Mammuts* kostbarer und wertvoller als er. Rodraeg hoffte nur, daß sie nicht über seine Gedanken mit ihm reden wollte, daß sie nicht erneut in ihn hineingesehen und ihn gelesen hatte wie ein aufgeschlagenes Buch, und ihn nun zur Rede stellte wie einen Schuljungen, der bei etwas Unanständigem ertappt worden war.

Naenn ging am glitzernden Ufer auf und ab, versteifte sich dann und blieb stehen. »Ich muß dir etwas Wichtiges sagen«, seufzte sie.

»Nur zu.«

»Ich ... ich ...« Sie sah sich wie hilfesuchend um. »Ich kann nicht mitkommen. Nach Wandry.«

»Warum nicht? Ich habe es dir doch versprochen.«

»Ich kann ... in nächster Zeit eigentlich überhaupt nirgendwohin mehr mitkommen. Ich ... sollte besser ... zu Hause bleiben. In Warchaim. Ich muß zu Hause bleiben. Ich bin schwanger.«

Rodraeg wurde bleich, als hätte ihm jemand in den Bauch getreten. Er hatte mit allerhand Unwahrscheinlichem gerechnet, aber mit so etwas überhaupt nicht. Für einen Moment war er selbst überrascht, wie sehr ihn diese drei Worte schockten.

»Aber ... aber ... das verstehe ich nicht ...«, stammelte er. »Wann bist du denn ...? Als wir in Terrek waren?«

»Nein.«

»Aber ... dann warst du schon schwanger, als wir uns in Kuellen ... das erste Mal begegnet sind?«

»Nein.«

»Das verstehe ich nicht. Wir waren doch ansonsten die ganze Zeit zusammen. Und ich habe nichts getan.«

»Nein. Auch eine Schmetterlingsfrau kann nicht von einem gemeinsamen Traum schwanger werden.« Sie war jetzt weniger zittrig als er. Einmal die Worte ausgesprochen, gewann sie wieder an Kraft. *Aber was meinte sie damit? Was meinte sie genau?* Rodraeg versuchte, nicht von Verzweiflung übermannt zu werden. Er konnte kaum noch atmen. Ihm war, als würde er ohnmächtig, und diesmal hatte der Husten nichts damit zu tun.

Sie sah ihn nicht an, aber ihre Worte durchbohrten ihn wie Messer. »Erinnerst du dich an die drei Wegelagerer, die uns vor Aldava überfallen haben?«

»O nein. Naenn, sag, daß das nicht wahr ist.«

»Ryot Melron von der Roten Wand. Als du bewußtlos am Boden lagst.«

Jetzt mußte er sich tatsächlich setzen, um nicht zu stürzen. Der Uferboden war hart und warm. Rodraeg wollte husten, aber er konnte nicht.

Ryot. Der gutaussehende Scheißkerl. Der ihn überrumpelt hatte, ihm den Säbel seines Onkels gestohlen und ihm dafür diesen verfluchten Anderthalbhänder dagelassen hatte, den niemand, der kein Klippenwälder war, vernünftig führen konnte. Der sich Naenn genommen hatte. Den Schmetterling. Das unerreichbare Licht.

»Seine beiden Kumpane?« fragte Rodraeg.

»Die hat er weggeschickt. Wir waren allein. Und es war keine Vergewaltigung.«

»Was?« schrie Rodraeg. »Was erzählst du mir da für einen Mist?!«

»Es war keine Vergewaltigung«, wiederholte sie, jede einzelne Silbe betonend wie im Gespräch mit einem Schwachsinnigen. »Er hatte sogar ein wenig Angst. Er zitterte. Ich wollte ihn mehr als er mich.«

»Ich bin verrückt geworden«, rief Rodraeg aus. »Das kann doch alles nur ein Fiebertraum sein! Was erzählst du mir da? Daß du diesen Krieger und Mörder … du hast ihn doch selbst als Mörder bezeichnet … *verführt* hast? Nachdem er mir fast den Schädel eingeschlagen hat? Das Ganze ist ein Witz, oder? Das kann doch nur ein Witz sein?! Irgendein komplizierter Schmetterlingsmenschenfrauenmädchenscherz, weil heute irgendein Jahrestag ist und man gutgläubige Trottel für dumm verkauft. Stimmt's?«

Sie setzte sich neben ihn auf den kargen Boden, und dann tat sie etwas, was ihn noch mehr aufwühlte als ohnehin schon. Sie nahm seine wehrlose Hand zwischen ihre beiden warmen und kleinen Hände und drückte sie fest.

»Alles hat sich verändert«, sagte sie. »Ich wußte nur, daß ich innerhalb der Organisation von *Kreis* und *Mammut* eine wichtige Rolle spielen sollte. Daß ich das vollenden sollte, was das *Mammut* in all seinem Ringen nur beginnen könnte: einen neuen Kontakt mit den Göttern schaffen. Eine Heimkehr einleiten, von uns in ihren Schoß, oder von den zehn Flüchtlingen und Vertriebenen in die von ihnen geschaffene und von uns bewohnte Welt. Daß der *Kreis* mir die Verantwortung übertrug, den Anführer der neuen Einsatzgruppe selbst auszuwählen, zu finden und zu überzeugen, schien mir ein Beweis für meine Bedeutung zu sein. Daß zu Hause im Schmetterlingshain die Ältesten immer über mich getuschelt hatten, die kleine Naenn, die ihre Flügel noch entfalten wird. Daß es Zeichen gab in Rinden und in Blattwerk, die auf mich deuteten. All das schien mich wichtig zu machen. Doch als ich Ryot Melron von der Roten Wand gegenüberstand, wurde mir plötzlich klar, daß all diese Zeichen nur ungefähr in meine Richtung gewiesen hatten, daß nicht ich gemeint war, sondern das, was aus mir entspringen würde. Mein Kind. Ich wußte es so deutlich, wie man weiß, daß man müde ist oder gleich lachen muß. Auch begriff ich plötzlich, was mir all die Jahre über immer gefehlt hatte, als ich wieder und wieder jeden Beweis schuldig blieb für das, was andere mir zutrauten. Ich hatte keinen echten Zugang zu mir selbst. Zu meinen Ahnen. Zu meiner Magie. Zu meiner eigenen Zukunft. Zu meiner Körperlichkeit und Sterblichkeit und Unsterblichkeit und Liebe. Ryot war der Schlüssel, um mich aufzuschließen.«

»Aber warum ausgerechnet dieser skrupellose Strauchdieb?«

»Ich habe keine Ahnung, Rodraeg. Ich bin vielen Männern begegnet in meinem Leben. Schmetterlingsmännern. Menschenmännern. Sogar Untergrundmännern. Ich bin *dir* begegnet. Aber es war Ryot, bei dem ich deutlich spürte, was ich tun muß. Ich spürte, daß er nichts ist und daß ich nichts bin, daß wir aber beide genau zusammenpassen, um etwas von großer Bedeutung zu erschaffen. Ich schloß die Augen und empfand schmerzende Schönheit, und ich ...«

»Bitte verschone mich mit Einzelheiten«, wehrte Rodraeg ab. »Was für ein Irrsinn. Was für ein Glückspilz. Wie ich den Kerl hasse. Das ist also der wahre Grund, weshalb du in Tränen ausgebrochen bist, als Eria die Tür öffnete. Du wolltest jemandem erzählen, was passiert war, aber konntest nicht. Warum eigentlich nicht? Warum hast du dich mir und dem *Kreis* nicht sofort anvertraut?«

»Weil ich ungehorsam war. Weil der Antrieb dafür aus mir selbst gekommen ist. Laut Anordnungen des *Kreises* hatte ich bei euch zu bleiben und für euch zu arbeiten, und nicht schwanger zu werden und euch als dickleibiges Muttertier zur Last zu fallen.«

»Du wirst uns nicht zur Last fallen. Du wirst ein atemberaubend hübsches Kind zur Welt bringen. Daß dieser Ryot nicht unansehnlich war, ist sogar mir aufgefallen. Aber eines würde mich doch interessieren. Wie kannst du dir eigentlich sicher sein, daß es göttliche Zeichen waren, die über euch strahlten, und daß du nicht einfach nur schwach geworden bist wie ein ganz gewöhnliches Mädchen auch – und all das andere bombastische Drumherum hast du dir nur dazugeträumt?«

Sie senkte den Kopf. »Du bist mir also doch noch böse. Für einen Augenblick dachte ich ...«

»Ich bin dir nicht böse. Ich bin mir selber böse. Hätte ich den Schwachkopf einfach umgehauen, wäre es nicht so weit gekommen.«

»Du bist auch nur ein Mann und denkst wie ein Mann«, sagte sie leise. »Du willst mich ebenfalls ... besitzen. Du könntest mich jetzt nehmen. Ich bin bereits schwanger, es könnte also nichts passieren. Du würdest dich einmal vollständig an mir befriedigen und dann enttäuscht und voller Selbstekel feststellen, daß ich nicht bin, was deine Träume dir von mir versprechen.«

Rodraeg erhob sich, um aus der Wahrnehmbarkeit ihrer Nähe zu entkommen. »Meine Träume sind nicht nur körperlicher Natur, Naenn. Meine Träume gehen so weit, daß ich wahrscheinlich sogar das Kind dieses Scheißkerls gern haben werde, nur weil es aus dir entstanden ist. Unterschätze mich nicht dauernd, nur weil ich nur ein Mensch bin.«

»Verzeih mir. Wir sind beide aufgeregt. Glaub mir – wenn ich nichts für dich empfinden würde, wäre es mir viel leichter gefallen, dir das heute zu beichten. Ich hatte Angst, dir weh zu tun. Ich habe dir weh getan. Ich fühle mich schlecht und gering deswegen. Aber was ich getan habe ... mit Ryot ... war nicht gering, und der Antrieb dazu kam nicht aus meinem Körper, sondern aus meiner Magie. Mit der ich Dinge lesen kann, die andere kaum zu denken wagen. Siehst du mich glücklich? Nein, denn ich weiß nicht, was werden wird. Womöglich wird der *Kreis* mich verstoßen für meine Eigenmächtigkeit.«

»Wenn es stimmt, was du sagst – daß die Schwangerschaft dir eine neue Magie eröffnet und dein Kind uns allen helfen wird, dann wird der *Kreis* vor Freude tanzen. Vielleicht wissen sie es sogar schon.«

»Riban weiß es. Er brauchte mich nur anzusehen und wußte es.«

Und auch er hielt es nicht für nötig, mich einzuweihen, dachte Rodraeg bitter. »Wie hat er reagiert?«

»Überhaupt nicht. Er sah mich, wußte es und schwieg. Es war schlimm. Schlimmer, als wenn er geschrien hätte.«

Jetzt schwiegen sie auch. Sie saß, er stand, sie blickten in unterschiedliche Richtungen, nur ihre Rücken einander zugewandt. Zeit verstrich durch das Zwitschern von Vögeln und das sanfte Streicheln eines warmen Windes in den Blättern der Bäume.

Rodraeg wandte sich zu ihr um. »Wie lange ist eigentlich Tragezeit bei euch Schmetterlingsmuttertieren?«

Sie brachte ein Lächeln zustande. »Kürzer als bei euch. Nur sieben Monde.«

»Du bist jetzt schon im dritten Mond, aber man sieht noch nichts.«

»Das kommt erst im fünften Mond, wird dann aber ziemlich heftig. Ich werde sehr dick werden, und meine Flügel werden unerträglich empfindlich.«

»Hm. Wir haben noch vier Monde Zeit. Unser jetziger Auftrag führt uns nach Wandry. Das heißt, daß wir die Kjeerklippen über die Paßstraße durch Tyrngan queren werden. Wenn ich mich richtig erinnere, wollte Ryot mit seinen Spießgesellen nach Tyrngan. Sollen wir ihn einfangen und nach Warchaim bringen, damit er dich noch rechtzeitig zur Frau nimmt und seinen Pflichten als Vater nachkommt?«

»Ich könnte nicht die Frau eines solchen Mannes sein, Rodraeg. Nein. Das ist sehr lieb gemeint von dir, aber danke, nein. Ryot Melrons Rolle in diesem ganzen Rätselspiel der Götter ist bereits vollständig gespielt. Jetzt geht es nur noch um das Kind, weder um ihn noch um mich. Im siebten Mond werde ich in den Schmetterlingshain zurückkehren und das Kind zur Welt bringen. Wahrscheinlich werde ich es dort in der Obhut der Frauen lassen, damit es die Lehren der Schmetterlinge empfangen kann.«

»Und du?«

»Mein Platz wird dort sein, wo der *Kreis* mich hinbefiehlt.«

»Und die Schmetterlingsfrauen? Werden sie das Kind annehmen? Es ist halb menschlich.«

»Um so gewisser. Mischbeziehungen sind selten bei Schmetterlingsmenschen. Ich wünschte, ich könnte mir erklären, warum Ryot derjenige sein mußte, aber es will mir nicht gelingen.«

Rodraeg atmete gequält. »Wir sollten so langsam zurückgehen. Wenn wir uns allzu lange zu zweit im Wald herumtreiben, werden hinterher alle denken, ich sei der Vater.«

Naenn erhob sich und schaute ihn traurig an. Er bemerkte das, ohne sie anzusehen. »Dummer Scherz«, entschuldigte er sich.

Sie ging nicht darauf ein. »Was willst du den anderen sagen?«

»Noch nichts. So lange man noch nichts sieht, brauchen wir auch nichts zu erklären. Weshalb du nicht mitkommst? Geheime Anweisung vom *Kreis*, was weiß ich. Hellas ist ohnehin dagegen, daß du uns begleitest und mit deiner Anwesenheit durcheinanderbringst – wahrscheinlich wird niemand Einwände haben. Und mit der Schwangerschaft? Ich hoffe, in zwei Monden wird unsere Gruppe dermaßen gefestigt sein, daß wir die Wahrheit erzählen können, ohne daß jemand … na ja, du weißt schon …«

»Ohne daß jemand *was*?«

»Ohne daß jemand etwas Schlechtes über dich sagt.«

»Warum sollte jemand etwas Schlechtes über mich sagen?«

»Weil es … Himmel noch mal … weil es nicht gerade als ein

Zeichen von Ehrenhaftigkeit angesehen wird, wenn ein junges Mädchen sich von einem hübschen Kerl hat schwängern lassen, der anschließend über alle Berge ist.«

»Ja, das habt ihr Männer euch fein eingerichtet. Der Kerl, der über alle Berge ist und sich aller Verantwortung entzieht, gilt als toller Hecht und die werdende Mutter als billig. Manchmal hasse ich euch alle. Aber dann wiederum erkenne ich, daß ihr auch nur Gefangene eurer Regeln und Vorurteile seid, und dann finde ich genug Mitleid in mir, um euch lieben zu können.«

Stolz ging sie an ihm vorüber, und er folgte ihr im Abstand von einigen Schritten. Auf dem ganzen Weg bis zur Haustür des *Mammuts* holte er sie nicht mehr ein, und er folgte ihr auch nicht ins Haus, sondern ging weiter bis zur großen Nord-Süd-Straße und von dort aus südwärts. Erst an den Ruinen des Alten Tempels blieb er stehen und setzte sich auf eine geborstene Säule.

Er fühlte sich wie vor den Kopf geschlagen.

Naenn trug ein Kind in sich.

Das Kind von Ryot Melron, dem Dieb, Schläger, Prahlhans, Mörder, Lump. Der ihm sein Schwert geschenkt hatte, um *sie* damit zu beschützen.

Sie. Naenn. Der Lichtstrahl, der durch das Schlüsselloch einer verriegelten Tür in sein Leben gefallen war.

Rodraeg fühlte sich jeglichen Antriebs beraubt.

Wale retten: wozu noch? Gegen die Königin und ihre Interessen anrennen: was für ein Irrsinn. Die Befehle eines mürrischen Magiers befolgen: Dummheit. Mit blutrünstigen Schwertfechtern und skrupellosen Bogenschützen loszuziehen, um gegen Übermächte und Unwägbarkeiten anzutreten: Verblendung. Überhaupt: sich die Probleme der Götter, Völker, Tiere und Flüsse anzueignen: unnötige Selbstzerfleischung, die eigentlich überhaupt nicht zu seinen Charaktereigenschaften gehörte.

Also, weshalb hatte er das alles dann getan? Wozu hatte er einundvierzig Tage Gefangenschaft und Zwangsarbeit samt Vergiftung in Kauf genommen? Warum war er losgestürmt mit diesen konfliktbeladenen Jünglingen und auch jetzt wieder bereit gewesen, ein zweites Mal loszustürmen, um Dinge geradezurücken, die weit außerhalb seines persönlichen Verantwortungsbereiches aus dem Lot geraten waren?

Alles nur, um eines Tages in den Armen dieser zarten Schönheit zu zerschmelzen? War er wirklich nur das? Ein ältlicher Mann mit schmutzigen Gedanken, der mehr für sich erhoffte, als ihm zustand?

Nein.

Das konnte nicht wahr sein.

Das war nicht wahr.

Naenn und Ryot. Warum eigentlich nicht? Genauso gut hätten es Naenn und Hellas sein können, oder Naenn und Migal. Naenn und Cajin. Naenn und irgend jemand, dem sie noch begegnen würde. Warum also nicht Ryot? Ryot hatte immerhin bewiesen, daß Rodraeg ihm in vielerlei Hinsicht nicht das Wasser reichen konnte. Insofern war es ein gerechter Wettstreit gewesen. Und Rodraeg hatte gerechter verloren.

Naenn war glücklich damit. So weit das in ihrer Lage überhaupt möglich war. Vielleicht nicht glücklich, aber gefaßt. Rodraeg mußte auch gefaßt sein. Es war seine von allen Göttern verlassene Pflicht, gefaßt zu sein. Für sie da zu sein, wenn sie ihn brauchte. Andernfalls war er nichts weiter als ein selbstsüchtiger Schuft, verkommener noch als Ryot, der sich nichts genommen hatte, was ihm nicht vorher zu Füßen gelegt worden war.

Rodraeg erhob sich wieder. Vielleicht lag es an diesem Schauplatz vergangener Größe und zertrümmerter Anmut, der in Warchaim schnell zu seinem Lieblingsort geworden war, daß er sich bedeutend besser fühlte. Immerhin war Naenn noch da. Sie hätte ja auch durchbrennen können mit Ryot. Aber so hatte Rodraeg sie immer noch um sich. Und nur, weil er sich nichts darunter vorstellen konnte, daß ihre Magie ihr eingeflüstert hatte, eine Dummheit zu begehen, hatte er nicht das Recht, sie herablassend zu behandeln. Vielleicht hatte sie ja auch tatsächlich genau das Richtige getan und ihm und allen anderen Menschen und Unmenschen des Kontinents ein ausgesprochen persönliches Opfer gebracht.

Es war eine ganz spontane Entscheidung, durch kein Für und Wider abgewogen: Rodraeg ging zum Tempelbezirk und betrat dort den wuchtig wie ein moosüberwucherter Felsen in der Mitte der anderen Gebäude thronenden Kjeertempel.

Drinnen war es schummrig und roch nach frisch aufgebrochenem Erdreich. Es gab keine Statue des Kjeer, die den großen Innenraum beherrschte. Statt dessen eine Art Steingarten ohne dazwischen sprießendem Grün; Steine in allen denkbaren Formen und Farben, vom Sandkorn über Kiesel, Faustein und Findling bis zur scharfkantigen Absplitterung eines Berges. Alles übereinandergetürmt oder zur Kontemplation nebeneinandergeschüttet. Ein Weltbild der Härte, jedoch gebettet auf dunklem, feuchtem, frisch geharktem Erdboden, der äußerst fruchtbar aussah und duftete.

Ein paar Mönche und Äbte des Kjeer saßen inmitten der Steine und machten – aufgrund des funzeligen Lichtes tief über die Schrift gebeugt – Einträge in Bücher von gelbem Pergament. Andere huschten mit schmalen Eggen umher oder sprachen mit den beiden Frauen, die neben Rodraeg zur Zeit die einzigen Besucher waren. Alle Kjeermönche trugen bodenlange braune Gewänder mit über den Kopf geschlagenen Kapuzen. So wirkten ihre in Schatten liegenden Gesichter wie die von scheuen Wesen, die aus dem Dunkel eines Höhleneingangs herauslugten.

Ein Abt kam lautlos auf Rodraeg zu. Seine Kutte war erdbekrümelt, seine Finger und kurzgeschnittenen Fingernägel schmutzig.

»Kjeer nimmt dich auf, mein Sohn«, sagte er zur Begrüßung. Rodraeg spürte Husten in sich aufsteigen, kämpfte aber dagegen an. »Was führt dich zu uns? Willst du Ruhe finden inmitten einer allzu schnell fließenden Zeit? Brauchst du Hilfe oder einen Rat, den nur die gute Erde geben kann?«

»Ich ... bin mir nicht sicher. Ich denke, ich suche einen Rat oder einen Hinweis.«

»Dann setz dich hier zu mir auf diesen Fels. Ich bin Abt Kjabram. Darf ich deinen Namen erfahren?«

Da war es wieder, dieses leichte innere Zurückzucken. Namen. Namen in Verbindung mit der Vergiftung, die nur an einem einzigen Ort des Kontinents entstanden sein konnte. Rodraeg räusperte sich. Der Husten begehrte auf. »Ich möchte meinen Namen lieber nicht nennen. Die Angelegenheit, in der ich um Rat suche, ist heikel. Zu vieles davon könnte von den falschen Leuten ... mißverstanden werden.«

»Die Erde bewahrt, sie trägt nicht weiter.« Das Gesicht des Abtes war unter der Kapuze kaum zu erkennen. Die Stimme klang alt, aber nicht greisenhaft, etwa wie die Stimme von Rodraegs Vater, knapp über sechzig. Wie konnte man jemandem vertrauen, der sein Gesicht in Schatten barg? Dennoch wollte Rodraeg nicht einfach wieder gehen. Es war faszinierend hier. Dunkel, schwer, feucht riechend, aber nichtsdestotrotz staubtrocken, alt, still, majestätisch in Bescheidenheit. Rodraeg setzte sich auf den vom Abt bezeichneten Stein, der vielleicht von den Kjeerklippen stammen mochte.

»Ich war unter der Erde, in einer Höhle«, fand Rodraeg von neuem einen Beginn. »Ich atmete. Ich lebte. Ich war nicht ... bereit für das, was im Inneren schwelte. Ich ...« *Ich beginne jeden Satz mit »ich«.* »Im Verlauf eines ganzen Mondes und mehr … kam ich in Berührung mit dem Inneren der Erde. Es hat mich krank gemacht. Seitdem habe ich das hier.« Er gab dem Hustenreiz jetzt nach und bewies dem Abt, wie laut und langanhaltend ein Hustenanfall sein kann. Erschöpft stützte Rodraeg sich auf mehreren Steinen ab. »Leider kann ich Euch nicht alle Einzelheiten nennen, aber ich habe Grund zu der Annahme, daß diese Vergiftung durch … Reinheit entstanden ist. Durch etwas, was man Kjeer zuordnen würde, in seiner reinsten Form. Meine Frage ist nun: Falls die Erde mich vergiftet hat, kann die Erde mich auch wieder heilen?«

»Dieser Husten klingt nicht gut«, sagte Abt Kjabram bedächtig. »Das ist keine Erkältung und keine Überreiztheit. Er klingt ein wenig wie ein Husten, den Bergmänner bekommen, wenn sie nach verborgenen Metallen schürfen. Die Untergrundmenschen des Targuzwalles könnten dir womöglich helfen, denn noch nie habe ich von einem Untergrundmenschen gehört, der unter Tage krank geworden ist.«

»Wahrscheinlich sind sie einfach robuster als wir.«

»Das sicher. Aber sie wissen auch vieles. Wir Mönche des Kjeer bewundern die Untergrundmenschen. Sie sind unserer Berufung viel näher als wir, indem sie vollständig unter der Erde leben. Wir jedoch müssen Mittler sein. Wir dürfen das Sonnenlicht nicht völlig vergessen.« Er seufzte wehmütig. »Ich habe eine Ahnung, wie ich dir helfen könnte. Kjeer steht nicht nur für Felsen und Erdreich, sondern auch für Pflanzen und Landtiere, für Ackerbau, Familie und Heilkunde. Viele Bereiche der Heilkunde hat der weise Kjeer an seine Untergöttin Helele abgetreten, weil sie von Schwäche zeugen und einem Zerfall durch das Altern, dem wohl die Menschen, nie jedoch ein Stein ausgesetzt war. Wir bereiten aber dennoch manchmal Gegenstände vor, mit denen wir helfen können, das Gewicht und die

Verantwortung eines tiefen Grundes zu ertragen. Warte einen Moment.« Er stemmte sich hoch und glitt dann davon, verschwand in einem kaum zu erkennenden Seitengebäude. Nach einem Sandstrich kam er wieder aus dem Dämmerlicht. Er hielt ein zusammengelegtes Tuch in Händen, das er vor Rodraeg auseinanderfaltete: ein hellgraues Hemd ohne Knöpfe und Taschen.

»Ein Totenhemd?« fragte Rodraeg.

»Nein. Dies ist ein Schutzhemd. Bergleute tragen solche. Es ist nicht stabil genug, um einer Verschüttung zu begegnen, aber es schützt den Leib, das Herz, die Lunge, vor Atemnot unter dem Gewicht eines Gebirges.«

»Wie funktioniert das? Durch Kjeers Magie?«

»Durch seine Ruhe und Geduld. Wir beten, wir summen. Wir lassen Kräuter und Dämpfe auf den Stoff einwirken. Dieses Hemd trägt Kjeers Segen. Falls das, was dich verwundet hat, wirklich Kjeer gehörte, müßte dieses Hemd dir helfen, die Wunde zu beruhigen.« *Sie besänftigen das Wachs*, mußte Rodraeg an eine Prozedur denken, die in der Höhle bei Terrek tatsächlich von großer Bedeutung gewesen war. Vielleicht war es tatsächlich möglich, das Schwarzwachs, das seine Lunge eingeatmet hatte, friedlich zu stimmen. Er versuchte das Dunkel der Kapuze mit Blicken zu durchdringen. Was wußte Kjabram? Hatte er bereits alles durchschaut? Nein. Das Hemd war die übliche Gewandung von Bergleuten, die ähnliche Krankheitsanzeichen hatten wie Rodraeg.

»Ich danke Euch sehr.« Rodraeg nahm das Hemd an sich und schnupperte daran. Es roch ganz leicht nach gemahlenen Nüssen. »Wieviel bin ich Euch schuldig?«

»Wir sind keine Schacherer. Das Hemd schenkt dir Kjeer aus Zugeneigtheit. Falls du allerdings dem Tempel eine Spende entrichten möchtest, in einer Höhe, die dir angemessen scheint: die

Erdmulde für die Opfermünzen befindet sich gleich neben dem Eingang.«

»Ich danke Euch nochmals.« Rodraeg deutete eine höfliche Verbeugung an, die Kapuze des Abtes bewegte sich kaum. Dann ging Rodraeg langsam Richtung Ausgang. Die beiden Besucherinnen musterten ihn unverhohlen. In ihren Augen hatte er der heiligen Tempelruhe durch sein hemmungsloses Gehuste Schaden zugefügt.

Er kramte einige Münzen aus seinem Geldsäckchen und überlegte sich, wieviel er spenden sollte. Eigentlich war er kein religiöser Mensch, und der Dialog mit den Tempeln lag ihm erst seit neuestem am Herzen, seit Naenn davon gesprochen hatte, daß hier uraltes Wissen verborgen lag – Wissen, das dem *Mammut* nutzen konnte. Er konnte sich auch jetzt nicht ganz freimachen von dem alten Widerwillen, mit seinen Münzen die Bäuche von Unsinn predigenden Klerikern zu füllen. Aber Abt Kjabram war kein Fettwanst gewesen, so wie die meisten Priester der Sonnenfelder. Außerdem stellte das Hemd einen greifbaren Wert dar, gemessen nach Handwerkszeit und Mühen. Rodraeg beschloß, vier Taler in die Mulde zu legen, die wie ein Kindergrab aussah. Vier Taler waren immerhin beinahe ein Drittel dessen, was er augenblicklich besaß, und außerdem: Falls sich das Hemd als wundertätig erweisen sollte, könnte er ja immer noch nach bestandenem zweiten Auftrag hierher zurückkommen und noch mehr dazulegen.

Das zusammengefaltete Hemd unter dem Arm, machte er anschließend noch einen Abstecher zum Kräuter- und Drogenladen, um sich weitere dieser schmackhaften und wohltuenden Pastillen zu kaufen, doch Samistien Breklaris hatte an diesem Tag geschlossen. Da Rodraeg sich unbedingt vor dem morgigen Aufbruch noch versorgen wollte, erkundigte er sich in Breklaris' Nachbarschaft, ob der Laden morgen geöffnet sei. Nein, sagten die Leute, der Kräuterhändler habe sogar drei aufeinanderfolgende Ruhetage in der Woche, da bräuchte man erst überübermorgen wiederzukommen.

Rodraeg fluchte leise. Er hatte nur noch drei Pastillen übrig. Von einem Moment zum nächsten war das seltsame Hemd in seiner Armbeuge zu seiner einzigen Hoffnung geworden.

Rodraegs letzter Abstecher an diesem Tag führte ihn ins Warchaimer Rathaus. Dort meldete er sich in der Bibliothek an und beschaute sich mit dem Fachwissen, das er im mit Büchern ebenfalls recht gut ausgerüsteten Rathaus von Kuellen erworben hatte, die Sammlung. Sie war erwartungsgemäß größer als die Kuellens, verfügte vor allem über eine recht umfangreiche Auswahl Warchaimer Heimatdichtung und leistete sich von einigen Nachschlagewerken sogar zwei Exemplare, wobei das zweite jeweils eine erweiterte Neuauflage des klassischen ersten war. Rodraeg staunte nicht schlecht, seinen Lieblingsroman *Das Schwert im Baum* sogar in einer illustrierten Edition vorzufinden; Holzschnitte, in denen die Abenteuer Korengans zwar kantig, aber dennoch anschaulich nachgebildet wurden.

Da sein Husten in einem Leseraum besonders störend gewesen wäre, schob er sich seine drittletzte Pastille in den Mund und setzte sich mit dem hiesigen Exemplar der *Bebilderthen Encyclica unserer Thierwelt* an ein Lektüretischchen. Ohne recht darüber nachzudenken, blätterte er zuerst zum *Mammut* weiter und betrachtete erneut das mächtige Bild, das auch Cajin zu seiner Zeichnung eines Mammutumrisses an der Haustür inspiriert hatte.

Weshalb ein Mammut? fragte Rodraeg sich erneut. Der Traum, den er in Kuellen geträumt hatte in der Nacht, als Naenn ihn aufsuchte, war seither nicht wiedergekehrt. In einundvierzig Tagen Sklavenhaft keine Spur eines weiteren Mammuts. Was hatte das zu bedeuten: ein längst ausgestorbenes Jungtier auf der Flucht vor schemenhaften Verfolgern? Dann der Abgrund – eine klaffende Spirale aus Schneetreiben und Schwindelgefühl. Rodraeg war der Lösung dieses Rätsels noch nicht einen Schritt näher gekommen. Vielleicht gab es keine Lösung, und ein Traum war nur ein Traum. Aber dennoch: Naenn hatte es auch gesehen ...

Er blätterte zurück. Unter *Flederwesen* fand er die Fledersalamander, die auf der Hinreise nach Terrek über sie hergefallen waren. Die Illustration in der *Encyclica* ließ sie größer und dämonischer wirken als in Wirklichkeit. Der Text jedoch traf es ganz gut: »Einzeln ungefährlich, im angreifenden Rudel jedoch nicht zu untherschätzen.«

Unter *Drachen* besah er sich einen *Bartendrachen*, so wie den, den Hellas in der Nähe von Terrek gesehen hatte und den die Einheimischen Iddni nannten. Die Zeichnung zeigte eine freundlich aussehende geflügelte Echse mit Fäden statt Zähnen im Maul, und der Text erläuterte: »Kann gezähmt werden und das Bellen eines Hundes nachthun.«

Rodraeg blätterte weiter zu den mehr als zwanzig Seiten über *Fische*. Nachdem er die abscheulichen *Riesenhaie* bestaunt hatte, die fünfzehn Schritte lang wurden und ganze Ruderboote samt Besatzung zermalmen und verschlingen konnten, fand er mehrere *Walarten*, unter denen die *Buckelwale* neben den mächtigen *Pottwalen* die zweitgrößte Körperlänge erreichten: bis zu zwanzig, Pottwale sogar bis zu fünfundzwanzig Schritt. Rodraeg traute seinen Augen nicht, als er unter *Buckelwale* als erstes las: *Ausgestorben.*

Er blätterte nach hinten zum Mammut. Auch dort stand das *Ausgestorben*, das er immer für bare Münze genommen hatte, bis Migal und Bestar ihm erzählt hatten, daß es dem Hörensagen nach noch mammutähnliche Tiere im Regenwald der Spinnenmenschen gab.

Wie war das möglich? Riban schickte sie schließlich nicht los, um etwas zu retten, was es längst nicht mehr gab ... *ist dies die letzte Herde von Buckelwalen, die es überhaupt noch gibt*, hatte es in dem Auftragsbrief geheißen. Die *Encyclica* war also nicht allwissend. Es gab noch Buckelwale, und ihr Schicksal lag nun in des *Mammuts* Hand. Möglicherweise lebten sogar irgendwo auf dem Kontinent noch Mammuts. Vielleicht im Land der Affenmenschen, oben im eisigen Norden, wo noch nie ein Mensch gewesen war, der hätte Buch führen können über die Wunder, die es dort zu schauen gab. War die Königin vielleicht letzten Endes auf Mammutjagd? Erklärte dies auf einen Schlag sowohl Rodraegs Traum als auch den rätselhaften Affenmenschenfeldzug?

Doch Rodraegs Gedanken schweiften ab und verloren sich in Mutmaßungen, die mit der greifbar vor ihm liegenden Aufgabe nichts zu tun hatten. Er zwang sich zur Konzentration. Buckelwale. *Ausgestorben.* Die Zeichnung zeigte einen bauchigen Fischleib mit weißen Längsstreifen, einem flachen, mit Beulen übersäten Kopf und kleinen hellen Flossen. Der Text gab darüber Auskunft, wie Walfänger sich zu eigen machten, daß Wale keine Wasser-, sondern Luftatmer waren, die zum Atemschöpfen an die Meeresoberfläche kommen mußten, wo man ihnen gut auflauern konnte. Verbreitungsgebiete: die westliche Eissee und die nördliche Glutsee. Also um die Klippenwälder herum.

Rodraeg fand es ärgerlich, daß auch dieser Text aus dem Blickpunkt des Jagens und Zur-Strecke-Bringens geschrieben war – wie so viele Texte in der *Encyclica.* Man konnte den Eindruck gewinnen, daß das Töten und allenfalls noch das mit Zwang verbundene Abrichten die einzigen Tätigkeiten waren, bei denen Menschen und Tiere sich begegneten. Aber vielleicht stimmte das ja auch, und deshalb mußte das *Mammut* jetzt nach Wandry.

In den folgenden zwei Stunden versuchte Rodraeg noch etwas über Fängermagie in Erfahrung zu bringen. Er durchforstete dazu mehrere gelehrte Abhandlungen über Magie, ihre Rituale und ihre Geschichte. Im wesentlichen wurden Naenns Ausführungen bestätigt, aber die Götter hatten mit dem Verbot nichts zu tun gehabt. Einige Fürsten aus einem Zeitalter lange vor der Vereinigung hatten sich auf das Verbot von Fängermagie geeinigt, um wechselseitige Zwistigkeiten um Hoheitsgrenzen zu unterbinden. Fängermagier, die das neue Gesetz nicht einhielten, wurden als Wilderer geächtet und zur Strecke gebracht. Ein Fängermagier namens Cingeco hatte daraufhin seine Rache in die Hafenstadt Brissen getragen, mit seiner Macht sämtliche jungen Frauen in den Thostwald gelockt und sie alle geschwängert. Cingeco wurde öffentlich gevierteilt, aber immer noch spotteten böse Zungen, alle heutigen Brissener hätten den selben Stammvater. Mit der kontinentalen Vereinigung unter König Rinwe wurde das Fängerverbot allgemeingültig und bis heute nicht wieder gebrochen. Bis heute, da die Stadt Wandry sich anschickte, das »*Ausgestorben*« in der *Encyclica* wahr zu machen.

Rodraeg überlegte, ob es nicht möglich wäre, Wandry einfach anzuzeigen. Schließlich war das Tun der Stadt hochgradig ungesetzlich. Das *Mammut* könnte zur Abwechslung mit der Königin und ihren Gardisten zusammenarbeiten. Aber das Problem dabei war die Zeit. Bis Beweise erbracht waren und Ermittlungen durchgeführt, bis die Mühlen der Schiedsgerichte zu mahlen begannen und durchsetzbare Anweisungen hervorbrachten, war der fünfte Tag des Sonnenmondes längst verstrichen und die Buckelwale Vergangenheit. Aber immerhin: Es mußte auch in Wandry eine königliche Gardegarnison geben, die das *Mammut* unter Umständen zu Hilfe rufen konnte.

Nun wollte Rodraeg sich noch mit Wandry, seiner Geschichte und den dortigen Gepflogenheiten vertraut machen, aber das diesbezügliche Karten- und Berichtmaterial war dermaßen eingestaubt, daß sein Husten zurückkehrte und sich nicht mehr niederhalten ließ. Unter den strafenden Blicken mehrerer Rathausbediensteter verließ er beinahe fluchtartig die Bibliothek und das Gebäude, setzte sich auf dem Marktplatz zwischen mehrere Trinker in den Abendschatten der Rinwelinde und hustete, bis er sich beinahe übergeben mußte. Die Trinker lachten und feuerten ihn an und boten ihm von ihrem Selbstgebrannten, aber Rodraeg lehnte mit geröteten Augen ab. Er brauchte seine letzten beiden Pastillen auf, erst dann konnte er wieder einigermaßen atmen.

Der Husten wurde immer schlimmer. Wenn Kjeers Hemd, das er zwischen seinen Fingern knüllte, nicht wirkte, würde Rodraeg die Strapazen der zweiten Mission möglicherweise nicht überstehen.

Erst nach beinahe einer Stunde wagte Rodraeg aufzustehen und vorsichtigen Schrittes nach Hause zu gehen. Er mußte auch diese Wahnvorstellung aus dem Kopf bekommen, daß jeder Warchaimer ihn mißbilligend ansah, nur weil er Husten hatte. Die wenigsten beachteten ihn überhaupt.

Von innen aus dem *Haus des Mammuts* konnte er angenehm vertraute Stimmen und das Klirren von Tellern hören. Cajin hatte anscheinend das Abendessen zubereitet. Rodraeg genoß diesen Augenblick, legte seine Stirn gegen die Tür und berührte mit den Fingern das aufgemalte Mammut, um Kraft daraus zu ziehen.

Warum konnte nicht der ganze Tag nur ein Traum gewesen

sein? Naenn war nicht schwanger von Ryot Melron. Der Husten verschlimmerte sich nicht. Sie mußten nicht morgen schon aufbrechen, um sich mit einem Gegner vom Schlage eines Cingeco anzulegen. Alles war wie vorher.

Alles *war* wie vorher. Naenn war immer noch bei ihnen und würde sie für mindestens vier weitere Monde nicht verlassen. Gegen den Husten gab es Kräuter, Pastillen und sogar ein magisch behandeltes Kleidungsstück. Der Aufbruch und die Reise bargen den Geruch von Abenteuer. Wenn er nur weiter auf seinem Hintern hätte hocken wollen bis zur Weißbärtigkeit, hätte er in Kuellen bleiben können.

Er trat ein, wurde willkommen geheißen, es duftete nach Kräuterbrot, von Naenn farbenprächtig zubereitetem Salat und reifem Käse. Alle langten hungrig zu. Bestar erzählte, wie er die schöne Meldrid auf dem Marktplatz wiedergetroffen und sich vergeblich bemüht hatte, mit ihr ins Gespräch zu kommen. Rodraeg erzählte von dem, was er in der Bibliothek in Erfahrung gebracht hatte, und von seinem Besuch im Kjeertempel. Das Hemd, erklärte er den anderen, wollte er zur Nacht erstmals ausprobieren. Naenn und er wechselten einige Blicke. Jeder dieser Blicke war vieldeutig.

Nach dem Abendbrot und nachdem Bestar ihnen allen seine neue, maßgeschneiderte Lederrüstung vorgeführt hatte, paßte Rodraeg Cajin in der Küche ab. »Kannst du mir heute nacht einen Gefallen tun? Ich möchte, daß wir die Zimmer tauschen. Erstens weiß ich nicht, ob das Hemd etwas bewirkt, und ich kann, wenn ich in einem anderen Stockwerk als ihr schlafe, lauter husten, ohne euch alle wachzuhalten. Zweitens erwarten wir heute nacht zwei geheimnisvolle Besucher, die Riban uns angekündigt hat. Ich möchte gerne derjenige sein, der ihnen die Tür öffnet. Der allererste Eindruck kann für mich schon von Bedeutung sein.«

»Ich werde vor Aufregung aber nicht schlafen können«, antwortete Cajin. »Ich bin unglaublich gespannt auf die beiden. Riban sagte, nur einer von ihnen könnte möglicherweise für uns in Frage kommen, der andere wohl nicht.«

»Deshalb lege ich Wert darauf, daß ich die Tür öffne. Ich will sehen, wie die beiden auf mich reagieren. Aber wenn du ohnehin wach bist, dann machen wir es doch folgendermaßen: Du gehst in Migals Zimmer, das hat ein Fenster zur Straße. Wenn es klopft, frage ich dich, was du von dem Ankömmling sehen konntest, als er sich näherte, und wie du ihn einschätzt.«

Cajins Gesicht glühte vor Eifer. Er fand es toll, daß Rodraeg auf seine Menschenkenntnis Wert legte. »Ich werde am Fenster Wache halten«, gelobte er. »Ich muß ja morgen auch nicht reisen wie ihr und kann mich tagsüber ausruhen.«

»In Ordnung.«

»Ach, da fällt mir noch etwas ein. Ich habe mich heute mal umgehört. Einer unserer Nachbarn die Straße weiter raus nach Westen will gestern nacht einen Wolf gesehen haben, der die Straße entlangtrottete und an verschiedenen Türen schnüffelte. Das ist aber eher ungewöhnlich, weil wir hier schon ziemlich tief drin sind in der Stadt. Daß sich an den äußersten Rand innerhalb der kaputten Mauer vielleicht einmal ein Wolf verirrt, kann ich mir noch vorstellen – aber bis in diese Straße? Sehr eigenartig.«

»Jedenfalls hast du dich nicht getäuscht. Der Wolf war jedoch nicht nur an uns interessiert, sondern an mehreren Häusern. Hattest du den Eindruck, er wollte bei uns rein?«

»Nein. Nur Schnuppern und ein Schaben wie von einer weichen Nase. Kein Kratzen von Krallen oder so.«

»Dann hat es wahrscheinlich nichts zu bedeuten. Bleib trotzdem wachsam. Man kann ja nie wissen.«

»Du kannst dich auf mich verlassen.«

4 Nebel und Licht

Cajins Zimmer war genauso winzig wie Rodraegs und genauso fensterlos. Auf einem kleinen Regal standen die beiden Bücher, die Rodraeg Cajin geliehen hatte. Einen solchen Ehrenplatz hätten sie bei Rodraeg nicht gehabt.

Rodraeg hatte sich zur Nacht das Kjeerhemd angezogen und war wieder früh zu Bett gegangen, lag aber noch lange wach. Neben dem Bett hatte er einen langsam brennenden Öldocht, um nachts, wenn die erwarteten Gäste klopften, schnell Licht machen zu können.

Er versuchte sich ein wenig zu beruhigen. Er sagte sich, daß er hier unten im Erdgeschoß ruhig husten könne, aber der Husten ließ ihn fast völlig in Frieden. Das magische Hemd verströmte seinen eigenartigen, nussigen Duft. In Gedanken ging Rodraeg immer wieder seinen Faustkampf mit Ryot Melron durch, damals, kurz vor Aldava und dem *Kreis*. Er fand keinen Moment, an dem er das Blatt noch hätte wenden können. Von Anfang an hatte er gegen den jüngeren, kräftigeren, gewandteren und geübteren Klippenwälder keine Chance gehabt. Aber womöglich wäre auch alles genauso gekommen, wenn Rodraeg gewonnen hätte. Naenn hätte sich um den Besiegten gekümmert, und dabei wäre es dann passiert.

Rodraeg döste ein, wachte wieder auf, dämmerte weg, döste. Bestars Schnarchen war bis hier unten zu hören, die anderen schliefen lautlos. Cajin spähte oben aus dem Fenster, die Stirn ans Glas gelehnt. Die Bachmuglocke sang ihr helles Mitternachtsandachtslied. Kurz darauf klopfte es an der Haustür. Rodraeg schreckte hoch. Der erste Gast. Um Mitternacht. Der erste.

Hastig schlüpfte er in seine Hose, entzündete eine Kerze am

Öldocht und eilte aus Cajins Kammer. Cajin bewegte sich oben zur Treppe, um ihm seine Eindrücke mitzuteilen, doch Rodraeg wollte den allerersten Augenblick unverfälscht auf sich wirken lassen. Er fragte nicht, wer da sei. Weit öffnete er mit einem Ruck die Tür.

Draußen stand ein entsetzlicher Mann.

Das Nachtdunkel war verdichtet wie Nebel, waberte in Schlieren umher. Der Fremde hatte ein verformtes, fließendes Gesicht und stand krumm und verkantet, als wären seine Gliedmaßen falsch zusammengewachsen. Ein Bettler? Rodraeg versuchte, sich sein Erschrecken nicht anmerken zu lassen, und dennoch wich er instinktiv ein paar Fingerbreit zurück.

Der Fremde legte den Kopf schief. Ein breitkrempiger Hut verdeckte das Gesicht fast völlig. Es war eigentlich unmöglich, etwas Konkretes zu erkennen, das fiel Rodraeg erst jetzt auf. Der Nebel und die Finsternis hatten ihn getäuscht. Das Gesicht des Fremden war ganz normal, seine Körperhaltung ebenfalls. Rodraegs eigene Kerze blendete ihn.

»Dieses Tier …«, sagte der Fremde mit knarzender Stimme und deutete mit langem Arm auf das Mammut an der Tür, »hat drei Stacheln im Gesicht?«

»Stacheln?« fragte Rodraeg verdutzt und betrachtete das Bild.

»Stacheln – wie eine Biene oder Wespe oder so was?«

»Nein, das sind keine … Stacheln. Das sind zwei Stoßzähne und ein Rüssel. Weshalb fragt Ihr?«

»Ach, nur so, nur so. Ich bin auf der Suche nach jemandem mit Honig auf der Zunge. So jemand ist sicher nicht abgestiegen in einem gewöhnlichen Gasthaus wie dem *Durchbohrten Habicht*, der *Geborstenen Kutsche* und den *Warchaimer Buben*, meint Ihr nicht auch? So jemand müßte woanders sein, wo die Winkel spitz zueinander verlaufen und die Zeit schreit, wenn sie sich stößt. So eins« – er deutete wieder auf das Mammut – »habe ich noch nie gesehen.«

»Die gibt es auch nicht mehr. Ausgestorben.« Rodraeg spürte Cajin fünf Schritt hinter sich die Treppe hinunterschleichen. Er versuchte in den Augen des Fremden zu lesen, aber die waren nicht zu sehen. Vierzig Jahre alt, hätte er geschätzt. Die Kleidung alt und wettergegerbt. Keine Waffen außer einem großen Hammer im Gürtel. Der Mann roch nach Harz, war hager und ausgemergelt. Seine Stimme klang, wie wenn man einen Säbel schleift.

»Ausgestorben«, nickte der Fremde. »Lustig. Aber ich bin's nicht gewesen. Ausnahmsweise kann ich mal nichts dafür. Ach, eine Frage noch, wenn ich Euch schon so zur Tür gescheucht habe mitten in der Nacht mit nichts weiter an als einer Kerze, einer Hose und einem abergläubischen Hemdlein: Seid Ihr nicht auch der Meinung, daß die Königin zu nachsichtig ist den Bäumen gegenüber?«

»Den Bäumen?«

»Ja, überall! Wurzeln unter jedem Schritt. Laub, unter dem man sich verkriechen kann. Diese Stadt hier ist umzingelt von Bäumen, eingekesselt, möchte man sagen, und in ihr breiten sie sich auch schon aus. Auf dem Marktplatz, dieses Ding – da läuft einem doch ein Schauder über den Rücken. Aber was kann ich schon dafür? Habe ich etwas falsch gemacht? Nichts. Ich bin nur auf der Suche nach einem mit Honig im Haar und einem mehr als stacheligen Bart, das ist schon schwierig genug, man kann sich ja nicht um alles kümmern, nicht wahr? Um alles gleichzeitig, das geht nicht.«

»Das geht wohl wirklich nicht«, antwortete Rodraeg, dem seine Verwirrung deutlich ins Gesicht geschrieben stand.

»Na, dann nichts für ungut, Kerzenmensch. Ihr habt's mit Eurem kleinen Lichtchen sicherlich schon schwer genug. Legt

Euch wieder hin und überlaßt den Lauf des Kontinents den Blinden und den Ohnmächtigen.« Der Mann wandte sich ab und ging raschen Schrittes davon. Von einer Verwachsung oder sonstigen körperlichen Beeinträchtigungen war nichts mehr zu sehen. Er wirkte eher kräftig und beweglich.

»Ach, einen Moment noch, verzeiht mir!« rief Rodraeg ihm hinterher und machte zwei Schritte ins Dunkel hinaus. Der Fremde blieb stehen. »Könnt Ihr mir Euren Namen nennen? Man erhält schließlich nicht oft Besuch mitten in der Nacht.«

»Da lügt Ihr«, zischte der Fremde und lachte dann krächzend auf. »Aber manches kann man ja nicht wissen, geschweige denn sich merken. Ist das meine Schuld? Wohl kaum. Ich bin Raukar, einfach nur Raukar. Euren Namen brauche ich nicht, danke für die Mühe, aber ich trage ohnehin schon zuviel Gepäck mit mir herum.« Er schüttelte sich. »Hier hat ein Wolf gestunken, vor weniger als dreißig Stunden, aber auch dafür kann mich niemand zur Rechenschaft ziehen, man kann sich nicht um alles kümmern. Um alles gleichzeitig, das geht nicht. Gehabt Euch wohl denn. Lebt weiter und wagt Euch nicht zu weit hinaus.« Raukar eilte die Straße hinauf Richtung Badehaus, während Rodraeg stehen blieb. Die Dunkelheit schien nach ihm zu greifen, an der kleinen Flamme zu lecken, die er bei sich trug. Mit einem Frösteln, als sei nicht Sommer, kehrte er ins Haus zurück und lehnte sich von innen gegen die Tür. Cajin, Naenn und Hellas saßen auf den untersten Stufen und schauten ihn erwartungsvoll an.

»Junge, hatte der eine Schräglage im Glockenturm«, ächzte Rodraeg. »Ich hoffe, Riban erwartete nicht allen Ernstes von uns, daß wir mit dem zusammen auf Reisen gehen.«

»Ich habe ihn gar nicht kommen sehen, das wollte ich dir noch sagen«, berichtete Cajin aufgeregt. »Als es geklopft hat, war ich völlig überrascht.«

»Kannst du denn die Straße von oben vollständig überblicken?«

»Na ja, wenn jemand sich auf unserer Straßenseite ganz dicht an den Hauswänden hält, ist da ein toter Winkel ...«

»Also muß das nichts zu bedeuten haben.«

»Es ist nicht neblig draußen, Rodraeg«, sagte Naenn.

Rodraeg stutzte. Er sah Naenn eine Weile lang an, dann öffnete er die Tür noch einmal und lugte hinaus. Dunkelheit, aber nicht diese zähen Schwaden, die ihn eben umwabert hatten. Es war Wiesenmond, im Wiesenmond gab es höchstens Frühnebel. Verwirrt schloß er die Tür ein weiteres Mal.

»War *er* das? Ein so mächtiger Magier, daß er Nebel erzeugen kann? Soll ich ihm hinterherlaufen? Vielleicht kann ich ihn noch einholen.«

»Das kannst du dir wohl sparen«, verneinte Naenn ernst. »Der Nebel kam nicht von ihm, sondern von dir. Er war garantiert nicht unser Mann.«

Alle sahen sie fragend an. Seufzend holte sie mit ihren Erklärungen weiter aus. »Es gibt Wesen, die sich verbergen können im Schatten der Aufmerksamkeit anderer. Wir nennen solche Wesen *Heimlichgeher*. Hätte er unseretwegen an unsere Tür geklopft, hättest du keinen Nebel wahrgenommen. Aber da er nicht unseretwegen hier war, hast du ihn nur uneindeutig wahrgenommen. Seine Stimme, seine Gestalt – alles mag in Wirklichkeit ganz anders sein als gerade eben von uns bezeugt. Er war zufällig hier, weil er die Zeichnung an der Tür interessant fand. Es ist durchaus möglich, daß er keiner von den beiden war, die Riban uns vorhergesagt hat.«

»Was meinst du mit *Wesen*?« fragte Hellas. »War dieser Knilch kein Mensch?«

»Ich denke schon.« Naenn zuckte die Schultern. »Menschen können das *Heimlichgehen* lernen, genau wie einige Tiere. Dieser … Mann gerade eben könnte es gelernt haben von jemand Mächtigem.«

»Was meinte er damit, daß er auf der Suche ist nach jemandem mit Honig auf der Zunge oder im Haar?« fragte Cajin. »Wer soll das sein? Ein Blonder, der gut reden kann?«

»Das wärst ja du«, grinste Hellas.

»Quatsch«, wehrte Cajin ab.

»Das mit dem Wolf finde ich noch spannender«, dachte Rodraeg laut nach. »Hier treiben sich Seltsamkeiten herum, immer kurz nach Mitternacht. Gestern ein Wolf, heute ein *Heimlichgeher.* Morgen sind wir schon nicht mehr hier. Hmmm. Jedenfalls glaube ich nicht, daß Riban sich verrechnet hat. Das würde ihm ja seine ganze Aura der Allwissenheit rauben. Nein, ich denke, dieser Raukar war Nummer eins. Und er war nicht für uns. Nummer zwei muß es also sein.«

»Ich bleibe jetzt auch wach«, sagte Hellas. »Das ist ja richtig aufregend.«

»Ich lege mich wieder hin«, sagte Naenn. »Die Nacht ist noch zu lang.«

Sie hatte recht. Es vergingen vier Stunden, in denen auch denjenigen, die sich zum Wachbleiben zwingen wollten, mehrmals die Augen zufielen, bis es erneut klopfte. Als es endlich soweit war, war Hellas viel zu müde zum Aufstehen, und nur Cajin und Naenn huschten oben auf den Treppenabsatz, um möglichst viel mitzubekommen.

Rodraeg war genauso ausgerüstet wie beim ersten Gast: Hose, Kjeerhemd, Kerze. Das Klopfen war diesmal zaghafter gewesen, ein Fingerknöchel anstatt der Unterseite einer Faust. Erneut öffnete Rodraeg mit einem Ruck und weit.

Kein Nebel. Nur Nacht und ein etwa dreißigjähriger Mann, gekleidet ganz in Schwarz. Schwarze Hose, schwarzes Hemd mit schwarzer Weste, eine schwarze Jacke, die bis knapp zu den Schenkeln reichte und deren Ärmel in breite Manschetten mündeten. Kurze, störrisch wirkende schwarze Haare. Ein interessantes Gesicht mit einer markanten Nase und einem unrasierten Kinn. Der Mann trug keinerlei Waffe, das allein nahm Rodraeg schon für ihn ein.

»Entschuldigt bitte die späte Störung«, lächelte der Fremde und zeigte seine leeren Hände vor. »Ich bin jetzt seit mittlerweile … zweiunddreißig Tagen auf der Suche nach euch und habe noch keine Bleibe zur Nacht gefunden. Ich wollte fragen, ob es möglich wäre, daß ich gleich hier übernachte.«

»Auf der Suche nach uns?«

»Ja. Ich will für euch arbeiten. Laßt ihr mich ein?«

Rodraeg war einigermaßen sprachlos. *Auf der Suche nach ihnen? Seit zweiunddreißig Tagen?* Vor zweiunddreißig Tagen hatten sie noch als Gefangene in der Schwarzwachsmine bei Terrek Not gelitten, und dort war dieser Mann garantiert nicht gewesen. Es war wohl besser, solche Fragen im Haus zu erörtern, aber nach seiner Begegnung mit dem unheimlichen *Heimlichgeher* war Rodraeg vorsichtiger geworden.

»Wartet einen Augenblick«, beschied er dem Fremden, schloß die Tür und eilte Naenn und Cajin entgegen.

Cajin begann sofort seinen Bericht: »Er kam aus Richtung Innenstadt und betrachtete sämtliche Häuser und Türen so genau wie möglich. Vor unserer Tür blieb er stehen und sah sich das Mammut genau an. Dann hat er gleich geklopft.«

»Naenn?«

»Ich rate zur Umsicht. Ich kann eine leichte magische Aura wahrnehmen. Er ist nicht ganz so harmlos, wie er wirken mag.«

»Kann ich ihn hereinbitten?«

»Tu das. Ich werde dabeibleiben.«

»Ich auch«, bekräftigte Cajin.

Rodraeg nickte, ging zurück zur Tür und öffnete sie. Unterdessen trappelten Cajin und Naenn ins große Zimmer und entzündeten dort einige Lichter.

»Kommt herein«, lud Rodraeg den Wartenden ein. »Wie ist Euer Name?«

»Eljazokad.« Sie gaben sich die Hand. »Und deiner?«

»Rodraeg. Rodraeg Delbane. Nehmt bitte Platz.«

Mehrere Kerzen ließen den Raum und den Tisch nun golden schimmern. Cajin holte Trinkwasser für alle aus der Küche. Während Rodraeg die anderen kurz vorstellte, trank Eljazokad einen Becher sofort leer und goß sich dann gleich noch mal nach.

»Entschuldigt bitte meine Unhöflichkeit. Meine Vorräte sind vorgestern zur Neige gegangen.«

»Wollt Ihr etwas essen?« fragte Naenn. »Wir haben Brot und Käse da.«

»Danke, nein. Ich möchte zuerst erklären, was mich hierherführt. Es ist nur ... ziemlich schwierig zu erklären, ohne wie ein Verrückter zu wirken.« Er sah Naenn sehr tief in die Augen, bis sie ihre Augen niederschlug. »Du bist ein Schmetterlingsmensch, ist das wahr?«

»Ja.«

»Das ist gut. Ich denke, daß ich hier richtig bin. Genaugenommen folge ich nämlich einem Traum. Einem Traum von einem Mammut.«

Rodraeg, der bislang an der Wand gelehnt hatte, um den Überblick zu behalten, angelte sich nun einen Stuhl und setzte sich. »Erzählt.«

»Vor zweiunddreißig Tagen, am vierzehnten Blütenmond, hielt ich mich in Skerb auf, in einem Gasthaus unweit des Hafens. In jener Nacht hatte ich einen von diesen Träumen, über die meine Mutter mir auf den Lebensweg mitgab, daß man ihnen folgen müsse, denn sie könnten Botschaften der Götter sein. Mir erschien im Traum ein Kind, ein kleines Mädchen, das sterbend auf einem Lager aus Fellen lag. Im Traum heilte ich dieses Kind – wie Träume sind, blieb mir verborgen, wie ich das anstellte, denn jegliche Heilkunde ist mir fremd. In einem metallenen Schild, der als Spiegel benutzt wurde, konnte ich einen kurzen Blick auf mich selbst erhaschen, und ich erkannte mich kaum wieder: mein Haar und mein Bart waren lang und durchzogen von Grau. Meine Kleidung war die eines heiligen Mannes, aber keinem mir bekannten Gott zugehörig. Das Mädchen schlug die Augen auf und sprach ganz deutlich die Worte: *Ich bin ein Traum, verborgen in einem Irrgarten, verdunkelt durch ein Rätsel, entfernt durch einen Abgrund. Folge der Fährte des Mammuts, um mich zu finden.* Wie immer in einem solchen Traum, wenn man wünscht, Fragen stellen zu können, deren Antworten einem weiterhelfen könnten, erwachte ich. Ich muß gestehen, daß ich mir zu diesem Zeitpunkt nicht einmal sicher war, wie ein Mammut überhaupt aussieht. Glücklicherweise fand ich in einer Bibliothek am östlichen Stadtrand ein Exemplar der *Encyclica*, das mir ein Stück weit weiterhalf.«

»Obwohl das Wort *Ausgestorben* Euch nicht gerade mit Zuversicht erfüllt haben wird«, folgerte Rodraeg.

Eljazokad lächelte. »Sehr richtig. Ich wußte nichts mit dem Traum anzufangen.«

»Was war das für ein Mädchen?« erkundigte sich Naenn. »Ein Menschenmädchen?«

»Ja. Soweit ich das beurteilen kann. Vielleicht zwei oder drei Jahre alt. Dunkelhaarig. Sie hatte ungewöhnliche, mandelförmige Augen.«

»An welcher Krankheit litt sie?«

»Es war keine Krankheit. Sie war verletzt worden, angefallen von einem großen Tier. Ich konnte Blut sehen und Wunden.

Dennoch habe ich sie geheilt, und zwar vollständig, und ich weiß nicht, wie ich das vollbracht haben mag. Jedenfalls hörte ich mich um, in Skerb. Ob irgend jemand irgend etwas mit dem Begriff *Mammut* anfangen konnte. Und nach einigen Tagen hatte ich Glück. Kennt ihr einen Siruphändler namens Jerennji Teckler?«

Rodraeg schüttelte langsam den Kopf. Auch Cajin und Naenn verneinten stumm.

»Wahrscheinlich ist er euch noch nie persönlich begegnet. Aber er erzählte mir etwas Interessantes. Zu Beginn des Regenmondes, also gut anderthalb Monde, bevor er mir in Skerb über den Weg lief, hatte er sich in Warchaim aufgehalten, der zweiten Station seiner jährlichen Verkaufsreise. Er hatte einen Stand auf dem Marktplatz, und sein Geschäft besonders mit dem Holunderblütensirup lief ausgezeichnet. Für einen einzigen Tag, so erzählte er mir, gab es unter den Aushängen am Warchaimer Rathaus einen, dessen Inhalt so rätselhaft war, daß er unter einigen Händlern lebhaft diskutiert wurde. Ich denke, ihr kennt den genauen Wortlaut besser, als Teckler ihn sich merken konnte. Aber unterschrieben war dieser Aushang mit *Das Mammut.* Als er mir das erzählte, wußte ich, wohin ich als nächstes gehen mußte.«

Rodraeg schmunzelte. »Unser alter Gründungsaufruf. Wenn er wirklich so lebhaft diskutiert wurde, ist es eigentlich verwunderlich, daß sich nur vier Gestalten am Treffpunkt einfanden.«

»Die Kunde darüber ist jedenfalls bis zur Westküste gedrungen«, bekräftigte Eljazokad. »Ich habe mich unverzüglich auf den Weg Richtung Warchaim gemacht, der Fährte des Mammuts folgend, so, wie mein Traum mir es aufgetragen hatte. Weil ich kein Geld hatte und den größten Teil des Weges zu Fuß gehen mußte, brauchte ich beinahe einen vollen Mond, um hier anzukommen. Gestern abend war es endlich so weit. Ich wußte, daß ich vor Aufregung ohnehin kein Auge würde zutun können in dieser Nacht, also beschloß ich, mir keine Scheune zum Schlafen zu suchen, sondern die nächtliche Stadt zu durchforsten wie einen Irrgarten, in der Hoffnung, ein Zeichen zu entdecken, den Beginn einer neuen Fährte oder vielleicht sogar ein leibhaftiges Mammut. Stundenlang strich ich, mich von Süden nach Norden voranarbeitend, umher, bis ich an eure Tür gelangte und meinen Augen kaum zu trauen wagte. Und hier bin ich nun. Ich habe nicht die leiseste Ahnung, wer ihr eigentlich seid und was ihr tut und weshalb ihr euch *Mammut* nennt, aber es ist mir egal. Ich will für euch arbeiten. Deshalb bin ich hier.«

»Wenn wir Halsabschneider und Lumpen wären, würdet Ihr dann auch für uns arbeiten wollen?« fragte Naenn argwöhnisch.

Eljazokad lächelte. »Ich denke, daß das eine zum anderen führt. Das Ziel des Weges, den mein Traum mir vorgibt, ist die Heilung eines sterbenden Kindes. Wenn ich eurer Fährte folgen muß, um dieses Ziel zu erreichen, habt ihr entweder selbst mit Heilung zu tun, oder aber, was ich bei euch erfahre und lerne, wird mich auf diesen Weg führen. Wäret ihr Halsabschneider und Lumpen, so würde ich mich weigern, mit euch Hälse abzuschneiden und Lumpentaten zu begehen, aber ich würde bei euch bleiben und euch die Treue halten, um den Abzweig nicht zu verpassen, der mich zu diesem Kinde bringt.«

»Ihr seid ein eigentümlicher Mensch, daß Ihr Euren Träumen so traut«, sagte Rodraeg.

»Ihr seid ein Magier«, brachte Naenn es auf den Punkt.

Eljazokad rieb sich verlegen den Hinterkopf. »Meine Mutter sagte, ich sei der Sohn eines Magiers, aber ich habe meinen Vater nie kennengelernt. Meine magischen Fähigkeiten beschränken sich darauf, kleine Kunststücke mit Licht vorzuführen.«

»Kunststücke mit Licht?« Cajin war ganz Ohr und Auge.

»Etwa so.« Eljazokad streckte den Zeigefinger der rechten Hand in Richtung einer Kerze aus, die vor Naenn auf dem Tisch stand. Eine Weile hielt er die Hand ruhig in dieser Haltung, dann führte er unter dem Zeigefinger Daumen und Mittelfinger zusammen und schnippte. Die Kerzenflamme veränderte sich nicht in ihrer Größe, aber für einen Augenblick, bis der letzte Nachhall des Schnippens verklungen war, leuchtete diese unscheinbare Flamme so hell, daß der ganze Raum in Weiß und Schwarz unterteilt wurde. Dann war es vorüber. Cajin und Rodraeg blinzelten verblüfft.

»Das ist schon alles«, entschuldigte sich Eljazokad. »Ich kann keine Leute durch die Luft schweben lassen, keine Brände entfachen, keine Blitze aus den Augen schießen. Ich kann Helligkeit und Dunkel verstärken und abschwächen, und selbst das kostet mich schon Konzentration und Anstrengung. Nichts Atemberaubendes also. Nette Kunststückchen, um Angetrunkene in einer Wirtsstube dazu zu bringen, mir einen auszugeben.«

»Ihr seid ein Lichtmagier!« hauchte Cajin begeistert. Rodraeg war ebenfalls beeindruckt, auch von der Bescheidenheit des Magiers.

»Wenn Ihr nicht wißt, was wir tun«, fragte er vorsichtig, »was stellt Ihr Euch denn vor? Worauf laßt Ihr Euch ein, wenn Ihr für uns arbeitet?«

»Ich weiß es nicht. Ich müßte raten.«

»Ratet.«

»Ihr habt eine Schmetterlingsfrau dabei, einen Jungen, der fast noch ein Knabe ist, ein Haus in Warchaim. Der Anschlag am Rathaus sprach von den vier Elementen und daß sie Hilfe brauchen. Ihr forscht, würde ich vermuten. Vielleicht handelt ihr auch mit Kräutern und medizinischem Wissen.«

Rodraeg räusperte sich. Naenn sagte: »Ihr verwechselt uns mit Eurem Traum.«

»Was macht ihr dann?« Eljazokad fragte offen und freundlich. Es war erstaunlich wenig Argwohn an ihm.

»Ihr … tragt keine Waffe?« stellte Rodraeg eine Gegenfrage und wechselte einen Blick mit Naenn, die fast unmerklich nickte.

»Nein«, gab der Magier unumwunden zu. »Waffen bringen Unglück. Wo Waffen sind, werden sie auch eingesetzt. Wenn keine da sind, kann weniger passieren.«

»Nun gut, aber was ist, wenn die Gegenseite Waffen einsetzt?« fragte Rodraeg weiter. »Ist es dann nicht falsch, sich nicht zur Wehr zu setzen?«

Eljazokad kaute auf seiner Unterlippe. »Gegenseite. Ich habe es bislang eher vermieden, mir Feinde zu machen.«

»Seid Ihr noch nie überfallen worden?« fragte Naenn. Wieder ein Blickwechsel mit Rodraeg.

»Doch. Zweimal. Aber ich hatte nichts, also hatte ich Glück.«

»Skerb ist ein übles Pflaster«, sagte Rodraeg. »Die gewalttätigste und verkommenste Stadt, die ich je gesehen habe. Wie schlägt man sich dort durch ohne Waffe?«

Eljazokad zuckte die Schultern wie einer, der tatsächlich nicht verstand, warum dieses Thema so wichtig sein sollte. »Ganz normal. Man ißt und schläft, man arbeitet und redet. Ich habe keine Waffe gebraucht.«

»Wir haben noch zwei Mitglieder.« Rodraeg entschloß sich zu einer Erklärung. »Beide schlafen oben. Der eine ist ein Schwertkämpfer aus den Klippenwäldern, der andere ist ein Bogenschütze. In meinem Zimmerchen lehnt ein Anderthalbhänder an der Wand. Ohne Waffen kommt das *Mammut* nicht aus.«

»Ich werde euch nicht behindern«, sagte Eljazokad bestimmt. »Ihr könnt eure Schwerter schwingen, soviel ihr wollt, und ich werde waffenlos an eurer Seite stehen. Ihr braucht euch um mich keine Sorgen zu machen. Ich kann schon auf mich aufpassen.«

»Wart Ihr schon einmal in Wandry?«

»Ja. Einmal für ein paar Tage.«

»Gut. Dann kennt Ihr Euch dort ein wenig aus.«

»Ich kenne mich in den meisten Küstenstädten ein wenig aus.«

»Aha!« Rodraeg traute seinem Gehör kaum. »Ihr seid tatsächlich ein Seemann?«

Eljazokad lachte auf. »Nicht, wenn es sich vermeiden läßt. Zu Reisezwecken bin ich schon auf Schiffen mitgefahren, aber das war es dann auch schon.«

»Was führt Euch an die Küsten?« fragte Naenn.

»Das ist eine lange Geschichte. Ich bin zu müde, sie euch heute nacht noch zu erzählen. Gebt ihr mir Obdach bis morgen vormittag? Ein paar Stunden Schlaf, und ich verrate euch alles, was über mich zu reden lohnt.«

Rodraeg mußte nicht lange nachdenken. »Die Treppe hoch, und dann die hinterste Tür auf der linken Seite. Dort könnt Ihr für heute unterkommen.«

»Besten Dank. Haltet mich bitte nicht für unhöflich, aber ich muß mich jetzt wirklich hinlegen. Gute Nacht!« Der Magier ging nach oben, die anderen drei blieben noch sitzen und lauschten seinen Schritten, bis sie in Migals ehemaligem Zimmer endeten.

»Du vertraust ihm«, stellte Naenn fest.

Rodraeg gähnte und hob die Hand, um an seinen Fingern abzuzählen. »Erstens: Riban hat uns prophezeit, daß einer der beiden Gäste dieser Nacht etwas für uns sein könnte. Nun, der Wahnsinnige mit dem Nebel wird es wohl kaum gewesen sein. Zweitens: Er ist unbewaffnet. Womit also sollte er uns alle ermorden, falls er deswegen hier ist? Drittens: Er hat mit seinen magischen Fähigkeiten nicht hinter dem Berg gehalten, und besonders viel Schaden anrichten kann man mit Lichtzaubern wohl nicht. Viertens: Das Zimmer ist neben meinem, ich kann also ein Ohr auf ihn haben, wenn ich mich – vielen Dank für alles, Cajin – jetzt wieder in mein Zimmer begebe. Fünftens: Ich will den Rest seiner Geschichte hören. Sechstens: Wir können jemand Magisches gut gebrauchen, auch wenn er nicht kämpfen kann, aber Magie ist etwas, was uns bislang noch fehlt, zumal du ja nicht mitkommen wirst. Siebtens: Wenn Bestar und Hellas mit ihm klarkommen, soll er uns nach Wandry begleiten. Falls er ein böser Mensch ist, wird uns das auf einer zwölftägigen Kutschenreise nicht verborgen bleiben. Achtens: Auch ich kippe vor Müdigkeit gleich um. Also laßt uns morgen möglichst spät zu sechst frühstücken, und dann sehen wir weiter.«

Cajin versuchte die Kerzen mit einem Fingerschnippen zu löschen, aber er kam ums Pusten nicht herum.

5 Dasco

Eljazokad war noch nicht einmal der letzte am vormittäglichen Frühstückstisch. Bestar kam nach ihm, sah ihn, klopfte ihm auf die Schulter und brummte: »Du mußt der Seebär sein. Morgen auch.«

Eljazokad fiel fast das Brötchen aus dem Mund. Cajin und Rodraeg lachten.

»Seebär? Nur weil ich mich in Küstenstädten aufhalte? Aber davon kann er doch gar nichts wissen ... oder doch?«

Rodraeg stellte Bestar, Hellas und Eljazokad einander vor und machte ansonsten keine Anstalten, das Mißverständnis aufzuklären. »Jetzt erzähle uns die Skerb-Geschichte. Vorausgesetzt, man kann sie beim Essen erzählen.« Rodraegs eigene Erinnerungen an Skerb eigneten sich eher nicht für ein Tischgespräch.

Eljazokad spülte sein Hafermehlbrötchen mit frischer Milch hinunter und begann mit einer Frage. »Hat einer von euch schon mal von dem Stadtschiff von Tengan gehört?«

»Gehört nicht. Gelesen.« Wieder war Cajin derjenige unter ihnen, der als einziger etwas mit dem Thema anfangen konnte. »Es soll ein riesiges Schiff sein mit einhundert Masten und zehn Decks, das unter den Verstorbenen des Kontinents seine Besatzung rekrutiert.«

»Sehr gut«, lobte Eljazokad. »Wo hast du das her?«

»Ich habe in einem Tinsalttempel das Lesen und Schreiben beigebracht bekommen. Obwohl Delphior eigentlich der Meeres- und Wassergott ist, interessieren sich die Tinsaltpriester für das Segeln, weil es mit Wind und Wetter zusammenhängt. Deshalb gab es eine ganze Menge Seefahrtslektüre in der Ordensbibliothek. Das Stadtschiff von Tengan ist wohl nur eine Legende, aber wie bei jedem gutgesponnenen Seemannsgarn taucht alle paar Jahre jemand auf, der dieses Schiff gesehen haben will.«

»Könnte es sein, daß so jemand mit uns hier am Tisch sitzt?« fragte Rodraeg.

»Nein, da muß ich euch enttäuschen«, sagte Eljazokad. »Ich habe das Stadtschiff noch nicht zu Gesicht bekommen. Jedenfalls nicht im Wachzustand. Ihr haltet mich wahrscheinlich für einen ziemlich sonderbaren Gesellen, aber das Stadtschiff von Tengan ist ein weiterer Traum, dem ich folge. Auch daran ist wohl meine Mutter schuld. Ich habe bereits erzählt, daß mein Vater ein Magier war. Von ihm habe ich meine bescheidenen übernatürlichen Fähigkeiten geerbt. Kennengelernt habe ich ihn aber nie. Er starb oder verschwand kurz nach meiner Geburt. Die letzten Worte, die er an meine Mutter richtete, lauteten: *Unser Sohn ist für das Stadtschiff von Tengan bestimmt. Trage Sorge dafür, daß er seinen Träumen folgt, sonst wird er dem Schiff ins Netz gehen.* Meine Mutter schärfte mir diese Worte bei jeder sich bietenden Gelegenheit ein. Im Klartext heißt das soviel wie: Wenn ich sterbe, wird mich das Stadtschiff holen, und was mir dann bevorsteht, ist alles andere als erbaulich. Der Dienst auf dem Schiff dauert Jahrtausende, und die Arbeitsbedingungen sind unmenschlich grausam und hart.«

»Du glaubst an dieses Schiff der Toten?« fragte Rodraeg.

Eljazokad nickte. »Ich habe zu oft davon geträumt, um zu zweifeln.«

»Bei uns in den Sonnenfeldern glaubt man an den Geisterfürsten«, bemerkte Rodraeg. »Wer zu Lebzeiten böse und ungerecht war, wird nach dem Tod ein geisterhafter Vasall in den Armeen des untoten Herrschers. Oben in Hessely, wo ich ein paar Monde gearbeitet habe, glaubt man an Himmel und Hölle. Ein Platz in den lichtdurchfluteten Weiten des Himmels ist Belohnung für gute Taten; die Hölle, die in etwa dem Land der

Affenmenschen entspricht, winkt dem, der hartherzig und geizig war. In Aldava wiederum glaubt man einfach daran, daß die Götter einen zu sich holen, ohne Belohnung oder Strafe, aber welcher Gott einen bei sich aufnimmt, richtet sich danach, welchem man zu Lebzeiten am meisten zugearbeitet hat. Wie ist das bei euch in den Klippenwäldern, Bestar?«

Bestar zog laut die Nase hoch. »Die Tapferen gehen zu den Ahnen und kämpfen Seite an Seite mit ihnen in der ewigwährenden Schlacht gegen Affenmenschen und anderes Dämonenpack. Die Feiglinge jedoch verrotten in der Erde.«

»Was wird aus Frauen, die nicht kämpfen wollen?« fragte Naenn.

Bestars Gesicht leuchtete auf. »Frauen sterben nicht. Sie werden verehrt und leben in unseren Herzen weiter. So ist das!« Er stieß mit Cajin seinen Milchkrug an, so daß weißer Schaum überschwappte.

»Woran glauben die Schmetterlingsmenschen?« fragte Rodraeg Naenn.

»An Wiedergeburt. Nichts stirbt für immer. Alles lebt aufs neue, in völlig anderer Form und in endlos sich wandelndem Kreislauf. So lernen wir, alles Leben zu respektieren, denn die Ameise, auf die du unachtsam trittst, könnte deine verstorbene Mutterschwester sein, in deren Schuld du auf ewig stehen wirst.«

Rodraeg ließ Naenns Worte einwirken, dann fragte er auch noch die anderen beiden. »Cajin? Wie steht es mit … was war es noch mal? Siberig?«

»Erst Siberig, später Gagezenath. Beide Städte standen nicht unter Herrschaft des Geisterfürsten, waren aber nahe genug an der Grenze zu seinem Reich der Schatten und des Schrekkens, um auch heute noch den ungezogenen Kindern mit ihm zu drohen. Die Guten kommen zu den Göttern in das innere

Wesen der Dinge, die Bösen werden in die Schattenfelder verschleppt.«

»Schattenfelder.« Dieser Begriff verursachte Rodraeg eine Gänsehaut. Als *Schattenfelder* hatte man die *Sonnenfelder* bezeichnet während der beinahe vierzigjährigen Gewaltherrschaft des Geisterfürsten. »Und bei dir, Hellas? Woher stammst du eigentlich?«

»Aus einem unbedeutenden Kaff in der Nähe von Somnicke. Bei uns herrschten der Einfluß und die Nähe der Hauptstadt vor. Das heißt: Die Götter nehmen sich deiner an. Da aber fast niemand mehr an die Götter glaubt, ist das alles nur halbvergessene Theorie, und man fällt beim Sterben einfach nur ungelenk zu Boden.«

Auch das ließ Rodraeg erst auf sich wirken. Dann wandte er sich direkt an Naenn. »Wenn ihr an Wiedergeburt glaubt, wie passen dann die Götter ins Bild?«

Naenn war nicht im geringsten verunsichert. »Die Götter sind unsterblich, die Menschen und auch die Schmetterlingsmenschen sind es nicht. Die fünfhundert Zyklen der Wiedergeburt sollen den Menschen zum Lernen dienen, zur Reinigung und zur Annäherung an die Unendlichkeit. Sind fünfhundert Lebenszyklen erfolgreich durchlaufen, erhält man Zutritt zu den Wiesen der Götter.«

»Und wenn man nicht erfolgreich war?« fragte Eljazokad.

Naenn lächelte. »Weitere fünfhundert Zyklen.«

»Aber«, hakte Hellas nach, »woher weißt du, ob du nun ein Schmetterlingsmensch bist oder eine Ameise? Und im wievielten Zyklus du dich befindest?«

»Ich weiß es nicht. Aber es gibt ein Bewußtsein in mir, das sich an alles erinnert. Manchmal, im Schlaf oder in der Entrücktheit eines Rausches, bilden sich Teile dieser Erinnerungen in einem ab.«

»Das Mammut«, dachte Rodraeg laut. »Vielleicht war ich früher ein Mammut.«

»Das ist nicht ausgeschlossen«, bestätigte Naenn sanft.

»Mir raucht der Kopf«, beklagte sich Bestar. »Wann brechen wir denn endlich auf?«

»Gleich, Bestar, nur eine Frage noch«, bat Rodraeg um Geduld. »Wie war noch mal der Wortlaut deiner Mammutbotschaft, Eljazokad?«

Eljazokad brauchte nicht lange nachzudenken. »*Ich bin ein Traum, verborgen in einem Irrgarten, verdunkelt durch ein Rätsel, entfernt durch einen Abgrund. Folge der Spur des Mammuts, um mich zu finden.*«

»Das mit dem Abgrund finde ich äußerst interessant«, ließ Rodraeg die anderen erneut an seinen Gedanken teilhaben. »Mein Mammuttraum endete an einem schwindelerregenden Abgrund. Spuren waren ebenfalls zu sehen, weil tiefer Schnee lag. Vielleicht muß man von dort aus, vom Abgrund, zurückgehen. Der Spur des Mammuts zurückfolgen, um zu sehen, woher es kam.«

»Durch ein dunkles Rätsel, und dahinter durch einen Irrgarten?« vollendete Eljazokad. »Ich habe keine Ahnung. Aber ich habe die Absicht, es herauszufinden.«

Rodraeg sah sie alle der Reihe nach an. »Hier ist unser Plan: Wir brechen heute auf, in der Kutsche, die Riban uns organisiert hat, und fahren nach Wandry. Eljazokad wird uns begleiten. Er ist unbewaffnet, wird also nicht an unserer Seite kämpfen, aber bei allem anderen wird er uns zur Seite stehen. Naenn kommt *nicht* mit. Unser erster Auftrag führte uns leider in vorübergehende Gefangenschaft, und unser Auftraggeber hat mit Naenn abgesprochen, daß sie solchen Gefahren besser noch nicht ausgesetzt werden soll. Erst dann, wenn wir bewiesen haben, daß wir in der Lage sind, einen

Auftrag ohne Komplikationen durchzuführen. Fragen? Einwände?«

Hellas lächelte fast unmerklich. Er war von Anfang an dagegen gewesen, daß Naenn sie begleitete, und fühlte sich nun bestätigt.

Eljazokad hatte eine Frage. »Was führt uns nach Wandry?«

Rodraeg zögerte nur kurz, dann antwortete er. »Eine Herde Buckelwale, die wir retten müssen. Höchstwahrscheinlich ist Fängermagie im Spiel, um sie in den Tod zu locken. Ich hoffe, daß du uns mit deinen magischen Kenntnissen da weiterhelfen kannst.«

»Ich werde mein möglichstes tun. Ich bin mir jetzt übrigens sicher, daß ich hier richtig bin.«

»Warum?«

»Weil man sich erzählt, daß das Stadtschiff von Tengan ursprünglich ein Walfängerschiff war.«

»Das stimmt«, bestätigte Cajin. »Es wuchs und wuchs, indem es Schiffbrüchige aufnahm und die von Walfischen zerschmetterten Rümpfe anderer Schiffe als Baumaterial benutzte.«

»Sehr interessant«, sagte Rodraeg nachdenklich. »Möglicherweise ist alles ja ganz anders und die Vermutung des *Kreises*, daß von Wandry aus Magie wirkt, ist falsch. Möglicherweise werden die Wale nicht angezogen, sondern getrieben, von See aus, von einem sehr, sehr großen Schiff.«

Alle schwiegen besorgt, bis auf Bestar. Dem schien die Vorstellung zu behagen. »Dann können wir uns mit den wandryschen Piraten verbünden und eine Seeschlacht gegen das Stadtschiff führen. Das wird phantastisch!«

»Oder wir töten einfach Eljazokad«, grinste Hellas, »der kommt dadurch an Bord und sabotiert das ganze Ding.«

»Na, vielen Dank. Eigentlich wollte ich vermeiden, da an Bord zu müssen.«

»Wie auch immer«, schloß Rodraeg. »Wir müssen auf alles

gefaßt sein. Eljazokads Ankunft in unserer kleinen erlauchten Runde ist entweder nur Zufall oder ein dunkles Rätsel in einem Irrgarten. Ich gehe jetzt zu Rigurds Stall und sage dem Kutscher Bescheid, daß wir in wenigen Stunden aufbrechen. Eljazokad, du begleitest mich. Ihr anderen macht euch in der Zwischenzeit Gedanken darüber, ob unsere Ausrüstung vollständig ist oder noch irgend etwas fehlt.«

Beim allgemeinen Aufbruch fragte Bestar Eljazokad: »Wie heißt du eigentlich mit Nachnamen?«

»Ich habe keinen Nachnamen.«

»Keinen Nachnamen? Aber warum nicht?«

»Weil ich keinen Vater habe. Ganz einfach.«

»Aber jeder hat einen Vater. Sonst kann man doch nicht auf der Welt sein, oder?«

»Ich denke schon«, sagte der junge Magier freundlich. »Ich denke schon, daß es auch ohne geht.«

Bestar dachte noch Stunden später darüber nach.

Die Kutsche, die man in Rigurds Stall untergebracht hatte, war nicht zu übersehen. Aus dunklem Holz, stabil überdacht, geräumig genug für sechs Reisende im mit dunkelgrünen Polstern ausgeschlagenen Innenraum, die Deichsel lang und massiv genug für ein Vierergespann, an den Türen das Wappen von *Slaarden Edolarde*, einem der ältesten Betriebe des Kontinents. Der legendäre Edolarde war zu Zeiten eines noch nicht vereinigten und von Kriegen zerrissenen Landes mit seiner Kutsche von Küste zu Küste gerast, hatte Briefe, Fahrgäste, Alkohol und auch Waffen transportiert und sein Leben mehr als ein Dutzend Mal mit der Peitsche in der Hand verteidigen müssen. Sein Beispiel hatte König Rinwe nach der Vereinigung auf den Gedanken gebracht, ein königliches Postreiternetz aufzubauen, dem heute wiederum von privaten Kurierdiensten wie *Carhard & Bernsten*

Konkurrenz gemacht wurde. Dies alles ging jedoch auf den Mut und die Tatkraft von Slaarden Edolarde zurück. Rodraeg berührte das Wappen mit den verschlungenen Buchstaben *S* und *E* mit großem Respekt.

Von Rigurd erfuhren sie, daß sich der Kutscher Alins Haldemuel ein Zimmer im nur vier Häuser entfernt befindlichen *Würfelbecher* genommen hatte, um möglichst schnell erreichbar zu sein. Die vier Pferde seien bestens in Form und innerhalb einer halben Stunde angeschirrt.

»Das mit den Pferden wird Bestar begeistern«, prophezeite Rodraeg, als er mit Eljazokad zum *Würfelbecher* hinüberging. Dort flogen trotz der noch vormittäglichen Stunde bereits Wurfpfeile durch die rauchige Luft, und Spieler ließen seltsame zwanzigseitige Würfel in Lederbechern klappern und rissen anschließend entweder jubelnd die Arme hoch oder sanken leise weinend in sich zusammen.

Alins Haldemuel entpuppte sich als dicker, gemütlich wirkender Mittfünfziger, der eine Weste mit aufgesticktem *Slaarden-Edolarde*-Wappen trug und an einer langstieligen Pfeife schmauchte.

»Freut mich, daß es endlich losgeht«, lachte er, als er Rodraegs Hand drückte. »Ich sitze hier schon seit zwei Tagen herum und verspiele mein Gehalt. Wieviel Gäste werde ich denn nun kutschieren dürfen?«

»Wir sind zu viert.«

»Dann gibt es ja gar keine Platzprobleme. Was den Reiseproviant angeht, müßt ihr euch allerdings selbst versorgen. Ihr braucht aber erst einmal nur für sechs Tage einzukaufen, denn dann werden wir in Harpas Hof am Westrand des Larn haltmachen und uns dort neu ausrüsten. Am neunten Tag kommen wir durch Tyrngan und können dort noch mal einkaufen, und am zwölften erreichen wir Wandry.«

»Die Bezahlung ist bereits geregelt?« erkundigte sich Rodraeg eher aus Höflichkeit, als daß er an Ribans Organisationstalent gezweifelt hätte.

»Die Bezahlung ist bereits im voraus erfolgt. Für jeden Tag, den ich länger brauche als zwölf, erhalte ich empfindliche Abzüge von meinem Gehalt. Ich werde also auf eventuell im Weg stehende Straßenräuber keine Rücksicht nehmen können.«

»Gut so«, lachte Rodraeg. »Wir sind in zwei Stunden soweit und treffen Euch dann vor Rigurds Stall. Abgemacht?«

»Abgemacht. Die Pferde können es kaum erwarten, wieder Straße unter die Hufe zu bekommen.«

»Also bis nachher.«

Die letzten beiden Stunden vergingen wie im Flug.

Cajin und Naenn besorgten Proviant, bereiteten ihn noch ein wenig auf und verteilten ihn an die vier Reisenden. Die wiederum suchten ihre Ausrüstung zusammen. Wegen der warmen Witterung beschlossen sie, die wachsbeschichteten Kapuzenmäntel, die sie im Regenmond nötig gehabt hatten, diesmal zu Hause zu lassen. Rodraeg stopfte das Anderthalbhänderschwert in die Tragetasche und nahm auch die beiden Armbänder wieder mit, die seine Handgelenke bei Schwertübungen stützten. Außerdem trug er das Kjeerhemd, das ihm bislang gute Dienste leistete, da sich der Husten heute fast noch gar nicht bemerkbar gemacht hatte. Im Rucksack verstaute er ein Seil, eine Grubenlaterne, eine Decke, ein Messer, seinen Zündsteinkasten und das Terreker Schreibzeug. Eljazokad hatte überhaupt nichts dabei außer einem Geldsäckchen, in dem sich drei Taler befanden. Bestar trug Schwert und Lederrüstung sowie im Rucksack ein Seil, einen Wurfhaken, eine Decke, zwei Fackeln, ein Messer und ein Zünderkästchen mit sich herum. Hellas hatte seinen Langbogen, einen Köcher mit vierzig Pfeilen, seinen Degen sowie seinen Rucksack mit einer Decke, einer Grubenlaterne und den drei außen befestigten Wurfmessern.

Hellas schlug scherzhaft vor, daß sie noch Korkgürtel einpacken sollten, um sich im Meer über Wasser halten zu können. Gutgelaunt hielt Bestar dagegen, daß Hellas ja sowieso nicht untergehen könne: »Du bist so leicht, du tanzt doch wie ein Schaumkrönchen auf den Wellen.«

Cajin und Rodraeg regelten das Finanzielle. Da nach dem Kauf des Proviants noch sechzig Taler übriggeblieben waren und Cajin sagte, daß er und Naenn nicht mehr als zehn Taler brauchen würden, um einen Mond zu überstehen, tat Rodraeg noch weitere fünfzig Taler den in seinem Geldsäckchen steckenden zehn Talern hinzu, um unterwegs alle nötigen Nahrungsmittel bezahlen zu können. »Vielleicht kann Hellas ja ein Wild schießen«, sagte er, »dann können wir eine Menge Geld sparen.«

Der Abschied von Cajin und Naenn war kurz, aber beherrscht von sorgenvollen Blicken. Naenn und Rodraeg zögerten nur den Bruchteil eines Augenblickes, dann schlossen sie sich gegenseitig in die Arme und drückten sich lang und fest. »Gib acht auf alle Arten von Magie«, wisperte sie ihm ins Ohr, »von allen Seiten des Geschehens.«

»Das werde ich tun. Gebt acht auf Wölfe, Heimlichgeher und andere Merkwürdigkeiten, die sich hier am Haus herumdrücken.«

»Um uns braucht ihr euch keine Gedanken zu machen«, sagte Cajin im Brustton der Überzeugung. »Kommt ihr heil und gesund und möglichst schnell wieder zurück, dann probiere ich ein neues Rezept aus und es gibt ein Festmahl, wie es sich gehört.«

»Wieso gibt's eigentlich nicht schon beim Aufbruch ein Festmahl?« fragte Bestar und knuffte den Jungen, der zurückknuffte, was auf Bestars nagelneuer Rüstung nicht mehr als einen dumpfen Ton verursachte.

Eljazokad stand still dabei, gab aber Cajin und Naenn umgänglich die Hand.

Dann brachen die vier auf. Eljazokad ohne Rucksack und ohne Waffe schien überhaupt nicht zu den anderen zu passen, die offensichtlich für eine lange Wanderung gerüstet waren. Bestar hatte sich bereit erklärt, den Proviant des Magiers in seinen Rucksack zu nehmen, auch weil er hoffte, sich dadurch beim Aufteilen ein wenig zu seinen eigenen Gunsten verrechnen zu dürfen.

Die Kutsche stand vor Rigurds Stall auf der Straße und erregte Aufsehen. Einige Stadtgardisten schauten durchaus zweimal hin, und einige Warchaimer tuschelten über die herrschaftlichen Polster im Inneren. Baron Figelius hatte mehrere Kutschen, Yoich Barsen und der Schulze besaßen jeweils eine, aber ansonsten waren die edlen Wagen von *Slaarden Edolarde* höchstens auf der Durchreise zu sehen, und dann selten aus der Nähe. Rodraeg war sich nicht sicher, ob es eine gute Idee von Riban gewesen war, ein so auffälliges Gefährt zu wählen, aber Bestar war dermaßen begeistert, daß es ansteckte. Der Klippenwälder lief gleich vor zu den vier Pferden, streichelte jedes einzelne und redete mit ihnen. Alins Haldemuel sprach vom Kutschbock herab mit einem Fremden. Hellas nutzte den Sichtschatten der Kutsche, um von den Gardisten möglichst ungesehen ins Innere zu huschen. Eljazokad folgte ihm ruhig und unbeeindruckt.

»Der Herr hier hat eine Frage«, rief Haldemuel Rodraeg zu.

»Was gibt es?«

Der Fremde war unauffällig gekleidet, trug einen Tuchbeutel über der Schulter, hatte halblange dunkle Haare, ein hageres Gesicht und einen ungepflegt wirkenden Vollbart. »Könntet Ihr mich vielleicht mitnehmen? Der Kutscher hat mir gesagt, daß Ihr nach Wandry aufbrecht. Das würde auch mir gut passen.«

Soviel zur Geheimhaltung unseres Zieles, dachte Rodraeg resigniert. *Jetzt wissen die Garde, Rigurd und alle Passanten, wohin wir aufbrechen.* Aber er hatte dem Kutscher nichts dergleichen eingeschärft, also war es seine eigene Schuld.

Rodraeg musterte den Bärtigen. Er hatte das eigenartige Gefühl, ihn schon einmal gesehen zu haben, aber er konnte die Erinnerung nicht dingfest machen. »Was führt Euch nach Wandry?« fragte er freundlich.

»Ich war noch nie im Nordwesten«, gab der Fremde Auskunft. »Hier habe ich alles erledigt, was es zu erledigen gab. Die Klippenwälder scheinen mir ein lohnendes Ziel zu sein.«

»Wie ist Euer Name?«

»Dasco.«

Rodraeg hoffte immer, über den Namen eines Menschen auf seine Herkunft und ein Stück weit auf seine Geschichte schließen zu können, aber *Dasco* sagte ihm gar nichts. Das Wort klang südländisch, vielleicht diamandanisch, doch der Mann sah nicht wie ein Südländer aus. Seine bleiche Haut schien eher in den Norden und in einen der großen Wälder, Thost oder Larn, zu passen.

Rodraeg fühlte sich nicht wohl in seiner Nähe. »Es tut mir sehr leid, Dasco, aber wir sind eine Reisegruppe, die schon seit längerem aufeinander eingespielt ist. Es wäre eine Unannehmlichkeit für uns, einen Fremden dabeizuhaben. Ich bin zuversichtlich, daß es Euch möglich sein wird, eine andere Passage in den Nordwesten zu finden.«

»Ich bin bereit, Euch gut zu bezahlen. Sagen wir: dreißig Taler?«

Dreißig Taler! Bei der Rückkehr von dieser Mission würde das *Mammut* kein Geld mehr besitzen, wenn nicht unterdessen eine neue Geldlieferung vom *Kreis* eintraf. So knapp, wie der *Kreis* das *Mammut* finanziell immer hielt, war eigentlich jegliches zusätzliche Einkommen hochwillkommen.

Dennoch hatte Rodraeg ein dermaßen schlechtes Gefühl beim Gedanken daran, diesen Mann in ihrer Kutsche mitreisen zu lassen, daß er beschloß, es darauf ankommen zu lassen.

»Fünfzig Taler«, trieb er den Preis geradezu unverfroren in die Höhe.

Ohne mit der Wimper zu zucken antwortete Dasco: »Abgemacht. Ich bezahle Euch sogar im voraus. Hier.« Tatsächlich holte er fünf massive Goldtaler aus seinem Tuchbeutel und reichte sie Rodraeg. Der nahm sie staunend an. Seine Barschaft hatte sich soeben beinahe verdoppelt.

»Es macht mir auch nichts aus, neben dem Kutscher auf dem Bock zu sitzen, falls ihr lieber unter euch bleiben wollt. Ich habe dafür vollstes Verständnis.« Mit diesen Worten schwang Dasco sich hinauf auf den Kutschbock. Er trug keinerlei Waffe. Wie Eljazokad. *Ein Magier? Zwei Magier,* mit Eljazokad*? Drei Magier,* mit dem Heimlichgeher von heute nacht? Rodraegs Gedanken rasten ungezügelt dahin und verirrten sich im Dickicht der Unwahrscheinlichkeit.

»Muß er Euch auch noch etwas bezahlen?« fragte er den Kutscher.

»Nein. Die Kutsche ist komplett für Euch angemietet. Wie viele Leute Ihr mitnehmt ist höchstens ein Platzproblem, aber ich habe Platz für sieben Gäste, also habt Ihr noch zwei frei.«

»Aber …« Rodraeg suchte immer noch nach einem Haar in der Suppe. »Ihr habt keinen Reiseproviant, Dasco, und wir werden erst in sechs Tagen haltmachen, um uns zu versorgen.«

»Ich werde jagen gehen, wenn wir ein Nachtlager aufschlagen. Ich gehe davon aus, daß die Pferde sich irgendwann einmal ausruhen müssen.«

»Jagen? Ohne Waffen?«

»Ich habe ein paar Schlingen dabei. Ich werde Euch keine Umstände machen.«

»Ja, dann … gehabt Euch wohl, da oben.«

»Danke, ebenfalls.«

Die Reise ging los, nachdem Alins Haldemuel Bestar davon überzeugt hatte, daß er die Pferde noch oft genug zu sehen bekommen würde.

Sie fuhren nach Süden aus der Stadt hinaus, um den Larnus gleich auf der großen Holzbrücke zu queren und dann in nordwestlicher Richtung am Ufer entlangzurasen. Das Tempo, das die vier Pferde machten, war wirklich erstaunlich. Rodraeg rechnete aus, daß man in dieser Geschwindigkeit wohl nur fünf Tage benötigen würde, um seinen langjährigen Wohnort Kuellen zu erreichen. Aber Kuellen lag nicht auf dem Weg.

Bestar lehnte sich immer wieder weit aus dem Fenster, um den Pferden beim Galoppieren zuzusehen. Die Kutsche krängte dadurch zu einer Seite über, und Alins Haldemuel bat ihn am Nachmittag zu sich auf den Bock, damit die Räder nicht einseitig belastet wurden. Dadurch wurde es wiederum zu dritt zu eng auf der Kutschersitzbank, weshalb Dasco von den anderen nach drinnen gebeten wurde. Während nun also Bestar mit großer Begeisterung von Haldemuel in die Grundzüge des Gespannlenkens eingeführt wurde, schwiegen sich im Inneren der Kutsche Rodraeg, Eljazokad, Hellas und Dasco gegenseitig an. Zwei Stunden später war der Spuk vorüber und Bestar und Dasco wechselten wieder die Plätze.

Hellas wand sich unbehaglich auf dem Sitzpolster. »Ich würde auch gerne mal draußen sitzen und den Fahrtwind im Gesicht spüren. Hier drinnen komme ich mir vor wie in einem rollenden Sarg.«

Rodraeg, der Hellas' Unbehagen angesichts beengter Räume kannte, versprach ihm, daß er den nächsten Tag auf den Kutschbock dürfe.

Eljazokad stützte die Ellenbogen auf die Knie und sein Kinn auf die Fingerspitzen. »Was haltet ihr eigentlich von diesem Dasco?«

»Ich werde nicht schlau aus ihm«, gab Rodraeg zu. »Irgend etwas an ihm beunruhigt mich, aber ich kann beim besten Willen nicht sagen, was. Er wirkt einnehmender als so mancher andere, aber ... ich weiß es nicht.«

»Von ihm geht etwas aus. Eine magische Präsenz.«

»Echt? Verdammt.« Das gefiel Rodraeg überhaupt nicht. »Wollen wir ihn besser loswerden? Ich gebe ihm das Geld zurück und die Sache ist erledigt.«

»Vielleicht wäre das ein Fehler«, machte Hellas sich bemerkbar. »Mir ist gerade ein Gedanke gekommen. Was, wenn er ein Fängermagier ist? Es ist doch ein seltsamer Zufall, daß er ausgerechnet jetzt nach Wandry möchte. Falls er ein Fängermagier ist, sollten wir ihn besser im Auge behalten, anstatt uns von ihm zu trennen.«

»Aber ... in dem Brief stand, daß die Fängermagie bereits wirkt, und zwar von Wandry aus«, gab Rodraeg zu bedenken. »Das kann also nicht sein.«

Eljazokad schaute die beiden fragend an. Sein Mund verbarg sich hinter seiner Hand. »Vielleicht solltet ihr mich mal so langsam in unseren Auftrag einweihen, sonst weiß ich nicht, worauf ich eigentlich achten soll.«

»Du hast recht.« Mit knappen Worten erzählte ihm Rodraeg von dem zweiten Brief, den Seemagiern, der in Wandry vermuteten Fängermagie, den Buckelwalen und dem Zeitrahmen, in dem sich alles abspielen sollte. Er gab auch wieder, was Naenn über Fängermagie erläutert hatte und was in der

Bibliothek zu diesem Thema und zu Buckelwalen zu finden gewesen war.

Auch Bestar und Hellas hörten aufmerksam zu und ließen sich alles noch einmal durch den Kopf gehen. Draußen zog die Landschaft vorbei, fruchtbares Flachland linker Hand und der Larnus mit all seinen wechselnden Farben und Fließgeschwindigkeiten rechter Hand.

»Noch etwas ist denkbar«, sagte Eljazokad nach einer Weile. »Die Anwendung von Fängermagie ist verboten. Irgend jemand muß dafür sorgen, daß Verbote eingehalten werden. Möglicherweise ist Dasco nach Wandry unterwegs, weil dort Fängermagie angewendet wird und er den Auftrag hat, das abzustellen.«

»Was ihn zu unserem Verbündeten machen würde«, vollendete Rodraeg den Gedanken.

»Richtig«, bestätigte Hellas. »Nur daß er nichts von uns weiß und besser auch nicht wissen sollte, falls er für die Königin arbeitet. Wie ich schon sagte: Wir sollten ihn im Auge behalten, statt ihn fortzujagen. Das kann eigentlich nur von Vorteil für uns ein.«

»Und wenn er gar nichts mit der ganzen Sache zu tun hat?« fragte Bestar.

»Dann ist es auch kein Nachteil«, schloß Rodraeg.

Am Abend suchten sie sich einen Rastplatz am Flußufer. Dasco ging mit nichts weiter als seinem Tuchbeutel über der Schulter auf die Jagd. Hellas raunte den anderen zu, daß es ein mittleres Wunder wäre, falls Dasco hier in der Flußebene etwas Größeres als eine Feldmaus fangen würde.

Rodraeg und Eljazokad legten sich zum Schlafen in der Kutsche auf die Sitzbänke, Bestar und Hellas bevorzugten das offene Sternenzelt. Alins Haldemuel streckte sich oben auf dem Dach seiner Kutsche aus, während die Pferde am Ufer grasten.

Mehrmals in der Nacht spähte Rodraeg durch die Fenster nach draußen, aber von Dasco war weit und breit nichts zu sehen.

Am Morgen war ihr Mitreisender jedoch wieder da und weckte sie sogar, nachdem er über einem kleinen Feuerchen in einem Kessel aus der Kutschenausrüstung Wasser mit Thymian erhitzt hatte.

Sie tranken gemeinsam.

»Jagdglück gehabt?« fragte Hellas mit möglichst arglosem Gesichtsausdruck.

»Ein Kaninchen. Tut mir leid, aber ich habe es gleich an Ort und Stelle zubereitet und verzehrt. Ich war hungrig. Aber vielleicht fällt in der kommenden Nacht etwas für euch mit ab.«

»Wir haben genug«, versicherte Rodraeg kauend.

Die folgenden fünf Reisetage verliefen alle nach demselben Muster.

Hellas durfte neben Haldemuel draußen sitzen, dann kam Dasco nach innen, und es war nicht mehr aus ihm herauszubekommen, als daß er aus einem Dorf in der Provinz Hessely stammte und seine Eltern nicht mehr am Leben waren. Für Bestar erklärte das immerhin, weshalb Dasco keinen Nachnamen hatte.

Auch der Klippenwälder durfte weiterhin ab und zu neben Haldemuel draußen sitzen und die Pferde führen; auch dann kam Dasco nach innen, und es war nicht mehr aus ihm herauszubekommen, als daß er aufgrund zweier persönlicher Verabredungen in Uderun und Warchaim gewesen war und nun die Klippenwälder bereisen wollte. Rodraeg hielt es nicht für klug, ihn direkt zu fragen, ob er ein Magier sei.

Nachts verschwand Dasco jedesmal und kehrte erst im Morgengrauen wieder zurück. Einmal brachte er tatsächlich ein erlegtes und bereits zerteiltes Reh mit und gab den anderen großzügig davon ab. Hellas raunte Rodraeg zu: »Ein *Reh*? Mit einer *Schlinge*? Wie soll denn das gehen?« Aber das Fleisch war eine willkommene Abwechslung vom Einerlei des abgepackten Reiseproviants, und man briet und schmauste gemeinsam.

Das Wetter wandelte sich, am vierten und fünften Tag regnete es sogar. In der Kutsche wurde es durch das Prasseln des Wassers auf dem Dach nur um so gemütlicher, und die Fenster konnten mit Planen abgedichtet werden. Alins Haldemuel saß unverzagt in eine Wachsdecke gehüllt auf dem Kutschbock und lenkte seine Pferde an allen unübersichtlichen Wegstellen vorbei und besonders vorsichtig durch große Pfützen.

Rodraeg dachte viel nach in diesen Tagen der Reise und Ruhe.

Über Naenn und ihr Kind. Ein nicht enden wollender Aufruhr an Gedanken, Befürchtungen und Selbstvorwürfen, die alle darauf hinausliefen, daß Naenn nicht glücklich war. Ihrer zur Schau gestellten Selbstsicherheit, der von ihr behaupteten Bewußtheit zum Trotz hatte sie sich ohne gründlich zu überdenken in etwas hineingestürzt, sich preisgegeben, sich veräußert und verinnerlicht zugleich. Sie mußte schier zerrissen werden von der Spannung zwischen Pflicht und Sehnen. Hätte Rodraeg an diesem schicksalhaften Tag nur ein kleines bißchen anders agiert, wäre Naenn dies – zumindest vorerst – erspart geblieben.

Über seine Vergiftung. Das Hemd des Erdgottes schien seinen Husten, das kratzende, schabende, hämmernde Schwarzwachs in ihm, tatsächlich zu besänftigen und im Zaum zu halten. Drei- oder viermal am Tag bekam Rodraeg noch Hustenanfälle, aber sie dauerten höchstens einen Sandstrich. Er mußte nie die Kutsche anhalten lassen und nach draußen rennen, um sich am

Rande des Übergebens seinem schmerzenden und zuckenden Leib zu überantworten. Der Husten wurde besser. Es gab Hoffnung, und in der Art, wie diese Hoffnung entstanden war, lag eine zarte, ihm fremde und dennoch kostbar anmutende Möglichkeit des Glaubens und Vertrauens.

Über Eljazokad. Der junge Magier fügte sich ausgezeichnet in das *Mammut* ein. Immer ruhig, immer gelassen, dabei aber nie abweisend oder hochmütig. Bestar nannte ihn immer noch »den Seebär«, Eljazokad wehrte sich nicht dagegen. Dafür zeigte er Bestar und Hellas eines frühstückbereitenden Morgens einen verblüffenden Zauber, bei dem er die Farbe und Form des Lagerfeuers veränderte, und seitdem waren die beiden von stillem Respekt erfüllt.

Über Dasco. Rodraeg fand zu keiner Lösung. Er hatte diesen Mann schon einmal gesehen, aber anders als jetzt. Tagsüber schlief oder döste Dasco viel, nachts schien er um so munterer, aber immer fern von ihnen. Dieser Mann verweigerte sich jeglicher Greifbarkeit. Eljazokad spürte noch immer, daß etwas Magisches von ihm ausging, aber nicht so sehr wie von einem Magier, eher wie von einem magischen Ort, einer mit Aura geladenen Gegenwart.

In der Abenddämmerung des sechsten Reisetages bog der Kutscher von der Straße nach Tyrngan ab und folgte einem holperigen Weg nach Osten in den Larnwald hinein, der seit anderthalb Tagen rechter Hand den Ausblick beherrschte. An den Abzweigungen nach Kuellen waren sie schon vorbei, den Larnus hatten sie hinter sich gelassen. Der Larnwald war dunkel, tropfend naß und roch fast betäubend nach Nadeln und Moos. Rodraeg spähte immer wieder nach draußen. Diese Luft, dieses wabernde Dunkel der uralten Bäume, war ihm in seinen Kuellener Jahren ebenso sehr ein Zuhause geworden wie die Sonnenfelder Abencans oder einige leuchtende, helle Straßen Aldavas. Er war ein Mann mit Wurzeln an drei verschiedenen Orten. Eine vierte – Warchaim, das Haus des *Mammuts*, darin Naenn, in ihr das Kind und in diesem Kind wieder eine Hoffnung auf Glauben und Vertrauen – war auf dem Weg, seine eigentliche Heimat zu werden.

Es war schon restlos dunkel, und die Bäume ragten wie tropfende Geister schemenhaft und kühl dampfend in die Höhe, als sie Harpas Hof erreichten.

6 Zwei Schwerter an der Wand

Terenz Harpa und seine Frau Adena waren gastfreundliche Leute, mit denen Alins Haldemuel schon seit Jahren bekannt war. Ihr kleiner Hof samt Stallungen warf keine beeindruckenden Gewinne ab, deshalb hatten sie mit *Slaarden Edolarde* die Übereinkunft getroffen, als Zwischenstation für Kutschen und Pferde zu dienen und für das leibliche Wohl der Reisenden zu sorgen. Terenz war etwa in Rodraegs Alter, Ende dreißig, und wirkte für einen Bauern eigentlich zu schlaksig und zu wendig. Er trug einen Vollbart und etliche Lachfältchen im Gesicht, kümmerte sich liebevoll um die Pferde, die er aus dem Regen in eine Stallung führte, und hieß alle Reisenden auf seinem bescheidenen Hof willkommen.

Seine Frau Adena war ausgesprochen schön, zehn Jahre jünger als Terenz, und wirkte erstaunlich kräftig und geschmeidig, ebenfalls nicht wie eine Bauersfrau, sondern eher wie eine sich in Übung haltende Gardistin. Zwei Schwerter, die in der Hauptstube überkreuzt an einer Wand hingen, enthüllten das Geheimnis um beider Herkunft. Die Harpas waren Abenteurer gewesen, wie sie freimütig erzählten. Acht Jahre lang waren sie gemeinsam durch den Kontinent gezogen und hatten wilde und kaum glaubliche Geschichten erlebt, bevor sie sich von ihren Einkünften den Hof gekauft und sich zur Ruhe gesetzt hatten. Seit einem halben Jahr erst waren sie zu dritt: ihr kleines Töchterchen Adeni schlief im Nebenzimmer in einer Wiege.

Zum Abendbrot gab es umwickelten Spargel, dazu frisches Brot und Butter. Die Harpas schilderten – von Alins ermuntert – eines ihrer Abenteuer: wie sie im Wildbartgebirge ein siebzehnjähriges Mädchen gesucht hatten, das angeblich von Riesen verschleppt worden war. In Wirklichkeit war das Mädchen allerdings mit seinem Liebsten durchgebrannt und hatte es lediglich so aussehen lassen, als seien Riesen mit im Spiel gewesen. In der Nähe von Miura hatten sie die beiden dann aufgespürt, allerdings hatten die sich ausgerechnet in einer Höhle verkrochen, die von echten Riesen ausgebaut und mit Hunderten von mechanischen Fallen gespickt worden war.

»Nachdem wir mit Müh und Not mit all den schwingenden Fallbeilklingen und stürzenden Gewichten fertiggeworden waren«, erzählte Adena belustigt, »tauchten zu guter Letzt noch die Fleischfliegen auf, um uns das Leben schwer zu machen.«

»Fleischfliegen?!« Hellas schüttelte sich. »Das klingt ja ekelhaft.«

»Die sind auch ekelhaft«, bestätigte Terenz. »Fleischfressende Fliegen, einige von ihnen so groß und fett wie kleine Vögel. Die Riesen benutzen sie als Wächter ihrer Heiligtümer. Wenn ihr auf der Paßstraße durch Tyrngan fahrt, muß Alins euch den Eingang zur Höhle des Alten Königs zeigen. Dort kann man zwei riesige Fleischfliegen aus Stein sehen, die das auf ewig verschlossene Tor bewachen. Jedenfalls: Sie kamen in einem gewaltigen Schwarm, um uns alle vier bei lebendigem Leibe aufzufressen.«

»Wir entkamen nur um Haaresbreite, indem wir durch Wasser und Öl nach draußen tauchten. Es war ein ziemlicher Alptraum.«

»Das Übelste an allem jedoch war, daß das von uns gerettete Liebespärchen auf keinen Fall zurück wollte zu ihren Müttern und Vätern. Was soll man in so einer Situation machen? Die beiden beschworen uns, ihren Eltern zu sagen, daß sie umgekommen seien. Wir aber wurden von ihren Eltern bezahlt, und man kann ja wohl kaum einer Mutter ins Gesicht lügen, ihr Kind sei tot.« Terenz seufzte. »Das Leben als Abenteurer besteht aus vielen fragwürdigen Entscheidungen. Habt ihr *Das Schwert im Baum* gelesen?«

»Mein Lieblingsbuch«, sagte Rodraeg.

Terenz Harpa nickte. »Meins auch, in meiner Jugend. Mit nichts als einem Schwert in der Hand losziehen und sich das Schicksal unterwerfen, in einem wilden und gefährlichen Land. Aber das meiste, was dort steht, gilt schon seit Jahrhunderten nicht mehr. Das Land ist nicht mehr wild, sondern eher kompliziert. Und ein Schwert in der Hand bringt einem nur Scherereien, die einen eigentlich gar nichts angehen. Erst wenn man es lange genug geführt hat, findet man hoffentlich die Stärke, es wieder abzulegen. Ein Schwert hilft ein Stück weit bei der Entscheidung, auf wen man sich im Leben verlassen kann und auf wen nicht, aber die eigentliche Wahl muß man dann ohne eine Waffe treffen.« Seine Hand suchte die Hand seiner Frau. Beide Hände fanden sich auf der Tischplatte und hielten einander fest.

Rodraeg und Eljazokad wechselten einen Blick.

»Wie ging es aus mit dem Liebespaar?« fragte Bestar.

»Oh, wir konnten sie überzeugen, einen Brief zu schreiben, daß es ihnen gut geht, aber daß sie gemeinsam unterwegs sind nach weit, weit weg und es keinen Sinn mehr hat, sie zu verfolgen«, antwortete Adena. »Diesen Brief brachten wir den Eltern und bekamen so immerhin noch einen Teil des Lohnes, den wir für das Zurückholen der Kinder erhalten hätten.«

»Ende gut, alles gut«, grollte Dasco. »Zum Kotzen eigentlich, diese biedere Gemütlichkeit samt Allerweltsweisheiten. Jeden Moment wird jetzt noch der Balg anfangen zu krähen. Ich werde lieber draußen nächtigen, im Wald.« Er erhob sich grußlos und ging hinaus.

»Was hat er denn plötzlich?« fragte Alins Haldemuel erschrocken.

»Keine Ahnung«, sagte Eljazokad nachdenklich. »Er wirkt

angespannt und unruhig, seit wir hier sind. Das ganze Essen über zitterten seine Beine unter dem Tisch. Gibt es hier irgend etwas Ungewöhnliches? Etwas Magisches?«

»Nein«, sagte Terenz aufrichtig. »Nichts.«

»Wenn ich doch nur wüßte, wo ich ihn schon mal gesehen habe«, sinnierte Rodraeg leise vor sich hin. »Aber es kann in Aldava, in Kuellen oder in Warchaim gewesen sein. Ihr seid weitgereiste Leute«, wandte er sich an die Harpas. »Kam er euch irgendwie bekannt vor?«

»Wir reisen seit zwei Jahren nicht mehr«, lächelte Adena. »Aber eines weiß ich über ihn: Er ist mir unheimlich. Habt ihr gesehen, wie er Messer und Gabel benutzt hat? Als würde es ihn Mühe kosten. Als hätte er keinerlei Übung darin.«

»Das allein macht ihn nicht zu einem bösen Menschen«, versuchte Eljazokad zu vermitteln.

»Das nicht. Aber er scheint Kinder zu verabscheuen. Das macht ihn mir nicht gerade angenehm.«

Nach dem Abräumen wuschen sich die Reisenden gründlich in den dafür bereitgestellten Bottichen. Anschließend bezogen sie ihr Nachtquartier, einen flachen Anbau mit Lagerstätten für bis zu zehn Leute.

Mitten in der Nacht wurde Rodraeg von Eljazokad geweckt. »Stell ihn dir ohne Bart vor.«

»Ohne Bart?« nuschelte Rodraeg verschlafen. »Wen? Harpa?«

»Nein: Dasco.«

Rodraeg überlegte angestrengt. Allmählich entstand ein Bild, eine Erinnerung, aber sie war immer noch schemenhaft und nicht richtig greifbar.

»Jetzt nimm die Körperlichkeit raus«, wies Eljazokad ihn beschwörend an. »Mach ihn flach wie ein Bild.«

»Wie ein Bild … wie ein Bild …« Rodraeg fuhr auf. »Du hast recht: ein Steckbrief. Ich habe ihn in Warchaim gesehen, als ich das Gesuch zur Gründung der *Mammut*gruppe ans Rathaus gehängt habe. Wie war noch mal der Name ...?«

»Skandor Rigan. Ich habe den Steckbrief auch gesehen, in mehreren Städten, aber ich habe die Verbindung nicht ziehen können, bis du vorhin gesagt hast, daß du Dasco in irgendeiner Stadt schon mal gesehen hast.«

»Was hat er verbrochen?«

»Morde. Mehrere Morde. Er hat ganze Familien ausgelöscht.«

»Na großartig. Und wir bringen ihn ausgerechnet hierher.«

»Was tun wir?«

Glas klirrte im Haupthaus. Ein schriller Schrei ertönte. Dann noch einer.

»Wir reagieren auf das, was *er* tut.« Rodraeg riß den Anderthalbhänder an sich, den er immer noch nicht richtig zu führen verstand. Darüber hinaus war er nur mit Kjeerhemd und Lendenschurz bekleidet, Eljazokad kaum besser. Immerhin wurden Bestar und Hellas durch den Lärm ebenfalls wach.

Rodraeg sah Eljazokad direkt an. »Du bleibst besser hier bei Alins. Ohne Waffe könnte es gefährlich werden.«

»Ihr werdet doch wohl zu dritt mit einem einzigen Kerl fertigwerden. Ich will den Harpas helfen.«

»Wir können uns aber nicht auch noch um dich kümmern.«

»Mann, seid ihr langsam«, stöhnte Bestar und stürmte voran ins eigentliche Wohnhaus. Rodraeg folgte, dann Eljazokad. Hellas als vierter. »Laßt mich nicht allein«, jammerte der Kutscher und schloß sich ungefragt an.

Die Geräusche kamen aus dem Nebenraum, in dem das Kind der Harpas schlief. Die Tür zu diesem Zimmer war nur angelehnt. Scherben klirrten, weil jemand sich auf ihnen bewegte. Keine Schreie mehr, auch nicht die eines Kleinkindes. Eines der beiden Wandschwerter fehlte.

Bestar durchquerte den Hauptraum mit schnellen Schritten, erreichte die Tür zum Nebenzimmer und stieß sie mit der linken Hand auf. Was dann passierte, überraschte alle: Er wurde aus dem lichtlosen Zimmer heraus angesprungen, aber nicht von einem Menschen, sondern von einem ausgewachsenen Flechtenwolf.

Das Tier war langgestreckt ebenso groß wie Bestar, der dennoch nicht nach hinten umgeworfen wurde, sondern standhielt. Klirrend ließ er sein Schwert fallen und hielt sich die schnappenden Fänge des Wolfes mit beiden Händen vom Leib.

»Es ist ein Wolf!« rief er, als ob die anderen es nicht sehen konnten. »Es ist ein Wolf! Was soll ich nur machen?«

»Halt ihn fest«, schlug Hellas vor, hängte sich seinen Bogen über die Schulter und zog seinen Degen.

»Nein!« brüllte Bestar. »Nicht töten! Das ist doch nur ein Tier!«

»Was soll ich denn sonst machen? Ihn in den Schlaf singen?«

»Ich versuche ihn bewußtlos zu kriegen. Werden Wölfe bewußtlos?«

Hellas wandte sich zu Rodraeg hin um und griff sich wieder seinen Bogen. »Bestar können wir erst mal vergessen. Der ist damit beschäftigt, einem wilden Wolf nicht weh zu tun.«

Die Situation war so kurios, daß Rodraeg beinahe lachen mußte. »Bestar, du bist unvergleichlich. Los kommt, wir anderen sichern das Kinderzimmer.«

»Da bewegt sich noch was«, zischte Eljazokad.

»Ja«, bestätigte Rodraeg. »Nicht schießen, die Harpas müssen ja auch noch irgendwo stecken.«

»Dann geh vor«, empfahl Hellas und machte eine Kopfbewegung in Richtung Tür. Bestar rang weiterhin schnaufend mit dem geifernden Wolf und bewegte sich dabei stetig rückwärts, von den anderen weg.

Rodraeg näherte sich dem Türrahmen, aus dem heraus Bestar von einer Bestie angesprungen worden war. Er verspürte Husten in seinem Inneren rumoren, wagte es aber nicht, auch nur laut zu atmen. Der Anderthalbhänder schmerzte in beiden Handgelenken, die den Griff umklammerten.

Im Zimmer grollte etwas. Zweistimmig. Darunter, ganz dicht am Boden, stöhnte ein Mensch, als ob er schliefe und schlecht träumte.

Rodraeg sah Eljazokad an, der erwiderte seinen Blick und nickte. Der junge Magier ging in der Tür in die Knie, hob beide Hände, spreizte alle Finger auseinander, konzentrierte sich, schloß dann die Finger zu Fäusten und öffnete sie wieder. Als er sie öffnete, sagte er: »Baahm!« Gleichzeitig flammte das Zimmer gleißend hell auf. Eljazokad schloß und öffnete die Hände noch zweimal. »Baahm! Baahm!« Noch zweimal blitzte der Raum auf, so daß Rodraeg die beiden Flechtenwölfe erkennen konnte, die inmitten von Fensterglasscherben kauerten und panisch aufblickten, als ihre Augen von dem plötzlichen Licht zu Spiegeln einer nicht vorhandenen Sonne wurden. Terenz Harpa lag am Boden, über der umgekippten, leeren Kinderwiege. Einer der Wölfe sprang elegant und schlank durch das Fenster nach draußen. Der andere zögerte noch, doch Hellas zuckte um die Türrahmenkante und schoß ihm einen Pfeil ins Fell. Grollend drohte der Wolf mit hochgezogenen Lefzen ins Leere. Eljazokad ließ es ein viertes Mal blitzen: »Baahm!« Der Wolf jaulte eine anklagende Melodie und folgte dann seinem Gefährten durch das Fenster. Sofort huschten Rodraeg und Hellas, der bereits einen neuen Pfeil aufgelegt hatte, ins Zimmer, hin zu Harpa. Eljazokad hielt sich am Türrahmen fest und zog sich mühsam in die Höhe. »Mist«, ächzte er benommen, »viermal hintereinander ist eigentlich dreimal zu viel. Mir ist schwindlig.«

»Aber eine erstklassige Aktion«, lobte ihn Rodraeg, während er Terenz Harpa tätschelte. »He, Terenz, komm zu dir! Was ist passiert?«

Hellas entzündete ein kleines Licht. Aus dem großen Wohnraum drang Gepolter. Bestar war mitsamt dem Wolf gestürzt und rollte sich nun mit ihm wie balgend über die Teppichmatten. »Ich hab ihn gleich«, knurrte er mit dem Tier um die Wette. »Gleich hab ich ihn.« Hellas verzog mißbilligend das Gesicht.

Terenz Harpa fand das Bewußtsein wieder. Er hatte Kratzer im Gesicht und eine beachtliche Beule an der Stirn. Ein Hemdsärmel hing in Fetzen herunter, und seine rechte Hand blutete, aber er schien nicht lebensbedrohlich verletzt zu sein. »Adena«, brachte er mühsam hervor. »Sie ist ihm nach.«

»Was genau ist passiert?«

»Adena ... hatte eine Ahnung. Mit so vielen Fremden im Haus ... und dem Kinderhasser irgendwo dort draußen sind wir heute beide in Adenis Zimmer schlafen gegangen. Alles war ruhig. Plötzlich splitterte das Fenster nach drinnen. Ich sprang auf, konnte aber nur einen haarigen Schemen sehen, der mich zu Boden schlug und sich mein Kind griff. Adena ist flink aus dem Raum gehuscht und mit ihrem Schwert in der Hand wieder zurückgekommen. Der Schatten ist durchs Fenster raus, das Kind im Arm. Adena hinterher, obwohl ihr immer mehr Wölfe entgegenkamen. Als ich ihr dann auch nachwollte, sprang ein Wolf mich an und schleuderte mich wieder zu Boden. Was für ein Wahnsinn!«

»Der Schemen hat sich das Kind gegriffen? Du meinst, er hat es mit den Zähnen gepackt?«

»Nein, mit den Händen. Mit Händen. Krallen. Ich weiß nicht, was es war. Kein Wolf, aber auch kein Mensch. Riesig groß. Ein Monster. Ich hatte keine Chance. Ihr ... ihr müßt Adena helfen! Sie hat auch keine Chance ... allein gegen dieses Ding.«

»Wir kümmern uns drum«, versicherte Rodraeg.

»Klar«, bemerkte Hellas sarkastisch. »Wir haben ja auch sonst nichts zu tun.«

»Wie geht es Bestar?« fragte ihn Rodraeg.

Hellas schaute zweimal hin und sagte dann: »Die beiden werden noch dicke Freunde.«

»Dann gehen wir alleine. Eljazokad, ich fürchte, wir können dein *Baahm* da draußen gut gebrauchen.«

»Ich komme mit, aber ich weiß nicht, ob ich es unter der Anspannung noch mal hinkriege. Ich bin leider kein Meistermagier.«

»Vielleicht reicht es, daß Hellas ein Meisterschütze ist. Kommt, Jungs.«

»Und was mache ich?« fragte Alins Haldemuel schüchtern.

»Du und Terenz, ihr könntet nach den Pferden sehen. Es treiben sich verdammt viele Wölfe da draußen rum – nicht, daß uns die Gäule noch durchdrehen.«

»Ja. Gut. Richtig. Machen wir.«

Rodraeg, Eljazokad und Hellas schlüpften nacheinander vorsichtig durch die scharfkantig geborstene Fensterscheibe in die warme, dunstige Nacht hinaus.

Der Regen hatte aufgehört, aber die Dunkelheit war von einer Sprühfeuchtigkeit durchwirkt, die ihre Gesichter naß glänzen ließ. Die düstere Luft war von Geräuschen erfüllt. Wölfe heulten und strichen durchs Gebüsch. Überall war Rascheln und Kratzen. Bäume knarrten. Wind ließ Blätter aneinanderschaben. Tropfen zerplatzten ploppend in Pfützen. An mehreren Orten war schnelle, rennende Bewegung. Harpas Hof war vollständig umzingelt.

Hellas drehte sich um sich selbst und zeigte mit seiner aufgelegten Pfeilspitze in alle denkbaren Richtungen, auch aufwärts ins Astwerk. Rodraeg suchte am feuchten Grund nach Spuren, aber das war sinnlos. Es gab zu viele, und es war zu dunkel, um eine unter anderen herauszufinden. Er legte die Hände zu Trichtern an den Mund: »Adena! Adena Harpa! Wo steckst du?«

Kaum zu hören, eine Antwort, die weit entfernte Stimme Adenas: »Ich bin hieeeeer! Kommt schnell!«

»Ist das echt? Oder eine Falle?« argwöhnte Hellas.

»Es ist erst mal ein Anhaltspunkt«, sagte Rodraeg. »Wir nähern uns vorsichtig. Vorsichtig, aber so schnell wie möglich.«

Sie huschten los, von Deckung zu Deckung. Um sie herum war Bewegung. Schlanke, geduckte Leiber, die mit schmeckendheraushängenden Zungen über den Grund schnürten.

»Rodraeg, was ist hier überhaupt los?« fragte Eljazokad mit banger Stimme.

»Ich wünschte, ich wüßte es. Als ich Anfang des Jahres aus Kuellen abreiste, ging dort gerade das Gerücht um, daß ein Werwolf über die Kjeerklippen nach Süden in den Larn vorgedrungen sei. Was Terenz uns beschrieben hat, könnte sehr gut ein Werwolf gewesen sein. Aber ich werde dennoch nicht schlau daraus. Der Waldläufer sagte mir damals, daß die Flechtenwölfe vor dem Werwolf auf der Flucht seien. Die hier aber scheinen mit ihm zusammenzuarbeiten. Ist Dasco dieser Werwolf? Wenn nicht, wo ist er abgeblieben? Und was hat es mit dem Wolf auf sich, der in Warchaim nachts an unserer Haustür schnupperte? Das sind für meinen Geschmack zu viele Wölfe, um ein Zufall zu sein.«

»Vielleicht hat das irgend etwas mit unserem Auftrag zu tun«, vermutete der Magier.

»Außer daß *Wale*, *Wölfe* und *Werwölfe* jeweils mit *W* anfängt, kann ich eigentlich keinen Zusammenhang entdecken«, murrte Hellas. Er schoß. Ein heller, struppiger Flechtenwolf, der aus einem Gebüsch hochgesprungen war, um sie anzufallen, wurde in die ungeschützte Brust getroffen und sackte winselnd zusammen. Hellas legte nach. Ein zweiter Wolf, kleiner und gelblicher, rannte knurrend auf sie zu. Der erste Pfeil traf, stoppte ihn jedoch nicht ganz. Der zweite Pfeil drang seitlich durch den Schädel, als Eljazokad die Zähne schon an seinem Bein spürte. Der Magier rutschte dennoch aus und rollte seitlich durchs nasse Gras. Rodraeg stellte sich neben ihn, um ihm Deckung zu geben. Zwei Wölfe kamen nebeneinander von vorne auf sie zugerannt. Sie sahen beinahe unwirklich tänzerisch aus. Die rollende Bewegung ihrer Rücken, das Aufsetzen und Hochschnellen ihrer Krallenpfoten, ihre tief gesenkten Köpfe mit den gelb glimmenden Augen – alles geschah in vollständiger Gleichzeitigkeit.

Rodraeg hielt den Anderthalbhänder beidhändig hoch wie einen lächerlich schmalen Schild und hoffte, daß der eine Wolf, der genau auf ihn zulief, seinen Schwung verlangsamen würde, um sich nicht an der Klinge zu verletzen. Doch der Wolf sprang hoch, und Rodraeg riß das Schwert noch höher, bis das Tier mit dem Bauch gegen die flache Seite des Schwertes prallte. Rodraeg wurde so stark nach hinten umgerissen, daß er den Kontakt zum Boden verlor. Vor seinem Gesicht krallten Vorderpfoten durch die Luft, in Höhe seiner Schenkel Hinterpfoten. Er sah den Mond, der über die Galerie des Himmels raste. Hart schlug er auf. Heiß fahndete die Wolfsschnauze nach seiner Kehle. Der Atem des Tieres roch nach blutigem Fleisch. Ein Pfeil traf den Wolf. Der zuckte und bebte. Noch ein Pfeil. Zucken, Beben, Krallen, rasselndes Schnaufen. Benommen arbeitete Rodraeg sich unter dem haarigen Leib hervor, als ein dritter Pfeil das Leben des Wolfes beendete.

Von weit her eine Frauenstimme: »Beeilt euch bitte! Hierher!«

Hellas half Rodraeg auf die Beine. »Tut mir leid, ich habe gedacht, du kannst dich mit deinem Schwert besser verteidigen als

Eljazokad ohne. Ich habe mich zuerst um seinen Wolf gekümmert.«

Richtig, dachte Rodraeg, es waren ja zwei. Ihm drehte sich immer noch alles. Wie durch ein Wunder hatte er nicht einen Kratzer abbekommen, sämtliche Krallen hatten ihn eher nur gestreichelt als verletzt. Eljazokad lag auf dem Boden, über ihm ein ebenfalls mit drei Pfeilen durchbohrter Flechtenwolf. Der Magier war stärker in Mitleidenschaft gezogen worden, sein Gesicht und seine Handrücken waren blutiggeschürft. Hellas hatte schon wieder nachgeladen und sicherte mit unbewegtem Gesicht den Umkreis.

»Ohne dich hätte es uns erwischt«, keuchte Rodraeg. »Mann, das war knapp.«

»Ich verstehe das nicht«, gab Hellas leicht ungehalten zurück. »Du hast doch ein riesiges Schwert. Du mußt es nur mal richtig benutzen.«

»Ja. Ich muß ... noch viel lernen.« Rodraeg spürte Mitleid in sich aufsteigen mit diesen wilden und schönen Tieren. Er konnte Bestar verstehen, der sich geweigert hatte, einen Wolf zu töten. Aber Rodraeg würde das Töten nicht immer den anderen überlassen können und selbst mit sauberen Händen aus jedem Konflikt hervorgehen. Wer sich auf dem Kontinent herumtrieb, mußte dafür einen Preis entrichten. Schon in seinen frühen Wanderjahren hatte Rodraeg sich damit schwergetan und war deshalb schließlich immer wieder seßhaft geworden, um sich ums Bezahlen herumzudrücken.

»Habt ihr Adenas Stimme gehört?« fragte er, immer noch verwirrt zwischen Mond und den ihn spiegelnden Pfützen, zwischen Schwert, Pfeilen und totem Wolf hin- und herschlingernd.

»Ja, von da hinten.« Hellas deutete in eine Richtung, weiter weg vom Hof. »Wie sieht's aus, Seebär? Kannst du weiter?«

»Ja. Ich weiß nur nicht, ob …« Eljazokads Stimme versagte.

»Wenn du willst, dann geh zum Hof zurück«, schlug Rodraeg vor. »Bestar und Terenz und Alins sind dort.«

»Alleine zurück? Das ist wohl noch gefährlicher, als mit euch beiden weiterzugehen. Nein, ich bleibe bei euch.« Eljazokad versuchte ein tapferes Lächeln, als er sich aufrichtete, aber Rodraeg sah ihn zum ersten Mal ohne sein sonst immer zur Schau gestelltes lässiges Selbstbewußtsein. Der Wolf hatte ihn wohl angesprungen, als er nach seinem Sturz immer noch am Boden lag. Ohne Hellas hätte Eljazokad keine Chance gehabt.

Sie hasteten weiter. Eljazokad hinkte ein wenig, behauptete jedoch, es sei nichts Ernstes. Rodraeg rief Adenas Namen. Sie antwortete mit: »Sie haben mich eingekreist, gebt acht!«

Der Mond verschwand hinter segelnden Wolkenfetzen. Es wurde so dunkel, daß Rodraeg beinahe gegen einen Baum gerannt wäre. Schwer atmend blieben sie stehen, um sich neu zu orientieren. Rodraeg hustete – es hörte sich schmerzhaft an und war es auch.

»Jetzt kann ich mich mal nützlich machen«, japste Eljazokad. »Ich kann das Restlicht verstärken. Aber das wird mich so auslaugen, daß ich keinen Blitz mehr hinbekomme.«

»Was bedeutet das: *Restlicht verstärken*?«

»Ich nehme das, was von den Sternen kommt und was vom Mond noch durch die Wolken schimmert und was sich gefangen hat in Nebeltau und Regengras und … errege es, bis es ein wenig stärker leuchtet. So kommen wir besser voran und sehen wahrscheinlich etwa genau so gut wie die Wölfe.«

»Großartig. Beeil dich.«

Eljazokad konzentrierte sich. Sein Gesicht, ohnehin kaum zu erkennen, sah greisenhaft und fadenscheinig aus. Mit beiden Armen machte er eine umfassende Aushol- und Einholbewegung und tanzte dann in mehreren unregelmäßigen Schritten um sich selbst, bis er aussah wie eine aus ihrem Fundament gerissene Windmühle. Langsam wurde es tatsächlich heller um sie herum. Bäume hoben sich wieder von ihren Zwischenräumen ab.

»Ist es wirklich heller, oder sehen wir jetzt nur wie Wölfe?« fragte Hellas.

»Es ist tatsächlich heller«, schnaufte Eljazokad.

»Dann ist es für die Wölfe also taghell«, folgerte der Bogenschütze. »Das sollten wir nicht unterschätzen.«

»Wölfe verlassen sich ohnehin nicht nur auf ihre Augen«, entgegnete der Magier. »Auch bei völliger Finsternis würden ihnen ihre Nasen weiterhelfen. Ich hatte schon überlegt, ob ich ihnen ihr Restlicht wegnehmen soll, aber das bringt nur etwas bei menschlichen Gegnern, nicht bei Tieren.«

»Weiter jetzt«, mahnte Rodraeg zur Eile. So lange noch keine Schreie von Adena zu hören waren, so lange wurde sie auch noch nicht in Stücke gerissen. Aber wenn die Schreie begannen und sie waren dann noch nicht bei ihr, kamen sie zu spät.

Es konnte jetzt nicht mehr weit sein, es sei denn, Adena Harpa bewegte sich ebenfalls, und zwar von ihnen weg. Die Bäume glichen dunkelgrauen Schemen vor einem hellgrauen Hintergrund. Eljazokads magische Beleuchtung verwandelte alles um sie herum in ein unwirkliches Dämmerreich, zwischen Mittwinternacht und Hochsommermorgenrot. Sie eilten dahin wie Gespenster unter Geistern.

Als sie die Lichtung erreichten, bot sich ihnen ein ausgeklügelt arrangiertes Bild. Adena kauerte inmitten eines Belagerungsringes aus Wölfen. Die Raubtiere, mehr als ein Dutzend, gewaltige Flechtenwölfe mit bis zu anderthalb Schritten Schulterhöhe, bewegten sich unruhig, wechselten die Richtung, schnupperten und drohten, verließen aber nie den langsam kreisenden Reigen. Adena war blutverschmiert, Teile ihres dünnen Nachtgewandes hingen ihr in verdrehten Fetzen vom Leib. Im linken Arm drückte sie ihr Kind an sich, dessen Hände und Füße vor innerer Anspannung zuckten. Adenas rechter Arm hielt ihr Schwert flach ins Gras gestreckt. Vom Schwert aus malte sich – durch Eljazokads Magie gerade noch sichtbar – eine Blutspur vom Mittelpunkt des Kreises bis nach außerhalb, bis zwischen die umstehenden Bäume.

Die Wölfe schienen sich nicht für Rodraeg, Hellas und Eljazokad zu interessieren. Sie umstrichen weiterhin Mutter und Kind, als warteten sie auf einen Befehl für Angriff oder Rückzug.

»Kommt nicht in den Kreis«, rief Adena den Neuankömmlingen zu. »Ich werfe euch Adeni nach draußen und dann rennt, was das Zeug hält.«

»Das bringt überhaupt nichts«, widersprach ihr Rodraeg. »Wer immer das Kind trägt, wird genauso umzingelt wie du jetzt. Wir kommen zu dir und kämpfen. Rücken an Rücken haben wir zu viert womöglich eine Chance. Hellas?«

»Meine Pfeile reichen nicht für alle. Es sind fünfzehn Stück, und bislang habe ich mindestens zwei Pfeile pro Wolf gebraucht. Wenn ich jetzt anfange, den Kreis auszudünnen, greifen die anderen wahrscheinlich die Frau an und reißen sie in Stücke.«

»Kostet dich dein Lichtzauber Kraft?«

Eljazokad nickte. »Es ist wie Wassertreten in einem See. Man kann es eine ganze Weile lang durchhalten, aber irgendwann verkrampft man und geht unter.«

»Dann schalte es ab. Sammle lieber Kraft für noch einen einzigen Blitz.«

Eljazokad sah Rodraeg fragend an, aber schon während dieses Blickes wurde es zwischen ihnen und um sie herum stockdunkel. Die Wölfe wurden lauter. Das Kind gluckste vergnügt.

»Hellas, kannst du Eljazokad deinen Degen leihen?«

»Ungern. Er könnte zwei Wurfmesser haben, aber die hängen an meinem Rucksack, und der liegt in unserem Schlafraum.«

»Dann bleib außerhalb des Kreises, Eljazokad. Wir schaffen das auch zu dritt.«

»Ich bleibe bei euch, das habe ich euch doch versprochen.«

»Was wollt ihr denn noch?« rief eine gräßliche, schmatzend verformte Stimme aus dem Wald, in den die Blutspur wies. *»Ihr habt schon vier getötet, seid ihr noch nicht satt?«*

»Dasco?« rief Rodraeg zurück. »Oder sollte ich besser sagen: Skandor Rigan?«

Die Stimme lachte ein ganz unglaubliches, kehlig knurrendes Lachen. Auch die Wölfe keuchten mit. *»Dasco. Rigan. Alles Namen. Alles Leben, die ich nahm. Das Kind ist meins. Ich habe es gezeugt.«*

»Was redest du für einen Schwachsinn, du Ungeheuer?« schrie Adena ins Dunkel. »Dies Kind ist von mir und Terenz. Ein Kind der Liebe. So etwas wirst du niemals bekommen.«

»Erinnerst du dich nicht mehr an die Nacht der Empfängnis? Es war wild, es war ein Rausch des Begehrens, heißer noch als alles, was du bislang kanntest. Erinnerst du dich nicht mehr, wie du vor dir selbst erschrecktest? Es roch nach Schweiß und Tier und Lust und Blut. Ich war zwischen euch. Ich sah durch seine Augen in dich hinein. Ich zerriß mit deinen Fingernägeln mein eigenes Fell. Dies Kind ist mein, Adena Harpa. Unser. Gib es mir jetzt.«

»Du willst es fressen, du Tier!«

»Ja, ich will es töten. Es soll nicht leben müssen. Kein Kind soll leben müssen, das so wird wie ich.«

»Was bist du?« mischte Rodraeg sich ein. Die Geschichte von dem Fängermagier namens Cingeco torkelte durch seinen Kopf. Die Schwängerungen wider Willen. Die in Bann gezogenen Tiere und Frauen. Sogar Naenn und Ryot. Alles umgab ihn und entglitt ihm wieder.

»*Was ich bin?*« fragte das verborgene Wesen zurück. »*Was möchtest du denn, was ich bin? Was muß ich sein, um von dir begriffen zu werden? Soll ich ein Geist sein, der der Leidenschaft innewohnt? Ein Mörder, der unter Kindern seine Opfer sucht? Ein Fängermagier, dessen Fänge nur bei Mondlicht fangen? Ein Wahnsinniger, der trunken ist von eigener Macht? Ein Werwolf, den es nach jungem Menschenblut gelüstet? Ein Wesen, das um die Bankette der Götter strich, als diese sich noch zutranken und lachten, und das auf Reste hoffte, die von dem Fest zu ihm herunterfallen? Was willst du, sterbender Mann?*«

Diese Anrede ließ Rodraeg merkwürdig kalt. Er konzentrierte sich viel zu sehr auf das, was er jetzt sagen mußte, als daß ihn etwas hätte erschrecken können. »Du wirst dieses Kind nicht bekommen«, rief er ins Dunkel hinein, während Wölfe in seine Richtung spähten. »Wir sind hier. *Das Mammut.* Wie viele Wölfe wirst du opfern müssen, bis du begreifst, daß du gegen uns alle nicht ankommen kannst?«

»*Ich kann Hunderte mehr rufen als diese.*«

»Und wir können Hunderte mehr bezwingen als diese. Warum kommst du nicht heraus und kämpfst selbst, anstatt dich hinter den Pfoten derer zu verstecken, die dir vertrauen?«

Das Wesen im Wald knurrte. »*Ich bin verwundet. Die törichte Frau hat mich geschnitten.*«

»Du hast mein Kind angerührt«, fauchte Adena wütend. »Ich hätte dich getötet dafür, wärst du nicht feige geflüchtet.«

»*Ahhhh, aber es ist doch unsere Tochter.*« Der Mond schälte sich wieder zwischen den Wolken hindurch und begann, sich in den Augenpaaren der Wölfe zu spiegeln. Die Lichtung wurde sichtbar, das ganze Verhängnis verheißende Arrangement.

»Das ist nicht deine Tochter, verflucht noch mal«, schrie Adena Harpa immer noch gegen die unmenschliche Stimme an. »Niemand war bei uns. Terenz und ich waren allein in dieser Nacht. Die ganze Nacht.«

»Ja, aber erinnerst du dich nicht mehr, wie du vor dir selbst erschrakst? Wie du dich fremd fühltest und gleichzeitig mächtig und schön und uralt? Das war ich, meine kleine Adena. Das war mein wildes heißes Herz, das in dir schlug.«

»Sei kein Narr«, meldete sich plötzlich Eljazokad zu Wort. »Du hast sicherlich mehrere Kinder. Es lohnt sich nicht, so viel zu riskieren für nur eins von ihnen.«

»Du hast recht. Ich habe viele. Ich muß sie alle töten.«

Der Magier ließ nicht locker. »In Tyrngan gibt es gewiß auch welche. Wir reisen jetzt nach Tyrngan. Komm mit uns. Unsere Kutsche steht dir weiterhin offen.«

»Ihr wollt mich in eine Falle locken. Nein, mit euch kann ich nicht gehen.«

»Dann lauf zu Fuß und geh das Risiko ein, daß wir vor dir da sind und deine Kinder in Sicherheit bringen.«

»Ihr wollt mich verwirren, ihr Schwätzer. Ihr wollt mich verzagen und verzetteln. Was seid ihr für Leute? Das Mammut *nennt ihr euch? Ich habe Mammuts gerissen, als es noch welche gab. Ich werde auch euch zerreißen!«*

Das Wesen bellte ein Kommando, und die Wölfe warfen sich zum Angriff herum. Hellas schoß augenblicklich, und einer der vordersten Wölfe sprang hoch und wand sich wie ein Wurm an einem Angelhaken. »Schließt die Augen«, rief Eljazokad, dann riß er beide Arme hoch und schrie: »Baaaaaaahhhhhmmmmm!« Der Lichtblitz war dermaßen gleißend, daß Rodraeg ihn durch seine Augenlider hindurch hellrot flammen sehen konnte.

»Und jetzt zurück zum Hof!« gab Rodraeg den Befehl zur Flucht. Hellas schoß und lud, schoß und lud, in einer einzigen, annähernd kreisförmigen Bewegung seines rechten Armes. Die

Wölfe bellten, jaulten, knurrten. Adena kämpfte sich frei, indem sie zwei von ihnen erschlug. Eljazokad war bei ihr, mitten im Ring, nahm ihr das Kind ab und rannte dann auf Rodraeg zu und an ihm vorbei Richtung Haus. Rodraeg wartete noch ab, er wollte Adena und Hellas mit seinem sperrigen, nutzlosen Schwert den Rückzug decken. Hinten, zwischen den Bäumen, bewegte sich ein Schatten, groß, zottelig, ungeheuerlich. Aber wie in einem Alptraum, der kurz vorm Höhepunkt des Schreckens mit dem Aufwachen endet, glitt Adena an Rodraeg vorbei, und auch er wandte sich um, ohne das Monster im Wald genau gesehen zu haben. Sie liefen. Adena überholte Eljazokad und gab ihnen den schnellsten Weg nach Hause vor, den die anderen ohne ihre Hilfe so nie gefunden hätten. Wölfe brachen links und rechts durchs Unterholz, klaffende Fangzähne und mattrote Zungen. Rodraeg schlug einen von ihnen zurück. Der Wolf schlitterte seitlich durch Gras und Matsch, rappelte sich dann aber wieder auf und humpelte ihnen hinterher. Hellas schoß auch im Rennen noch. »Nur noch neun Pfeile«, keuchte er.

Der Hof schwankte leuchtend ins Blickfeld. Terenz Harpa stand vor der Tür, das zweite Wandschwert in der Hand. Seine Körperhaltung war die eines geübten Fechters. Zusammen mit Adena deckte er nun die anderen. Eljazokad mit Adeni auf dem Arm sprang als erster über die Türschwelle, danach Hellas, dann Rodraeg. Die Harpas schlugen noch jeder einen Wolf zurück, dann schlüpften auch sie nach drinnen und schlossen und verriegelten die Tür.

»Nur noch zwei«, sagte Hellas und zeigte seine letzten beiden Pfeile vor. »Lang hätte der Weg nicht mehr sein dürfen.«

Alins Haldemuel war gerade dabei, einen Schrank vor eines der Fenster zu rücken. Rodraeg half ihm. »Wo ist eigentlich Bestar abgeblieben?« erkundigte er sich.

»Ich bin hier«, sagte Bestar, der breit grinsend und händereibend aus dem Wiegenzimmer kam. »Ich habe den Wolf bezwungen. Jetzt müßten wir ihn nur noch fesseln oder anbinden, damit er uns keine Scherereien machen kann, wenn er wieder zu sich kommt.«

»Warum werfen wir ihn nicht einfach nach draußen zu den anderen?« schlug Rodraeg vor. »Dort ist seine ganze Familie versammelt. Die kann sich wunderbar um ihn kümmern.«

So machten sie es auch. Während ihm Hellas mit dem Degen und Rodraeg mit dem Anderthalbhänder Deckung gaben, schob Bestar seinen Wolf behutsam durch das geborstene Fenster nach draußen und legte ihn auf die Erde. Anschließend versperrten sie auch dieses Fenster mit mehreren übereinandergetürmten Möbelstücken. Vor dem Haus tappten und scharrten unzählige Pfoten, aber keiner der Wölfe war rasend genug, um gegen ein festes Hindernis zu springen.

Terenz kümmerte sich um ihre Verletzungen. Ihm und Bestar wurde alles, was sich draußen ereignet hatte, erzählt. Adena wurde verbunden, Eljazokads Schürfungen mit Wundsalbe behandelt. Dem Kind war wie durch ein Wunder nichts geschehen, nicht einen einzigen Kratzer hatte es im Griff des Ungeheuers abbekommen.

»Wie lange werden sie diese Belagerung aufrechterhalten?« fragte Alins Haldemuel besorgt.

»Keine Ahnung«, antwortete Rodraeg erschöpft. »Wo habt ihr die Pferde hingebracht?«

»Die sind noch im Stall, aber der ist gut verschlossen und alle Fenster mit Läden gesichert.«

»Dann brechen wir morgen früh auf, Belagerung oder nicht. Die Harpas und ihr Kind nehmen wir mit. In Tyrngan sind sie sicherer als hier.«

»Und Dasco?« fragte Eljazokad. »Er wird uns verfolgen. Heute nacht sind da draußen gut und gerne zehn Wölfe gestorben. Das werden sie nicht so einfach auf sich beruhen lassen.«

»Habt ihr Nachschub an Pfeilen hier?« fragte Rodraeg die Harpas. Beide schüttelten bedauernd die Köpfe.

»Dann muß es eben auch so gehen.«

»Das wird nicht einfach«, gab Alins Haldemuel zu bedenken. »Pferde lassen sich schlecht lenken, wenn ein Wolfsrudel in der Nähe ist. Bei einem Werwolf wissen die Götter allein, was passieren wird.«

»Ich finde es großzügig von euch, daß ihr uns mitnehmen wollt«, sagte Terenz, »aber ehrlich gesagt ist das keine besonders gute Idee. Wir sind hier sicherer. Wir können eine Belagerung wochenlang durchhalten, Proviant haben wir genug. Und außerdem werden wir nicht lange allein sein. Übermorgen schon kommt eine Kutsche aus Richtung Tyrngan hier durch, nur zwei Tage später eine aus Somnicke. Wir werden also laufend Unterstützung haben, und falls die Wolfsbrut überhaupt nicht mehr lockerläßt, können wir auch Gardeunterstützung anfordern.«

»Außerdem«, schloß sich Adena an, »ist das Ganze eigentlich nicht euer Problem. Ihr müßt doch weiterreisen. Ihr könnt euch nicht die ganze Zeit um unser Kind kümmern.«

»Aber es geht nicht nur um euer Kind«, seufzte Rodraeg. »In Tyrngan sind noch weitere. In Warchaim waren wohl auch welche. In Uderun. Wandry. Egal, wo. Überall.«

Er dachte an Naenn, an die – wie hatte sie es ausgedrückt? – *schmerzende Schönheit*, die sie empfunden hatte, an diesen *Antrieb, der nicht aus ihrem Körper kam, sondern aus ihrer Magie.* Was, wenn auch ihr Kind eines Tages von Dasco als sein eigenes bezeichnet werden würde? Was, wenn dieser Alptraum schon längst ein Teil des *Mammuts* geworden war? Zumal schon vor kurzem ein Wolf an der Haustür des schwangeren Schmetterlingsmädchens geschnuppert hatte.

Um ihrer eigenen Zukunft willen mußten sie Dasco wahrscheinlich töten. Dieser Gedanke verursachte Rodraeg deutliches Unbehagen, und dieses Unbehagen wurde nicht schwächer durch die Tatsache, daß er niemandem davon erzählen konnte, ohne Naenns Geheimnis zu verraten.

7 Verfolgung

Am Morgen waren die Wölfe verschwunden. Seltsamerweise auch die Kadaver der beiden Tiere, die die Harpas noch direkt vor ihrer Haustür erschlagen hatten.

»Wölfe, die ihre Gefallenen bestatten«, raunte Terenz. »Das ist ja mal was Neues.«

»Wahrscheinlich hat Dasco sie eingesammelt«, vermutete Eljazokad. »Womöglich kann er noch Energie aus ihnen ziehen, wenn er eine Art Bestattungsritual mit ihnen durchführt. Das mit der Energie ist übrigens ziemlich interessant.« Er wandte sich an Rodraeg, der an einem anderen mit einem Tisch verstellten Fenster nach draußen spähte. »Ich möchte nicht, daß ihr einen falschen Eindruck von mir gewinnt. So viel magische Energie wie gestern hatte ich noch nie. Viermal Blitzen im Haus, draußen eine Restlichtaufhellung und dann noch ein richtig gleißender Blitz – normalerweise wäre ich schon nach den ersten beiden Blitzchen völlig am Ende gewesen.«

»Also woran lag es? Die Aufregung eines Ernstfalles?«

»Nein. Es lag an Dasco. Die Tage in der Kutsche in seiner Gegenwart haben mich aufgeladen. Ich hatte euch schon erzählt, daß er Energie verströmt – nicht wie ein Magier, der die Energie bewußt einsetzen kann, sondern eher wie ein magisches Wesen, daß solche Kraft unbewußt ausatmet. Ohne es eigentlich vorgehabt zu haben, muß ich mich an dieser Kraft bereichert haben. Jedenfalls, was ich eigentlich sagen wollte: Ich bin höchstens halb so mächtig, wie ich heute nacht gewirkt habe. Ich war über mich selbst erstaunt.«

»Das ist doch gut für uns«, lächelte Hellas und klopfte dem Magier auf die Schulter. »Wir müssen uns auf Reisen nur immer einen wahnsinnigen Werwolf mitnehmen, dann kannst du bald nachts die Sonne anzünden.«

»Was geht dort draußen vor?« unterbrach Alins Haldemuel das Gespräch. »Wo sind die Wölfe hin?« Sie alle hatten ein wenig geschlafen, waren ab und zu hochgeschreckt und hatten sich beunruhigt im finsteren Zimmer umgesehen. Seit der Morgendämmerung war immer einer von ihnen wach gewesen und hatte durch verschiedene Fensterspalten nach draußen gelugt.

»Sie sind entweder weg, oder sie sammeln sich«, vermutete Bestar.

»Und was machen wir jetzt?« fragte der Kutscher besorgt.

»Wir brechen wie geplant auf«, legte Rodraeg fest. »Wir haben gar nicht die Zeit abzuwarten, was die da draußen aushecken. Die Frage ist allerdings noch immer: Wollt ihr mit uns kommen oder nicht?«

Das Ehepaar Harpa sah ihn an. Adeni saß auf Adenas Schoß und spielte mit den langen Haaren ihrer Mutter. »Dies ist unser Zuhause«, sagte Terenz bestimmt. »Diesem Haus hier vertrauen wir uns an. Bei einer Kutsche, selbst bei einer von *Slaarden Edolarde*, weiß ich nicht so recht. Sie rollt und rast und wackelt dahin, und wenn die Pferde von Wölfen angesprungen werden, was passiert dann? Ich beneide euch nicht darum, jetzt weiter zu müssen.«

»Es gefällt mir nicht, euch belagert zurückzulassen.«

Adena erhob sich und ging, ihr Kind auf dem Arm wiegend, auf und ab. »Wenn ich dieses Ungeheuer wäre – dann würde ich zuerst euch ausschalten. Wir laufen ihm nicht weg. Uns kann er auch in einem Mond noch aufsuchen, wir sind dann immer noch nur zu dritt, und unser Kind ist immer noch ein schwaches und hilfloses Opfer. Aber ihr fahrt nach Tyrngan. Ihr könnt dort die Garde in Alarmzustand versetzen und seine übrigen

Kinder in Sicherheit bringen. Ihr seid ihm jetzt schon einmal ins Gehege gekommen – er kann sich ausrechnen, daß ihr ihm erneut schaden werdet. Es ist viel schlauer, wenn er zuerst euch vernichtet und erst danach zu unserem Hof zurückkehrt. Dann sind wir und Tyrngan ihm ausgeliefert. Es tut mir sehr leid, aber ich fürchte, wir sind im Moment gar nicht in Gefahr, sondern ihr.«

Rodraeg fühlte sich vor dieser Frau, die als Abenteurerin viel mehr erlebt hatte als er, eigentümlich unreif und unerfahren. Er war zwar auch viel gereist, aber eher wie ein umherschleichender Wanderer, nicht wie einer, der offenen Blickes Konfrontationen angeht. Die Harpas waren auf Korengans Spuren gewandelt, während er selbst nur Korengans Buch gelesen hatte. Daß sie dann dennoch irgendwann einen Schlußstrich gezogen hatten, um, jünger noch als er jetzt, ein neues, seßhaftes Leben zu beginnen, war nur ein weiterer Beweis ihrer Größe. Sie waren Abenteurer und lebten – im Gegensatz zu vielen Jungspunden, die als Abenteurer scheiterten und ihre Geschichte nie erzählen konnten.

»Kann gut sein, daß du recht hast«, gab er zu. »Aber um so besser. Wir sind immerhin zu viert, mit Alins sogar zu fünft. Wir haben eine größere Chance, mit Dasco fertigzuwerden als ihr beide.«

Adena lächelte nachsichtig. Wahrscheinlich waren ihre und Terenz' Schwertkampffähigkeiten denen des *Mammuts* weit überlegen. »Ich habe mich noch gar nicht bedankt für eure Hilfe heute nacht. Ohne euch wäre Adeni verloren gewesen.«

»Das stimmt doch gar nicht. Du hattest sie Dasco schon entrissen, bevor wir dazukamen. Wahrscheinlich hättest du dich auch ohne Hilfe durch die Wölfe zurückgekämpft. Im Gegenteil: Wir müssen uns bei euch entschuldigen. Wir haben das Unheil erst über euch gebracht.«

»Das Unheil kam in einer Kutsche, und zu uns kommen viele Kutschen«, sagte Terenz. »Reiner Zufall, daß der Wolfsmann ausgerechnet in eurer Kutsche saß.«

Oder auch nicht, dachte Rodraeg. Zufall ist auch nur ein anderes Wort für Magie. So hatte Naenn ihm zu Beginn dieses Jahres die Welt erklärt. Alles war Teil des großen Ränkespiels der Götter. Ein Irrgarten, verdunkelt durch ein Rätsel, entfernt durch einen Abgrund, und dennoch greifbar nah.

Sie erhielten von den Harpas den vereinbarten Reiseproviant und verabschiedeten sich herzlich. »Auf der Rückreise schauen wir wieder vorbei«, kündigte Rodraeg an. »Gebt bis dahin gut auf euch acht.«

»Und ihr erst!« Adena küßte alle, auch den Kutscher, auf die Wange. Terenz drückte jedem fest die Hand. Adeni spielte mit einem großen Kienapfel.

Dann pirschten sie zum Stall. Nirgends zeigte sich ein Wolf.

»Es ist ja auch Tag«, brachte Bestar es auf den Punkt. »So ein Werwolf kommt nur nachts, das weiß doch jedes Kind. Bis dahin kann nichts passieren.«

»Hoffen wir's«, sagte Alins mit bebender Stimme. Aber auch die Pferde waren nicht unruhig, sondern fügten sich leicht ins Gespann. Ein sicherer Hinweis dafür, daß sich keine Wölfe in der Nähe herumtrieben.

»Ich setze mich nach oben neben Alins«, schlug Hellas vor.

»Aber du hast doch nur noch zwei Pfeile«, wunderte sich Rodraeg.

»Das schon, aber ich habe auch die besten Augen. Erinnerst du dich noch an den Bartendrachen, den ich vor Terrek als einziger gesehen habe? Alins soll auf den Weg achten, ich achte auf die Gegend seitlich von uns und hinter uns.« Der weißhaarige Bogenschütze enterte auf. Seinen neuen, offensichtlich wundervoll treffsicheren Langbogen mit den letzten beiden Pfeilen sowie seine drei Wurfdolche nahm er mit.

Sie fuhren los. Langsam, behutsam und mißtrauisch zuerst, dann mit jedem verstreichenden Sandstrich mehr an alter Sicherheit gewinnend. Die Pferde schienen Harpas Hof nur allzu gerne hinter sich zu lassen.

»Ich verstehe das alles nicht«, sagte Bestar nach einer Weile mißmutig. »Wir sind unterwegs, um Walen zu helfen, aber die armen Wölfe schießt Hellas über den Haufen, als wäre nichts dabei. Warum mißt das *Mammut* mit zweierlei Maß?«

»Mir gefällt das auch nicht«, gab Rodraeg zu. »Aber der Unterschied ist, daß die Wale nicht mit gefletschten Zähnen auf uns zukommen, um uns zu zerreißen. Wir haben den Kampf gegen die Wölfe nicht angefangen. Wir haben lediglich versucht, ein entführtes Kind zu retten. Es ist Dascos Schuld und Dascos Feigheit, daß er die Wölfe für sich kämpfen läßt, anstatt sich uns selbst in den Weg zu stellen.«

»Das stimmt. Dasco ist ein Feigling. Von einer Frau eingeholt und verwundet. In den Klippenwäldern würde so ein jämmerlicher Werwolf elend verhungern.«

»Rodraeg?« mischte Eljazokad sich ein. »Eigentlich ergibt es keinen Sinn, daß wir tagsüber fahren und uns nachts zu einem leichten Ziel machen, indem wir die Pferde abkoppeln und die Kutsche stillstehen lassen. Wäre es nicht viel schlauer, tagsüber zu rasten und nachts in Bewegung zu bleiben?«

»Du hast recht. Mal sehen, was Alins davon hält.«

»Ich kann nachts fahren, weil wir auf der Straße nach Tyrngan bleiben«, antwortete der Kutscher auf die entsprechende Frage. »Das ist zwar nicht so schnell und geschmeidig wie bei Tageslicht, aber es wird schon gehen. Und der Gedanke ist richtig: Die Bestien werden sich an eine rollende Kutsche nicht so herantrauen wie an eine stehende.«

»Wir rasten vom Nachmittag bis zum Einbruch der Dunkelheit«, legte Rodraeg fest.

»Meint ihr denn wirklich, sie sind hinter uns her?« fragte der Kutscher später noch einmal hinunter.

»Wir rechnen mit dem Schlimmsten«, sagte Rodraeg entschlossen.

So fuhren sie weiter. Die Radspeichen surrten. Die Räder ruckelten auf dem Larnwaldboden, bis sie die Straße wieder erreichten und ihr nach Nordwesten folgten. Rechter Hand rauschte der Wald vorüber.

Einmal, gegen Mittag, sah Hellas im Dunkel der Baumriesen eine Bewegung, die parallel zu ihnen und mit gleicher Geschwindigkeit dahineilte. Danach war nichts mehr zu erkennen. Der Larn verhüllte sich vor allzu prüfenden Augen mit Laub und Nadeln, Schattigkeit und Dunst.

»Wenn Dasco ein Werwolf ist«, sinnierte Rodraeg nach einem Hustenanfall, »kann er in menschlicher Gestalt doch eigentlich unmöglich mit uns Schritt halten. Es sei denn, er hat einen Flechtenwolf gefunden, der groß genug ist, um auf ihm reiten zu können.«

»Ich bezweifle, daß es sich bei Dasco um einen Werwolf handelt«, sagte Eljazokad mit einem Seitenblick auf Bestar. »Ein Werwolf ist ein Mensch, der von einem Werwolf gebissen wurde und sich nun bei Vollmond ebenfalls in einen verwandelt. Wir hatten gestern nacht aber nicht Vollmond, und in den Nächten davor, in denen Dasco sich auch immer davonstahl, um zu jagen, war der Mond noch schlanker als jetzt. Außerdem hat ein Werwolf noch lange keine Kontrolle über Wölfe. Er ist ja nicht einmal in der Lage, sich selbst zu beherrschen, geschweige denn andere Lebewesen. Nein, ich vermute eher, Dasco ist ein magisches nichtmenschliches Wesen, das sich tagsüber in einen Menschen verwandeln kann, und zwar in einen Menschen, den es getötet hat. Skandor Rigan ist diesem Wesen zum Opfer gefallen, wahrscheinlich, als er sich auf der Flucht vor seinen eigenen Steckbriefen in den Larnwald begab. Dieses Wesen hängt mit dem Wald zusammen und mit allem, was darin lebt. Wir müssen also Angriffe nicht nur von Wölfen fürchten.«

»Aber es war deine Idee, daß wir nachts fahren«, bemerkte Rodraeg beunruhigt.

»Ja. Weil Dasco tagsüber immer normal war und sich nachts von uns fernhielt. Deshalb halte ich ihn für ein Nachttier. Aber es kann natürlich auch sein, daß er uns von Tagtieren angreifen läßt.«

»Als da wären Baumspinnen, Langhornkeiler, Fadenschlangen und Wurmdrachen«, ächzte Rodraeg. Allein der Gedanke an hundsgroße Baumspinnen hatte ihn sein Leben lang gegruselt. Gesehen hatte er glücklicherweise noch nie eine. »Obacht da oben, habt ihr gehört? Baumspinnen und Langhornkeiler, auch tagsüber!« rief er Hellas und Alins zu.

»Gibt's hier eigentlich auch Ogerbären und Mooskrebse?« lachte Bestar, während Rodraeg immer bleicher wurde.

»Vielleicht fallen ja auch einfach hunderttausend Waldameisen über uns her und verarbeiten uns mitsamt der Kutsche zu Sägespäne«, fügte Eljazokad lächelnd hinzu.

Am Nachmittag suchten sie sich einen schattigen Lagerplatz. Alins zog sich in der Kutsche eine Decke über den Kopf, um ein paar Stunden zu schlafen, denn er war der einzige, der in der kommenden Nacht auf jeden Fall beide Augen offenhalten mußte. Hellas döste auf dem Dach. Bestar hielt sich bei den Pferden auf und ging alle Drittelstunde einmal um die Kutsche herum, um sie von allen Seiten abzusichern. Rodraeg und Eljazokad machten einen kleinen Spaziergang durch den frühsommerlichen Larn.

»Glaubst du immer noch, daß Waffen Unglück bringen?« fragte Rodraeg. »Immerhin trägt auch Dasco keine Waffe.«

»Ich bleibe bei meiner Meinung«, lächelte der Magier. »Die Harpas hatten ihren Schwertern schon beinahe entsagt. Dann kamt ihr mit euren Waffen, und schon mußten auch die beiden wieder zu ihren greifen. Die ganze Situation mit Dasco wäre womöglich anders verlaufen, wenn keine Waffen in Reichweite gewesen wären.«

»Er hat sich das Kind geholt und ist damit geflohen. Ohne ihr Schwert hätte Adena ihn nicht aufhalten können.«

»Aber womöglich wäre er ganz anders vorgegangen, wenn er nicht gewußt hätte, daß ihr drei mit Schwertern und Bogen in der Nähe seid. Wenn er euch nicht zu fürchten gehabt hätte. Wenn er sich dem Kind hätte nähern können, ohne Gewalt befürchten zu müssen.«

»Worauf willst du hinaus?«

Der Magier blieb unter einer ausladenden Fichte stehen und blickte hinauf ins Gewirr ihrer nadeligen Finger. »Darauf, daß er das Kind nicht fressen wollte oder töten oder sonstwie verletzen. Hätte er das gewollt, hätte er das gleich erledigen können, und niemand wäre schnell genug da gewesen, um ihn aufzuhalten. Er muß sehr einsam sein.«

»Einsam?«

»Ich habe noch nie von einem Gestaltwandler gehört, der sich so sehr mit den Gefühlen eines Liebespaares identifiziert, daß er das gezeugte Kind als sein eigenes betrachtet. Er möchte diese Kinder annehmen, sie herauslösen, sie vor irgend etwas bewahren. Ich weiß auch nicht genau, was ihn umtreibt. Aber daß er nicht einfach nur ein Monster ist, das kleine Kinder frißt, dessen bin ich mir ziemlich sicher. Ich habe die Worte gehört, die er in der Nacht sprach, und es war mehr Liebe in ihnen als Haß.«

»Eljazokad, wenn es einen Weg gibt, die Konfrontation mit Dasco zu verhindern, dann lasse ich dir freie Hand.«

»Viel kann ich da nicht machen.«

»Du könntest mit ihm reden. Von einem Magier zum anderen. Von einem Waffenverächter zum anderen.«

»Dazu ist es leider etliche tote Wölfe zu spät. Hellas hat ganze Arbeit geleistet. Aber ich will ihm nicht die Schuld geben. Höchstwahrscheinlich hat er mir das Leben gerettet, als ich ausgerutscht und hingefallen bin wie ein Idiot. Wir tragen alle Schuld an dem, was sich ereignet hat, und an dem, was sich noch ereignen wird.«

Als das Tageslicht das lautlose Ringen mit der Dämmerung zu verlieren begann, machten sie sich fertig zum Aufbruch. Noch bevor Alins sämtliche Pferde angeschirrt hatte, meldete Hellas Bewegung innerhalb des Waldes.

»Keine Flechtenwölfe diesmal«, erstattete er Bericht. »Sie sind kleiner, ich würde auf Wildhunde tippen. Vielleicht fünf oder sechs.«

»Zu wenig, um uns anzugreifen, wenn es schon mit über fünfzehn großen Wölfen nicht geklappt hat«, raunte Eljazokad Rodraeg zu. »Da lauert noch etwas in der Hinterhand.«

»Wir fahren los, dann sind wir ein schlechteres Ziel.« Rodraeg blickte den Kutscher fragend an. Der atmete durch, spuckte in die Hände und nickte. Am vorderen Ende der Deichsel hatte er eine brennende Laterne angebracht, so daß die Pferde auch in völliger Dunkelheit etwa zehn Schritte weit sehen konnten, ohne selbst geblendet zu werden.

»Daß wir keine Pfeile mehr haben, ist wirklich albern«, haderte Rodraeg mit sich selbst. »Mit einem gut ausgerüsteten Hellas auf dem Dach bräuchten wir uns kaum Sorgen zu machen.«

»Das ist Dascos Taktik«, vermutete Bestar. »Er will uns mürbe machen und um unsere Waffen bringen, weil er wie ein Mensch denkt und nicht wie ein Tier. Aber er täuscht sich. Wenn er auftaucht, werde *ich* es sein, der *ihn* angreift.«

»Bloß keine leichtsinnigen Handlungen, Bestar«, warnte ihn Rodraeg.

»Verlaß dich auf mich«, erwiderte der Klippenwälder grimmig. »Gestern nacht war ich nicht bei euch, als ihr in Gefahr wart. Jetzt bin ich dran.«

Rodraeg machte kein allzu zuversichtliches Gesicht, als die Kutsche endlich anruckte und die Zugpferde in einen leichten Trab übergingen.

Im dämmerigen Wald war keuchendes, gedämpftes Gebell zu hören. Mehrere schlanke, behende Leiber hielten mit der Kutsche Schritt. Besorgt schaute Rodraeg sich nach riesigen Spinnen um, die sich in den schattigen Baumwipfeln verbergen mochten. Dabei schalt er sich selbst einen Narren. Wie sollten diese Spinnen denn bis auf die gut zwanzig Schritt entfernte Straße gelangen? Indem sie sich an einem Faden hängend zur Kutsche hinüberschwangen?

Zusehends wurde es finsterer. Die Pferde trabten im schwankenden Laternenlicht. Die Kutsche schaukelte. Hellas lag auf allen vieren auf dem Kutschendach, hielt sich fest und spähte nach hinten und nach links und rechts. Denn im Gegensatz zu Bestar erwartete er einen Angriff durchaus auch von der dem Larnwald abgewandten Flanke.

Nichts geschah. Langsam legte sich die Aufgeregtheit des Kutschers und der Passagiere und ging in eine konzentrierte Nachtfahrt über. Der Mond schwamm als scharfgeschliffene Sichel in einem Inselmeer aus halb durchscheinenden Wölkchen. Die Mitternacht zog vorüber.

Dann, ohne Vorwarnung, begann das Chaos.

Aus dem Dunkel des Waldessaums löste sich eine unglaubliche Gestalt, ein massiger, zotteliger Tiermensch, der auf allen vieren lief, die längliche, wolfsartige Schnauze tief über dem Boden.

Hellas schrie: »Der Werwolf! Er greift an!« – aber selbst er unterschätzte Schnelligkeit und Entschlossenheit des Untieres. Es gelang ihm, noch einen Pfeil abzuschießen, der auch traf, aber ebenso wirkungslos blieb wie ein Strohhalm gegen einen anstürmenden Auerochsen. Mit vier, fünf mächtigen Sätzen hatte das Wolfsungetüm die Distanz zur Kutsche überwunden, sprang hoch – und rammte mit ungeheurer Wucht gegen die Seitenkante des Daches. Die Kutsche wurde von ihren beiden rechten Rädern gehoben, schlingerte nur für den Bruchteil eines Augenblickes, und stürzte dann nach links hin um, während die Pferde den havarierten Holzkäfig immer noch weiter vorwärts rissen.

Hellas flog lautlos und in hohem Bogen durch die Luft. Als seine Arme zehn Schritte weit im Grasland erstmals Bodenkontakt bekamen, wurde er von der eigenen Geschwindigkeit wieder emporgeschleudert und verwandelte sich in eine sich mehrmals überschlagende Jahrmarktsnummer, die in einem Wirbelsturm aus Grashalmen und Erdbrocken über die Ebene tobte.

Bestar, der nach Hellas' Warnungsruf sein Schwert hatte ziehen und sich aus der rechten Tür hatte stürzen wollen, sah die rechte Tür vor sich aufsteigen wie ein über ihn hinweggleitendes Fenster. Gleichzeitig kippten die Bänke, und Bestar verlor jeglichen Halt, bis der Aufprall ihn zur Seite hin gegen Rodraeg und Eljazokad zurückschleuderte, die verzweifelt versuchten, sich irgendwo festzukrallen, und bei der jetzt folgenden Rutschpartie über den schweren Sand der Straße nicht mit irgendeinem Körperglied aus dem Fenster und somit zwischen Kutsche und Straße zu geraten, um dort zermalmt zu werden.

Alins Haldemuel nahm am wenigsten Schaden. Auf dem Kutschbock saß er – mit den Knien und dem Rücken festgeklemmt – dermaßen gut, daß er einfach mitsamt der Kutsche um neunzig Grad kippte und erst dann zäh und träge von seiner Bank zu Boden tropfte, als die Pferde endlich einsahen, daß sie ein auf der Seite schleifendes Fahrzeug nicht mehr weiterziehen konnten.

Ruhe kehrte ein nach dem kurzen infernalischen Lärm. Die Räder auf der rechten Kutschenseite drehten nutzlos unter dem Himmel aus. Dann ertönte ein wütendes Brüllen, ein langgezogenes »Ahhhhhhhhrrrrrrr!«. Die nach oben weisende Tür wurde von innen aufgedrückt, zwei kräftige Arme erschienen, Bestar stemmte sich hoch, stieg breitbeinig auf den Türrahmen, zog sein Schwert und sah sich um, knurrend wie ein Tier.

Die Nacht war heller als die vorige, die Wolken bildeten diesmal keine Decke, sondern waren in Einzelteile zersplittert. Bestar konnte dreißig, vierzig Schritte weit sehen. Den Pferden schien es gut zu gehen, und er atmete ruhiger. Die Laterne vorne schwang hin und her, warf ein in sich selbst kreisendes, unsinniges Licht. Alins rieb sich neben der Kutsche ächzend die Knie und das Gesäß. Zwischen der gekenterten Kutsche und dem Waldessaum kauerte etwas Großes auf der Straße.

Bestar sprang von der Kutsche. Hob sein Schwert und ging darauf zu. »Zeigst du dich also endlich selber, du furchtsames Ungeheuer. Hast du dich schon mal mit jemandem aus Taggaran angelegt? Ich glaube nicht, sonst wärst du wahrscheinlich nicht mehr am Leben.«

Hinter Bestar mühte Rodraeg sich schnaufend aus der Kutschentür. Eljazokad lag immer noch benommen im Innern und versuchte, sich nicht zu übergeben, nachdem er beim Aufprall heftigst mit dem Kopf gegen die Seitenwand geknallt war. Das schattige Ding vor Bestar grollte. Von Hellas war weit und breit nichts zu sehen. »Bestar, mach keine Dummheiten!« rief Rodraeg mit matter Stimme. Auch ihm war schwindelig, und jeder einzelne Knochen im Körper fühlte sich verdreht an. »Er hat eine fahrende Kutsche umgekippt, du glaubst doch wohl nicht wirklich, daß du ihm standhalten ...«

Weiter kam er nicht, denn Bestar hörte ihm gar nicht zu. »Jetzt lernst du die Stoßzähne des *Mammuts* kennen!« schrie der Klippenwälder statt dessen und stürzte sich auf den angeschlagen wirkenden Gegner. Doch der richtete sich plötzlich zu seiner vollen, Bestar deutlich überragenden Größe auf, wischte Bestars Schlag beiseite und sprang gegen ihn. Weder Mensch noch Wolf, ein Zerrbild aus beidem, mit aus beiden Bestandteilen zusammengesetzter Wildheit und Kraft. Bestar hatte dem tatsächlich kaum etwas entgegenzusetzen, seine Schuhe zogen rückwärts Streifen durch den Straßensand, als das Untier beißend gegen ihn drängte und schwer mit ihm rang. Beide Gegner knurrten und brüllten. Auch Rodraeg schrie: »Bestar! Bestar! Nicht schon wieder!« Bestar stieß mit der Stirn nach der Schnauze des Gegners. Ein Krallenschlag verpuffte dumpf auf seiner neuen Lederrüstung. Bestar verdoppelte seine Anstrengungen, aber auch sein Rückwärtsrutschen beschleunigte sich. Sehnen quietschten vor Überbeanspruchung. Das Monster roch betäubend nach Tier und Schweiß und gefressenem Wildfleisch. Bestars Schwertarm saß fest in einem Schraubstock mit fünf schwarzen Krallen. Füße scharrten, Leiber drängten. Rodraeg mühte sich aus der Kutsche hinaus und seitlich an ihr hinunter. Bei all dem behinderte ihn Ryot Melrons viel zu langes Schwert. Er würde zu spät kommen. Bestar würde schon wieder fast tot sein, bis er bei ihm ankam.

Das Ungeheuer drängte den Klippenwälder immer schneller Richtung Wald. Bäume ratschten vorbei, schlugen mit ihren Ästen nach ihnen. Bestar kam sich vor wie vorne an eine Kutsche gefesselt, die unaufhaltsam auf einen Baum zuraste. Er strampelte und spuckte und schrie. Rodraeg humpelte hinterher, aber er wurde immer kleiner statt größer. Bestars Schwert entglitt seinen Fingern, die eingeschlafen waren, abgeschnürt. Das riesige triefende Maul schnappte nach seinem Gesicht, ein stinkendes Höllentor mit einem Kraterrand aus Reißzähnen, doch es gelang Bestar, den Kopf wegzudrehen, bis ihm beinahe die Halswirbel aus ihren Verankerungen krachten. Aus der Schräglage heraus konnte er den nachtbeherrschenden Baumstamm sehen, auf den das Ungeheuer ihn zuschob, auf den es ihn spießen würde wie eine Trophäe. Kurz vor dem Aufprall ließ Bestar sich einfach fallen. Er schlug hart auf den Rücken, so daß bitterer Husten aus ihm hinausgepreßt wurde, aber es gelang ihm, das drängende Gewicht seines Gegners mit den Beinen über sich hinwegzuhebeln. Das Dasco-Tier krachte gegen die abplatzende Baumrinde. Der ganze Baum dröhnte und schüttelte sich. Bestar wollte lachen und sich aufrichten und sein Schwert suchen und ein Ende machen, aber unverständlicherweise war das Tier schon wieder über ihm, zog, rüttelte und suchte ihn mit unfaßbarer Wildheit zu töten. Mit beiden Händen wehrte Bestar etwas ab, das mit vier Gliedmaßen an ihm zerrte.

Rodraeg nahm all seine Kraft und Verzweiflung zusammen, spurtete auf der Schneise, die die beiden Ringenden gezogen hatten, durch die Dunkelheit des Larn und hielt das Schwert vor sich wie eine Lanze. Bestar war noch am Leben, das konnte man dem Knurren und Keuchen beider Gegner deutlich entnehmen. Vielleicht würde Rodraeg dieses Mal doch nicht zu spät kommen, wie in diesem verfluchten Talkessel bei Terrek, wo alles aus dem Ruder gelaufen war, bis er Bestar mit einem Speer im Bauch am Boden liegend vorgefunden hatte. Er konnte den Rücken des Ungeheuers schweißfeucht vor sich im Mondlicht glänzen sehen, von Fell überwucherte Muskeln, und hinter der Krümmung des Nackens die hohen Ohren eines Wolfshundes.

Dieser Wolfshund hatte ihn kommen gehört. Er fuhr herum, kurz bevor Rodraeg ihn erreicht hatte, wich mit einer fließenden Bewegung der Schwertklinge aus, faßte an ihr entlang und stieß Rodraeg, der sich durch den Ruck beinahe die Vorderzähne ausbiß, zurück. Ächzend und plump, erschüttert wie nach einem Hammerschlag ins Genick, stürzte Rodraeg auf den Rücken und blieb liegen, bis die Fähigkeit zum Atmen wieder zu ihm zurückfand. Er sah Blattwerk, Mond und Wolken, er sah den Werwolf am unteren Blickrand auftauchen, nachdem Bestar ihm mit beiden Füßen aus dem Liegen heraus in den Rücken getreten hatte. Der Werwolf wandte sich von Rodraeg ab und Bestar zu. Gleichzeitig traf ihn ein Pfeil von der Seite in den Hals. Grollend brach der Werwolf ihn ab und riß ihn heraus. Rodraeg stemmte sich auf die Ellenbogen und konnte eine schmutzige, schiefe Gestalt zwischen den Bäumen sehen, die er zuerst gar nicht erkannte, bis sie ihren Langbogen deutlich sichtbar wegwarf und nacheinander drei Wurfmesser auf das Ungetüm schleuderte, die alle ihr Ziel fanden. Danach zog Hellas seinen Degen, denn Dasco kam immer noch auf ihn zu.

Mit dem Degen gegen ein solches Ungetüm, das war natürlich lachhaft. Hellas hoffte, die Klinge wie einen störenden Stachel zwischen sich und das Untier halten zu können und seinen Schlägen dadurch die Wucht zu nehmen, aber der Werwolf scherte sich keinen Deut um diesen Stachel. Nach drei raschen, unregelmäßigen Bewegungen hatte er Hellas mit beiden Klauen am Hals gepackt und schüttelte das Leben aus ihm heraus.

Bestar tauchte neben Rodraeg auf und nahm ihm beinahe behutsam den Anderthalbhänder ab. Der Klippenwälder drückte sich den Lederpanzer gegen den Bauch, wahrscheinlich war seine frisch verheilte Speerwunde wieder aufgebrochen.

»Laß den weißhaarigen alten Fernwaffenfeigling in Frieden und komm her, Dasco«, rief er. »Wir bringen es zu Ende wie zwei Männer.«

Tatsächlich schleuderte Dasco den Bogenschützen verächtlich von sich. Hellas fiel zwischen Wurzeln und Moos und rührte sich nicht mehr. Der Werwolf drehte sich um und brüllte Bestar speichelsprühend entgegen. Seine Schulterpartie schien mächtiger zu werden, wirkte jetzt schon fast wie die eines Stieres, so, als sei der Verwandlungsprozeß immer noch nicht vollständig abgeschlossen.

Rodraeg mühte sich hoch und lief gebückt zu Bestars Schwert, das hinter ihm auf dem Waldboden schimmerte. Noch immer fühlte Rodraeg den Schmerz von Dascos Hieb bis hinein ins Ohreninnere klingeln, aber dieses Mal würde er Bestar nicht allein lassen. Er würde Seite an Seite mit dem Klippenwälder der Gefahr entgegentreten.

Ein schriller Pfiff ertönte. Rodraeg, Bestar und selbst Dasco ließen sich ablenken und blickten in die Richtung, aus der der Laut gekommen war. Durch das Dunkel zwischen den Bäumen kam ein Mann, der auf den Fingern gepfiffen hatte, um die Aufmerksamkeit auf sich zu ziehen. Es war Eljazokad.

»Hört auf mit dem Schwachsinn!« rief er ärgerlich zum Kampfplatz hinüber. Rodraeg kam sich mit Bestars Schwert in der Hand wie ein Lausejunge vor, der beim Balgen erwischt worden war. Eljazokad ging einfach an ihm vorbei dorthin, wo sich Bestar und der Werwolf schwer atmend gegenüberstanden. »Dasco oder Skandor oder wie auch immer du heißen magst«, redete Eljazokad das Ungeheuer an und hob seine unbewaffneten Hände. »Das ergibt doch keinen Sinn. Du bist fünf Tage lang mit uns gereist, ohne uns etwas anzutun, und jetzt willst du uns bekämpfen und vernichten, nur weil wir mitgeholfen haben, den Raub eines Kindes zu vereiteln? Du wolltest dem Kind nichts tun, und du wolltest auch uns nichts tun. Also was soll das alles? Töte uns wenigstens nicht, ohne uns erklärt zu haben, warum du uns tötest.«

Dasco zögerte. Er schaute zwischen Bestar und dem Magier hin und her. Das Mondlicht hob Dascos Augen, seine Zähne und das lange Schwert in Bestars Händen hervor. Ein Zittern durchlief Dascos Körper. Die Schultern schienen wieder schmaler zu werden.

»*Sie sind in der Nähe*«, sagte er mit gräßlich verzerrter Stimme. Es war dieselbe Stimme, die Eljazokad, Rodraeg, Hellas und Adena schon letzte Nacht gehört hatten. »*Sie sind in der Nähe, und ich fürchte mich.*«

»Wer ist in der Nähe?« fragte Eljazokad geduldig.

»*Die Jäger von der anderen Seite.*«

»Was sind das für Leute?«

Der Werwolf verzog das Maul zu einem Fletschen. »*Ffffffffffeinde.*«

»Aber sie sind nicht wir, und wir sind nicht sie. Also was willst du von uns?«

Dasco zögerte kurz. Rodraeg war zwischen Eljazokad und Bestar getreten und schob sich mit deutlicher Geste das Schwert in den Gürtel. Bestar behielt den Anderthalbhänder noch in der Hand. Schließlich stand er dem Ungeheuer am nächsten.

Dasco schien zu schrumpfen, menschlicher zu werden. Seine Worte wurden nicht mehr so sehr von seinem Gebiß verformt. »*Die Kutsche. In der Kutsche kann ich ihnen entkommen.*«

»Wenn du die Kutsche brauchst, warum schmeißt du sie dann um, du Blödmann?« ereiferte sich Bestar. Rodraeg warf ihm einen warnenden Blick zu, aber im Dunkeln bemerkte Bestar das nicht.

»*Ich kann sie wieder aufrichten. Ich bin stark genug. Aber die Pferde werden mich fürchten, deshalb mußte ich Mensch sein.*«

»Du hättest weiter mit uns reisen können«, sagte Eljazokad ruhig. »Warum hast du wegen dieses Kindes unser Abkommen gebrochen?«

»Kein Kind soll leben müssen, das so wird wie ich! KEIN Kind soll LEBEN müssen, das so wird wie ICH!« Rodraeg und Eljazokad wichen unwillkürlich einen Schritt zurück, als Dasco wieder lauter, wütender und tierhafter wurde. Bestar hielt stand und schraubte nur seinen Griff ums Schwert fester.

»Es ist ein ganz normales Menschenkind«, behauptete Eljazokad. »Ich habe es auf dem Arm getragen. Ich konnte keinerlei Magie spüren, wie sie von dir ausgeht. Dieses Kind wird niemals werden wie du. Warum irrst du dich so?«

»Ich irre mich nicht. Habt ihr die Eltern nicht gesehen?«

»Die Harpas sind anständige Leute, die ihr Kind sehr lieben.«

»Es gibt keine anständigen Leute. Die Harpas sind sogar Mörder. Er auch.« Er deutete wild auf Hellas, der noch immer auf dem Boden lag. *»Du auch!«* Er stieß vor in Richtung Bestar. *»Denkt ihr, eure Kinder bemerken das nicht? Wenn ihr ihnen Blut zu trinken gebt und Schläge zu essen? Müssen die Kinder von Mördern nicht zu Monstern werden, um verkraften zu können, womit ihr sie nachts zudeckt?«* Er schaute zum Mond hinauf. *»Manchmal bringe ich Erlösung. Kein Kind soll leben müssen, das so wird wie ich. Viele, viele sind da draußen, einsam in der Dunkelheit verstrickt. Der Mond weint keine Tränen. Aber ich, ich weine viel zuviel, ihr Bestien!«*

Mit einem Aufheulen stürzte er sich auf Bestar, warf ihn zu Boden und verbiß sich in der Klinge. Rodraeg wußte sich nicht anders zu helfen: Er zog das Schwert wieder aus dem Gurt und umrundete den Kampf, um dem sich wie rasend gebärdenden Werwolf die Waffe in den Rücken stoßen zu können.

»Nicht, Rodraeg«, flehte Eljazokad. »Auch er ist ein Opfer, hast du das nicht begriffen?«

»Dieses Opfer tötet gerade Bestar. Das werde ich nicht zulassen!« Rodraeg schrie den Magier an, ohne es zu wollen. Eljazokad hatte wahrscheinlich recht. Aber Bestar war kein Mörder, sondern ein Krieger, das war ein gewichtiger Unterschied. Ein Krieger und ein Freund. Genau wie Hellas, der womöglich tot war, getötet von einem unmenschlichen Kindsmörder, der Gnade nur behauptete, aber nicht kannte.

Und dennoch brachte Rodraeg es nicht fertig. Er stand hinter den entfesselt miteinander Ringenden, das Schwert hoch erhoben, er hörte Bestars rasselndes Keuchen und das brodelnde Grollen Dascos und fühlte eine Schwäche und Verzweiflung in sich wie noch nie zuvor in seinem Leben.

Beinahe war er froh, als ihm sämtliche Entscheidungen aus der Hand genommen wurden.

Der Werwolf brachte Bestars Gegenwehr zum Erliegen, richtete sich auf und schlug dem viel zu langsamen Rodraeg das Schwert aus der Hand. Dieser Schlag war dermaßen heftig, daß Rodraeg zu Boden gehen wollte, um sich den zertrümmerten Unterarm zu halten, doch Dasco hielt ihn auf, hielt ihn fest, zog ihn am Kragen nah heran an sein unmenschliches Gesicht mit den wie grinsend gefletschten Reißzähnen.

»Ihr wolltet ans Meer, um die lebendigen singenden Schiffe zu schützen«, grollte die Stimme des Tieres. *»Das ist wohlgemeint, wirklich. Nur wart ihr nicht einmal in der Lage, meine Wölfe und mich zu schützen.«*

»Dich … schützen?« gurgelte Rodraeg.

Dann rasselte hinter Dasco etwas durchs Dunkel. Eine Kette, mit einer Widerhakenklinge daran. Die Klinge bohrte sich in Dascos Rücken, so unerbittlich, daß Rodraeg beinahe von einem Segment der vorne herausquellenden Klingenspitze ebenfalls verletzt worden wäre. Anschließend zog sich die Kette straff. Der riesige Werwolf wurde von einer unfaßbaren Kraft nach hinten gerissen, schräg aufwärts, vom Boden weg, denn die Kette führte zwischen die Äste von Bäumen. Er zog Rodraeg nur einen Schritt weit mit sich, dann ließ er den Stürzenden los und ergab sich. Sein wölfischer Gesichtsausdruck zeigte Traurigkeit und Qual.

Rodraeg fiel auf Handballen und Knie und starrte fassungslos aufwärts. Neben ihm wurde Eljazokad nichtig wirkend beiseite gestoßen von einem großen Mann, der aus den Schatten glitt. Zwei weitere Hünen schwebten, an der Kette hängend und den Werwolf dadurch emporreißend, aus dem Baum herab. Ein vierter tauchte hinter Rodraeg auf und ging an ihm vorbei. Rodraegs rechter Arm knickte ein, er schlug mit dem Gesicht ins Gras, kämpfte sich wieder hoch, versuchte gleichzeitig, den lädierten Waffenarm zu schützen, nicht ohnmächtig zu werden und immer noch im Blickfeld zu behalten, was dort am Baum Unfaßliches geschah.

Die vier umringten den an der Kette hängenden und nur noch leicht zappelnden Werwolf, zogen stählerne Waffen und rammten sie in den felligen Leib. Dann zog einer von ihnen ein Rohr aus seinem Gurt und legte das eine Ende an seinen Mund. Ein merkwürdiges Geräusch ertönte, ein rauschender, gedämpfter Donner. Glitzernde Teilchen wurden aus dem vorderen Ende des Rohres gespien, wie tanzendes, fein gemahlenes Glas. Das Glitzern hüllte den Werwolf ein und brachte ihn zum Stillstand.

Zuletzt rissen die vier den nackten, schmalen, nun wieder vollends menschlichen Leichnam Dascos aus dem Widerhaken und ließen ihn zu Boden fallen. Die Kette mit der wie eine Klauenhand aufgefächerten Klinge zog einer ein, rollte sie auf und hängte sie sich über die Schulter. Dann tauchten sie wieder im nächtlichen Larnwald unter, ohne Rodraeg, Eljazokad, Bestar und Hellas noch eines Blickes zu würdigen.

Eljazokad ging langsam zu Dasco hin, dann zu Bestar, dann zu Hellas.

»Bestar ist munter und Hellas ist nur bewußtlos«, berichtete er Rodraeg mit hohl klingender Stimme. »Für Dasco können wir nichts mehr tun, als ein Grab auszuheben.«

Rodraeg rollte sich auf den Rücken und starrte durch die ziehenden Wolken zum Mond hinauf.

Es war eigentlich unmöglich, aber er hatte die vier Männer, die den Werwolf zur Strecke gebracht hatten, schon einmal gesehen.

Sie hatten die Felle von Mammuts getragen.

8 Die andere Seite

Zu zweit kümmerten sie sich um Bestar und Hellas. Rodraegs Arm fühlte sich schlimm an, war aber nur geprellt und würde sich in den nächsten Tagen wahrscheinlich blau und grün verfärben.

Der Klippenwälder wehrte sich zwar gegen jeden Versuch, ihm aufzuhelfen, aber seine wieder aufgeplatzte Bauchwunde mußte versorgt werden. Rodraeg kümmerte sich darum, so weit es im Dunkeln und ohne sauberes Verbandszeug möglich war.

Den Bogenschützen hatte es schlimmer erwischt. Er war maßlos schmutzig, seine Kleidung zerrissen, sein Körper zerschunden und zerschrammt, wenngleich ohne Knochenbrüche. Sein schöner neuer Bogen lag neben ihm im Gras und sah unversehrt aus. Ihn hatte Hellas mehr beschützt als seinen eigenen Leib.

Als er wieder zu sich kam, erzählte er den anderen, wie er dank des vom Regen noch weichen Bodens den Sturz vom Kutschendach überstanden hatte und dann einfach den Kampfgeräuschen in den Wald gefolgt war, um seinen Mitstreitern beizustehen. »Konnte aber nicht viel ausrichten gegen das verfluchte Vieh«, haderte er abschließend. »Wenn jetzt noch die Wölfe auftauchen, haben wir keine Pfeile mehr.«

»Hier wird kein Wolf mehr auftauchen«, sagte Eljazokad. »Vielleicht später mal, an Dascos Grab, aber nicht in dieser Nacht. Die vier Mörder sind noch nahe genug, um verfolgt zu werden.«

»Die vier Mörder?« Bestar blinzelte verwirrt. »Also wir? Ihr habt ihn also doch noch fertiggemacht?«

»Wir haben gar nichts«, erläuterte der Magier. »Es waren vier

Fremde. Groß wie Klippenwälder, aber noch eigentümlicher. Einer von ihnen hatte blaue Haare.«

»Bist du sicher?« fragte ihn Rodraeg. »Ich hatte auch den Eindruck, aber in dem Mondlicht ...«

»Ich bin mir sicher. Sie waren blau. Und er hatte eine Waffe, die ich noch nie gesehen und von der ich auch noch nie gehört oder gelesen habe. Ein Blasrohr, das Glasstaub versprüht und dabei dröhnt wie ein fernes Gewitter. Auch die Waffen der anderen waren äußerst fremdartig.«

»Mist«, fluchte Bestar. »Das hätte ich zu gerne gesehen. Haben sie was gesagt?«

»Keinen Ton.« Eljazokad blickte ins Dunkel. »Aber das waren die, von denen Dasco erzählt hat. Die Jäger von der anderen Seite. Was auch immer das bedeutet.«

»Die andere Seite«, sagte Rodraeg zögerlich, »das ist wahrscheinlich die andere Seite der Wirklichkeit, die Seite der Träume. Irgendwo habe ich einmal so etwas gelesen. Ich habe diese vier in einem Traum gesehen, zu Beginn dieses Jahres, in der Nacht, als ich zum ersten Mal Naenn begegnete. Ich träumte von einem Mammut, einem Jungtier, das als einziges ein großes Abschlachten überlebt hatte. Vier menschliche Gestalten waren hinter diesem Jungtier her. Einer von ihnen hatte ein Rohr wie das, das der Blauhaarige benutzte.«

»Hatte er im Traum auch blaue Haare?« fragte Bestar.

»Ich weiß es nicht. Sie trugen Kapuzen, deshalb waren keine Haare zu sehen. Es herrschte Schneetreiben in dem Traum, Winter, alles war weiß und blendend.«

»Du hast in Warchaim erzählt, der Traum endete an einem Abgrund?« hakte Eljazokad nach.

»Ja. An einer bodenlosen Schlucht am Ende der Welt. Ich weiß nicht, ob die Jäger das Mammut erlegt haben oder nicht. Hoffentlich nicht.«

Der junge Magier erhob sich. Seine Augen waren schattig wie sein gesamtes Gesicht. »Das ist das, was ich euch die ganze Zeit erzähle: Man muß seinen Träumen folgen. Ihr habt euch nach Rodraegs Traum benannt: *Das Mammut.* Und nun tauchen die Feinde des Traummammuts leibhaftig vor uns auf. Aber sie töten nicht das Mammut, also euch, sondern den Wolf. Sie beachten das Mammut gar nicht. Warum? Weil es bereits tot ist? Weil es seit dem Traum ausgestorben ist? Das ist fürwahr ein Rätsel. *Ich bin ein Traum, verborgen in einem Irrgarten, verdunkelt durch ein Rätsel, entfernt durch einen Abgrund. Folge der Fährte des Mammuts, um mich zu finden.* Ich bin sicherlich auf der richtigen Fährte. Aber es fühlt sich nicht gut an. Zäh und undurchdringlich wie ein Alptraum, in dem man nicht eingreifen kann, wenn etwas Schreckliches geschieht. Das Schicksal dieses Werwolfs stimmt mich traurig. Ich werde ihn begraben. Die Kutsche hat gewiß einen Spaten im Gepäck.«

»Die Kutsche«, ächzte Bestar. »Wo ist eigentlich Alins abgeblieben?«

»Er hat das Umkippen gut überstanden, soviel habe ich noch mitbekommen«, antwortete Rodraeg. »Aber wir sollten uns zu ihm gesellen. Der arme Kerl versucht wahrscheinlich, sein geliebtes Gefährt ganz alleine wieder aufzurichten.«

Zu viert kehrten sie zur Straße zurück, wo Alins Haldemuel damit beschäftigt war, das wie ein erlegtes Großwild auf der Seite liegende Fahrzeug abzuklopfen und auf Strukturschäden zu untersuchen.

»Den Göttern sei Dank – ihr seid noch am Leben!« rief er freudig aus, als die vier zerzausten und schmutzigen Kämpen auf ihn zukamen. »Die Geräusche aus dem Wald waren ja furchtbar! Mord und Totschlag und Gebrüll! Was ist denn bloß geschehen?«

Rodraeg erklärte es ihm in knappen Worten, während Eljazokad einen Spaten aus einem Ausrüstungskasten kramte und mit dem Werkzeug über der Schulter wieder zurückging in den Wald.

»Vier große Kerle mit seltsamen Haaren und Waffen und Winterkleidung mitten im Wiesenmond?« Der Kutscher schürzte die Lippen. »Und ihr seid sicher, daß es nicht diese Heugabelmänner waren, die in der Gegend von Furbus ihr Unwesen treiben?«

»Da sie keine Heugabeln hatten, waren es wahrscheinlich nicht die Heugabelmänner«, sagte Rodraeg. Von dieser Bande durchgedrehter Bauersknechte hatten sie schon in Terrek gehört. Eine Gruppe Reisender hatte das *Mammut* als Begleitschutz anheuern wollen, weil sie sich vor den Heugabelmännern fürchtete. »Was für ein Unwesen treiben die denn in der Gegend von Furbus?«

»Die Heugabelmänner? Sie brandschatzen und räubern herum und haben schon eine ganze Kompanie Gardisten zurückgeschlagen. Gerüchten zufolge sind es mittlerweile mehr als dreißig Mann, und es werden wohl immer mehr.«

»Wie kann das sein? Ich dachte, es sind nur ein paar Knechte, die ihre Herren erschlagen haben?«

Alins rieb sich den Hals. »Es scheint mittlerweile eher so etwas wie eine Bewegung geworden zu sein. Sie machen den Raum zwischen Wildbart und Nekeru unsicher wie die Bande von Malk Falanko früher die Klippen des Kjeer. Und genauso wie vor zwanzig Jahren bei Falanko wird auch hier wohl nur ein größerer Gardeaufmarsch Einhalt gebieten können. Rodraeg, können wir jetzt bitte versuchen, die Kutsche wieder auf ihre Räder zu stellen?«

»Klar. Du hast damit am meisten Erfahrung. Sag uns, wie wir vorgehen müssen.«

Sie benutzten lange Äste als Hebel, Holzstücke als Keile und Stützen, Baumstümpfe am Waldrand als Umlenkrollen für Zugseile, und hievten mit Hilfe der Pferde und Bestars unterstützender Kraftanstrengung auf der anderen Seite den schweren Kutschenkörper wieder in seine aufrechte Stellung zurück. Dabei mußten sie besonders darauf achten, daß die Räder nicht barsten – weder die, über die die Kutsche gekippt wurde, noch die, auf die das Fahrzeug schließlich zurückfiel. Bei letzteren dienten sorgfältig plazierte Klötze als Bremsmittel. Als die Kutsche schließlich stand und sie alle schweißüberströmt an die Räder gelehnt auf der Straße saßen, kam Eljazokad mit dem Spaten über der Schulter aus dem Wald zurück. Auch er sah redlich erschöpft aus. Im Osten schimmerten die ersten Ahnungen der Morgendämmerung durch die Bäume des Larn.

Alins blieb bei der Kutsche, aber Rodraeg, Bestar, Hellas und Eljazokad gingen zum frischen Grab, um einem Kampfgegner die letzte Ehre zu erweisen.

»Wir wissen nichts über dich«, sagte Eljazokad, als sie alle um den flachen Hügel aufgebrochener Erde herumstanden. »Wir wissen nicht einmal deinen wirklichen Namen. Wir wissen nur, daß du mächtig warst. Mächtig genug, um ein Kind zu töten, das du in deinen Händen hieltst, mächtig genug, um es nicht zu tun. Mächtig genug, um uns alle niederzuwerfen wie eine Kutsche, mächtig genug, um darauf zu verzichten. Mächtig genug, um dich gegen vier Mammutjäger zur Wehr zu setzen, mächtig genug, um dich geschlagen zu geben. Ich hätte noch viele Fragen an dich gehabt, deren Antworten du jetzt leider mit dir nimmst in die immerwährende Nacht der Wölfe, aber ich begreife, daß du ruhelos warst im Leben und dir jetzt endlich Ruhe vergönnt wurde. Mögen die Zehn dich aufnehmen in ihre Länder und Wiesen und Wälder, und mögest du dort zu einer Gestalt finden, die du dein eigen nennen und behalten kannst.«

Bestar nickte nur und sah Eljazokad mit unverhohlener Bewunderung an. Hellas blickte eher geringschätzig drein.

Rodraeg räusperte sich und sagte noch: »Mit deinen letzten Worten hast du bezweifelt, daß wir es schaffen werden, etwas für die Wale von Wandry zu tun, die lebendigen, singenden Schiffe, wie du sie nanntest. Ich hoffe, dir beweisen zu können, daß wir es wert sind, *Mammut* genannt zu werden.«

Sie sahen sich an. Es ertönte kein Wolfsgeheul von weit her oder nahe. Es brachen keine Sonnenstrahlen durchs Geäst, um das Grab eines Ungeheuers zu liebkosen. Dasco war allein in seinem Tod, und auch sie wandten sich nun ab und schritten langsam zu ihrer Kutsche zurück.

Sie brauchten noch drei volle Tage bis nach Tyrngan und lagen somit einen Tag hinter ihrem ursprünglichen Zeitplan. Alins schimpfte zwar die ganze Zeit wegen der Abzüge, die das Überschreiten der Beförderungsfrist für seinen Arbeitslohn bedeuten würde, zog es aber dennoch vor, die angeschlagene Kutsche nicht zu überlasten und statt dessen Vorsicht walten zu lassen.

Rodraeg grübelte viel in diesen drei Tagen. Sein Husten schien von dem Kjeerhemd, das er ununterbrochen am Leibe trug, unter Kontrolle gehalten zu werden, aber statt dessen hatte er ab und zu beunruhigende Schmerzen beim Einatmen und Aufstehen. Er dachte nach über seinen Mammuttraum. Wenn es die Jäger aus diesem Traum leibhaftig gab, wenn er ihnen begegnet war, nur wenige Monde nach dem Traum – war es dann nicht auch denkbar, daß es noch irgendwo ein Mammut gab? Schon in Warchaim war ihm dieser Gedanke gekommen, nachdem er gelesen hatte, daß Buckelwale als ausgestorben galten. Was hatte das alles zu bedeuten? War es seine Aufgabe, dieses Mammut zu finden und zu schützen, so wie es Eljazokads Aufgabe zu sein schien, ein mandeläugiges Kind von seinen schweren Verwundungen zu heilen? Hatte Naenn mehr mit diesem Traum zu tun, als ihn einfach nur mit ihm geteilt zu haben?

Eines Vormittags wandte sich Rodraeg an Eljazokad. »Dieses Kind in deinem Traum, das schwer verletzt war. Meinst du, es ist denkbar, daß es von Dasco verletzt wurde?«

Der Magier dachte lange nach, bevor er antwortete. »Alles in diesem Traum wirkte so fremdartig und fern, daß ich sagen würde: Weder das Kind noch das Tier, das es verwundete, können von dieser Welt gewesen sein. Aber fremdartiger und ferner als ein Blauhaariger mit einem donnernd hallenden Blasrohr? Ich weiß gar nichts mehr, außer einem: Solange ich mit euch reise, werde ich Rätsel schauen, Irrgarten und Abgründe.«

Rodraeg wurde das Gefühl nicht los, durch Dascos Tod einen Verlust erlitten zu haben. Er hätte ihm noch vieles erklären und vermitteln können, wenn es nur gelungen wäre, sein leidensreiches Leben zu bewahren. Auch die vier Jäger hätte man aufhalten und befragen müssen, aber sowohl er als auch Eljazokad waren wie gelähmt gewesen in diesen eigenartigen Augenblicken. Um die von ihnen getöteten Wölfe tat es ihm ebenfalls leid, die schönen, großen Flechtenwölfe, von denen es womöglich auch nicht mehr allzu viele gab auf dem Kontinent. Eines Tages würde der *Kreis* vielleicht den Auftrag erteilen, die letzten Flechtenwölfe zu bewahren. Rodraeg sah bildlich vor sich, wie das *Mammut* dann sich selbst bekämpfte: die tötenden, pfeileverschießenden *Mammut*männer gegen die schützenden, hilfreichen *Mammut*männer. Was sollte man tun? Wie hätte man anders handeln können angesichts eines entführten Kindes und einer Mutter in Not? Rodraeg vermißte Naenn. Mit ihr hätte er tiefreichende Gespräche über diese Fragen führen können, ohne der grundlosen Selbstzerfleischung bezichtigt zu werden.

Am Abend des 26. Wiesenmondes erreichten sie die altertümliche Stadt Tyrngan, die von den Klippen des Kjeer umwuchert war. Sie beschlossen, in einer Herberge zu übernachten, und kehrten im *Kandelaber* ein. In unmittelbarer Nähe dieses Gasthauses gab es eine Niederlassung von *Slaarden Edolarde*, in der Alins die Kutsche über Nacht generalüberholen lassen konnte. Rodraeg, der dank Dascos großzügiger Mitfahrtentgeltung hundertzehn Taler im Geldsäckel hatte, zahlte allen ein eigenes Zimmer und ein üppiges Mahl.

Während Hellas sich in der Stadt mit vierzig neuen Pfeilen ausrüstete, suchten Bestar und Rodraeg vor dem Zubettgehen noch gemeinsam einen Heiler namens Nerass auf, den ihnen die Wirtin vom *Kandelaber* empfohlen hatte.

Nerass – ein quirliger Glatzkopf in einem bodenlangen Gewand – besah sich Bestars Bauchwunde sehr genau und behandelte sie mit Salbe, aufgelegten Heilblättern und einem frischen, festen Verband. Für Rodraegs geprellten Arm hatte er eine kühlende Tinktur parat, die er mit einem seidigen Tuch aufstrich. Gegen Rodraegs Husten hatte er Pastillen, die in etwa denen von Samistien Breklaris entsprachen, aber so einfach wollte er Rodraeg dann doch nicht davonkommen lassen, nachdem er das Kjeerhemd begutachtet hatte.

»Hier in den Kjeerklippen sind solche Hemden natürlich wohlbekannt«, sagte er mit seiner munteren, hohen Stimme. Rodraeg wurde der eigenartige Zufall, daß er sich mit einem Kjeerhemd ausgerüstet hatte, kurz bevor er das diesem Gott geweihte Gebirge durchqueren wollte, erst in diesem Augenblick bewußt. »Sie dienen Bergleuten, Alten und Kindern, die mit Atemschwierigkeiten zur Welt gekommen sind, dazu, Staub und Erdreich aus dem Wind zu binden und ein saubereres Luftholen zu ermöglichen.« Nerass legte ein Ohr an Rodraegs Brustkorb und klopfte mit dem Knöchel gegen mehrere Rippen. »Was ich aber in Euch zu hören glaube, ist nicht einfach eingeschlossener Staub oder eine schwächliche Lunge. Ihr habt etwas Klebriges in Euch, etwas Giftiges, das wie ein Tier mit vielen Beinen oder Tentakeln in Euren Atemwegen sitzt und sich möglicherweise ausbreitet. Von einer solchen Erkrankung habe ich erst einmal gehört. Damals hat man dem armen Kerl den Brustkorb geöffnet, um das Tier herauszuholen, und daran ist er dann gestorben.«

Rodraeg fühlte sich müde. Jeder erzählte ihm, daß es schlecht um ihn stünde. Die Heilerin Geskara in Terrek, der Händler Breklaris in Warchaim, der Abt Kjabram, jetzt Nerass – und sogar der todgeweihte Dasco hatte Zeit gefunden, ihn als *sterbenden Mann* zu bezeichnen. Je öfter man ihm das unter die Nase rieb, desto ärgerlicher wurde er darüber. Er fühlte sich ganz in Ordnung, dank des Kjeerhemdes sogar besser als direkt in Terrek. Falls es wirklich schlimm um ihn stand, hatte er ohnehin keine Zeit, sich auszukurieren. Sämtliche Wale und Wölfe und Werwölfe des Kontinents schienen ihn zu suchen und zu brauchen.

»Wie hat der arme Kerl von damals seine Krankheit denn bekommen?« fragte er, halb in Gedanken und nur halb zuhörend.

»Kjeer selbst hat ihn geschlagen«, antwortete Nerass ungerührt. »Der Mann war ein Frevler, ein Götterlästerer. Also kam Kjeer zu ihm hin und füllte ihm Erde in den Brustkorb, bis ihm die Augen überflossen. Ihr seid nicht letztens einem Gott begegnet?«

Nein, dachte Rodraeg. *Nur einem Werwolf, vier Geträumten, einem Lichtmagier, einem Schmetterlingsmädchen, einem Untergrundmenschen, unzähligen Klippenwäldern, Flechtenwölfen, Fledersalamandern, Kruhnskriegern, einem Heimlichgeher, einem Kleinkind, zwei Bürgermeistern und einer Quelle geschmolzener Erde, deren Dämpfe ich wochenlang einatmen mußte.* »Nicht daß ich wüßte«, antwortete er tatsächlich. »Woran hätte ich ihn denn erkennen können, diesen Gott?«

»An dem Überflüssigwerden solcher Fragen«, lächelte Nerass. »Hier, nehmt diese Pastillen, dieses Fläschchen mit Kjeerklippenquellenwasser und dieses mit einer besonderen Essenz getränkte Stück Meerschwamm. Wenn das Tier Euch von innen zu zerreißen droht, schiebt Euch den Schwamm in den Mund, beißt darauf und atmet die Dämpfe durch den Rachen ein. Möglicherweise wird das Tier so betäubt. Und falls Ihr wieder durch Tyrngan kommt bei Eurer Reise nach Irgendwohin, kommt bitte bei mir vorbei. Ich würde gerne sehen, wie es Euch dann geht, und Euch helfen, wenn ich kann.«

Rodraeg bedankte sich fahrig, gab dem Heiler fünf Taler und ging dann mit Bestar hinaus.

Es dunkelte bereits. Die von Stadt zu Stadt unterschiedlich uniformierten Gardisten der Königin zeigten in Tyrngan durch zahlreiche Patrouillen Präsenz, denn die Stadt wimmelte von halbbarbarischen Klippenwäldern, die ihre Heimat gerade erst verlassen hatten, um auf dem Kontinent ihr Glück zu erzwingen. Rodraeg dachte daran, daß Hellas wahrscheinlich immer noch gesucht wurde und daß es besser war, diese Stadt so schnell wie möglich hinter sich zu lassen.

Am Morgen brachen sie auf und fuhren auf der Paßstraße, die durch die beeindruckend hohen Felsschründe der Kjeerklippen hindurchschnitt wie eine Axtkerbe, weiter Richtung Nordwesten. Die Kutsche war in nächtlicher, schweißtreibender Arbeit ausgebessert und die Räder sogar komplett ausgetauscht worden. Auf die Frage, was denn eigentlich geschehen war, hatte Alins mit einer verknappten Version der Wahrheit geantwortet. Das war sinnvoll, weil die Harpas und alle anderen Reisenden dadurch erfuhren, daß die Gefahr nun vorüber war.

Die Pferde waren frisch, so daß Bestar wieder damit zu tun hatte, sich mit ihnen bekannt zu machen, bevor er neben Alins auf den Kutschbock stieg, um seine Fähigkeiten im einfühlsamen Kutschenlenken weiter auszubauen.

Rodraeg gönnte ihnen allen einen Umweg, von dem Terenz und Adena Harpa ihnen erzählt hatten und der sie nicht mehr als eine Sechstelstunde kostete: Nur zweihundert Schritte von der Paßstraße entfernt lag, verborgen zwischen fast senkrecht aufsteigenden Felsnasen und -verwerfungen, der Eingang zur *Höhle des Alten Königs*, einem vor Urzeiten gefertigten Heiligtum der Riesen.

Das Tor war als solches auf den ersten Blick nicht zu erkennen, die beiden klobigen Statuen jedoch, zwei fette, vielflügelige Fliegen mit raubtierartigen Köpfen, markierten den rechten und linken Rand eines gewaltigen Eingangs. Die Fliegen klebten kopfunter an der Felswand, jede von ihnen zwei Schritte hoch und anderthalb breit, und bleckten ihre unheimlichen, wie scharfkantige Saugröhren aussehenden Mundwerkzeuge. Einige dieser Röhren waren abgebrochen, ob von Wind und Wetter oder von Schaulustigen ließ sich nicht mehr bestimmen. Zwischen den Fliegenleibern verlief – wenn man genauer hinschaute – die unregelmäßig geformte Fuge einer Tür. Bestar staunte: An ihrem Scheitelpunkt war die Tür fünf Schritte hoch.

»Sind Riesen wirklich so groß?« fragte er mit in den Nacken gelegtem Kopf.

»Weder Riesen noch Fleischfliegen«, erläuterte Alins. »Laut den Harpas sind Fleischfliegen kaum größer als Spatzen, was allerdings schon unangenehm genug sein dürfte. Und Riesen messen höchstens drei Schritt, aber auch das stelle ich mir imposant vor, wenn so einer plötzlich vor dir steht. Selbst du kannst dann mit ausgestrecktem Arm nicht an sein Kinn heranreichen.«

»Hast du schon mal welche mit eigenen Augen gesehen?« fragte Eljazokad.

Alins schüttelte den Kopf. »Noch nie. Sie sind zu selten. Verkriechen sich im Wildbart in den unzugänglichsten Geländen. In dieser Gegend fahre ich oft nach Miura oder Brissen, aber Riesen kenne ich nur aus Schilderungen.«

»Aber es gibt sie noch«, hakte Rodraeg nach.

»Nach allem, was ich so höre und weiß, ja.«

»Hat noch niemand versucht, dieses Tor hier einfach aufzubrechen?« fragte Hellas. »Wenn das hier eine Königshöhle ist, gibt es womöglich Schätze da drinnen.«

»Viele haben es schon versucht«, lächelte Alins. »Magier, Kraftprotze, Soldaten mit Rammwerkzeugen und Zugochsen, Bastler, Gelehrte, Spinner, Brandstifter und Dummköpfe mit zerberstenden Klingen. Die Höhle hält allem stand. Möglicherweise haben auch die Riesen schon vor Jahrtausenden vergessen, wie sie zu öffnen ist, und sie wird ihre Geheimnisse niemals preisgeben.«

»Aber das alles hier war früher Riesengebiet?« fragte Bestar.

»In nebeliger Vorzeit, ja. Auch die Paßstraße ist wohl von Riesen quer durchs Gebirge gemeißelt worden. Zumindest sieht sie so aus. Aber jetzt leben hier nur noch Menschen und Bergtiere. Selbst für Untergrundmenschen ist das Wetter hier oben zu rauh.«

»Was mag auf der anderen Seite liegen?« sinnierte Eljazokad laut. Rodraeg sah ihn fragend an, und der Magier deutete auf den Fels zwischen den Fliegen. »Auf der anderen Seite dieser Tür. Das ist wieder so ein Rätsel, verschlossen und getrennt von allem anderen. Ein dunkles Gefäß. Ein verborgener Segen oder ein weggeschlossener Fluch.«

»Laßt uns weiterfahren«, sagte Rodraeg, der spürte, wie seine Gedanken sich zu verzweigen und zu verirren begannen. Sie mußten sich jetzt konzentrieren. Durften sich nicht durch den Kontinent mit seinen mannigfaltigen unbeantworteten – und oftmals sogar ungestellten – Fragen ablenken lassen. Der Werwolf war tot. Diese Höhle war nicht wichtig.

Wandry.

Die Wale.

Eine Mission, die dieses Mal reibungslos verlaufen mußte.

Sie wandten der Höhle den Rücken zu und kletterten in ihre Kutsche zurück.

9 Herbergen

Die Klippen des Kjeer ruckelten karstig und golden im Sonnenlicht leuchtend an ihnen vorüber. Dahinter begannen die Klippenwälder, eine überwiegend nadelbaumüberwucherte Wildnis, in der sich jähe Abgründe und Wasserstürze vor einem auftun konnten, oftmals nur von maroden, lückenhaften Brücken bezähmt. Alins Haldemuel steuerte sie durch verhältnismäßig gut passierbares Gelände unweit der Küste, wo das Brausen der See sich mit dem Rauschen der Baumwipfel zu einem wilden Lied vereinigte. Nachts lagerten sie unter ausladenden Fichten und Tannen, tagsüber fuhren sie am Grunde tief verschatteter Felseinschnitte und oben am Rande von dreißig Schritt in die Tiefe stürzenden Abbruchkanten entlang. Die Kutsche hielt Kurs, während unter ihren Rädern Geröll seitwärts in staubige Untiefen trudelte, und die Fahrgäste tupften sich gelegentlich den Schweiß von den Gesichtern und staunten über den rauhen Landstrich. Alle außer Bestar natürlich, der stets beteuerte, daß dies hier langweiliges Flachland war im Vergleich zu Taggaran, woher er und Migal Tyg Parn stammten.

Am letzten Tag des Wiesenmonds, nach vier weiteren Reisetagen, erreichten sie spät abends die Westküste und mit ihr die Stadt Wandry, die nur zu zwei Dritteln auf festem Grund errichtet war. Das westlichste Drittel stand halb auf Pfählen, halb auf hängebrückenüberspannten Felsen und war Gischten und Gezeiten zum Trotz so weit wie möglich in die Meeresbucht hineingetrieben worden. Wie schwimmende Talglichter tanzte das Leuchten der vorgelagerten Pfahlbauten über dem dunklen Spiegel des Wassers. Ringsum, nicht in einem klar umrissenen Hafen, sondern an Anlegestellen überall an Felsen, Strand und muschelüberwucherten Pfählen, dümpelten mehr als dreißig

Schiffe, darunter zwei wuchtige Dreimaster, aber die meisten waren schnittige Zweimaster, die für das Freibeutertum geeignet waren. Häuser hatte Wandry zwar mehr als Warchaim, aber sicherlich weniger Einwohner, da die Gebäude nur einstöckig und insgesamt kleiner waren. Rodraeg schätzte Wandry von der Bevölkerung her etwas größer als Kuellen ein.

»Laichgebiet«, knurrte Bestar geringschätzig, als sie von einer nahegelegenen Meeresklippe auf die Strandstadt hinunterblickten.

»Am vierten oder fünften Tag des Sonnenmondes sollen die Wale hier stranden«, faßte Rodraeg ihren Zeitplan zusammen. »Morgen ist der erste Sonnenmond. Damit bleiben uns also nur noch zwei volle Tage, um herauszufinden, was wir tun müssen, und ein voller Tag, um es zu tun. Der vierte Tag ist dann bereits ein Risiko – vielleicht haben wir ihn noch, vielleicht aber auch nicht.«

»Wir hätten uns mit dem Aufbruch aus Warchaim doch etwas mehr beeilen müssen«, ächzte Hellas.

»Nein, ich denke, daß wir das gut schaffen können«, sagte Rodraeg. »Die Leute hier müssen Bescheid wissen. Ich kann mir nicht vorstellen, daß das Stranden einer riesigen Walherde als Überraschung geplant ist. Wir müssen also nur an diejenigen herankommen, die das Ganze in die Wege geleitet haben. Ich denke, daß es am besten ist, wenn wir uns trennen. Einer Gruppe von vier Fremden gegenüber bleibt man womöglich mißtrauischer, als wenn wir uns von vier verschiedenen Richtungen aus unters Volk mischen. Eljazokad kennt sich in Wandry ein wenig aus, Bestar sieht am ehesten aus wie ein Einheimischer – ihr beide solltet euch deshalb möglichst weit vorne am Ufer einquartieren, vielleicht schon mitten in der Pfahlstadt, mit gutem Kontakt zu Seeleuten und Fischern. Hellas und ich bleiben eher im befestigten Gebiet.« Er wandte sich an Alins, der ihnen nicht hatte zuhören können, weil er gerade nach den Pferden gesehen hatte. »Fährst du eigentlich gleich wieder zurück, oder gibt es hier auch eine *Slaarden-Edolarde*-Station?«

»Natürlich gibt es hier einen Stall, der mit uns zusammenarbeitet. Das ist der *Haefr Haefn*, dort rechts am Stadteingang, das Gebäude mit der Koppel dahinter. Dort werde ich die Kutsche hinfahren, abstellen und wieder auf Vordermann bringen, während ich auf euch warte. Eure Rückfahrt ist nämlich ebenfalls bezahlt, erwähnte ich das nicht?«

»Nein. Das ist ja wundervoll! Dann sind wir ja schon in anderthalb Wochen wieder in Warchaim. Wir holen dich also im *Haefr Haefn* ab, sobald wir hier fertig sind. Das könnte allerdings auch« – Rodraeg räusperte sich – »mitten in der Nacht sein.«

»Verstehe. Nun, ich kann die Pferde nicht die ganze Zeit über eingespannt lassen, aber wenn ihr mir behilflich seid, können wir binnen einer Sechstelstunde lospreschen.«

»Ausgezeichnet. Dann treffen wir uns wieder in spätestens fünf Tagen.«

»Freue mich schon darauf.«

Alins Haldemuel gab ihnen allen die Hand, schwang sich dann auf seinen Kutschbock und fuhr ihnen voran eine gewundene Küstenstraße hinab nach Wandry.

Das *Mammut* stand immer noch oben und schaute hinunter. Ein entschlossener Salzwind wehte vom Meer her und ließ Haare und Hemden flattern.

Rodraeg wandte sich wieder an den Magier. »Gibt es hier einen markanten Punkt oder ein Gasthaus, an das du dich noch erinnern kannst und das einigermaßen zentral liegt?«

»Es gibt so ein typisches Landrattengasthaus, das heißt auch so: *Ain Land*. Das ist mitten in der Stadt, unweit vom Ufer.«

»Dort kann man auch essen?«

»Ja, und trinken besonders. Trinken spielt ohnehin eine große Rolle entlang der Küste, und hier im Klippenwälderland wohl erst recht.«

»Dann treffen wir uns dort im Schankraum jeden Tag um Mittag und abends in der siebten Stunde, um Informationen auszutauschen. Habt ihr die Zeiten verstanden?«

»Mittags und abends um sieben«, brummten Eljazokad, Hellas und Bestar durcheinander.

»Ansonsten hat jeder freie Hand«, schärfte Rodraeg ihnen ein. »Aber: keine Aktionen auf eigene Faust. Es geht erst einmal nur um das Sammeln von Fakten. Wer ist wer in dieser Stadt, an wen muß man sich halten, wen sollte man meiden, wer hat hier das Sagen und so weiter. Besonderes Augenmerk bitte auf Magie und alles, was damit zusammenhängt. Eljazokad, laß einfach deine Sinne für dich arbeiten, vielleicht kannst du irgend etwas Magisches aufschnappen. Um die Garde kümmere ich mich, Hellas, du hältst dich von denen fern. Ich will herausfinden, inwieweit wir sie diesmal für unsere Zwecke einspannen können oder ob das unmöglich ist. Wenn wir genügend Wissen zusammengetragen haben, handeln wir gemeinsam. Haltet euch von jedem möglichen Ärger fern. Bestar, keine Erbsbiergelage um der lieben Heimat willen. Hellas, kein Wettschießen, kein Vorzeigen von Fähigkeiten, wir sind hier ganz unauffällig und tragen nur Fragen und Antworten zusammen. Fällt euch sonst noch etwas ein?«

»Ich werde Geld brauchen«, bekannte Eljazokad. »Ich besitze noch drei Taler, aber damit komme ich hier nicht weit.«

»Gut. Du kriegst« – Rodraeg kramte in seinem Geldsäckchen – »zehn Taler. Ihr anderen habt in Warchaim euer Geld bekommen, verpraßt nicht alles – ich habe keine Ahnung, wann der *Kreis* uns mit Nachschub bedenkt. Sucht euch gute Herbergen und eßt gut – schließlich müssen wir bei Kräften sein, wenn es hart auf hart kommt. Aber wenn ihr pleite seid, gibt's erst mal nichts mehr.«

»Und wir dürfen uns auf keinen Fall mit jemandem anlegen?« fragte Bestar noch mal nach.

»Auf keinen Fall.«

»Auch nicht, wenn jemand uns dumm kommt?«

»Auch dann nicht. Haltet still und erstattet mir Bericht. Möglicherweise können wir ja hinterher noch etwas deichseln, um eure gekränkte Ehre wiederherzustellen. Also: Wann treffen wir uns?«

»Mittags und abends um sieben«, brummten wieder alle. In seiner Zeit als Lehrer in Hessely hatte Rodraeg sich so folgsame Schüler gewünscht.

»In Ordnung. Los jetzt.«

Sie gingen auf getrennten Wegen und jeder für sich nach Wandry hinein.

Die Stadt lag alles andere als still. Das Tagwerk der Fischer, Seeleute, Hafenarbeiter, Lagerpacker, Händler, Wäscherinnen, Segeltuch- und Netzflicker war zwar verrichtet, aber in den Schenken und Kaschemmen herrschte dennoch lautstarker Hochbetrieb. Schon von weitem fielen die zahlreichen roten Lampions ins Auge, die das Gewerbe der käuflichen Liebe anpriesen. Damen, die nicht nur aufgrund des sommerlichen Wetters lediglich leicht bekleidet waren, schlingerten lauernd um nordmännische Seeleute herum, die mit Äxten und Schwertern bewaffnet breitbeinig durch die Straßen streiften, um etwas zu erleben. Dazwischen zwängten sich Händler, die auf ihren Bauchladen Süßwaren und Salzgebäck anboten. Ausrufer verkündeten gellend, in welcher Spelunke gerade eine Tänzerin die Hüllen fallen ließ oder wo der Wirt eine ganz bestimmte

Branntweinsorte in der kommenden Stunde zum halben Preis ausschenkte.

Es gab auch ein nobleres Viertel von Wandry: ganz im Osten, am ländlichsten Rand, wo die Merkanten und Notare ihre Häuser und Kontore unterhielten. Dorthin wandte sich Rodraeg, weil er die Drahtzieher einer fängermagischen Stadtbereicherung am ehesten unter den Hochgestellten und ohnehin schon Wohlhabenden vermutete. Außerdem hatte er seine Gefährten eher Richtung Uferschlick geschickt, weshalb er der einzige war, der sich auf edlerem Festland umhören konnte.

Das Gasthaus, auf das seine Wahl fiel, nannte sich *Zimfinnering* und war eine zweistöckige gute Stube mit Gänsedaunenbetten und dem Duft von Schmalzgebackenem, der aus sämtlichen Dielenfugen aufstieg. Er nahm sich ein Einzelzimmer, legte dort alles ab, was er in der Stadt nicht benötigen würde, aß noch einen Teller Fischsuppe und mischte sich dann unter das lebhafte Nachtvolk, das den rötlich glimmenden Vergnügungsvierteln hinter der Uferstraße zustrebte. Rodraeg setzte sich allerdings bald ab, nachdem er drei verschiedenen Bürgern dreimal dieselben Fragen gestellt hatte, und besichtigte – zumindest von außen – das Wandryer Rathaus und die städtische Gardegarnison.

Das Rathaus war so winzig, daß Rodraeg im Dunkeln zweimal daran vorbeiging, ohne es als solches zu erkennen. Der Bürgermeister hieß Stav Clegos und war – so viel konnte Rodraeg noch in dieser Nacht in Erfahrung bringen – kein Einheimischer, sondern ein Aldavaer, der von der Königin hierhergeschickt worden war, um sich um die Verwaltung und Nachrichtenweiterleitung Richtung Hauptstadt zu kümmern. Das Rathaus war also eigentlich ein Fremdkörper in dieser Stadt und diente eher formellen und repräsentativen als tagespolitischen Zwecken. Das *eigentliche* Rathaus war das sogenannte

Sturmhaus, wo der amtierende Stadtkapitän Yrmenlaf und seine Mannschaft mit den anderen Seefahrerfürsten dieses Viertels über Handel, Wandel und Wohlergehen der Seefahrt berieten und wo alle Fragen erörtert und beantwortet wurden, die für die Zukunft und Stellung Wandrys tatsächlich von Bedeutung waren. Das *Sturmhaus* stand auf dem Wasser in den vorgelagerten Pfahlvierteln, weshalb Rodraeg sich ein Aufsuchen für heute nacht ersparte. Immerhin glaubte er jedoch schon einen ersten Ansatzpunkt gefunden zu haben: Entweder war der fadenscheinige Bürgermeister Stav Clegos in die fängermagische Walanlockung eingeweiht – in diesem Fall hinterging er die Königin und war möglicherweise sogar der Hauptverantwortliche für das ungesetzliche Geschehen –, oder aber er wußte von nichts und konnte deshalb zu einem wichtigen Verbündeten für das *Mammut* werden.

Zu einem Verbündeten natürlich nur mit Unterstützung einer tatkräftig einschreitenden Stadtgarde – und eine solche gab es in Wandry nicht, wie Rodraeg feststellen mußte, als er vor dem ebenfalls winzig und bedeutungslos aussehenden Garnisonsgebäude ankam. Ganze zehn Gardisten taten hier Dienst, wie Rodraeg ernüchtert herausfand. In Aldava kamen auf 400 000 Einwohner gut 8000 Gardisten, also auf jeweils fünfzig Einwohner ein Soldat. In Warchaim waren es bei 5000 Einwohnern immerhin noch an die fünfzig Gardisten, was einem Soldaten pro hundert Einwohnern entsprach. Das war auch schon nicht viel, das Aufzeigen echter Präsenz war da kaum möglich. Aber hier in Wandry kamen auf 4000 Einwohner nur zehn Gardisten. 400 Einwohner gegen einen Soldaten. Hier war überhaupt nichts aufhalt- oder auch nur eindämmbar. Wenn das *Sturmhaus* den Befehl zum Sturm gab, würden die königlichen Bestandteile Wandrys einfach mit der Flut davongespült, und zurück blieben nicht einmal Strandguttrümmer.

Stav Clegos war also mehr oder weniger abgeschnitten vom hauptstädtischen Hinterland. Hatte er deshalb ein magisches Verbrechen initiiert, um sich an Königin Thada für seine schmähliche, weil unbeträchtliche Position zu rächen? Oder war es nicht tatsächlich viel wahrscheinlicher, daß er von nichts, was in dieser Stadt wirklich vorging, eine Ahnung hatte?

Um das richtig einschätzen zu können, mußte Rodraeg ihn kennenlernen, und das nahm er sich für den morgigen Vormittag vor. Jetzt jedoch kehrte er in den *Zimfinnering* zurück und genehmigte sich einen tiefen, erholsamen Schlaf, ganz ohne Bestars Schnarchen und Hellas' ruckartiges Zusammenzucken mitten in der Nacht.

Bestar bewegte sich voller Geringschätzung durch Wandry. In seinem Heimatdorf Taggaran war es Sitte, die Küstenbewohner nicht zu mögen. Nicht, weil die Küstenbewohner den Waldbewohnern jemals irgend etwas zuleide getan hätten, sondern weil sie eben Küstenbewohner waren – Laichleger, die sich zwar auch Klippenwälder nannten, den Wald und die Inlandklippen jedoch nur vom Hörensagen kannten. In Taggaran lebte man mitten in den Klippenwäldern, nicht irgendwo am Rande des Geschehens, sondern in Schatten, Nadeln und Gefahr.

Bestar machte niemandem Platz. Wenn ihm einer ebenso breitschultrig wie er entgegenkam, mußte der andere eben ausweichen, um nicht angerempelt oder sogar umgestoßen zu werden. Und sie wichen ihm alle aus, niemand hatte den Mumm, es mit einem echten Klippenwälder aufzunehmen. Weich wie Laich glitten sie seitlich an ihm vorüber, die Augen wie Hunde zu Boden gesenkt. Selbst die Waldbewohner, die es auf der Suche nach billigen Vergnügungen hierher verschlagen hatte, wurden, wenn sie Bestar sahen, von ihrem in ihnen schlummernden schlechten Gewissen dermaßen verwässert, daß auch sie die Gesichter abwandten und Platz machten. Alles war so würdelos, daß es Bestars Laune nicht verbesserte.

Was sollte er auch tun hier? Es war schon dunkel, jeder dachte nur ans Saufen und Huren. Er selbst hatte 46 Taler bei sich, mehr als je zuvor in seinem Leben, aber er verdankte dieses Geld dem *Mammut*, und Rodraeg wäre sauer, wenn er ihn mit einem nackten Weib auf dem Schoß und einem überschäumenden Bierkrug in der Hand erwischen würde. Aber was erwartete Rodraeg? Daß er mitten in der Nacht etwas herausfand in einer Stadt, die ihm nicht nur vollkommen fremd, sondern die noch dazu überall schleimig, fischig, salzig und morschgefault war? Das konnte doch nicht wirklich Rodraegs Ernst sein.

Irgendwann fand Bestar sich am äußersten Rand Wandrys wieder, schon mitten in der Bucht, von dunklem Meerwasser umgurgelt auf einem maroden Steg. Mit verschränkten Armen schaute er finster aufs Meer hinaus.

Er dachte an die Wale, diese großartigen Riesenfische, von denen Selt Fremmender so eigenartige Dinge erzählt hatte – sie sollten singen können und mit ihren Schwanzflossen winken, bevor sie abtauchten. Sie würden zu Hunderten hierherschwimmen und abgeschlachtet werden von diesen Feiglingen, die nicht einmal Manns genug waren, auf einem ihrer klapprigen Kähne hinauszufahren und es dort draußen in der blaugrauen Weite mit den Walen aufzunehmen. Bestar verspürte nicht übel Lust, Feuer zu legen an Wandry, um diesen Schandfleck aus den Klippenwäldern zu tilgen, aber die Stadt war dermaßen durchnäßt und aufgeweicht, daß jede Flamme wohl schon bald in ölig blakendem Qualm verenden würde.

Bestar dachte an Migal, wie er mit ihm zusammen eine solche Aufgabe angegangen wäre. Laichlegende Befehlsgeber verprügeln, bis sie ihre Schwäche wimmernd eingestanden. Ein paar Pfähle herausreißen oder eintreten, bis einige Gebäude mitsamt ihrem Unrat ins Brackwasser rutschten. Den ehrlosen Fängermagier ins Meer tunken, bis keine Blasen mehr aufstiegen. Den Walschlächtern ihre eigenen Mordstangen und Fischklingen um die Ohren dreschen, bis das *Mammut* plötzlich hundert freiwillige Mitglieder mehr hätte.

Migal.

Migal hatte jetzt sicherlich Spaß bei *Erdbeben*.

Aber er hatte keinen Rodraeg dabei, der immer alles durchdachte und für jeden trotzdem ein freundliches Wort übrig hatte, keinen Hellas, der ein zu Boden trudelndes Blatt an einen Baumstamm schießen konnte, keinen Eljazokad, der helle Blitze mit den Händen machen konnte und Reden halten für Tote, die so klangen, als sei der Tod kein Tod, sondern ein vorübergehender Zustand.

Nur mit Mühe wandte Bestar sich vom Meer ab, in dem weit und breit kein Wal zu sehen war, ging zurück in das Gewimmel grauspaniger Holzhäuser, fand eine Gaststube mit dem Namen *Um Saedraign*, nahm sich aus der Schankstube ein Stück kalten Braten und einen Humpen Schwarzwein mit aufs teuerste Einzelzimmer, das dort zu haben war, und legte sich in Schuhen und Wanderkluft aufs Bett. Er hatte das schwere, würzige Getränk kaum hinuntergestürzt, da rollte ihm auch schon der angenagte Bratenknochen aus der Hand, über die Brust und er schlief laut schnarchend ein.

Hellas mietete sich zuerst in einem Gemeinschaftsschlafraum in der Herberge *Corail* ein. Ein Einzelzimmer wäre ihm lieber gewesen, aber wenn er sich unauffällig umhören wollte, war es naheliegender, das Zimmer mit acht anderen Schlafgästen zu teilen.

Leider machte ihm in der Nacht seine Raumangst zu schaffen. Nur ein einziges Bett war in dem schmalen Zimmer noch frei geblieben, und in das wuchtete sich zur Mitternacht ausgerechnet ein sehr beleibter, nach Achselschweiß und Zwiebelatem stinkender Kerl. Hellas wälzte sich hin und her, versuchte hier und dort noch ein kleines Schwätzchen zu halten, ob es ein besonderer Anlaß wäre, der so viele Gäste nach Wandry triebe, aber alle erzählten nur, daß sie auf der Suche nach einem Schiff wären, um anzuheuern, oder daß sie aus dem Umland hierhergekommen wären, um ihren hartverdienten Arbeitslohn auf den Kopf zu hauen. Die Ausdünstungen der dann insgesamt neun anderen, das mehrstimmige Gerassel und Geschnarche, das unregelmäßige Aussetzen von Atmung sowie das Knarzen und Quietschen der astigen Bettgestelle trieben Hellas schließlich nicht nur aus dem Bett, sondern auch aus dem Zimmer und sogar aus dem Gasthof. Er hatte all seine Habseligkeiten, auch den Bogen, den er ohnehin nur ungern aus den Augen ließ, mitgenommen und trieb sich nun in den finstersten Stunden der Nachmitternacht im Spelunken- und Rotleuchtenviertel herum – müde, aber unfähig, Ruhe zu finden.

Schon nach wenigen Sandstrichen bemerkte er, daß er verfolgt wurde. Zwei gedrungene Schatten tauchten immer wieder hinter ihm ab, wenn er den Kopf weit genug zur Seite wandte, um die eben durchquerten Gassen ins Gesichtsfeld zu bekommen. Sämtliches Licht war trügerisch und zweideutig, aber Hellas behielt seine nicht allzu geschickten Verfolger gut genug im Auge, um nach etwa einer Zehntelstunde auch noch einen dritten auszumachen, der sich zu den anderen gesellt hatte. Als die drei sich dann trennten, um auszuschwärmen, ahnte er, daß ein Überfall unmittelbar bevorstand. An Rodraegs Mahnung denkend, keine unnötigen Zwischenfälle zu provozieren, beschloß er, den Bogen außen vor zu lassen und sich lediglich mit dem Degen zu verteidigen. Selbst wenn er darauf verzichtete, die Gauner zu erschießen, sondern sie nur zu Krüppeln machte, würden seine Zielfertigkeiten mit dem Bogen dennoch zu deutlich zu Tage treten.

Er ging weiter, die Hand wie zufällig in der Nähe des Degengriffs. Er überquerte eine leicht schwankende Hängebrücke zwischen zwei künstlich errichteten Pfahlinseln, dann noch eine. Die Schatten blieben verschwunden. Aus einer mit einer Decke verhängten Haustür drang Frauengelächter und das Klirren von Tonschalen. Das Licht war fleckig und milchig, es schimmerte durch zwei Fenster im oberen Stockwerk, die nicht mit Glas, sondern mit durchscheinender Tierhaut verschlossen waren. Mehrere Brücken entfernt johlten zwei Betrunkene ein anzügliches Lied und drehten sich immer wieder um sich selbst. Das Wasser schlug gegen Planken und Stützsäulen, und blubberte dort, wo Unrat eingeleitet wurde.

Hellas wartete. Das Gesicht dem Wasser und den Docks zugewandt, um einen Angriff zu provozieren. Als immer noch nichts geschah, machte er die typischen Bewegungen von einem, der sich den Hosenstall aufknöpft, um seine Blase ins Hafenbecken zu erleichtern.

Da passierte es. Zwei sprangen von hinten auf ihn zu, der Dritte kam von der Seite hinter ein paar Fässern hervor, strauchelte aber über ein am Boden liegendes Seilstück und geriet aus dem Tritt. Hellas ließ den Degen stecken, machte einen schnellen Seitwärtsschritt, ließ den vordersten Angreifer halb an sich vorbeilaufen und versetzte ihm den Stoß, der noch nötig war, um den an der Kante Schwankenden ins schmutzige Wasser zu befördern. Der zweite bremste zwar rechtzeitig ab, wurde zu seiner Überraschung aber übergangslos von Hellas angegriffen. Hellas packte ihn – dieser Angreifer war noch ein Knabe –, wirbelte ihn am Kragen herum, hämmerte ihn rücklings gegen einen hohen Stützpfahl und trat ihm dann vor die Brust, so daß er noch mal gegen den Pfahl krachte und seitlich darum herumrutschte, sich festkrallend, um nicht ins darunter liegende Hafenbecken zu stürzen. Hellas duckte sich, und das mit Kies gefüllte Ledersäckchen, das der dritte Angreifer als Totschläger benutzte, zischte bösartig über seinem Kopf hinweg. Von seinem eigenen Schwung mitgerissen, konnte der halbwüchsige Dritte für einen Augenblick keine Deckung mehr aufbauen. Hellas schlug ihm mit der linken Faust zweimal hinter den Rippen auf die Nieren, fing den ächzend Stürzenden mit rechts ab und hebelte ihn auf den Rücken herum. Das Totschlagsäckchen lag plump und nutzlos auf den flechtenüberwucherten Bohlen. Hellas zog seinen Degen und drückte dem japsenden Jüngling die Spitze gegen den Kehlkopf. Mit seitlich gelegtem Kopf verfolgte er, wie der zweite Angreifer den Kampf mit dem eigenen Gleichgewicht verlor und langsam am Pfahl abwärts ins Wasser rutschte, wo schon der erste sich prustend an einem leckgeschlagenen Nachen festhielt.

»Ich gebe euch jetzt mal einen Ratschlag fürs Leben«, sagte Hellas, der kaum außer Atem geraten war. »Greift niemals jemanden an, den ihr nicht einschätzen könnt, erst recht nicht einen, der erst achtundzwanzig Jahre alt ist, aber schon schlohweißes Haar hat. Ich könnte ein kranker, wahnsinniger Menschenquäler mit übermenschlichen Fähigkeiten sein, habt ihr euch das vorher nicht überlegt?«

»Bbitte … nnicht töten … nicht töten …!«

»Töten? Wer spricht denn vom Töten? Deine beiden Freunde nehmen lediglich ein Bad. Du bist ohne einen Kratzer. Und wir können davon ausgehen, daß du mit deinem Ledersäckchen lediglich eine Stechmücke vertreiben wolltest, die um meinen Kopf schwirrte, nicht wahr?«

»Jjja«, stotterte der Junge verwirrt. Er schluckte, und die nur leicht aufliegende Degenspitze hüpfte auf seiner Kehle. »Wir wollten Euch nicht wirklich etwas tun. Ausrauben ja, das gebe ich zu, aber ein Schlag auf den Hinterkopf bringt einen nicht um, das …«

»Ah, ah, ah, mach es nicht schlimmer, als es ohnehin schon ist«, ermahnte ihn Hellas. »Also: Wer seid ihr?«

Für einen Moment stahl sich Trotz ins Gesicht des Jungen, Trotz und eine schmalere Form von Stolz. »Wir sind *die Haie.*«

Hellas konnte ein Auflachen nicht unterdrücken. »*Die Haie!* Noch so ein paar Verirrte, die sich Tiernamen geben. *Die Stichlinge* wäre wohl passender. Seid ihr Wandrys gefährlichste Hafenbande, oder gibt es viele davon?«

»Es … gibt nicht viele Banden wie uns. Manche Schiffsmannschaften von Freibeuterbooten sind wie Banden, aber auf dem Festland gibt es höchstens noch die Jungs von Geywan und *Die Brandungsbrecher.* Na ja, und eine Mädchenbande namens *Der schöne Schein.* Und die Krabbenfischer, die sind aufgeteilt in mehrere kleine Trupps, die bestimmte Bezirke der Stadt kontrollieren.«

»Ein lebendiges Pflaster also. Du bist der Anführer der *Haie*?«

»Nein. Das ist Queckten.«

»Einer von den beiden Planschern?«

»Nein. Queckten war nicht dabei. Er ist der Älteste von uns.«

»Wie alt?«

»Sechzehn.«

»Und dein Name ist?«

Der Junge zögerte nur kurz. »Gunurd.«

Hellas nickte und steckte den Degen wieder in die Scheide zurück. »Bring mich zu Queckten. Er kann mir sicherlich einiges über das Machtgefüge dieser Stadt erzählen. Keine Sorge, ich werde euch schon nicht verpfeifen – ich stehe selber nicht auf allzu gutem Fuß mit den Gardisten. Im Gegenteil: Wenn ihr mir weiterhelfen könnt, soll es euer Schaden nicht sein. Zehn meiner Taler könnten heute den Besitzer wechseln – vorausgesetzt, dein Queckten schlägt mich im Messerwerfen.«

Auch Gunurd nickte und rappelte sich auf, sich die immer noch schmerzende Seite haltend. »Das wird er gerne versuchen. Kann ich vorher meinen Freunden aus dem Wasser helfen?«

»Das machen wir besser zu zweit, dann geht wenigstens nichts schief.«

Eljazokad ließ sich treiben. Er kannte Wandry bereits von früher, kannte die Ströme der Vergnügungsheischenden, die wie Fischschwärme von Bezirk zu Bezirk zogen, der jeweils größten Sensation hinterher, eine sich die ganze Nacht über hinziehende Wanderung der Ausgelassenheit und der Verschwendungssucht. Er wurde in Schenken hinein- und wieder hinausgespült, betrachtete Tänzerinnen, die sich preisgaben – wenn auch bei weitem nicht so brutal und direkt wie in Skerb –, profitierte von zwei Ausschankrunden, die fremde Prahler bezahlten, konnte sich nur mühsam der Zudringlichkeiten eines betrunken an ihm hängenden Somnicker Handelsgesellen erwehren, verkostete mehrmals, wenn man ihn zum Zugreifen aufforderte, südlich scharf gewürzte und nordisch weichzerkochte Speisen, spendete Musikanten Beifall, die kaum in der Lage waren, ihre Instrumente richtig herum zu halten, und fand sich schließlich all dem Unsinn zum Trotz doch noch in einem aufrichtigen Ereignis wieder.

In einem Schuppen am nördlichen Stadtstrand spielte eine Gruppe von Musikern zum Tanz auf, die einen ganz außergewöhnlichen Klang hatten. Die vier Musikanten nannten sich *Die Geblendeten.* Sie trugen verschiedenfarbene Tücher vor die Augen gebunden und spielten tatsächlich blind. Der Sänger rezitierte wilde Verse und schüttelte dazu seinen Oberkörper und die langen Haare, die drei übrigen Musiker entfachten mit einer im Sitzen gespielten Wölbbrettzither, einer Faßtrommel und einer mit einem Hornplättchen angeschlagenen bundlosen Laute einen vollkommen unnatürlichen Lärm. Sowohl die Stimme des Sängers, die klang wie in einem echobrechenden Höhlengang, als auch die Instrumente waren akustisch verstärkt, mit sich selbst malgenommen und auf einzigartige Weise ineinandergemischt. Eljazokad war vollkommen klar, daß hier Magie im Spiel war, die einzige Magie, der er bislang in dieser Treibgutnacht begegnet war.

Aufmerksam verfolgte er das Gastspiel. *Die Geblendeten* brachten ihr vorwiegend junges Publikum zur Raserei. Gut einhundert Jugendliche hüpften vor der Bühne gegeneinander oder einfach nur im Trommelrhythmus auf und ab. Die männliche Jugend tat dies mit entblößten Oberkörpern. Eljazokad hatte sich in den Hintergrund des Raumes zurückgezogen und beobachtete die vier Musikanten sehr genau. Nach einer Drittelstunde war er überzeugt, es hier zwar mit einigermaßen versierten Instrumentalisten, aber keinesfalls mit Magiern zu tun zu haben. Keiner der vier konzentrierte sich während des Spielens auf irgend etwas anderes als darauf, möglichst gut auszusehen und möglichst viel Krach zu machen. Die Quelle der Magie mußte also woanders zu finden sein, aber ebenfalls ganz in der Nähe, wahrscheinlich innerhalb der Scheune.

In mühevoller Kleinarbeit drängte sich Eljazokad an der Seitenwand vor Richtung Bühne, geriet dabei zweimal in Strudel aus springenden, drängenden und übereinanderwirbelnden Leibern und konnte sich nur mühsam vor rotierenden Schuhen und von allen Richtungen nach ihm grabschenden Händen in Sicherheit bringen. Direkt neben der Bühne war nichts mehr los, von dort aus konnte man *Die Geblendeten* ja auch nicht sehen. Eljazokad tauchte aus einem Meer schweißnasser Leiber und tropfenversprühender Haare auf, zupfte sich die Kleidung und die eigenen Haare zurecht und pirschte sich am seitlichen Rand der Bühne entlang, bis er einen Blick hinter den flickenübersäten Vorhang werfen konnte, mit dem die Musikanten ihre Ausrüstung gegen das Publikum abschirmten. Hier hinten fand Eljazokad die Magie, und sie war ausgesprochen hübsch.

Sie war Mitte zwanzig, hatte die sehr langen dunkelbraunen Haare zu einem Zopf zusammengebunden, hatte die Augen konzentriert geschlossen und dirigierte mit beiden Händen den Schall, der von den Instrumenten und dem Sänger ausging. Für das Publikum war die junge Frau nicht zu sehen, aber für Eljazokad stellte sie die eigentliche Attraktion dar. Er lehnte sich mit der Schulter gegen die Wand und schaute ihr bei der Arbeit zu, ohne sie zu stören. Sie hatte im wahrsten Sinne des Wortes alle Hände voll zu tun, schaufelte Lautstärke nach links und nach rechts, verteilte kleine hallende Effekte mit zuckenden Fingern und verstärkte das Nachklingen bereits angeschlagener Saiten, indem sie den Schall zu sich heranwinkte und am Leben hielt. Sie beherrschte den ganzen für sie unsichtbaren Raum, tanzte hin und her im Wiegen des vor ihr gespielten Liedes und reicherte *Die Geblendeten* mit noch mal *Geblendeten* und dann noch mal einem dröhnenden Meeresrauschen oder dem irritierenden Stimmenflimmern eines Sommerhimmels an. Eljazokad fragte sich, ob sie blind war, weil sie so sehr im Hören aufging.

Nach einer halben Stunde steigerte sich das Konzert dem Höhepunkt entgegen. Die Lautstärke wurde selbst hinter der Bühne ohrenbetäubend, ein tosender Strudel aus gezupften, geschlagenen und gehämmerten Tönen, dazwischen das Gebrüll des Sängers, der Reime durcheinanderhagelte. *Weit, Leid, bereit, Scheit, Ewigkeit.* Mitten im endgültigen Nachklang warf Eljazokad einen Lichtfunken nach vorne auf die Bühne, der die Musiker für einen Moment in gleißendes, dann in bläulich verzüngelndes Licht badete. Die Magierin schlug die Augen auf und sah ihn erstaunt an. Dann konzentrierte sie sich wieder und sog den Nachhall und das Begeisterungsgebrüll und -gepfeife der Leute mit ausgestreckten Armen in sich auf, um wenigstens einen Teil der Energie wieder zurückzuerhalten, die sie heute abend veräußert hatte. Es war zu Ende. Die Menge raste und applaudierte. Die Musiker rissen sich die bunten Binden von den Augen, schnappten sich Gefäße und hechteten von der Bühne, um aus der Flut der Zugeneigtheit ihre Münzen zu fischen.

Die Magierin betrachtete den leise lächelnden Eljazokad. Große, sehende Augen. Sie war verschwitzt, ihr sommerlich dünnes Kleid gestattete einen tiefen Blick auf ihren feucht glänzenden Busen. Sie griff sich ein Stofftuch und wischte sich Gesicht und Arme damit ab. Dann kam sie mit wiegendem Schritt auf Eljazokad zu. »Du bist auch von der Zunft?« fragte sie ihn. Sie war fast ein wenig größer als er.

»Na ja.« Eljazokad mußte fast schreien, um in dem Tumult überhaupt hörbar zu sein. »Ich könnte niemals so lange durchhalten wie du.«

»Dafür kann ich nur Klang. Für Licht habe ich überhaupt kein Talent. Triffst du mich draußen am Wasser, in zehn Sandstrichen?«

»Ausgesprochen gerne.«

»Ich bin Ronith.«

»Eljazokad.«

Sie zog die Augenbrauen in die Höhe, beeindruckt von seinem Namen. Das hatte Eljazokad schon öfters erlebt, aber es war leider nur der Name, den seine Eltern ihm gegeben hatten, nicht der, den er sich als Magier gemacht hatte.

Ronith wandte sich wieder ihrer Arbeit zu und begann damit, ihre Hilfsmittel einzusammeln. Ein paar Steine, zwei kleine

Zinntrichter, ein aus Zweigen geknüpftes Dreieck und etwas aus Horn, das wie das Mundstück einer Flöte aussah. Für einen Moment mußte Eljazokad an das seltsame Blasrohr des Blauhaarigen denken, aber der Gedanke verlosch wieder. Er stellte sich hinter den glücklich erschöpft nach draußen drängelnden Jugendlichen an, gelangte so aus der heißen, verbrauchten Scheunenluft ins nächtliche Freie und ging über den Strand ans gemächlich anschlagende Meer. Das Wasser war dunkel und geheimnisvoll. Nach einer Viertelstunde kam Ronith über den Kiessand auf ihn zu, allein und ohne Gepäck. Vor dem Hintergrund der rötlich glimmenden Stadt zeichnete sie sich deutlich ab. Sie schlüpfte leichthin aus ihrem Kleid, warf es einfach auf den Strand, ging nackt an Eljazokad vorüber und stürzte sich ins Wasser. Prustend tauchte sie mit ausgebreiteten Armen wieder auf.

»Herrlich!« rief sie. »Kommst du nicht auch?«

Eljazokad brauchte deutlich länger zum Entkleiden. Er hatte zwar keine Waffe abzugürten, aber der Tuchbeutel, die schwarze Jacke, die schwarze Weste, das schwarze Hemd, die staubigen Schuhe und die schwarze Hose machten ihm große Umstände. Der Lendenschurz, den er unter der Hose trug, war weiß. Auch dieser Schurz landete im Sand, dann sprang der Magier ins erfrischende Nachtmeer, und Ronith und er umschwammen einander mit schlängelnden Bewegungen.

»Wenn du dich mit uns zusammentätest«, begann die schöne Magierin, »könnten wir ein Spektakel bieten, wie es der Kontinent noch nicht gesehen hat. Deine Lichtzaubereien plus meine Klangvervielfachung plus die gar nicht mal so üblen Fingerfertigkeiten der vier *Geblendeten* ergäben etwas, womit man selbst in Aldava richtig abräumen könnte.«

»Da die Musikanten bereits geblendet sind, könnte ich sie mit meinen Blitzen immerhin nicht aus dem Konzept bringen.

Was hat dieser Auftritt mit den Augenbinden eigentlich zu bedeuten?«

»Nichts. Das ist einfach nur etwas, womit wir uns von anderen Spielleuten abheben wollen. In Breann haben wir mal welche gesehen, die sich beim Auftritt mit Alkohol übergossen, anzündeten und mit bereitgestellten Wasserschläuchen wieder löschten. Das kam gut an beim Publikum, ist aber in überdachten Räumen viel zu gefährlich. Heutzutage braucht man etwas Wiedererkennbares, um sich gegen die Konkurrenz durchsetzen zu können.«

»Aber ist denn nicht der Klang, den du erzeugst, völlig einzigartig?«

»Schon, aber wie soll man Klang in Worte fassen? Einer sagt dem anderen: Ich habe Spielmänner gehört, die klangen lauter und imponierender als alle anderen. Aber woran soll man das festmachen? Wie soll man das begreifen oder glauben können? Wenn es jedoch heißt: Ich habe die vier Blinden gesehen, und sie klangen großartig, dann merken sich die Leute das. Ah, die vier Blinden, von denen habe ich schon reden hören – und ihr Klang soll auch nicht schlecht sein.« Sie strahlte stolz. »*Die Geblendeten* gefällt mir gut. Das war Acennans Idee. Und ich kann dir sagen: Es war gar nicht so leicht für die Jungs, ihre Instrumente blind zu lernen.«

»Acennan. Ist das der Sänger?«

»Sänger, Texteschreiber, Melodienmacher. Anführer der *Geblendeten*. Hübschester Musikant nördlich von Gagezenath.«

»Ist er dein … Mann?«

Ronith lachte, so daß ihr ein wenig Wasser über die Unterlippe schwappte. Sie prustete es wieder hinaus. »Nein. Ich bin mit keinem von denen zusammen. Das sind doch noch Kinder. Ich wohne nicht mal in derselben Herberge wie sie, damit ich für ihre unangenehme und äußerst unreife Angewohnheit, die

Einrichtung von Herbergszimmern zu zerlegen, nicht immer wieder geradestehen muß. Ich bin meine eigene Herrin, und ich schwimme, wohin ich will. Hast du Angst gehabt?«

»Ich habe immer noch Angst, gerade jetzt, in diesem Augenblick. Berühre mich.«

Ronith zögerte kurz, dann hielt sie sich mit einer Hand an seiner Schulter fest. Eljazokad blickte hinaus auf das unendliche Meer, mondglänzend und sterngesprenkelt. Die milde Brandungslinie vor ihnen irisierte wie eine sich immer wieder aufs neue überschlagende Silberkordel.

»Wie weit sind wir vom Ufer weg?« fragte Eljazokad.

»Ich schätze, vierzig Schritte. Warum?«

»Das ist nicht weit, oder? Bis zehn Schritte konnte man sogar noch stehen. Und dennoch kann ich es fühlen.«

»Was fühlen?« Sie betrachtete ihn besorgt.

»Das Stadtschiff. Es will mich hinausziehen. Aber ich will nicht, ich will zurück an Land. Kommst du mit mir?«

»Ja, ich komme mit. Es ist zwar wunderbar hier drinnen, und ich könnte noch stundenlang so herumplanschen, aber wenn du das Gefühl hast, hinausgesaugt zu werden, schwimmen wir wohl besser zum Strand zurück.«

Schon nach wenigen kräftigen Kraulzügen erreichten sie wieder Grund unter den Füßen. Eljazokad zitterte, als ihnen beiden das Meer nur noch bis zum Nabel stand. Ronith kam auf ihn zu, umarmte ihn und hielt ihn fest. Ihre Brüste waren warm und weich und fest auf seiner Haut. Er streichelte ihre Haare und liebkoste sie. Sie stieß sich von ihm ab.

»Hör mal, wenn das nur ein Trick von dir ist, um mich dir nahe zu bringen, finde ich das nicht lustig.«

»Es ist kein Trick.« Eljazokad blickte wieder von ihr weg und hinaus. »Es ist eine Prophezeiung meines Vaters. Das Stadtschiff von Tengan wartet auf mich. Es ist immer dort, wo ich mich dem Meer nähere. Es zieht mich zur Küste. Ich will nicht und bin dennoch nicht in der Lage zu widerstehen. Als ich dich bat, mich zu berühren, wollte ich, daß du mich mit dem Land verbindest. Das hat funktioniert. Kennst du die Legende vom Stadtschiff?«

»Ein riesiges Schiff mit zehn Decks und einhundert Masten. Aber es ist nur ein Märchen. Ein Schreckgespenst für Küstenkinder.«

»Manchmal denke ich, daß das, was für andere Menschen nur ein Märchen oder ein Traum ist, für uns Magier unweigerlich wahr sein muß. Ronith – wenn es dort draußen ist, wenn es dort lauert hinter der Brandung: kannst du es hören? Du kannst doch die Lautstärke von Dingen erhöhen. Kannst du es für mich hörbar machen? Wenn es *wirklich* dort draußen ist?«

»Wirf du doch ein Licht und entreiße es der Dunkelheit.«

»So weit kann ich nicht werfen.«

»Und ich nicht so weit hören, tut mir leid. Ich kann nur auf Gegenstände einwirken, die ich selbst vorher präpariert habe. Die Instrumente der *Geblendeten* sind über und über mit meinen Zeichen beschriftet.«

»Und der Sänger?«

»Der muß vor jedem Auftritt ein kompliziertes Atmungsritual mit mir durchführen. Er atmet von mir gesprochene Worte ein, füllt seine Lungen damit und bringt mit dieser Lungenluft seine Stimmbänder zum Schwingen. So kann ich ihn mir widmen, seinen Atem, seine Stimme, für ein paar Stunden. Nicht für immer. Und nur, wenn ich ihm nahe bin.«

Eljazokad schauderte. Er ging neben ihr aus dem Wasser zum Strand, reichte ihr sein Hemd zum Abtrocknen, rieb sich selbst ab und zog sich an, die Weste und die Jacke über der bloßen Brust. Auch Ronith zwängte sich in ihr Kleid zurück und band sich ohne zu fragen mit Eljazokads Hemd die nassen Haare hoch.

Unschlüssig stand er neben ihr, bis sie seine Hand faßte und ihn wieder dorthin führte, wo die Wellen sanfte Linien in den Sand zeichneten.

»Setz dich hierhin«, beschied sie ihm.

»Ich weiß nicht, ob ich nicht lieber vom Ufer weg möchte ...«

»Setz dich, ich möchte dir etwas zeigen. Vertrau mir.«

Er setzte sich, sie sich ebenfalls, dicht neben ihn. Sie schloß die Augen.

»Ich sage dir jetzt, was ich hören kann, wenn ich hinüberhorche über das Nur-Hörbare in das Unerhörte der Magie. Ich höre die Wellen, wie sie sich aufbauschen, wie sie zerbrechen, um wieder in sich selbst zurückzufließen. Sie befriedigen sich selbst, diese Wellen, das ist es, was ich höre.« Sie warf ihm einen schelmischen Seitenblick zu, dann wurde sie wieder ernst und schloß die Augen. Ihre Arme hoben sich, die schlanken Finger gestreckt.

»Ich kann Fische hören, die unter Wasser rascheln, als glitten sie durch Papier. Tanggräser wiegen sich dort unten und atmen. Die in den Häfen vertäuten Boote zerren an ihren Leinen, um loszudürfen in das Nachtblau. Möwen sitzen schlafend auf Pollern und wenden träge die Köpfe, wenn unten ein Fischlein springt. Der Wind klingt nach Norden, nach Spuren vom Eismeer im Glutmeer. Ganz weit rechts klimpern Muschelschalen im Strandkies aneinander, vielleicht ist dort ein Hund oder ein leichter Mensch, der nach unserem Konzert spazierengeht. Tropfen von Sternenlicht fallen mit leisem Klang ins Meer und machen es salzig. Da ist kein riesenhaftes Schiff im Hintergrund. Nirgendwo. Da ist nur der Horizont, und der ist zur Hälfte leicht, zur Hälfte flüssig, aber immer biegsam und schweigsam.«

»Kannst du Wale hören?«

»Den Gesang von Walen? Den habe ich schon gehört, als ich noch ein Kind war, oben, in der Nähe von Breann. Hier höre ich ihn nicht.«

»Kannst du … eine Magie spüren, die von Wandry ausgeht und sich in Richtung Meer erstreckt?«

Wieder sah sie ihn an, diesmal fragend. »So was kann ich nicht. Ich könnte nicht mal deine Magie spüren. Warum fragst du? Wonach suchst du?«

Eljazokad erhob sich. »Nach Spuren. Nach den Spuren eines Mammuts, die hier zum Wasser führen.« Er schüttelte lächelnd den Kopf. »Versuch nicht, mich zu verstehen, ich verstehe das selbst nicht. Aber ich folge Hinweisen und Ahnungen und bin mir ziemlich sicher, auf dem richtigen Weg zu sein.«

»Und welche Rolle könnte ich auf deinem Weg spielen?«

Eljazokad lächelte. »Nur die Rolle des Mammuts ist schon vergeben. Aber vom Mammut abgesehen könntest du alles sein. Das Wasser, der Weg, das Salz der Sterne, die Begrenzung links und rechts, die den Weg vom Verirren zu unterscheiden hilft.«

»Oder einfach nur das Abenteuer einer Nacht, was nicht das Schlechteste ist, denn es spricht einen frei von zuviel Verantwortung. Schmeichle mir nicht mit Worten, mein furchtsamer Magier. Ich reise mit Sängern, ich habe genug von Gedichten und Hoffnungen.«

»Du hast recht. Wie heißt die Herberge, in der du abgestiegen bist?«

»Weiß nicht mehr. Die Herbergen hier haben alle so seltsame Namen, und ich war schon in so vielen, seit ich mit den *Geblendeten* unterwegs bin, sie ähneln sich alle. Aber ich werde sie wiederfinden, ich bin recht gut im Wegemerken.«

»Warum gehen wir dann nicht und finden heraus, was Klang und Licht bewirken, wenn man sie ineinanderfügt?«

»Welch umständliches Elend«, lächelte Ronith. »Hatte ich das nicht schon vorgeschlagen, kaum daß wir im Wasser waren?«

Queckten war kein schlechter Messerwerfer, aber im Unterschied zu Hellas hatte er natürlich nicht zwanzig Jahre Zeit zum Üben gehabt. Hellas wußte, daß er in diesem Wettspiel die Oberhand behalten konnte, aber als ihm klarwurde, daß er zuviel Kunstfertigkeit offenbaren müßte, um den erstaunlich geschickten Queckten zu schlagen, ließ er den Sechzehnjährigen knapp gewinnen.

Gunurd und seine beiden klatschnassen Kumpel fielen darauf herein, klatschten und johlten: »Hurra, Queckten! Den *Haien* macht so schnell keiner was vor.« Queckten jedoch war gewitzter. Er rieb sich den krauslockigen Kopf und sah Hellas mißtrauisch an. »Der letzte Wurf war dein schlechtester. Wohl Probleme mit dem Durchhalten?«

»Ich bin nicht mehr so jung wie ihr und habe kaum geschlafen«, grinste Hellas. »Hier, deine zehn Taler.«

Wieder jubelten die anderen, und auch Queckten sah angesichts des Geldes zufriedener aus. Die leerstehende Lagerhalle, in der die *Haie* zur Zeit hausten, lag am Rande des Haupthafens. Gunurd hatte Hellas äußerst umständlich hierhergeführt, der Bogenschütze war sich sicher, daß es auch einen schnelleren und geraderen Weg gegeben hätte. Kerzen malten die Szene in unruhiges Licht. Vom Wasser her stank es nach fauligen Fischabfällen. Die beiden Messer steckten noch immer in der morschen Bretterwand mit der daraufgekrakelten Zielscheibe. Queckten kam Hellas mit dem Herausziehen zuvor und wog das ihm fremde Wurfmesser in der Hand.

»Das ist großartig«, sagte er anerkennend. »Ein so gutes habe ich noch nie gestohlen.«

»Wirst du auch wahrscheinlich nie«, grollte Hellas, »denn wer solche besitzt, weiß sich auch damit zu wehren.«

»Hände weg von früh Ergrauten!« meldete Gunurd sich zu Wort, um zu zeigen, daß er seine Lektion dieser Nacht verinnerlicht hatte.

Queckten griente und warf Hellas das Messer locker zu. Der fing es am Griff auf und steckte es in die Rucksackschlaufen zurück.

»Also, was willst du von uns, Weißkopfadler? Du bist nicht hier, um den *Haien* die kleinen Fische wegzuschnappen, oder?«

»Ihr könnt mir helfen. Ich brauche Informationen darüber, wer in dieser Stadt etwas zu sagen hat. Nicht nur die offiziellen Leute, auch die, die im Hintergrund wirken.«

»Warum willst du das wissen?«

»Weil ich jemanden aus dem Verkehr ziehen muß, aber ich weiß noch nicht, wen. *Ihr* werdet es jedenfalls nicht sein, aber wenn einer der anderen wichtigen Leute wegfällt, könnten die *Haie* die Leerstelle doch füllen, findet ihr nicht?«

Queckten runzelte die Stirn und ließ sich auf einer ausgefransten Strohmatte nieder. »Du arbeitest nicht alleine.«

»Stimmt. Ich bin auch in einer Bande. Wir nennen uns *Das Mammut.* Aber wir sind keine Konkurrenz für euch. Wir wollen die Klippenwälder so schnell wie möglich wieder verlassen.«

»Skerb?« riet Queckten.

»Nein. Mitten im Festland. Warchaim.«

»Hm. Gut. Ein Skerber Hund hat von einem *Hai* nichts zu erwarten.« Die anderen brummten zustimmend und spuckten aus. Insgesamt waren sechs Jungen in der Baracke versammelt. Der jüngste von ihnen sah aus, als wäre er noch keine zehn. »Gib mir einen Anhaltspunkt, sonst weiß ich nicht, was ich dir erzählen soll.«

»Uns ist zu Ohren gekommen, daß jemand in dieser Stadt Fängermagie anwendet, um Wale anzulocken.«

»Wale!« platzte es aus dem Jüngsten heraus. »Die Wale sind böse!«

»Die Wale sind böse?« hakte Hellas nach. »Was soll der Quatsch?«

»Das erzählt der alte Teoch dauernd. Damit erschreckt er die Kinder.«

»Wer ist der alte Teoch? Ein Magier?«

»Ein Spinner«, erläuterte Queckten. »Ein Verrückter. Hat früher in Galliko gegen die Affenmenschen gekämpft. Sein eines Auge ist hinüber. Er streunt durch die Stadt und schwingt Reden. Aber Magier ist der nicht. Er bettelt und frißt Müll.«

»Vielleicht weiß er etwas. Wo kann ich ihn finden?«

»Vormittags am Süderhafen. Wenn die Frühfischer zurückkehren vom Fang, fällt meistens etwas für ihn ab.«

»Gut. Gibt es sonst einen wichtigen Magier in der Stadt?«

»Magie ist nicht gut gelitten in Wandry. Früher gab es viele Magier hier. Seemagier, Windbeschwörer, Propheten, Bootesegner, Leuchtturmzauberer, Galeonsfigurenbeseeler, Netzhexen, Wellentänzerinnen, Tauchwunder, all so'n Quatsch. Aber es wurde zuviel Schindluder getrieben. Wünscher und Verwünscher, die ihre Verheißungen nicht einhielten oder genau das Gegenteil von dem bewirkten, was man sich von ihnen erhofft hatte. Man begann zu fürchten, daß die Magier von Skerb hierher eingeschleust werden, um Wandry zu schaden, und man wurde argwöhnisch. Dazu kam noch, daß Aldava Kontrollen durchführte, ob auch ja keine Fängermagie angewendet wird. Wandry wurde ein ungemütliches Pflaster für Magische.«

»Diese königlichen Kontrollen gibt es immer noch?«

»Ja. Ein- oder zweimal im Jahr.«

»Also wer wäre in dieser Stadt verrückt genug, sich mit der Königin anzulegen?«

»Ich weiß es nicht. Dazu kenne ich die Geheimnisse der Leute zuwenig.«

»Du mußt die Geheimnisse der Leute aber zu schätzen wissen, wenn du mit den *Haien* jemals aus dieser stinkenden Grätenhalde herauskommen willst. Also, wen gibt es in der Stadt? Wer ist wichtig?«

»Yrmenlaf ist der Stadtkapitän. Ein starker, tollkühner Mann. Besitzt zwanzig Schiffe und hat das oberste Wort im *Sturmhaus*. Es gibt noch andere wichtige Kapitäne im *Sturmhaus*: Ohter, Beceorfan, Yldest und Scirham Sceat, aber keiner von denen kann Yrmenlaf das Wasser reichen. Dann gibt es noch Stav Clegos, den Bürgermeister, aber der ist nur eine Marionette der Königin und hat in Wandry so gut wie gar keine Macht.«

»Könnte sein, daß er das ändern will. Was weißt du über diese vier anderen Kapitäne?«

»Ohter befehligt die *Krabbenfischer* und hält die Zügel des Rotleuchtenviertels und aller übrigen festländischen Ungesetzlichkeiten straff in seiner Hand. Die *Krabbenfischer* sind zahlreich und gut aufeinander eingespielt. Mit ihnen haben wir viel mehr Ärger als mit den Gardisten. Beceorfan ist ein Einzelgänger – er besitzt nur ein einziges Schiff, gilt aber als Wandrys bester Seemann. Yldest möchte den Krieg gegen Skerb vorantreiben. Er ist viel eher Piratenkapitän und Seekrieger als Fischer oder Händler. Scirham Sceat schließlich stammt nicht aus Wandry, sondern aus Ferbst und hat vor zwanzig Jahren als Außenseiter hier angefangen. Da er es aber mittlerweile zu fünfzehn Schiffen gebracht hat und regelmäßig große Stadtfeste ausrichtet, hat er sich sozusagen ins *Sturmhaus* eingekauft.«

Hellas rauchte der Kopf. »Na bitte«, ächzte er, »du bist ja doch gut unterrichtet. Mehr kann ich mir fürs erste gar nicht merken.

Es gibt ja auch noch mehrere Banden hier. Was ist denen zuzutrauen?«

Queckten zuckte die Schultern. »Alles.«

»Na großartig. Einen Delphiortempel gibt es womöglich auch noch?«

»Verfallen und verrottet. Die Wandryer vertrauen nur sich selbst, nicht toten Göttern.« Zustimmendes Knurren der anderen.

Hellas dachte angestrengt nach. »Die königlichen Kontrollen. Weißt du, wer die durchführt?«

»Nein. Die sind natürlich geheim und unangemeldet, sonst könnte man ihnen ja zuvorkommen.«

»Natürlich. Kann ich euch hier wiederfinden, falls ich euch in den kommenden Tagen noch mal brauchen könnte?«

»Einer von uns wird hier sein oder in der Nähe. Aber wenn du morgen früh den alten Teoch finden willst, kannst du eigentlich gleich hierbleiben. Der Süderhafen beginnt nur zwei Grundstücke weiter.«

Hellas sah sich um. Die leere Lagerhalle war deutlich weniger beengend als ein Herbergszimmer. Das Dach wies sogar Löcher auf, und man schlief fast unter freiem Himmel.

»Aber Hände weg von meinem Geld, ihr *Haie*, sonst gibt's was auf die Flossen«, drohte er gutgelaunt mit dem Finger.

»Keine Sorge, Weißkopfadler«, brummte Queckten, der die Augen schon zum Schlafen geschlossen hatte. »Morgen früh noch ein Spielchen, und die nächsten zehn sind ohnehin mein.«

Der Name des Gasthauses war *Te Scoenheit.*

Nachts war die Fassade dunkelgrau und trostlos, doch dort oben im zweiten Stock, ganz links, flackerte hinter einem Eckfenster Licht, Licht in verschiedenen Farben und Helligkeitsstufen. Auch waren Geräusche zu hören, die klangen wie das in

Baumwolle gepackte Schreien von Papageien oder Affen und das Knurren und hohle Rufen von Raubtieren. Die Töne dehnten und überschlugen sich, warfen sich wie tollwütig gegen Wände und Ecken und von dort aus wieder zurück. Leuchten und Lärm, Leuchten und Lärm, bis beides eine brüllende Rotation ergab, die dann in einer rasenden Abfolge stummer Blitze in sich zusammenfiel.

Keiner der übrigen Gäste der *Scoenheit* wagte es, sich zu beschweren. Die Passanten unten auf der Gasse schauten zwar hoch, schrieben das Blitzen und Funkeln und Tönen aber dem Flackern des Wassers und dem Rauschen ferner Brandung zu, dem Schwanken und Wogen Wandrys und ihrer eigenen magisch scheinenden Trunkenheit.

10 Walstatt

Rodraeg stand so früh wie möglich auf. Es war der erste Tag des Sonnenmondes, und tatsächlich war die Sonne heute freigebig mit ihrem Gold.

Er ging zum Rathaus und versuchte, einen Termin bei Bürgermeister Stav Clegos zu bekommen. In Kuellen wäre so ein Vorhaben von vorneherein zum Scheitern verurteilt gewesen, aber in Wandry schien der Bürgermeister ähnlich zugänglich zu sein wie der von Warchaim. Rodraeg gab sich als Abgesandter einer Fabrikation aus, die einen neuartigen wind- und wetterfesten Holzanstrich entwickelt habe und plane, entweder in Skerb oder in Wandry eine Fabrikationsstätte zu errichten. Mit einem ähnlichen Trick hatte er vor etwas mehr als zwei Monden versucht, zur Schwarzwachsmine von Terrek vorgelassen zu werden, und war damit gescheitert, aber diesmal befand er sich nicht auf abgesperrtem Territorium. Diesmal würde eine solche Lüge nicht so argwöhnisch durchleuchtet werden, hoffte er und benutzte den Namen von jemandem, den er aus Kuellen kannte und der auch im Holzgeschäft gewesen war.

Stav Clegos war ein kleiner, schmächtiger Mann von fast schon aggressiver Freundlichkeit. Er bot Rodraeg Sessel, Pfeife, Weißwein, Blautrauben und Meeresfrüchtehäppchen an und gab bereitwillig Auskunft über den Stand des Konfliktes zwischen Wandry und Skerb.

»Wißt Ihr, Herr Telstewoor – *Krieg* ist nun wahrlich ein viel zu großes Wort für die kleinen Scharmützeleien, die das klare Wasser der Glutsee ab und zu verunreinigen. Eigentlich handelt es sich nur um ein paar wenige Einzelpersonen, die sich nicht benehmen können und ihre Privatfehden in aller Öffentlichkeit austragen. Rauhe Sitten unter Seeleuten, Ehrenhändel unter unehrenhaften Ehrenmännern, Ihr versteht schon. Niemand bedauert mehr als ich – und der von mir sehr geschätzte Bürgermeister von Skerb –, daß diese unzivilisierten Begebenheiten auf Dauer ein schlechtes Licht auf unsere Küste werfen und natürlich auch nicht gerade von Vorteil für unsere wechselseitigen Handelsbeziehungen sind.«

»Weshalb fordert Ihr nicht einfach die königliche Armee in überzeugender Mannstärke an und zieht diese paar Unruhestifter aus dem Verkehr?«

»Genau das habe ich vor! Ich sehe, Ihr versteht meine Situation sehr gut. Schon vor einem Jahr habe ich Truppen angefordert, die mich bei der Bereinigung dieses Problemchens unterstützen sollen – aber bislang wurde meiner Anforderung bedauerlicherweise nicht entsprochen. Ihr habt sicherlich von der Militäraktion gegen die Affenmenschen gehört, und auch von den unglücklichen Geschehnissen in Chlayst und dieser marodierenden Horde in der Gegend von Furbus. Die Königin hat dafür alle verfügbaren Truppen benötigt und wird sich wohl erst Ende dieses Jahres um die Glutsee so kümmern können, wie die Glutsee das verdiente. Ich kann Euch aber versichern, daß binnen eines halben, höchstens eines ganzen Jahres der gesamte Sachverhalt geklärt ist und Eure Fabrikation hier die besten Fertigungsbedingungen vorfinden wird, die man sich nur wünschen kann.«

Der Rest des Gespräches war Höflichkeitsgeplänkel. Am Ende wollte Rodraeg nun aber doch noch dingfest machen, ob Clegos etwas von den Vorgängen in seiner Stadt wußte.

»Wißt Ihr, Bürgermeister«, sagte er, als sie schon an der Tür standen und sich die Hände schüttelten, »die ganze Entscheidung steht eigentlich genau auf der Kippe. Wandry oder Skerb, Wandry oder Skerb. Die Ostküste hat sich ja aufgrund der jüngsten Unruhe in Furbus und Chlayst förmlich selbst verabschiedet, es steht für uns wirklich nur noch die Westküste zur Debatte. Aber Wandry oder Skerb ...? Wandry oder Skerb ...? Wenn es irgend etwas gäbe, irgend etwas Besonderes, das in den nächsten Tagen Wandry über Skerb erhebt – das könnte den Ausschlag geben.«

»Was sollte das sein?«

»Ich weiß es nicht. Ein großes Fest vielleicht. Irgend etwas Ungewöhnliches, Farbenprächtiges, etwas, das man nicht alle Tage und überall zu sehen bekommt.«

»Nun, wir werden ein herrliches Lunfest abhalten am fünfzehnten. Die Straßen werden geschmückt sein, wir werden Tänzerinnen haben nur mit Netzen bekleidet, es wird einen großen Umzug der Krabbenfischer geben ...«

»Das ist noch so lange hin, bis dahin muß ich meine Entscheidung schon getroffen haben. Vorher tut sich nichts in Wandry?«

»Ich könnte etwas ... organisieren, ein kleines Fest, ein Tanzvergnügen auf der Straße ... wir haben eine Musikantentruppe hier aus der Gegend von Breann, die ist ... Ihr wollt natürlich etwas Einheimisches sehen ... aber so aus der hohlen Hand heraus und nur auf die vage Zusage Eurer Fabrikation hin ... also, erwartet nicht zuviel ...«

Damit war alles klar. Der Mann war ahnungslos. Rodraeg verabschiedete sich höflich, bedankte sich für die dargereichten Verköstigungen und verließ das Rathaus.

Auf dem kleinen, vielwinkeligen Vorplatz setzte er sich auf eine Bank und grübelte. Er verspürte einen schmerzhaften Druck in der Brust und gönnte sich etwas Zeit, um wieder richtig zu Atem zu kommen.

Eine Musikantentruppe aus der Gegend von Breann? War es denkbar, daß die *singenden Schiffe*, wie der Werwolf sie genannt hatte, nicht durch Magie, sondern durch Musik angelockt wurden?

Was war in Chlayst los, seit dort ein Sumpf umgeschlagen war und giftige Gase in die Stadt blies? Gab es dort Unruhen, die nur mit Waffengewalt niederzuhalten waren? Was war los in Furbus? Weshalb brachten es die Heugabelmänner zu einer Berühmtheit, die sogar die entgegengesetzte Küste erreichte? Chlayst und Furbus lagen nur wenige Tage auseinander. Was braute sich dort zusammen?

Der Druck auf die Atemwege wurde nicht besser. Rodraeg zwang sich dazu, die Ostküste aus seinen Gedanken zu verbannen. Er konnte sich nicht um alles kümmern. Selbst Riban und Naenn verlangten das nicht von ihm. Seine Mission hatte ihn in den Westen geführt, und darauf mußte er sich konzentrieren.

Er ging erst einmal ins *Zimfinnering* zurück und frühstückte dort, um den wirbelnden Wein, den der Bürgermeister ihm kredenzt hatte, mit etwas Nahrung abzufangen.

Als die Sonne am frühen Morgen die Schatten der Pfahlbauten hinaus aufs Wasser zu schleudern begann, gewann Queckten den zweiten Messerwurfwettkampf. Diesmal hatte Hellas ihn nicht gewinnen lassen, sondern sich ab dem dritten Wurf richtig ins Zeug gelegt. Aber der jugendliche Bandenführer ließ ihm keine Chance.

»Du hast mich abgezockt«, erkannte Hellas an, als weitere zehn seiner Taler den Besitzer wechselten. »Also hast du gestern auch nur mit halber Kraft geworfen.«

»Warum hätte ich mich denn anstrengen sollen?« grinste Queckten. »Es war doch klar, daß du mich gewinnen läßt, damit ich gute Laune kriege und dir alles erzähle, was du wissen willst. Hat doch auch geklappt.«

»Verdammt noch mal, bist du gut mit den Messern! Ich habe mir wirklich alle Mühe gegeben. Wo hast du das gelernt?«

»Auf der Straße wirft man nicht nur zum Spaß.« Mehr wollte

Queckten dazu nicht sagen. Er verteilte den Gewinn unter seinen Jungs.

Hellas war beeindruckt von dem Sechzehnjährigen. Queckten war intelligent und konnte sogar gut reden. Wahrscheinlich war er einfach nur auf der falschen Seite der Straße geboren worden und deshalb auf die schiefe Bahn geraten. An seinen Fähigkeiten konnte es jedenfalls nicht gelegen haben. Hellas kannte das nur zu gut.

»Gibst du mir noch eine Gelegenheit, mein Geld zurückzugewinnen?« fragte er Queckten zum Abschied.

»Doppelt oder gar nichts.«

»Noch mal zwanzig Taler? Du bist dir sicher, daß du gewinnst, hm?«

»Ziemlich.«

»Heute nacht wieder hier?«

»Ich werde da sein.«

Die *Haie* blieben in der Lagerhalle zurück.

Hellas schlenderte hinüber zum Süderhafen und trieb sich dort herum, bis die Boote der Frühfischer einliefen. Netze, Reusen und Körbe wurden geleert und schwemmten ihre zum Teil noch zappelnde Beute über glitschige Bodenroste. Narbenübersäte Entgräter mit fettglänzenden Lederschürzen machten sich breitbeinig über die Meerestiere her und schmissen geöffnete Kadaver auf bereitstehende Gatterkarren. Ein Eisblockhändler, der Schollenbrucheis aus dem Nordmeer importierte, schüttete seine gesamte in Kleinsplitter zerhackte Tagesware über die Fischleibermassen, die mit Schaufeln und Großgabeln wiederum in Körbe und Holztröge umgeladen wurden, welche Händlern gehörten, die sich gegenseitig mit ihren Ankaufgeboten zu überbrüllen suchten. Dazwischen wimmelten größtenteils noch halbwüchsige Helfer und Helferinnen halbnackt umher, die die Beute nach Arten und Qualitätsklassen sortierten und auch den einen oder anderen kümmerlichen Fisch wartenden Katzen oder Bettlern zuwarfen.

Hellas war von dem gleichzeitig faszinierenden wie auch abstoßenden Gewimmel des Erstickens, massenhaften Abtötens und Verladens dermaßen abgelenkt worden, daß er den alten Teoch gar nicht hatte kommen sehen, aber das dort drüben bei den anderen zerlumpten Gestalten, die sich um zugeworfene Reste balgten, mußte er sein. Der Alte hatte nur ein Auge, das andere war ihm offensichtlich von einer klingenbesetzten Hiebwaffe aus dem Kopf geschabt worden – jedenfalls sah das Narbengewebe in seiner rechten Gesichtshälfte danach aus.

Hellas näherte sich dem Alten vorsichtig. Keiner der Bettler – zwei von ihnen waren Frauen – machte einen vertrauenerweckenden Eindruck. Er hoffte, daß seine bei dem Kutschensturz heftigst ramponierte Kleidung ihm dabei behilflich war, das Vertrauen der zerlumpten Horde zu gewinnen.

»Teoch – stimmt's?« fragte er und ging neben dem Einäugigen, der gerade seine letzten Zähne in eine rohe Makrele schlug, in die Hocke.

Teochs verbliebenes Auge starrte argwöhnisch zu ihm hinüber, während der Rest seines Gesichtes im triefenden Mampfen aufging.

»Man hat mir erzählt, du weißt etwas über die Wale.«

»Die Wale … mmmpf … rrrrgrrrmmmpf … sind böse. Böse!«

»Was soll das heißen: böse? Es sind doch nur Fische.«

»Keine Fische. Weisheiten im Wasser. Tauchen auf zum Atmen. Sehen dich an. Sehen dich genau an. Schmmmmpfffrrrgggrrrrm.«

»Weisheiten?«

»Sieh dich vor, altes Meer, sieh dich vor. Die Wale kommen nach Wandry, um Wandry zu zerschmettern.«

»Um Wandry zu zerschmettern? Du meinst, sie werden nicht hierhergelockt, um Wandry zu nutzen, sondern um zu schaden?«

»Weiß nicht.« Teoch schnaufte und schmatzte, warf die noch fetzenbehangenen Gräten von sich und griff sich ungelenk den nächsten Fisch. »Weiß nichts über Pläne und Vorhabungen und den ganzen Rest von hohen Herrschaften. Meerschaften. Weiß nur, daß die Wale kommen. Viele von ihnen. Mehr als hundert. Bäumen sich und werfen sich vor Schmerz. Sind böse. Rasend.«

»Rasend vor Schmerz? Du meinst, sie sind böse im Sinne von wütend?«

Teoch sah ihn an, den Mund halb offen, zerkaute Fischhaut auf der Zunge. »Du da ... bist nicht mitgegangen, oder? Ja? Nein?«

»Mitgegangen? Wohin?«

»Zu denen.« Er bleckte seine lückenhaften Zähne und zog eine scheußliche Grimasse. Anschließend lachte er keckernd. »Zu deeeeeenen. Die haben mir mein Auge weggenommen. Der eine hat's in'n Mund genomm'n und mich damit angeschaut.«

Hellas fühlte sich plötzlich äußerst unwohl. Die Affenmenschen. Das alte, sabbernde Wrack meinte die Affenmenschen. Hellas war tatsächlich nicht *mitgegangen.* Er war desertiert. Das Gespräch wurde ihm entschieden zu persönlich. Er versuchte das Ruder noch mal herumzureißen Richtung Wandry.

»Hast du eine Ahnung, *wann* die Wale kommen? Wann genau?«

»Sind unterwegs. Sind lange unterwegs. Kann nicht mehr lange dauern, dann kommen sie nach Wandry mit ihren Köpfen und Schwanzfluken und schlagen alles kurz und klein. Kurz und klein. Kurz und klein. Weißt du, was das Wort *Walstatt* bedeutet, mein Junge? Ist ein altes Wort für Schlachtfeld. Schlachtfeld, Walstatt, Walstadt, Wallstadt ...« Teoch brach in schluckaufartiges Gelächter aus und ließ sich nicht mehr beruhigen.

Hellas stand auf. Wütend sah er sich um. Dieser bescheuerte *Kreis* hat uns in die falsche Richtung geschickt. Die Magie wirkt nicht von Wandry aus, sondern wahrscheinlich von Skerb aus *gegen* Wandry. Die Wale sind nichts weiter als eine besonders ausgeklügelte Waffe. Und niemand hier weiß natürlich etwas von der Sache außer einem geisteskranken Bettler mit hellseherischen Gaben, dem niemand Glauben schenkt. Skerb ist von hier aus sogar per Schiff eine Woche entfernt. Wir sind am falschen Ort, um noch etwas unternehmen zu können.

Hellas fühlte sich plötzlich der ganzen Mission gegenüber äußerst entfremdet. Er hatte getan, was er konnte, hatte Informationen gesammelt, zwanzig Taler investiert, sich auf eine Schlägerei an den Docks eingelassen, sich in einem quälenden Zehnbettzimmer einquartiert und sich den Mundgeruch von Bettlern und Verrückten ins Gesicht blasen lassen. Wenn Rodraeg nun von ihm erwartete, daß er sich Hunderten von schmerzgepeinigten Walen entgegenwarf, um deren Leben zu retten, hatte er sich geschnitten. So viel bezahlte das *Mammut* bei weitem nicht.

Er suchte und fand *Ain Land* und wartete dort brütend und biertrinkend auf die anderen.

Bestar irrte ziellos durch Wandry. Seine Laune wurde immer übler. Niemand sagte ihm, was er eigentlich tun und wonach er suchen sollte. Er hatte keine Lust, irgendwelche Leute anzuquatschen, die ihm dann irgendeinen Mist erzählen würden. Worte waren sowieso nichts weiter als billiges Klauwerk.

Eine der dunkelhäutigeren Huren gefiel ihm und lächelte ihm auffordernd zu, und er hatte immer noch zweiundvierzig Taler in der Tasche. Er ging zu ihr hin, um sie nach ihrem Preis zu fragen, als zwei schlaksige junge Männer links und rechts an seine Seite traten und ihn ansprachen.

»Bei der würde ich vorsichtig sein, Freund. Die hat eine Krankheit, bei der du hinterher echte Probleme bekommst.«

»Ja. Mein Onkel war mal bei der und muß jetzt sein Wasser durch einen Schweinedarmschlauch abschlagen.«

»Haut bloß ab, ihr Galgenvögel!« zeterte die Dunkelhäutige mit rauher Stimme. »Wenn ihr mir meine Kundschaft vergrault, setze ich Ohter auf euch an, dann werdet ihr *ausgepult*!«

»Ohter kann uns!« rief der eine Schlaks und machte eine obszöne Geste. »Der soll bei seinen Krabben und Weibern bleiben, das stinkt sowieso alles gleich!«

Die Dunkelhäutige machte Anstalten, hinter den beiden herzurennen, aber sie tauchten lachend in einer Seitengasse ab und nahmen den überrumpelten Bestar einfach mit.

»Sag, Freund, was trinkst du denn gerne? Wir laden dich auf einen Becher ein.«

»Na ja, es ist noch Vormittag …«

»Na und? Hast du schon mal das Wandryer Sortiment durchprobiert? Du mußt früh anfangen, wenn du damit durchkommen willst.«

»So ist es. Wir gehen mit dir in den *Anchr*, gleich hier um die Ecke, und geben dir einen aus. Na? Sträub dich nicht so, mein Freund, laß Wandry dir seine Gastfreundschaft beweisen.«

Keinen Ärger, hatte Rodraeg gesagt. Niemandem aufs Maul hauen. Keine Zechgelage. Aber Informationen beschaffen. Kontakte knüpfen. Wenn er diese Einladung jetzt ausschlug, war das unhöflich und würde Ärger geben, womöglich sogar eine Schlägerei. Mitgehen bedeutete Kontakte knüpfen. Rodraeg hatte das gesagt. Gut essen und trinken. Ein kleiner Schluck konnte ja nicht schaden.

Bestar schaute noch mal zurück, ob die üppige Dunkelhäutige noch zu sehen war, aber sie war ihnen nicht weiter gefolgt. Also ging er mit in den *Anchr*, der um diese Tageszeit noch ziemlich leer war. Die Tische waren speckig, das Schankmädchen hager, faltig und mindestens sechzig Jahre alt.

Während der eine der beiden Schlakse sich mit Bestar an einen fettglänzenden Tisch setzte, steuerte der andere den Tresen an und verkündete: »Wir haben hier einen, der das Sortiment noch nicht kennt. Fang mit Klar, Weiß und Gelb an, wir arbeiten uns dann langsam durch.«

Nach ein paar Sandstrichen kam er vom Tresen zurück mit drei kleinen Zinnbechern in den Händen, die er alle vor Bestar abstellte. In dem einen Becherchen war eine klare, im zweiten eine milchig weiße und im dritten eine aufdringlich gelbe Flüssigkeit. »Klar zuerst«, wies der Schlaks Bestar an.

»Und ihr?« fragte Bestar argwöhnisch. Er war es nicht gewohnt, daß Fremde ihm etwas spendierten.

»Wir kennen das Sortiment schon«, sagte der, der die ganze Zeit bei ihm geblieben war. »Los, probier. Schmeckt dir bestimmt.«

Bestar nahm den Klaren und kippte ihn sich in den Rachen, ohne ihn groß auf der Zunge zu kosten. Danach trank er den Weißen, dann den Gelben. Das Ganze dauerte keine fünf Herzschläge.

Die beiden Schlakse staunten. In Bestars Mund, Kehle und Magen breitete sich ein angenehmes Brennen aus. »Schmeckt ganz gut«, sagte er. »Vielen Dank. Und jetzt? Was wollt ihr von mir?«

»Toll, Mensch, du kannst ja was vernichten! Hast du überhaupt geschmeckt, wie das Weiß sahnig nach dem Klar ...?«

»Ja. Sahnig halt. In Taggaran trinken die Kinder so was nach dem Bad.«

»Du kommst aus Taggaran?« fragte der andere. »Das ist in der Nähe vom Brennenden See, oder?«

»Ja.«

»Tolle Gegend. Ich bin übrigens Geywan. Das ist Reidog. Und dein Name ist ...?«

»Bestar. Bestar Meckin aus Taggaran. Habt ihr hier alle keine Väter, oder was ist aus euren Nachnamen geworden?«

»Wir haben Väter, aber die haben auch keine Nachnamen«, antwortete Reidog irritiert.

»Schwamm drüber. Was wollt ihr von mir?«

»Wir hätten dir etwas anzubieten. Eine kleine Aufgabe für einen großen Kerl wie dich.«

»Wen soll ich umnieten?«

»Ein altes Weib. Eine häßliche runzelige Vettel« – Reidog senkte die Stimme, um das Schankmädchen nicht gegen sich aufzubringen –, »die sie nicht mehr alle beisammen hat.«

»Um eine alte Frau umzubringen, braucht ihr mich? Könnt ihr so was nicht selbst erledigen? Kann so was nicht jeder selbst erledigen?«

»Du brauchst sie nicht umzubringen, Bestar«, erläuterte Geywan. »Es reicht, wenn du ihr einen gehörigen Schrecken einjagst, sie für ein paar Tage aus dem Verkehr ziehst. Sollte sie dabei unglücklich stürzen und nicht mehr aufstehen, wäre das natürlich kein Verlust, aber möglicherweise fällt dir noch etwas Besseres ein. Du kannst sie auch vertreiben oder verschleppen oder so was – Hauptsache, sie verschwindet, taucht ab, ward nicht mehr gesehen im Sonnenmond.«

»Was hat die alte Frau denn ausgefressen?«

»Sie hat unseren Auftraggeber geärgert. Das muß genügen.«

»Wieviel bekomme ich dafür?«

»Ähm ... fünfzig Taler. Gleich auf die Hand. Sobald du's getan hast. Wir kennen dich nicht, deshalb geben wir dir vorher nichts.«

»Und ihr beiden kommt mit und beobachtet, ob ich's auch wirklich tue.«

»Ja, genau so ist es. Wir sind dabei, aber du bist die Hauptfigur. Du mußt verstehen ...«, erläuterte Geywan nun ebenfalls mit raunender Stimme, »wir können so etwas nicht so gut wie du. Wir sind eher auf Diebereien spezialisiert, nicht auf Gewalt. Außerdem kennt uns die Alte von Kindesbeinen an und nimmt uns deshalb nicht ernst. Wir müßten sie tatsächlich umbringen, damit sie die Schnauze hält, aber vielleicht läßt sich das ja vermeiden. Wenn du da auftauchst, kriegt sie allein schon von deinem Anblick einen Schock.«

Die wollen mich anheuern, weil ich groß, stark und häßlich bin, dachte Bestar. Verdammte Laichlegerlumpen mit schmalen Geckengesichtern. Jemand sollte mal jemanden anheuern, um richtige Männer aus euch zu machen.

Der klippenwälder Abenteurer überlegte angestrengt. Fünfzig Taler für das Einschüchtern einer Alten waren leicht verdientes Geld. Aber er erinnerte sich noch gut daran, wie Rodraeg gezetert hatte, als er und Migal auf der Reise nach Terrek als Leibwächter gegen die Heugabelmänner anheuern wollten. Keine Nebenbeschäftigungen, hatte Rodraeg gemahnt. Wir müssen uns auf unsere Aufgabe konzentrieren. Andererseits: Was sollte Bestar hier schon tun? Zwei oder drei Tage lang nur rumlatschen und mit Laichlegern reden? Zum Kotzen! Er konnte zwischendurch etwas dazuverdienen und dem *Mammut*, das sowieso dauernd knapp bei Kasse war, dadurch unter die Arme greifen.

Aber nein. Er konnte nicht beim *Mammut* sein und nebenbei noch für solche Hafenhalunken arbeiten, das vertrug sich nicht. Wenn Rodraeg das mitbekommen sollte, würde er ihn rausschmeißen, und was würde dann werden? Sollte er dann Migal zu *Erdbeben* nachreisen und sich dem Gespött von Ijugis und Onouk aussetzen, weil er im Talkessel von Terrek einen Speer in den Bauch bekommen und nur noch nutzlos herumgelegen hatte, während die anderen die Kartoffeln aus dem Feuer holten? Nein, sein Platz war bei Rodraeg, Naenn, Cajin, Hellas und Eljazokad. Auch wenn er sich auf dieser Mission bislang fehl am Platz fühlte.

»Fünfzig Taler sind zuwenig«, stellte er dennoch, einfach nur so zum Spaß, die Geduld der beiden Schlakse auf die Probe. »Für fünfzig Taler könnt ihr meine Großmutter anheuern, das gibt dann einen brutalen Kampf der Omas. Für mich müßt ihr leider ... zweihundert Taler auf den Tisch legen. Mindestens.«

»Das ist absurd viel«, sagte Geywan empört. »Wir reden hier von fünf Sandstrichen Arbeit! Fünfzig Taler sind ein mehr als großzügiges Angebot!«

»Nicht für mich. Danke trotzdem für den Trunk.« Bestar stand auf und ließ die beiden einfach sitzen. Eine innere Stimme sagte ihm, er solle sich mit dem Hinausgehen beeilen, bevor einer der beiden Lumpen auf den Gedanken kam, ihm tatsächlich zweihundert Taler zu bieten. Dann hätte Bestar nämlich nicht mehr gewußt, was er tun sollte.

Obwohl es noch ein paar Stunden bis zum Mittag hin war, hatte er nun keine Lust mehr auf die Krankheiten in sich tragenden Huren oder auf weiteres sinnloses Herumstreifen in Fischschuppen und Abwassergestank. Er setzte sich im *Ain Land* zum ebenfalls schlecht gelaunten Hellas an den Tisch und leistete dem Bogenschützen beim Biertrinken Gesellschaft.

Nach dem späten Frühstück fühlte Rodraeg sich etwas besser. Seeluft sollte ja gut fürs Atmen sein, also ging er in den Pfahlvierteln möglichst weit nach vorne in die Bucht hinaus, nur um dort festzustellen, daß *Hafen*luft wohl damit nicht gemeint sein konnte.

Er fragte sich zum *Sturmhaus* durch, einem rostrot und dunkelblau angemalten Pfahlbau vom vierfachen Umfang der übrigen. Als er sich der mit Runenzeichen und Fischkieferknochen verzierten Tür näherte, um sich einen Eindruck von den Stadtratsgepflogenheiten Wandrys zu verschaffen, stellten sich ihm zwei kräftige Seeräubergestalten mit tätowierten Armen und Ohren in den Weg.

»Kein Zutritt für Fremde, Fremder. Nur für Wandryer.«

»Aber hier tagt der Stadtkapitän Yrmenlaf und fällt die für Wandry wichtigen Entscheidungen?«

»Ja.«

»Nun, mit dem Bürgermeister kann man doch auch reden. Weshalb nicht mit dem Stadtkapitän?«

»Weil ... weil ...«

Der zweite Breitschultrige half dem ersten aus. »Wegen Skerb. Du könntest ein Spion aus Skerb sein. Wir kennen dich nicht, also lassen wir dich nicht an Yrmenlaf ran.«

»Ich kann mein Schwert abgeben.«

»Das genügt uns nicht. Du kannst trotzdem Skerber sein.«

»Sehe ich wie ein Skerber aus? Ich bin doch wohl offensichtlich Sonnenfelder.«

»Na und? Sonnenfelder können doch trotzdem für Skerb spionieren.«

Rodraeg seufzte. »Und außerhalb des *Sturmhauses*? Hat Yrmenlaf irgendwann so etwas wie eine Sprechstunde?«

»Hat ein Kapitän eine Sprechstunde für seine Mannschaft?« antwortete der Seeräuber mit einer Gegenfrage. »Welcher Kapitän hat so was nötig?«

»Verstehe. Und wenn ich wichtige Informationen über Skerb hätte, weil ich gerade von dort komme und ziemlich erschüttert bin über das, was ich dort erfahren mußte?« Rodraeg entschloß sich zu einer astreinen Lüge, weil er merkte, daß er sonst nicht weiterkam. Falls Yrmenlaf wirklich von ihm etwas Neues zu erfahren verlangte, konnte er die Information, die der *Kreis* über die Ankunft der Wale erhalten hatte, als ein in Skerb aufgeschnapptes Gerücht ausgeben.

Die beiden Piraten maßen ihn mit Blicken. Schließlich schüttelte der größere von beiden den Kopf. »Verdufte lieber, Fremder. Yrmenlaf weiß alles, was Yrmenlaf zu wissen hat.«

»Richtig«, pflichtete der andere ihm bei. »Falls du wichtig bist, wird man *dich* aufsuchen, nicht umgekehrt.«

Rodraeg konnte sich ein ironisches Lächeln nicht verkneifen. »Und ihr braucht sicherlich nicht zu fragen, wo ich abgestiegen bin, um mich aufzusuchen – weil Yrmenlaf bereits alles weiß, was er zu wissen hat.«

»Du hast es genau erfaßt. Jetzt sieh zu, daß du Land gewinnst.«

Rodraeg folgte der Aufforderung und verließ diesen ungastlichen Ort. Also hatte auch Wandry seinen Terreker Talkessel: Zutritt für Außenstehende nicht gestattet.

Er schlenderte noch etwas in den Pfahlbau- und Hafenvierteln herum, kaufte sich eine Handvoll Lakritze an einem Marktstand, kaute auf den salzigen und süßen Stückchen herum und kehrte dann hustend im *Ain Land* ein, wo Hellas und Bestar schon saßen und leere Bierkrüge sammelten. Es war kurz vor Mittag. Hellas kündigte düster an, daß er schlechte Neuigkeiten hatte, wollte damit aber warten, bis sie vollzählig waren. Bestar stieß nur unwesentlich weniger düster hervor, überhaupt nichts herausgefunden zu haben und diese Stadt zum Kotzen zu finden.

Zu dritt warteten sie bis weit nach Mittag auf Eljazokad.

Der junge Magier erwachte nur durch Zufall, weil unten im Schankraum von *Te Scoenheit* in der Stunde nach Mittag großer Eßbetrieb herrschte und einem Küchenjungen in all der Hektik unter lautem Scheppern ein Messingtablett herunterfiel.

Hastig zog Eljazokad sich an, konnte aber sein Hemd nicht finden. Ronith schlief noch, und Eljazokad berührte sie, um mit ihr reden zu können.

»Ich habe eine Verabredung im *Ain Land.* Müßt ihr heute abreisen, oder sehen wir uns nachher wieder?«

»Wir haben heute nacht noch einen Auftritt«, murmelte sie schlaftrunken und versuchte, auf dem Bett vor Eljazokads Geschäftigkeit in Sicherheit zu kriechen, indem sie sich in die Bettdecke wühlte.

»Gut. Dann können wir das Abenteuer zweier Nächte daraus machen.« Er küßte sie auf ihr nacktes Hinterteil und machte, daß er aus dem Zimmer und die Treppen hinabkam.

Unterwegs wusch er sich an einem überdachten Ziehbrunnen. Er trug Weste und Jacke weiterhin auf bloßer Brust und hatte dadurch etwas Freibeuterhaftes, was in Wandry aber nicht weiter auffiel.

Als er im *Ain Land* ankam, war es schon beinahe eine Stunde nach Mittag. Die anderen saßen beisammen und aßen und schauten ihn schlechtgelaunt an.

»Tut mir leid. Ich habe die ganze Nacht Magie geübt. Habe ich einen Hunger!« Er bestellte sich Lendenbraten mit geröstetem Rotkopfkohl und groben Klößen, dazu schaumiges Würzbier. Bestar hatte sein Gericht schon verdrückt und bestellte noch mal nach.

Nachdem sie sich überzeugt hatten, daß die Mittagesser an den in der Nähe befindlichen Tischen nicht mithörten, begann Rodraeg mit seinem Bericht. Er erzählte, daß die königliche Garde in Wandry so gut wie überhaupt nicht präsent war, daß der Bürgermeister nichts von einem bevorstehenden Großereignis wußte und daß man das *Sturmhaus* als Ortsfremder nicht betreten durfte.

Hellas wartete geduldig ab, dann lehnte er sich vor und sagte:

»Ich fürchte, daß der *Kreis* uns in die falsche Richtung geschickt hat. Die Wale kommen zwar hierher, aber nicht als Opfer, sondern als Zerstörer. Ich nehme an, daß Skerb dahintersteckt.« Er erzählte ausführlich von Teoch und seinen düsteren Prophezeiungen. Anschließend berichtete er noch von Queckten und seinen *Haien* sowie von den wichtigen Kapitänen im *Sturmhaus* und den ihnen zugeordneten Eigenschaften. Rodraeg war beeindruckt, wie viel Hellas in nur einer Nacht herausgefunden hatte, und machte sich Notizen mit seinem Terreker Schreibzeug.

Anschließend sagte Bestar noch einmal, daß er nichts beisteuern könne, weil in Wandry doch sowieso nur »Schwächlinge und Spinner« rumliefen. Eljazokad berichtete, daß er zwar eine Klangzauberin und ihre ungewöhnliche Spielmannstruppe kennengelernt habe, aber in bezug auf Wandry bislang noch nicht weitergekommen war.

»Könnte diese ... Klangzauberin etwas mit der Walanlokkung zu tun haben?« fragte Rodraeg nach.

»Ausgeschlossen«, verneinte der Magier. »Um zu zaubern, und sei es auch nur einen Lockruf, muß man sich konzentrieren. Ronith aber ist voll und ganz mit ihrer Musik beschäftigt, und dasselbe gilt auch für ihre Musikanten.«

»Entschuldige mein mangelndes Fachwissen«, ließ Rodraeg nicht locker, »aber wäre es nicht theoretisch möglich, einen Zauber auszulegen wie einen Köder, um ein Raubtier zu fangen? Würde es nicht eventuell genügen, einen solchen Zauber – sagen wir – für eine Stunde am Tag neu aufzuladen und zu verstärken, während man sich in den verbleibenden dreiundzwanzig Stunden völlig frei bewegt?«

»Das kann ich nicht ausschließen«, gab Eljazokad zu. »Ich weiß nicht alles über Magie, was man theoretisch wissen könnte.«

»Keiner von uns weiß alles«, lenkte Rodraeg ein. »Aber du siehst, daß wir niemanden, der irgend etwas mit Magie zu tun hat, von der Liste der Verdächtigen streichen können. Leider. Übrigens ist es unerheblich, ob der *Kreis* uns in die falsche Richtung geschickt hat oder nicht. Wir sind jetzt hier, und wir können Skerb oder irgendeine andere Stadt nicht mehr rechtzeitig erreichen. Wir müssen also hier vor Ort Maßnahmen gegen das Massensterben ergreifen. Wenn wir die Quelle der Anlockungsmagie nicht ausschalten können, müssen wir eben von hier aus eine Art Gegenmagie aufbauen. Vielleicht könnten die Klangmagierin und ihre Musikanten uns helfen, die Wale mit Hilfe von Lärm zu vertreiben. Ich weiß es nicht. Wir müssen offen sein für alles.«

»Ich verstehe«, nickte Eljazokad.

»Aber wenn die Wale nicht als hilflose und irregeleitete Opfer ankommen, sondern als rasende Zerstörer – wie sollen wir sie dann überhaupt noch retten?« fragte Hellas aufgebracht. »Welchen Sinn soll das haben? Müßten wir nicht vielmehr das völlig ahnungslose Wandry warnen und möglichst viele von den Seeräuberschiffen mobilisieren, um die Herde möglichst noch auf See abzufangen und zu zerschlagen? Wir können doch nicht Tierleben über Menschenleben stellen!«

»Ich verstehe nicht«, meldete auch Bestar sich zu Wort, »wie Wale eine Stadt zerstören sollen. Du tust ja so, als können sie an Land spazieren und alles kurz und klein schlagen. Das sind Fische, Hellas, Fische!«

»Es sind, habe ich in der *Encyclica* gelesen, genaugenommen keine Fische, sondern Luftatmer«, erläuterte Rodraeg. »Trotzdem können sie nicht an Land kommen. Aber sie können Wandrys Pfahlbauviertel und die weit vorgelagerten Hängebrückenkonstruktionen einreißen und versenken und mit ihnen das *Sturmhaus*, dessen Verlust Wandry sicherlich einen herben Schlag versetzen würde. In dieser Hinsicht ist Wandry verwundbarer als andere Städte, weil die Wandryer in seemännischer Dickköpfigkeit unbedingt beweisen mußten, daß sie selbst ihr Land dem Meer abtrotzen können. Aber von all dem abgesehen glaube ich nicht, daß Teoch recht hat. Nur weil ein einzelner offensichtlich wirrer Mensch vor den Walen Angst hat, heißt das noch lange nicht, daß Wandry tatsächlich Gefahr droht.«

»Teoch ist aber nicht einfach nur irgendein Schwätzer«, widersprach Hellas. »Er hat eine Bemerkung gemacht über mich und wie ich nicht am Affenmenschenfeldzug teilgenommen habe. Wie hätte er das denn wissen sollen, wenn nicht mit echten hellseherischen Fähigkeiten?«

Rodraeg dachte nach, die Fingerspitzen auf den Nasenrücken gelegt. Schließlich sagte er: »Womöglich haben *alle* recht. Die Seemagier, die den *Kreis* informiert haben, schon vor Wochen. Der *Kreis*, der uns hierherschickt, weil die Magie von hier ausgeht. Teoch, der spüren kann, daß die Wale unter der Magie Schmerzen leiden und deshalb aggressiv sind. Und Hellas, weil tatsächlich nicht Wandry dahintersteckt, sondern Skerb, aber eben von hier aus, nicht aus Richtung Skerb. Weshalb soll Skerb nicht Magier hierhergeschickt haben, die die Wale nach Wandry locken? Die Wächter vom *Sturmhaus* hatten große Angst vor Skerber Spionen, also hat es schon welche in Wandry gegeben, und es kann wieder welche geben.«

»Und Skerb ist nur die naheliegendste denkbare Lösung«, ergänzte Eljazokad. »Es könnte aber auch noch andere Städte geben, die an einer Schwächung Wandrys und einer damit verbundenen Entscheidung im Glutseepiratenkrieg interessiert wären. Zum Beispiel Fairai, das genau zwischen beiden Städten liegt und dessen Seefahrthandel sicherlich unter den dauernden Reibereien zu leiden hat.«

»Das stimmt.« Rodraeg rieb sich ächzend das Gesicht. »Genaugenommen wissen wir nichts. Und ich frage mich, ob die Zeit ausreicht, wirklich aufzuklären, wer dahintersteckt. Womöglich werden wir uns darauf beschränken müssen, das Unheil einfach nur einzudämmen. Ob wir es aufklären können, steht auf einem völlig anderen Blatt.«

»Also«, faßte Eljazokad zusammen, »brauchen wir Magier, damit wir eine Gegenmagie aufbauen können.«

»Darauf läuft es wohl hinaus, ja.« Rodraeg blickte in die Flüssigkeitsringe, die die Bierkrüge auf der Tischplatte hinterlassen hatten.

»Aber es gibt nur wenige Magier in Wandry«, brummte Hellas.

»Außerdem«, gab Eljazokad zu bedenken, »wenn wir nicht wissen, wie die Anlockungsmagie aussieht – wie sollen wir dann dagegenhalten?«

Rodraeg rutschte auf seinem Stuhl hin und her. »Irgend jemand muß doch in der Lage sein, etwas zu spüren, verdammt noch mal. Die beiden Seemagier, die den *Kreis* informiert haben, haben doch auch etwas gespürt, und zwar schon vor mindestens zwanzig Tagen. Es muß hier doch Seemagier geben!«

»An Bord der Piratenschiffe womöglich«, mutmaßte Eljazokad.

Rodraeg nickte. »Wobei wir wieder bei den *Sturmhaus*-Stadtratskapitänen und ihren Schiffen wären. Wir haben noch zweieinhalb Tage Zeit.« Er überflog seine Notizen. »Wir suchen Spione einer anderen Stadt, Seemagier und Hinweise darauf, daß irgendeiner der Stadtratskapitäne das Ganze eingefädelt hat. Mal sehen. Diesen Ohter schließe ich aus. Erstens ist er auf Krabbenfischerei, also auf Kleingetier spezialisiert und hat für Wale wahrscheinlich gar keine Ausrüstung. Außerdem hat er viel damit zu tun, das Rotleuchtenviertel zu lenken. Yldest ist auch nicht sehr verdächtig, weil er kein Fischer ist. Andererseits könnte er versuchen, es so aussehen zu lassen, als hätte Skerb die Wale als Angriffsflotte lebendiger Schiffe gelenkt. Dadurch würde er den Seekrieg forcieren. Yldest ist also doch verdächtig. Yrmenlaf, Beceorfan und Scirham Sceat hätten alle dasselbe Motiv, eine Massenstrandung im Sund zu inszenieren, um sich danach als Wohltäter Wandrys aufspielen zu können. Yrmenlaf ist bereits Stadtkapitän, also haben Beceorfan und Sceat mehr zu gewinnen. Bei allen dreien muß die Walankunft allerdings glatt laufen. Wandry darf dabei nicht in Gefahr geraten. Da die Wale aber laut Teoch Schmerzen haben und böse sind, ist entweder etwas schiefgelaufen oder wird in Kauf genommen, weil man hofft, alles unter Kontrolle bekommen zu können. Diesen dreien könnte man womöglich Schweißperlen auf die Stirn treiben, wenn man sie mit Teochs Prophezeiungen konfrontiert.«

Bestar hatte ein ganz leeres Gesicht, Eljazokad und Hellas hörten aufmerksam zu und brummten ab und an zustimmend.

»Wenn es einer von den dreien ist, könnten wir die beiden anderen als Verbündete gewinnen«, schlug Hellas vor.

Rodraeg nickte. »Das wäre gut. Dieser Queckten, von dem du uns erzählt hast – wie weit vertraust du ihm?«

»Er macht einen erstaunlich guten Eindruck auf mich. Wie ein etwas ungeschliffenerer Cajin.«

»Queckten könnte für uns ins *Sturmhaus* gehen. Meinst du, er würde das tun?«

»Er wird Geld verlangen, aber er wird nicht nein sagen.«

»Gut. Leite das in die Wege. Queckten soll sich für uns umhören unter den Kapitänen. Ob es hier Seemagier gibt. Ob einer etwas über Wale weiß, die sich nähern.«

Hellas nickte. Rodraeg wandte sich Eljazokad zu. »Du suchst weiterhin nach Magiern. Vielleicht kann diese Zauberin dich dabei unterstützen.«

»Ich werde tun, was ich kann.«

Rodraeg wandte sich an Bestar. »Du versuchst Arbeit zu finden – entweder bei Beceorfan oder bei Scirham Sceat. Wenn beides nicht möglich ist, nimm Yrmenlaf oder Yldest. Irgend jemand ist besser als niemand. Vielleicht wissen die Mannschaften etwas, vielleicht plaudert jemand von Kumpel zu Kumpel.«

»Arbeit finden – auf einem Schiff?«

»Auf einem Schiff oder im Hafen. Du bist jedenfalls der einzige von uns, der mit Kußhand genommen wird.«

»Na, wenn's denn sein muß«, murrte Bestar. *Arbeit finden. Arbeit finden. Mann, ich hätte schon Arbeit haben können. Fünfzig Taler für fünf Sandstriche.*

»Was hast *du* vor?« fragte Hellas Rodraeg.

»Ich klappere wieder die offiziellen Wege ab. Vielleicht gibt es doch so etwas wie ein Magierverzeichnis im Rathaus. Denkt daran, immer die Augen und Ohren offenzuhalten. Vielleicht fallen euch Ortsfremde auf, die sich verdächtig benehmen, noch verdächtiger als wir. Um sieben treffen wir uns wieder hier, das sind noch gute fünf Stunden. Viel Erfolg.«

Sie schwärmten aus. Rodraeg zahlte die Zeche und ging als letzter. Niemand beachtete ihn, und niemand im ganzen *Ain Land* unterhielt sich über Wale.

11 Sechs Magier oder weniger

Der Rest des Tages verging schneller, weil es weniger Neues herauszufinden gab.

Eljazokad ging in *Te Scoenheit* zurück, brachte Ronith ein in der Küche eigens hergerichtetes Frühstück ans Bett und sah ihr beim Essen zu. Anschließend liebten sie sich ausgiebig und brachten aufs neue die Kammer zum Flimmern. Am Nachmittag mußte Ronith damit beginnen, sich und Acennan auf das nächtliche Konzert vorzubereiten, weshalb Eljazokad zum Hafen ging, um einer Spur nachzugehen, die Rodraeg bislang völlig übersehen hatte.

Rodraeg indessen quälte sich fünf Stunden lang im Rathaus durch Bürgerunterlagen, halb vollständige Volkszählungsergebnisse, Zunftauskünfte und den in weichlichem Tonfall verfaßten Bericht eines königlichen Magierkontrolleurs, den er in einer schwer zugänglichen Kiste auf dem Dachboden fand. Allein schon seine Verhandlungen mit den Rathausangestellten, damit er dort hinauf und stöbern durfte, dauerten eine geschlagene Stunde.

Hellas suchte im Lagerhaus nach Queckten, aber es war nur der Jüngste da, der Zehnjährige, der erzählte, daß Queckten unterwegs sei und erst nach Einbruch der Dunkelheit zurückkäme. Alle Versuche von Hellas, Quecktens Verbleib während des Tages herauszufinden, schlugen fehl. Also trieb er sich den Tag über in der Pfahlbaugegend herum, in der *die Haie* ihn überfallen hatten, und hoffte, daß er noch mit einer anderen Jugend- oder älteren Bande in Kontakt kommen könnte. Aber es tat sich nichts, es war einfach zu hell, und die Menschen waren noch nicht betrunken genug, um leichte Opfer zu sein.

Bestar suchte und fand Arbeit am Norderhafen. Er mischte

beim Entladen eines Schiffes mit, das Scirham Sceat gehörte, und legte sich genug ins Zeug, um zwischendrin mit anderen Arbeitern schwatzen zu können, aber nicht genug, um nicht zweimal von einem Vorarbeiter ermahnt zu werden. Bestar hatte nicht übel Lust, das fette Schwein zu verprügeln und dann über die Reling zu kippen. Aber er dachte an Rodraeg und die anderen, die sich gewissenhaft darum kümmerten, etwas für die Wale zu tun, also fügte er sich in sein Los und arbeitete bis zum Abend, als Eljazokad ihn abholte und zur zweiten Tageskonferenz im *Ain Land* begleitete.

Wieder war es Rodraeg, der mit seinem Bericht begann. Ihm brummte der Schädel, der Staub der alten Dokumente kratzte ihm zusätzlich zu seinem ohnehin schon wieder lästiger werdenden Husten in Kehle und Brust, aber er erzählte von insgesamt sechs Magiern, die es in Wandry gab und die er alle am folgenden Tag mit Eljazokad aufzusuchen gedachte.

»Die Hauptschwierigkeit war«, erläuterte er, »daß alle Unterlagen aus unterschiedlichen Jahren stammten, aber diese sechs sind mehrmals erwähnt worden, und auch in der letzten Zählung von vor zwei Jahren standen sie noch drin, also hoffe ich, daß es diese sechs noch gibt. Ich habe die Adressen notiert, so daß wir morgen gut zu tun haben werden. Wir werden uns nicht nur danach erkundigen, ob sie etwas von dem, was sich hier anbahnt, spüren können, sondern wir werden auch vorsichtig abtasten müssen, ob sie uns beim Errichten einer Gegenmagie behilflich sein können.«

»Gut«, lobte ihn Eljazokad. »Ich habe mich inzwischen um etwas gekümmert, was wir alle bislang übersehen hatten. Eigentlich das Naheliegendste: Gibt es in Wandry reguläre Walfangschiffe?«

Rodraeg faßte sich an die Stirn. »Stimmt. Das sind die Experten für unser Problem.«

»So ist es. Es gibt zwei solcher Schiffe im Norderhafen, dicke, bauchige Pötte, schwarz angelaufen vom Blut und Tran der an ihren Seiten aufgehängten und auseinandergeschnittenen Walfische. Insgesamt besteht die Wandryer Walfangflotte aus fünf Schiffen, und drei davon sind gerade unterwegs Richtung Eismeer, wo man drei verschiedene Walarten jagen kann. Buckelwale? Die hat schon seit einer Generation niemand mehr zu Gesicht bekommen, aber daß sie ausgestorben sind, wie es in der *Encyclica* steht, würde niemand zu behaupten wagen. Die Meere sind unendlich wie der Himmel, sagen die Männer. Woher also glaubt die *Encyclica* zu wissen, was es noch gibt und was nicht mehr? Jedenfalls bin ich mir vollkommen sicher, daß die Wandryer Walfänger nichts wissen von der bevorstehenden Massenstrandung, denn warum würden sie sonst hinausfahren und im gefährlichen Eismeer jagen, anstatt einfach nur im Heimathafen auf fette Beute zu warten?«

»Was ist mit Magie?« fragte Rodraeg.

»Auf dieses Thema reagieren sie ausgesprochen empfindlich, denn sie gehören wohl zu den von Aldava am strengsten überprüften Berufsgruppen. Auf einem der Schiffe, die jetzt draußen sind, soll es einen Navigationsmagier geben, aber der kann nichts anderes, als immer zu wissen, wo Norden ist, auch wenn die Kompasse in einem energetisch geladenen Sturm verrückt spielen.«

»Sind diese Angaben glaubhaft, oder ist genau dieses Schiff mit dem Magier dasjenige, das die Wale nach Wandry treibt?« fragte Hellas argwöhnisch.

»Ich denke, die Angaben sind glaubhaft, denn sonst hätten sie mir ja nicht von diesem Magier erzählt. Wäre ich ein königlicher Kontrolleur, hätten sie sich selbst ihr Grab geschaufelt, wenn der Magier wirklich ein Fängermagier ist. Daß sie einen Magier zur Navigation benutzen, ist, glaube ich, schon an der Grenze zur Ungesetzlichkeit, das könnte ein interessanter Fall vor einem Aldavaer Schiedsgericht werden.«

»Ich überlege gerade«, bemerkte Rodraeg, »daß die Walfänger ja eigentlich panische Angst vor Walen haben müßten, die durch Fängermagie hierhergelockt werden, denn das wird ihnen doch sofort in die Schuhe geschoben, und ihre gesamte Zunft wird geächtet und gebannt.«

»Das ist richtig«, stimmte Eljazokad zu, »aber dennoch denke ich, daß wir die Walfänger nicht als Verbündete gewinnen können. Sie besitzen eine gewisse Weisheit, im Kampf gegen entfesselte Elemente gewonnen, aber sie sind dennoch unglaublich roh und selbstbezogen, denn ihr Handwerk ist ein blutiges. Sobald Wale hier im Sund auflaufen, werden sie tun, was ihre Tradition ihnen gebietet: Sie werden ihre Werkzeuge herausholen und sich im Abschlachten hervortun.«

»Ja.« Rodraeg machte ein trauriges Gesicht. »Du hast wohl recht.«

Nach einer kurzen Pause wandten sich alle nun Bestar zu. Der hob wieder abwehrend die Hände. »Nichts. Ich weiß auch gar nicht, wie ich fragen soll, ohne mich verdächtig zu machen. Ich schleppe Kisten, ich schleppe Tuchballen, ich helfe den Schwächlingen, damit sie nicht von diesem Landungssteg – oder wie das Ding heißt – runterfallen … aber wie soll ich etwas herausfinden?« In Bestars breitem Gesicht stand echte Verzweiflung zu lesen.

»Du machst das schon ganz richtig«, tröstete ihn Rodraeg. »Paß auf deine Wunde auf und überanstrenge dich nicht. Frag nicht allzuviel herum, das macht dich tatsächlich verdächtig. Wenn im Hafen plötzlich das Gerücht aufkommt, daß ein großer Walfang bevorsteht, wirst du davon Wind bekommen, auch ohne zehnmal nachzufragen. Du bist unser Mann in der

Hafen- und Arbeitswelt. Morgen solltest du versuchen, bei Beceorfan oder Yrmenlaf unterzukommen.«

Bestar sah erleichtert aus, erleichtert darüber, daß er nicht getadelt wurde, obwohl er als einziger keine Ergebnisse vorzuweisen hatte. »Gut. Morgen früh fange ich bei einem von den beiden an und bin dann in der Mittagspause wieder hier.«

Nun war Hellas an der Reihe. »Ich habe auch nichts. Queckten kann ich erst nach Einbruch der Dunkelheit treffen. Dann versuche ich, ihn für morgen ins *Sturmhaus* zu schicken. Aber eine Garantie kann ich nicht geben. Ich habe tagsüber versucht, etwas über die anderen Banden herauszufinden, aber auch das ist nachts wohl einfacher.«

»Diese anderen Banden haben wir bislang ignoriert«, sagte Rodraeg nachdenklich. »Falls im *Sturmhaus* nichts herauszufinden ist, sollten wir sie aber dennoch nicht unter den Tisch fallen lassen. Die *Haie* haben deiner Meinung nach nichts mit den Walen zu tun?«

»Da lege ich mich fest.«

»Wen gab es sonst noch?«

»Ohters Krabbenfischer. Eine Mädchenbande namens *Der schöne Schein*, von der ich noch nichts gesehen habe; womöglich ist sie ausschließlich im Rotleuchtenviertel aktiv und nimmt Freier aus. Dann gibt es noch welche, die sich die *Brandungsbrecher* nennen. Die könnten interessant sein, weil ihr Name nach dem Meer klingt. Außerdem erwähnte Gunurd noch einen gewissen Geywan und seine Jungs.«

»Geywan«, brummte Bestar. »Den habe ich heute morgen kennengelernt.«

»Im Ernst?« Alle wandten sich nun wieder Bestar zu.

»Ja. Er wollte mich anheuern als Mörder oder Entführer. Wir machen so was nicht, oder?«

»Worum ging es?« fragte Eljazokad.

»Um eine alte Frau. Ich sollte sie erschrecken oder wegschaffen oder zum Schweigen bringen, entweder für immer oder mindestens für ein paar Tage.«

»Aber das ist doch hochinteressant!« Ein Teil von Rodraegs Müdigkeit verflog. »Für ein paar Tage bedeutet: Während der Zeit, wo die Wale hier ankommen. Wer ist diese alte Frau und wo wohnt sie?«

»Das ... das weiß ich nicht. Ich habe den Auftrag abgelehnt. Wir sind doch ... das *Mammut* ...« Wieder blickte Bestar verzweifelt in die Runde. Was hatte er nun wieder falsch gemacht? Hätte er die fünfzig Taler doch verdienen können?

»In Ordnung, du weißt es nicht«, stellte Rodraeg besänftigend fest. »Vielleicht ist es ja noch nicht zu spät, es herauszufinden. Wann war das Ganze?«

»Heute morgen. Vor unserem Mittagstreffen.«

Hellas ächzte, Rodraeg warf ihm einen mahnenden Seitenblick zu. »Du würdest diesen Geywan aber wiedererkennen, oder?«

»Klar. Geywan und seinen Kumpel, Reetdach oder so ähnlich.«

»Reetdach?« schnappte Hellas.

»Oder so ähnlich!« versetzte ihm Bestar. »Ich erkenne sie wieder!«

»Dann ist das deine Aufgabe für heute nacht und morgen früh. Vielleicht stromern die immer noch durch Wandry, weil sie noch keinen geeigneten Kandidaten gefunden haben.«

»Haben sie dir Geld geboten?« fragte Eljazokad nach.

»Ja, und nicht zu knapp: fünfzig Taler.«

Hellas wunderte sich. »Das ist aber verdammt viel Geld für eine kleine Bande. Woher haben die soviel?«

»Sie erzählten was ... von einem Auftraggeber ...«, erklärte Bestar kleinlaut.

Rodraeg trommelte mit den Fingern auf der Tischplatte. »Das ist zweifelsohne die heißeste Spur, die wir bislang haben. Jemand heuert eine von diesen Straßenbanden an, damit die wiederum einen Fremden anheuern, der eine ganz bestimmte Frau beseitigen soll. Wenn wir Geywan finden und aus ihm herausbekommen, wer die Frau ist und wer sein Auftraggeber, wissen wir vielleicht ...«

»... wer in Wandry eine alte Frau beiseite schaffen möchte, aber mehr auch nicht«, brachte Eljazokad den Satz zu Ende. »Es gibt keinen echten Anhaltspunkt dafür, daß diese Sache mit den Walen zu tun hat.«

»Außer dem Zeitplan«, ließ Rodraeg sich nicht beirren. »Es geht um die nächsten Tage, das wäre schon ein ziemlicher Zufall.«

»Ich glaube auch nicht, daß das ein Zufall ist«, bemerkte Hellas. »Warum heuern die einen Fremden an? Weil sie ihren gedungenen Täter anschließend umbringen wollen, um alle Spuren zu verwischen. Ein Durchreisender wird von niemandem vermißt. Es handelt sich also um ein ziemlich großes krummes Ding, bei dem mindestens zwei Tote einkalkuliert werden. Groß und krumm genug, um ein anderes großes krummes Ding vertuschen zu helfen: gesetzesbrecherische Fängermagie.«

»Und warum will man diese Frau beseitigen?« vollendete Rodraeg. »Weil sie der Fängermagie gefährlich werden könnte! Sie ist die Person, mit der wir uns verbünden müssen!«

Eljazokad schüttelte milde lächelnd den Kopf. »In einer Stadt, in der es so viel organisiertes Verbrechen gibt wie hier, muß ein krummes Ding überhaupt nichts mit anderen krummen Dingern zu tun haben, nur weil sie alle gleichzeitig stattfinden. Aber da wir heute nacht keine anderen heißen Spuren haben, sollten wir diesen Geywan suchen. Vielleicht können die *Haie* uns dabei unterstützen.«

»Möglich«, vermutete Hellas. »Ich kann sie fragen.«

»Ist dieser Geywan eigentlich ein junger Mann?« fragte Eljazokad Bestar.

»Ja. Die waren beide jünger als ich und spillerig wie Bandnudeln.«

»Dann« – überlegte der Magier – »tauchen sie womöglich heute nacht beim Konzert der *Geblendeten* auf, weil dort Wandrys versammelte Jugend einen drauf macht. Ich werde dich auf der Suche begleiten, und dann gehen wir zusammen zur Musik.«

»Gut.« Rodraeg wirkte frischer als zu Beginn des Treffens. »Ihr beide kümmert euch um Geywan, Hellas um Queckten und die *Haie*, und ich schaue mal, ob ich etwas über die *Brandungsbrecher* und den *schönen Schein* in Erfahrung bringen kann. Wenn zwischenzeitlich irgend etwas los sein sollte: Ich bin in einer Herberge namens *Zimfinnering* abgestiegen. Ansonsten treffen wir uns morgen mittag wieder hier.«

Sie gingen auseinander, als würden sie sich nicht kennen. Nur Bestar und Eljazokad blieben zusammen.

Die Dunkelheit dröhnte über Wandry wie ein Signal zum Beginn eines Festes. In ihrem Schutz fühlten sich die Ausschweifungen wohler, bekamen alle Stimmen und Gesichter verzerrte Ränder, und die vorher ziel- und lustlos wirkenden Bewegungen bekamen etwas Bewußtes wie Verzweifeltes.

Zum ersten Mal seit den Tagen, die er im Auftrag des Advokaten Hjandegraan in Skerb hatte verbringen müssen, irrte Rodraeg in den schwülwarmen Labyrinthen des käuflichen Vergnügens umher und suchte nach Fährten und Namen, aber alles, was ihm zuteil wurde, war in sein Gesicht gelachter Alkoholatem. *Der schöne Schein* existiert überhaupt nicht, wurde ihm gesagt. »Such dir die drei schönsten Liebesdienerinnen dieser Jahreszeit zusammen und sie sind es: der schöne, stehlende, quälende, zur Unvergeßlichkeit sich zählende *Schein*!« Mit den *Brandungsbrechern* hatte er nur unwesentlich mehr Glück. Sie seien ertrunken, hieß es. Sie seien untergetaucht, widersprach jemand. Sie seien unter uns, johlten zwei andere. Ein dritter hängte sich bei Rodraeg ein und faselte etwas über die Geheimnisse von Wandry. Geheimnisse voller Fische und Krabben. Rodraeg sah eine Verbindung und erkundigte sich nach den *Haien*. »Haie?« entgegnete man ihm lachend. »Da mußt du schon weiter südlich in die Sandsee schippern, hier oben gibt es kaum noch welche.« Von einer Bande, die sich so nannte, hatte noch niemand gehört, und dennoch konnte sich Rodraeg dank Hellas sicher sein, daß es sie gab.

Er erkundigte sich bei dem Hai-Experten nach Walfischen. Der Mann sagte, Wale seien zu groß für reine Menschen und die Glutsee. Rodraeg fragte nach einer alten Frau, deren Leben in Gefahr war. »Das Leben aller alten Frauen ist in Gefahr«, johlte ein Betrunkener, »und das aller jungen Frauen auch.«

Um Mitternacht gab Rodraeg auf. Sein Husten machte ihm zu schaffen; so langsam befürchtete er, daß das Kjeerhemd seine Wirkung verlor. Möglicherweise lag das ja daran, daß er die Kjeerklippen überquert hatte, ohne ein Dankesgebet zu sprechen.

Hustend und würgend und sich mehrmals an Hauswänden abstützend kehrte er ins *Zimfinnering* zurück, entkorkte dort Nerass' Fläschchen mit Kjeerklippenquellwasser, dankte Kjeer, schämte sich für seine Scheinheiligkeit und stürzte den Inhalt des Fläschchens in einem Zug hinunter. Das vermeintliche Wasser brannte wie Feuer in Rachen und Kehle, aber der Schlaf versenkte ihn wie einen Stein auf den Grund des Meeres.

Hellas fand Queckten im alten Lagerhaus und versuchte, die *Haie* dazu zu bewegen, Geywan zu suchen. Aber die Jungen waren heute träge und satt und wollten nicht noch mal raus in die schwüle Nacht.

»Wenn ich mein Entscheidungswerfen gegen Queckten gewinne, dann müßt ihr, denn dann knöpfe ich euch euer ganzes Geld wieder ab«, drohte Hellas.

»Doppelt oder nichts«, grinste Queckten. »Wenn ich mit dir fertig bin, haben wir so viel, daß wir eine ganze Woche lang nicht mehr rausmüssen.«

Gunurd malte mit Kreide eine neue Zielscheibe an eine Wand, mit zehn Ringen, eines Finales würdig. Dann warfen sie abwechselnd, jeder zehn Mal. Queckten traf mit den ersten fünf Würfen dreimal genau die Mitte, Hellas mußte sich – die Biere vom Mittagstisch noch im Kopf – ungeheuer anstrengen. Am Ende würden die letzten beiden Würfe die Entscheidung bringen. »Deine guten Messer geben dir einen Vorteil«, maulte Queckten. Hellas wischte sich die schweißigen Hände an der Hose ab. »Und was ist mit der Unterstützung durch deine Bande? Dagegen muß ich ankämpfen.«

Hellas' vorletzter Wurf war besser als Quecktens. Er ging in Führung.

Quecktens letzter Wurf traf genau die Mitte, aber Hellas reichte die Mitte oder der zweitinnerste Ring, um zu gewinnen. Beim drittinnersten Ring würde das Gefecht unentschieden enden.

Die *Haie* hielten den Atem an. Der Weißhaarige aus Warchaim wog sein edles Messer in der Hand. War er kaltblütig genug, den Sieg nach Hause zu schaukeln, auch wenn die Jungs ihn durch Husten und Kistenkippeln zu irritieren versuchten?

Hellas warf – und traf die Linie zwischen dem zweit- und dem drittinnersten Ring. Er hatte gewonnen.

Queckten ging erstaunlich entspannt mit seiner Niederlage um. Er gab Hellas die zwanzig Taler zurück, die er im Laufe der letzten vierundzwanzig Stunden von ihm gewonnen hatte. Zehn davon drückte Hellas ihm allerdings wieder in die Hand.

»Du hast recht. Meine Messer sind ein bißchen besser als deine. Deshalb bezahle ich euch dafür, daß ihr Geywan für mich aufspürt. Jetzt ab mit euch – je schneller ihr ihn findet, desto besser.«

Die *Haie* waren durch die unterschiedlichen Türen, Luken und Wandlöcher nach draußen geschlüpft, noch bevor Hellas sein Geldsäckchen weggesteckt hatte.

Bestar und Eljazokad streiften durch ganz Wandry, aber Geywan und Reidog waren nirgendwo zu finden. Es war heiß und drückend und roch nach einem erleichternden Regen.

»Den da würde ich anheuern, wenn ich Geywan wäre«, sagte Eljazokad einmal und deutete auf einen vierschrötigen Kerl mit Blumenkohlohren und mehrfach gebrochener Nase. Sie blieben ihm eine Weile auf der Spur, aber dann versackte der Schlägertyp in einer ranzigen Hafentaverne und schlief bald über seinen farblich sortierten Schnäpsen ein.

»Was ist das bloß für eine Stadt?« haderte Bestar angewidert. »Es scheint hier überhaupt keine richtigen Kerle zu geben. Nur Kinder und welche, bei denen selbst der Schließmuskel schlaff ist.«

»Dafür gibt es einen ganz einfachen Grund: Wir sind hier an Land. Alle tüchtigen und kräftigen Männer in Wandry und Skerb fahren zur See, als Piraten, als Fischer oder als Schiffsbesatzung. Was übrigbleibt, sehen wir hier.«

»Aber die, die zur See fahren, müssen doch auch mal in die Stadt, oder nicht?«

»Keine Ahnung. Vielleicht finden sie die Stadt genauso ekelhaft wie du und meiden sie, so gut es geht. Komm jetzt, es wird langsam Zeit. Ich zeige dir *die Geblendeten.* Vielleicht bringt dich das auf andere Gedanken.«

In der Strandscheune herrschten schon wieder Lärm und Radau. Das Gastspiel hatte eben begonnen. Bestar traute seinen Augen nicht, als er die hüpfenden Jugendlichen sah. Auch erstaunlich viele gutaussehende Mädchen waren dabei. Eljazokad brüllte ihm über den Lärm hinweg ein paar Anweisungen ins Ohr: »Misch dich in die Menge und überprüfe, ob die beiden hier sind.« Bestar nickte und warf sich pflichtbeflissen in den Tumult. Eljazokad blieb im Hintergrund und dachte lächelnd an Ronith, wie sie im Schweiße ihres Angesichts Klänge übereinanderschaufelte, bis so ein Lärm dabei herauskam.

Nach einer Drittelstunde kämpfte Bestar sich wieder zu Eljazokad durch nach hinten. »Die sind nicht hier.«

»Sicher?«

»Ziemlich. Um ganz sicher zu sein, müßten wir noch hierbleiben.«

»Gefällt es dir hier?«

Bestars Augen leuchteten. »Ich habe noch nie so viele Verrückte auf einem Haufen gesehen. Einer hat mich angesprungen, da habe ich ihn weggeschubst. Er flog drei Schritte weit durch die Luft, rappelte sich auf und kam strahlend wieder angelaufen, damit ich ihn noch mal schubse.«

»Ja, so ist das. Wir bleiben hier bis zum Ende. Womöglich tauchen Geywan und sein Kumpel ja noch auf.«

Jubelnd schmiß Bestar sich ins Volk zurück und hüpfte und raufte, tanzte und schrie in der nun folgenden Stunde, was sein immer noch lädierter Körper hergab. Mit seinen ansehnlichen Muskeln konnte er tatsächlich zwei Mädchen beeindrucken, die ihn erst antanzten und sich schließlich von ihm auf seine Schultern heben ließen, um besser sehen zu können. Dadurch entstand hinter Bestar ein Aufruhr von Unzufriedenen, denen die Sicht auf *die Geblendeten* genommen war. Es gab Gedrängel und Gepöbel, und über allem der irrsinnige Lärm der Musikanten und das abgehackte und keuchende Geschrei des Sängers. Bestar war begeistert.

Hinterher gab es wieder das übliche Schubsen nach draußen, zur Luft. Der vollkommen naßgeschwitzte Bestar fand Eljazokad nicht wieder, weil dieser sich inzwischen zu Ronith hinter die Bühne geschlichen hatte.

Die beiden Magier küßten sich leidenschaftlich.

»Was ich nicht verstehe, ist, warum du nicht *auf* der Bühne agierst«, sagte Eljazokad. »Du wärst eine weitere Attraktion, die *die Geblendeten* nur um so unvergeßlicher machen würde.«

»Acennan will das nicht. Ich könnte keine Augenbinde tragen, weil ich die Töne sehen muß, und das würde das Konzept der *Geblendeten* zerstören.«

»Er will nicht, daß du ihm die Schau stiehlst«, entgegnete Eljazokad kopfschüttelnd. »Sehen wir uns nachher wieder in der *Scoenheit*? Ich muß mich noch mit einem Freund treffen.«

»Laß mich nicht zu lange warten!«

Eljazokad ging zu Bestar, der sich in der Nähe des Ausgangs herumdrückte.

»Geywan und der andere?« fragte der Magier.

»Nichts. Sie waren nicht hier. Eljazokad, hilf mir bitte, an denen vorbeizukommen.« Bestar deutete mit dem Daumen nach hinten auf die beiden Mädchen, die er auf den Schultern getragen hatte und die nun vor der Tür kichernd auf ihn warteten.

»Aber warum denn? Die sind doch ausgesprochen süß.«

»Für mich ist das nichts.«

»Was? Die Liebe?«

»Ja. Das alles. Das ganze Gelaber und so.«

»He, die beiden sehen aber nicht so aus, als müßtest du mit ihnen noch viel reden.«

»Das ist trotzdem nichts für mich. Hilfst du mir bitte?« Bestars Gesicht nahm einen eindrucksvoll flehentlichen Ausdruck an.

»Kein Problem. Komm.«

Gemeinsam gingen sie zur Tür, wo der Magier vor den beiden jugendlichen Schönen eine tiefe Verbeugung machte. »Verzeiht mir, aber ich muß euch meinen Freund hier entführen. Wichtige Geschäfte, die sich leider nicht aufschieben lassen. Bitte gebt nicht ihm, sondern mir allein die Schuld. Falls ihr euch morgen zur selben Stunde wieder hier einfinden wollt – er wird versuchen, euch dann nicht noch einmal zu enttäuschen.«

Bestar brauchte gar nichts zu sagen, er folgte Eljazokad einfach wie ein Bär seinem Bändiger. Die beiden Mädchen blieben zurück und trollten sich dann schmollend.

»Warum hast du das mit morgen gesagt?«

»Weil es nie schaden kann, sich noch ein Türchen offenzuhalten, falls du es dir anders überlegst. Laß uns jetzt noch ein letztes Mal das Rotleuchtenviertel durchqueren auf der Suche nach den beiden Halunken, und wenn wir sie dann nicht finden, hoffen wir, daß Hellas mit seinen Verbündeten mehr Glück hatte, und lassen es für heute dabei bewenden.«

Sie durchstreiften noch einmal die Gassen der Sehnsucht, fanden jedoch kein Anzeichen von Geywan und Reidog. Möglicherweise war ihr Vorhaben schon durchgeführt, die alte Frau bereits tot oder verschleppt.

Eljazokad begleitete Bestar noch zum *Um Saedraign*, wo Bestar sich – von harter Hafenarbeit und nächtlichem Tanz bis zum Umfallen erschöpft – sofort hinlegte und von Meldrid träumte, der verführerischen klippenwälderischen Dienerin des hinter seinen Mauern verschanzten Barons Figelius.

Eljazokad dagegen fand den Weg zur *Scoenheit* wie von selbst. Dort durchlebten Ronith und er das Abenteuer ihrer zweiten Nacht. Wieder flackerten überirdische Blitze durch die Kammer, die von dem gekreischten Donnern farbenprächtiger Vögel umspielt wurden. Draußen begann es leicht zu regnen, und die Fenster beschlugen von innerer Hitze und dem kühlenden Regen von außen.

Am folgenden Morgen mußte Eljazokad früher aufstehen, weil er mit Rodraeg verabredet war.

»Du gehst doch nicht schon?« fragte Ronith stirnrunzelnd und verschlafen.

»Ich muß. Wann brecht ihr heute auf?«

»Weiß nicht. So um Mittag.«

»Dann sehen wir uns möglicherweise nicht mehr. Ich werde den größten Teil des Tages beschäftigt sein.«

»Was tust du eigentlich in Wandry? Suchst du die ganze Zeit nur die Spuren eines Mammuts, die zum Wasser führen?«

»Nein.« Eljazokad mußte lächeln, als er darüber nachdachte, wie seltsam sich alles anhörte. »Ich streife zusammen mit Magiern über Brücken und Stege, um Walfischen zu helfen, die vom Weg abgekommen sind. Und ein paar Freunde von mir haben von einem Mordkomplott erfahren, das wir zu verhindern suchen.«

»Ein Mordkomplott? Warum geht ihr nicht einfach zur Garde?«

»Wir wissen nicht, wem wir trauen können. Wir wissen auch nicht, wer das Opfer ist. Eine alte Frau, die einem magischen Plan gefährlich werden könnte und die deshalb ausgeschaltet werden soll. Möglicherweise. Wir können uns nicht sicher sein.«

Ronith wich plötzlich seinem Blick aus und schaute zu Boden. »Eine alte Frau.«

»Ja.« Er setzte sich neben sie aufs Bett und band sich die Schuhe zu. »Weißt du etwas darüber? Bist du etwa diese Alte, magisch verjüngt? Ich dachte mir gleich, als ich dich zum ersten Mal sah: Du bist zu aufregend, um echt zu sein.«

»Was redest du für einen Quatsch!« Sie schlug ihn mit ihrem Kissen. »Ich und alt? Ich werde dir zeigen, wie alt ich bin!« Es begann eine Balgerei, die aber schon schnell in Küsse und Liebkosungen überging.

»Ich bin verwirrt«, gestand Ronith. »Zwei Nächte schon, und ich habe noch nicht das Gefühl, genug von dir zu haben. Wir reisen von hier aus nach Fairai. Könntest du nicht nachkommen, für eine dritte Nacht, eine vierte, eine fünfte?«

»Vielleicht. Wenn mich hier nichts mehr ruft. Ich würde gern. Aber ... ich muß auch achtgeben, wohin mein Weg mich führt.«

Sie seufzte und vergrub sich bäuchlings wieder in der Bettdecke. »Ihr Männer seid alle Feiglinge. Und ihr Magier erst recht. Und am allerschlimmsten seid ihr wasserscheuen Magier.« Ihr Tonfall war nicht böse, eher müde.

Eljazokad küßte ihr zum Abschied die Handflächen und die Kniekehlen und verließ leise die Kammer.

Rodraeg wartete schon vor der Tür des *Zimfinnering*. Der Regen hatte aufgehört, der warme, vibrierende Himmel war seinen Überdruck losgeworden, aber die Straßen schimmerten noch feucht. Rodraeg und Eljazokad begannen mit ihrer Suche nach den sechs Magiern in den vornehmeren Außenbezirken.

Der erste Magier auf Rodraegs Liste war vor einem Jahr gestorben. Rodraeg war argwöhnisch genug, sich genauer nach den Todes- und Bestattungsumständen zu erkundigen, denn immerhin war es ja denkbar, daß hier jemand seinen Tod nur vortäuschte, um unbehelligt verbotene Fängermagie praktizieren zu können. Aber alle Fragen bei Verwandten und Nachbarn führten zu dem unmißverständlichen Ergebnis, daß der Magier schlicht und einfach an Altersschwäche gestorben war.

Magier Nummer zwei war eine Frau in vorgerücktem Alter. Rodraeg und Eljazokad wechselten einen raschen Blick. Konnte sie das Ziel von Geywans Verschleppungsplänen sein? Ihr Name war Danahe, und ihr Fachgebiet war sogenannte Treidelmagie. Sie konnte Wasserströmungen entgegenwirken und wurde von den Fischern immer dann gerufen und bezahlt, wenn es diesbezügliche Probleme gab. Allerdings reichten ihre Kräfte nicht aus, etwas Größerem als einem mittelgroßen Fischerboot zu helfen. Eljazokad überprüfte, ob sie etwas mit der Anlandung der Wale zu tun haben könnte, aber sie war völlig entspannt, und es war auch keine Magie zu spüren, die von ihr ausging. Sie wußte nichts über in der Nähe befindliche Walherden oder heimliche Fängermagie. Blieb noch die Frage ihrer Gefährdung: Ihr Mann und ihre drei erwachsenen Söhne wohnten mit ihr im Haus, und das Haus befand sich an einer lebhaft bevölkerten Straße. Geywan und seine Spießgesellen würden sich wohl die Zähne ausbeißen beim Versuch, so jemanden zu überrumpeln. Rodraeg und Eljazokad behielten Danahe im Hinterkopf und machten sich auf zur dritten Adresse.

Diesmal fanden sie einen Hochstapler. Über eine Stunde lang erzählte ihnen ein dramatisch gekleideter Großstädter namens Phrilio, was er schon alles für Wandry getan hätte und auf wie vielfältige Arten und Weisen er ihnen zu Diensten sein könne. Eljazokad konnte allerdings nicht den mindesten Anhaltspunkt dafür wahrnehmen, daß Phrilio auch nur ansatzweise über magische Fähigkeiten verfügte. Die gesamte berufliche Laufbahn dieses Mannes schien auf Glück, Hinterlist und der Einfältigkeit anderer Leute zu fußen.

Nachdem sie ihn endlich abgeschüttelt hatten und wieder auf

den Straßen unterwegs waren, fragte Rodraeg: »Kann man Scharlatanerie eigentlich vortäuschen?«

Eljazokad lächelte. »Es ist sicherlich einfacher, Scharlatanerie vorzutäuschen als echtes Können, aber der hier war echt, mein Wort darauf.«

»Fürwahr – ein echter Lügner.«

»So ist es.«

»Einen schaffen wir noch, dann müssen wir zu den anderen zur Mittagsrunde.«

Dieser eine war ein weiterer Harmloser, der in einem Häuschen mit auffallend gelb bemalter Tür wohnte. Ein Leuchtfeuermagier, in seinen Fähigkeiten Eljazokad nicht unähnlich, aber im großen und ganzen darauf angewiesen, daß er in einem eigens für ihn und seine übernatürlichen Bedürfnisse eingerichteten Leuchtturm Dienst tun konnte, und Wandry hatte seinen Leuchtturm vor acht Jahren bei einer Sturmflut eingebüßt und einfach nicht wieder aufgebaut. Der Leuchtfeuermagier hatte seiner Heimat dennoch nicht den Rücken gekehrt und trat seitdem bei Stadt- und Hafenfesten als lohende Reminiszenz an den zerborstenen Turm auf. Rodraeg konnte bei diesem Mann einen nachvollziehbaren Groll auf die Stadt Wandry heraushören, aber nicht stark genug, um sie vernichten zu wollen. Er hatte es ja nicht einmal fertiggebracht, von hier wegzuziehen und anderswo eine lohnendere Beschäftigung zu suchen.

»Kann man mit Leuchtfeuern eigentlich auch Meerestiere anlocken?« fragte Rodraeg mit unschuldiger Miene.

»Manchmal kommen welche, die verspielt und neugierig sind. Aber« – der Leuchtfeuermagier dachte nach – »man kann eigentlich nicht planen, daß so etwas passiert oder gelingt.«

»Wie steht es mit Walen? Reagieren Wale auf Licht?«

»Walfische? Nicht daß ich wüßte. Aber ausschließen kann

man es wohl nicht. Ich könnte dieser Frage gerne nachgehen, wenn man mir nur meinen Turm wieder aufbauen würde.«

»Vielen Dank«, sagten Rodraeg und Eljazokad und machten sich auf den Weg zum *Ain Land.*

»Weshalb braucht Wandry keinen Leuchtturm mehr?« fragte sich Rodraeg unterwegs.

»Möglicherweise hängt das mit dem schwebenden Kriegszustand zusammen«, mutmaßte Eljazokad. »Ein leuchtender Hafen ist ein leichteres Ziel für Skerber Übergriffe.«

»Hm. Ich könnte den Bürgermeister fragen. Ach, Mensch. Hast du das Gefühl, daß wir hier irgendwie weiterkommen?«

»Nicht so richtig. Aber die letzten zwei Magier sollten wir dennoch nicht außer acht lassen. Vielleicht haben Bestar und Hellas ja etwas in Erfahrung gebracht.«

Bestar und Hellas warteten bereits am Mittagstisch auf sie. Hellas hatte ein paar Neuigkeiten.

»Geywan ist gesehen worden. Er und sein Kumpel – der übrigens Reidog heißt, und nicht Reetdach – hingen gestern abend noch mit einem Fremden herum, der ziemlich gefährlich aussehen soll. Groß und hager, dunkle, narbige Arme, trägt dauernd einen Helm mit Gittervisier, so daß man sein Gesicht nicht sehen kann. Seit heute morgen jedoch fehlt jede Spur von den dreien. Als ob sie die Stadt verlassen haben – oder aber abgetaucht sind, um eine Schandtat vorzubereiten.«

Rodraeg fluchte. »Das haben die *Haie* für dich herausgefunden?«

Hellas nickte.

»Was ist eigentlich mit Geywans anderen Leuten? Die Bande bestand doch nicht nur aus zwei Mann, oder doch?«

»Laut den *Haien* nicht. Zu seinen Spitzenzeiten hat Geywan bis zu zehn Jungs um sich geschart. Aber das sind natürlich alles

Pfeifen. Anfänger. Windelträger. Kann gut sein, daß er sich bei einer wichtigen Sache nur auf Reidog verläßt.«

»Auf Reidog und auf einen Fremden wie Bestar.« Rodraeg sah zerknirscht drein. »Das gefällt mir überhaupt nicht. Wir haben keine Möglichkeit, nach Geywan Ausschau zu halten. In anderthalb Tagen müssen wir in bezug auf die Wale etwas auf die Beine gestellt haben, sonst werden wir zu hilflosen Zuschauern einer Katastrophe degradiert. Hast du Queckten überreden können, sich für uns im *Sturmhaus* umzusehen?«

Wieder nickte Hellas. »Er sagte, er wäre noch nie dort gewesen und stolz darauf. Aber ich habe ihn damit geködert, daß ein zukünftiger wichtiger Mitspieler im Wandryer Machtgefüge sich doch auch für seine Konkurrenz interessieren sollte. Er ist jetzt dort und verbringt da drinnen den ganzen Tag, mit Hauptaugenmerk auf Fische, Magie und geheime Vorgänge, von denen die Königin besser nichts erfahren sollte. Wenn alles glattgeht, müßte er mir eigentlich rechtzeitig Bericht erstatten können, so daß ich euch bei unserem Abendtreffen schon sagen kann, ob etwas dabei herausgekommen ist.«

»Das hast du sehr gut organisiert«, lobte ihn Rodraeg. »Sonst noch etwas?«

Diesmal schüttelte Hellas den Kopf. »Ich bin den ganzen Vormittag herumgelaufen, habe aber nichts Ungewöhnliches gesehen. Am Nachmittag werde ich wohl noch einmal nach dem alten Teoch schauen. Die Wale sind jetzt schon einen Tag näher gerückt, vielleicht kann er mir weitere Einzelheiten verraten.«

»Gut. Bestar?«

Der Klippenwälder kaute mit fettriefendem Kinn. »Ich arbeite jetzt für Yrmenlaf«, sagte er nicht ohne Stolz. »Das gilt im Hafen schon als was, ist aber derselbe mies bezahlte Ausbeuterscheiß wie bei diesem Dingsbums Sceat. Keiner redet viel. Sobald man beim Quatschen erwischt wird, wird man angeraunzt. Ach ja: Es ist völlig unmöglich, für den Typen zu arbeiten, der nur ein einziges Schiff hat.«

»Beceorfan«, half Hellas mit dem Namen aus.

»Warum unmöglich?« fragte Rodraeg.

»Weil er nur dieses eine Schiff hat. Da läßt er nur seine eigene ausgewählte Mannschaft ran, auch beim Löschen und Laden.«

Rodraeg, Eljazokad und Hellas sahen sich an. »Wo liegt dieses Schiff genau?« fragte der Magier.

»Weiß ich nicht. Aber ich kann das rauskriegen.« Bestar schien mehr mit seiner Nahrungsaufnahme beschäftigt als mit der Diskussion.

»Das könnte etwas sein«, faßte Rodraeg zusammen. »Wenn die Fängermagie von einem Schiff aus Richtung Meer wirkt, wäre sie in Wandry für einen Kontrolleur der Königin nicht auffindbar.«

»Meinst du, daß diese Kontrolleure dumm genug sind, die Schiffe nicht mit zu überwachen?« fragte Hellas skeptisch.

»Ich weiß nichts über die Vorgehensweise dieser Kontrolleure. Ich weiß nur, daß wir, wenn wir sichergehen wollen, daß von Wandry aus nichts die Wale in den Tod lockt, sämtliche Schiffe überprüfen müssen. Nicht nur das von Beceorfan. Alle.«

»Genaugenommen auch diejenigen, die weiter draußen auf See sind«, vollendete Eljazokad.

»Und wie sollen wir das machen?« Hellas grinste spöttisch. »Das geht doch gar nicht.«

»Man müßte eine Möwe sein, die über allen Schiffen kreisen und suchen kann«, sagte Eljazokad nachdenklich. »Oder ein Fisch, der alle umschwimmt.«

»Oder ein Pirat, der alle Schiffe kapert«, schmatzte Bestar.

Alle dachten nach. Rodraeg, Hellas und Eljazokad stocherten mehr oder weniger lustlos in ihrem Mittagessen herum. Eljazokad dachte daran, daß Ronith wohl gerade jetzt aufbrach,

Richtung Fairai. Mit ihr Acennan und die anderen Musiker. Er fühlte sich überhaupt nicht gut dabei, sie ziehen zu lassen.

»Wir machen weiter wie bisher«, legte Rodraeg schließlich fest. »Wenn die Magier nichts bringen, das *Sturmhaus* nichts ergibt, der Bürgermeister und Teoch nichts mehr wissen und Geywan verschwunden bleibt – dann haben wir immer noch den ganzen morgigen Tag, um uns in Möwen, Fische oder Piraten zu verwandeln.«

»So wie Dasco«, lachte Bestar. »Eine Wermöwe. Ein Werfisch.«

»Genau. Bis dahin verfahren wir weiter nach Plan.«

Der fünfte Magier, laut Rodraegs Notizen ein Mann namens Onjalban, galt als verschollen.

Seine Frau öffnete ihnen die Tür, ein kleines Kind auf dem Arm. Sie erzählte, wie ihr Mann im letzten Nebelmond von den Werbern der Königin mehr oder weniger gezwungen worden war, an dem Feldzug gegen die Affenmenschen teilzunehmen. Seitdem hatte sie nichts mehr von ihm gehört. Es hatte zwar sechshundert Überlebende gegeben, die unter dem Kommando eines gewissen Hauptmanns Gayo die Festung Carlyr erreichten, aber ihr Mann war nicht unter diesen Überlebenden gewesen – jedenfalls war er weder nach Hause zurückgekehrt, noch hatte sie Nachricht aus Carlyr über seine dortige Ankunft erhalten. Dennoch hatte die königliche Armee die im Felde Verschollenen noch nicht für tot erklärt, zu rätselhaft und undurchsichtig war wohl, was jenseits der Felsenwüste geschehen war. Im Klartext bedeutete dies: Der Sold ihres Mannes wurde der Ehefrau nicht ausgezahlt. Sie litt Not und wurde von Verwandten und Nachbarn unterstützt.

Behutsam erkundigte sich Eljazokad, welcher Art das magische Talent ihres Mannes sei. Bewußt benutzte er keine Vergangenheitsform, um die Frau nicht zusätzlich zu verletzen.

»Er ... ist ... ein Wärmezauberer. Er kann Steine durch Handauflegen so erwärmen, daß sie für Stunden Behaglichkeit abstrahlen. In einem Winterfeldzug ist so jemand natürlich von großem Nutzen für das gesamte Heer. Deshalb haben sie ihn auch gezwungen mitzukommen. Er wollte nicht. Er mag wild aussehen mit seinen Tätowierungen überall am Körper, aber er ist in Wirklichkeit der sanfteste und zärtlichste Mann und Vater, den man sich überhaupt vorstellen kann.«

»Was sind das für Tätowierungen?« fragte Eljazokad interessiert.

»Er nennt es eine Schrift. Eine Schrift in Zeichen und Bildern, die ihm von Geistern diktiert wurden, denen er als junger Mann im Nekerugebirge begegnete.«

»Vielen Dank«, sagte Rodraeg beim Abschied. »Wir hoffen sehr, daß er den Weg nach Hause findet.« Eljazokad drückte der verblüfften Frau die Hälfte seiner zehn Taler in die Hand und sie gingen davon.

»Onjalban hätte ein Motiv, die Königin zu hassen und ihr mit verbotenen Handlungen entgegenzutreten«, mutmaßte Rodraeg.

»Ja. Aber es ergibt keinen Sinn«, widersprach Eljazokad. »Wenn er schon nach Wandry zurückgeht, weshalb sollte er sich dann nicht bei Frau und Kind melden? Außerdem ist das Übertreten des Fängermagiegesetzes nicht wirklich eine Maßnahme, die der Königin schadet. Es würde sie ärgern, zweifelsohne. Aber wirklich schaden würde es nur Wandry, wenn die ganze Sache auffliegt.«

»Es ist zum Verrücktwerden«, haderte Rodraeg. »Jede Tür, die wir hier öffnen, bedeutet den Beginn neuer Spuren und sich verzweigender Pfade. Als ich in Aldava vom Advokaten Hjandegraan ausgebildet wurde, war ich mehrmals dabei, wie er den Schauplatz eines Verbrechens untersuchte und mit allen Beteiligten redete, um sich ein Bild von dem Geschehen zu machen. Aber das waren immer höchstens zehn bis fünfzehn Personen. Hier haben wir es mit einer ganzen Stadt zu tun! Wie soll man eine Stadt verhören, um einen Plan aufzudecken, von dem niemand etwas zu wissen scheint?«

»Man kann nicht anders vorgehen, als wir es tun.«

»Ich habe ununterbrochen das Gefühl, daß wir Dinge übersehen, daß wir ahnungslos an Hinweisen und Wahrheiten vorübergehen, weil wir nicht wissen, wonach wir eigentlich suchen müssen.«

»Vielleicht hat Dasco ja recht. Vielleicht können wir die Wale gar nicht schützen. Wir haben weder die Leute noch die Zeit, noch das Wissen, noch die Macht dazu.«

»Das glaube ich nicht!« sagte Rodraeg bestimmt. »Weshalb sonst hat uns der *Kreis* hierhergeschickt?«

»Es gibt etwas, das wir auf jeden Fall tun können, selbst wenn wir mit allem anderen versagen.«

»Was?«

»Zeugen sein. Zeugnis ablegen. Den Menschen, die über das Aussterben von Walen nie etwas erfahren würden, die Wahrheit mitten hinein zu tragen in ihre eigensüchtigen Herzen.«

Der letzte Magier Wandrys hieß Sery Talta. Er war schon hochbetagt, aber ausgesprochen freundlich zu Rodraeg und Eljazokad. Was seine Magie anging, nannte er sich einen *Verdreifacher.* Über eigene magische Fähigkeiten verfügte er so gut wie gar nicht, doch wenn er sich mit einem anderen Magier zusammentat, konnte er dessen Energie bis zum Dreifachen ihres Ursprungswertes erhöhen.

»Dann kann ich drei Lichtblitze erzeugen statt einen«, sagte Eljazokad lächelnd, in dem Wissen, daß sie das auch nicht weiterbrachte.

Als sie Sery Talta dann allerdings bei einer Tasse Tee in seiner Stube ihr Leid klagten, daß sie einem Verdacht auf Fängermagie nachgingen und inzwischen nicht mehr wußten, an wen sie sich wenden konnten, lachte Sery Talta auf. »Fängermagie! Ich bin früher selbst zweimal zum königlichen Untersuchungsmagier berufen worden und habe Wandry gründlich durchforstet. Glücklicherweise blieb mein Befund jedesmal negativ, aber das ist schon über zwanzig Lenze her. Bist du in der Lage, eine astrale Aura wahrzunehmen?« fragte er Eljazokad direkt.

»J-ja«, antwortete dieser zögerlich. »Meistens gelingt mir das, wenn die Aura nicht allzu schwach ist.«

»Fängermagie kann nicht schwach sein. Dennoch würde deine Fähigkeit wohl nicht ausreichen, eine gesamte Stadt zu durchleuchten. Und genau da komme ich ins Spiel: der Verdreifacher. Zusammen können wir das gut schaffen.«

»Ihr würdet uns helfen?« fragte Rodraeg erfreut. »Wir sind aber nicht in der Lage, königliche Honorare zu zahlen.«

»Papperlapapp, Honorare. Ich habe mein Auskommen. Ein paar Stunden mit euch spazierenzugehen wird mir guttun.«

Dann durchwanderten sie zu dritt die Stadt, begannen ganz im Osten im Klippenbereich, wo Wäscherinnen ihre Tücher zum Trocknen aufgehängt hatten, und arbeiteten sich über das Nobelviertel, die auf festem Grund stehende Stadt, den Strand, den Rotleuchtenbezirk, die Fischerbaracken, die Häfen und die Pfahlbauinseln zum Meer hin vor. Eljazokad tat nichts, außer Augen und Ohren offenzuhalten, während Sery Talta ihn öfters zum Stehenbleiben aufforderte und dann mit geschlossenen Augen ins Nichts hineinlauschte, bis er den Kopf schüttelte und weiterging. Ein einziges Mal nahmen sie überhaupt eine starke magische Aura wahr, und zwar, als sie an Danahes Haus vorübergingen. Im nachhinein erwiesen sich dadurch alle anderen, auch der Leuchtturmmagier, als kleine Fische.

Darauf angesprochen erklärte Sery Talta: »Onjalban war tatsächlich Wandrys stärkster Magier. Kein Wunder, daß die Königin ihn sich geholt hat. Der damalige König hat ja auch mich berufen, sogar zweimal!«

»Falls Onjalban hier wäre und sich irgendwo verbergen würde …«, begann Rodraeg, brachte den Satz aber nicht zu Ende. Es ergab einfach keinen Sinn. Ein Wärmemagier? Wie sollte ein Wärmemagier Wale anlocken?

»Falls er hier wäre, hätte ich ihn die ganze Zeit über im Hinterkopf brummen gehört, darauf kannst du dich verlassen«, beantwortete der Verdreifacher eine gar nicht vollständig gestellte Frage.

Schließlich standen sie an den am weitesten vorgelagerten Piers. Zwischen ihnen und der von scharfkantigen Klippenscheren eingefaßten Meeresöffnung dümpelten nur noch wenige große Schiffe im Wasser.

»Nichts«, befand Sery Talta. »Fängermagie hätte ich gespürt. Wandry ist sauber, wie eigentlich immer, seitdem das Verbot durch die große Vereinigung schriftlich festgelegt wurde.«

»Die Schiffe«, sagte Rodraeg. »Wenn wir ganz sichergehen wollen, müssen wir auch noch sämtliche Schiffe vor Wandry durchleuchten.«

»Dann tun wir das«, sagte der alte Verdreifacher tatendurstig. »Ich kenne einen Fischer, der uns ein Boot leihen wird. Rudern müßt allerdings ihr, dafür ist mein Rücken nicht mehr kräftig genug.«

Sie gingen an der Hafenkante entlang ins Fischerquartier, wo Sery Talta einem wettergegerbten Zopfhaarigen ein kleines Boot für ein bis zwei Stunden abschwatzte. Mit diesem stachen sie vom Fischerstrand aus in See. Rodraeg und Eljazokad legten sich in die Riemen und gerieten in der neuerlich drückenden Sonnenmondhitze schnell ins Schwitzen. Bestar wäre der Richtige gewesen für diese Aufgabe, aber der schuftete gerade für den Stadtkapitän.

Sie passierten die großen Pötte und umrundeten sogar einige.

»Welches ist das von Beceorfan?« fragte Rodraeg.

»Das weiß ich nicht genau«, mußte Sery Talta zugeben. »Ich glaube, der Dreimaster mit den dunkelblauen Segeln.«

»Den solltet ihr besonders genau prüfen.«

Das taten sie auch. Nichts. *Negativ*, wie der Verdreifacher sich ausdrückte.

Nichts. In Wandry nichts. Bei den Schiffen nichts.

Überhaupt nichts.

Sie ruderten das Boot zurück, begleiteten Sery Talta zu seiner Stube, bedankten sich vielmals bei ihm für seine großzügige Hilfe und gingen kopfschüttelnd und in Gedanken versunken zum Abendtreffen im *Ain Land*.

12 Im Sande verlaufen

Sie mußten eine ganze Weile warten, bis Hellas und Bestar auftauchten. Dann bat Rodraeg zuerst Hellas, vom *Sturmhaus* und von Teoch zu erzählen.

»Von Teoch gibt es nicht viel zu erzählen«, begann der Bogenschütze. »Außer Gebrabbel ist aus ihm nichts mehr herauszubekommen. Ich habe das Gefühl, er hat Angst vor etwas, das immer näher kommt, und je näher dieses Etwas kommt, desto unfähiger wird er, seine Furcht in Worte zu fassen. Womöglich kippt er tot um, sobald die Wale tatsächlich erscheinen.

Zum *Sturmhaus*: Queckten hat sich mehrere Stunden dort herumgetrieben, bis man ihn dann doch verscheucht hat, weil es dem Kapitänsrat wohl merkwürdig vorkam, daß ein Straßenjunge sich plötzlich für Politik interessiert. Alle großen Namen waren vor Ort: Yrmenlaf, Scirham Sceat, Ohter, Beceorfan und Yldest. Darüber hinaus noch ein Abgesandter aus einem Dorf an der Mündung des Anga. Es ging die ganze Zeit um ein geplantes Handelsabkommen, das mit dem Transport von Holz zu tun hat. Außerdem waren Yldests Schiffe vor einigen Tagen wieder in ein Seegefecht mit Skerber Freischärlern verwickelt. Irgend etwas war da noch, es waren doch drei Themen ... ach, ja: Scirham Sceat will auch in diesem Jahr wieder die Ausrichtung des Lunfestes übernehmen, während Yrmenlaf schimpfte, daß ohnehin niemand mehr an Lun glaubt und ob man nicht endlich mal ein ganz normales Straßenfest draus machen könnte. Er will etwas umgehen, was er *Tempelabgabe* oder *Priesterabgabe* nannte.«

»Was ist das denn?« fragte Bestar.

»Das kenne ich noch aus meiner Zeit in Kuellen«, erläuterte Rodraeg. »Die Städte entrichten dem nächstgelegenen Tempel einen Obolus für das Recht, das Götterfest unter offiziellem Segen stattfinden lassen zu dürfen. Das ist ganz normal, auch der Kuellener Bürgermeister hat sich viermal im Jahr darüber aufgeregt. Wenn Wandry auf den offiziellen Segen verzichten will, ist es im Begriff, sich mehr und mehr von Aldava abzunabeln. Erst keine Garde mehr, dann keine Götter. Was wohl Stav Clegos dazu sagt?«

»Jedenfalls wirkt es nicht so, als ob hier irgend jemand etwas von einer drohenden Gefahr wüßte«, sagte Hellas. »Die planen ihre Feste und Handelsverträge und führen den Alltag ihrer Scharmützel mit Skerb fort, als wäre nichts Besonderes im Verzug. Ich sage euch weiterhin, wir sind hier falsch. In Skerb wird man Bescheid wissen. Hier nicht.«

»Mir kommt gerade ein anderer Gedanke«, schaltete Eljazokad sich ein. »Was ist, wenn die Wale von den Göttern geschickt werden? Sozusagen als Mahnung für eine Stadt, die im Begriff ist, sich von den letzten Überresten ihres Glaubens abzuspalten?«

Rodraeg rieselte es eiskalt den Rücken hinunter. Schon wieder die Götter! Nicht nur, daß Naenn zu ihnen Kontakt suchte, nicht nur, daß er selbst – Nerass zufolge – von den Göttern gezeichnet worden war. Nun mischten sie auch noch in Wandry mit?

»Ich bin nicht gläubig genug, um alles den Göttern in die Schuhe zu schieben«, sagte er mit heiserer Stimme. »Nach wie vor glaube ich, daß wir es mit menschlichen Interessen und menschlichen Methoden zu tun haben. Andernfalls könnten wir einpacken und nach Hause fahren, denn sich gegen den Willen der Götter zu stemmen, ist sinnlos. Entweder stemmt man sich gegen einen Berg ... oder man stemmt sich ins Leere. Wir müssen« – er beugte sich vor und sah die anderen eindringlich an – »die Wale am Sterben hindern. Egal, wer dahintersteckt und warum.« Er erzählte Hellas und Bestar von den sechs

Magiern und der gründlichen und ergebnislosen Stadtdurchkämmung durch Sery Talta.

Anschließend berichtete Bestar noch lustlos, daß er ebenfalls herausgefunden hätte, welches Beceorfans Schiff sei, aber Rodraeg und Eljazokad hätten das ja schon überflüssig gemacht. Ansonsten sei die Arbeit für Yrmenlaf zwar hart, aber ohne neue Informationen geblieben.

Schweigen senkte sich über den Tisch. Rodraeg trank hastig. Sein Inneres fühlte sich ausgetrocknet und spröde an.

»Was machen wir jetzt?« brachte Hellas die fragenden Blicke aller auf den Punkt.

Rodraeg räusperte sich. »Morgen ist unser letzter Tag. Fängermagie können wir so gut wie abhaken, es sei denn, Sery Talta hat uns die ganze Zeit über an der Nase herumgeführt, was wir leider nicht vollkommen ausschließen können. Mächtige Verbündete für eine Gegenmagie haben wir auch nicht gefunden. Daß der Stadtrat von Wandry etwas plant, scheint auch eher unwahrscheinlich. Zumindest deutet nichts darauf hin. Wenn der Stadtrat für die Anlockung der Wale verantwortlich wäre, hätte doch heute jemand im *Sturmhaus* zumindest mal erwähnt, daß alles nach Plan läuft und die Wale sich weiterhin nähern.«

»Queckten war nicht den ganzen Tag über dort und hat auch sicherlich nicht alles mitbekommen und jede Andeutung verstanden«, gab Eljazokad zu bedenken.

»Stimmt, aber dennoch fehlt auch nur der kleinste Hinweis. Könnte die ganze Stadt dichthalten? Nein, niemand weiß etwas.«

»Es reicht ja auch, wenn nur einer etwas weiß«, beharrte der Magier.

Hellas wandte sich ihm zu. »Du glaubst weiterhin daran, daß Wandry dahintersteckt und nicht Skerb?«

»Nicht Wandry. Jemand in Wandry.«

»Der die Pfahlbauten versenken will?«

»Warum nicht? Vielleicht gibt es jemanden im befestigten Nobelbezirk, dem der ganze Pfahlvorbau mit seinen Ausschweifungen und ungesetzlichen Vergnügungsstätten ein Dorn im Auge ist?«

»Aber wie?« fragte Rodraeg. »Wie macht er das? Wie lockt er die Wale – ohne Magie?«

»Durch Schall. Durch Licht. Durch Gerüche. Ich weiß es nicht.«

»Das ist völliger Quatsch«, schüttelte Hellas den Kopf. »Die Meldung der Seemagier an den *Kreis* ist Wochen her! Seit Wochen sind die Wale Richtung Wandry unterwegs! Wie soll man sie über eine so lange Strecke durch Schall oder Licht oder Gerüche erreichen?«

Eljazokad seufzte. »Wir gehen immer von einer feststehenden Anlockung aus. Aber was ist, wenn die Wale begleitet werden? Das ist hier doch schließlich eine Seefahrerstadt. Ein einziges magisches Schiff würde genügen, die Wale auf See anzulocken und Richtung Wandry zu führen. Das kann ruhig wochenlang und mondelang dauern. Kein Problem.«

»Dann sind wir hier trotzdem falsch«, haderte Hellas. »Dann müssen wir raus auf See, aber nicht hier hockenbleiben!«

»Es ist nur eine Theorie, Hellas«, lächelte Eljazokad. »Aber es gibt womöglich noch viele Theorien, auf die wir nicht gekommen sind.«

»Also, was machen wir?« beharrte Hellas. »*Was machen wir?*«

Rodraeg räusperte sich wieder. Die Luft im *Ain Land* kam ihm stickig und brechreizerregend vor. »Eljazokad hat recht. Wir sind ein paar offensichtlichen Fährten nachgegangen, aber ... wir ... müssen uns noch eine Nacht Zeit nehmen, über alles nachzudenken. Möglicherweise übersehen wir etwas Wichtiges, etwas, das die ganze Zeit vor unseren Augen steht und winkt, von uns aber einfach nicht begriffen wird.« Seine Kehle verengte sich, ein heftiger Hustenanfall kündigte sich an, aber er versuchte, ihn niederzuhalten. »Wenn wir die Ursache für die Anlockung nicht finden und ausschalten können, dann müssen wir spätestens morgen nachmittag das Pferd vom anderen Ende aus aufzäumen. Dann warnen wir den Kapitänsrat vor der drohenden Gefahr und versuchen, eine Art Seeblockade zu organisieren. Mit einem Dutzend Schiffen müßte man den Hafenbuchteingang so abriegeln können, daß die Wale einfach nicht hindurchkommen.«

»Nein, nein, nein, nein, nein.« Hellas schüttelte wieder vehement den Kopf. »Das mit der Seeblockade habe ich gestern schon vorgeschlagen, aber das wird auch nicht funktionieren. Wenn die Wale böse sind, magisch sind, wahnsinnig sind vor Schmerz oder Wut, werden sie erst die Blockadeschiffe zertrümmern und dann die halbe Stadt. Und wir werden für alles zur Verantwortung gezogen, weil wir uns groß hingestellt und das ganze Unheil herumposaunt haben! Leute wie wir sind gute Zielscheiben. Das sollten wir nie vergessen.«

»Ich nehme es hier mit jedem auf«, behauptete Bestar.

»Das ist schön für dich«, versetzte Hellas gereizt.

»Hellas hat recht«, sagte Eljazokad unerwartet. »Das *Mammut* darf sich nicht so sehr ins Licht drängen, daß seine Weiterexistenz gefährdet wird. Außerdem bezweifele ich, daß man uns überhaupt glauben würde, selbst wenn wir zu viert aufträten. Wir sind Fremde. Noch dazu Landratten. Was verstehen wir denn schon vom Meer und von Walen? Wir müßten unsere Quellen offenlegen – und das wiederum ist nicht im Sinne des *Kreises*, oder?«

Rodraeg machte ein schluckaufartiges Geräusch, und plötzlich quoll Blut zwischen seinen Lippen hervor und tropfte auf den Tisch. Die anderen sprangen sofort auf, allen voran Bestar. Rodraeg gluckste zweimal mit verdrehten Augen und sackte dann zusammen. »Scheiße«, zischte Hellas. »Wir dürfen kein Aufsehen erregen.« Mit flinken Bewegungen wischte er das Blut mit einem Mundtuch vom Tisch, während Eljazokad Rodraeg abtupfte. »Zuviel getrunken, zuviel getrunken«, tönte auch Bestar geistesgegenwärtig, obwohl ihm vor Sorge die Stimme zitterte. Wie ein schlafendes Kind hob er sich den ohnmächtigen Rodraeg auf die Arme.

»Wohin?« fragte Eljazokad den Bogenschützen. »In seine Herberge?«

»Nein, da kommen wir auch nicht aufs Zimmer, ohne ausgefragt zu werden.«

»Dann gehen wir zum Strand«, schlug der Magier vor. »Dort ist die Luft am besten.«

»Gut.« Hellas bezahlte die Zeche aus eigener Tasche und folgte dann den anderen.

Rodraeg kam schon nach hundert Schritten wieder zu sich, war nur kurz weggetreten gewesen. Er hustete noch mal Blut und weißlichen Schleim, entwand sich dann aber Bestars Griff. Sein Gesicht war weiß wie ein Kalkfelsen, Bestars Gesicht aber auch.

»Tut ... mir ... leid ...«, röchelte Rodraeg.

»Rede keinen Unsinn. Rede besser gar nichts«, riet Hellas ihm bestimmt. »Wir gehen runter zum Strand, und Bestar stützt dich. Dort kannst du dich ausruhen. Es ist diese verfluchte Vergiftung, oder?«

Rodraeg nickte, aber sein Kopf nickte ohnehin bei jedem Schritt. Bestar hatte ihn untergefaßt und führte ihn beinahe. Eljazokad ging ernst und schweigsam nebenher und achtete darauf, ob man sie begaffte, aber in einer Stadt, in der Betrunkene und Hilflose an der Tagesordnung waren, fielen sie nicht weiter auf.

»Ich verstehe nicht, warum nur er das bekommen hat«, sagte Hellas, nachdem sie Rodraeg in den weichen und warmen Sand gebettet hatten. »Bestar und ich waren genauso lange in der giftigen Mine eingesperrt wie er, aber nur ihn hat es erwischt.«

»Das ist wie mit jeder Krankheit«, erläuterte Eljazokad. »Nicht jeder bekommt sie. Was für den einen harmlos ist, kann für einen anderen ...« Er sprach nicht weiter.

Rodraegs Atmung beruhigte sich langsam. Das Blut schien seine Luftröhre verstopft zu haben, und durch das Heraushusten war ihm nun wohler. Es strömte zumindest kein Blut nach. Ein einmaliger Vorfall? Noch wurde seine Furcht, im Inneren offen zu bluten, gedämpft durch das ermattete Wohlbefinden eines zumindest zeitweiligen Besserungsgefühls. Ihm fiel ein, daß er ja noch Nerass' Wundermittel, den essenzengetränkten Schwamm, bei sich trug. Aber er wollte sich den für den Fall aufheben, daß es tatsächlich nicht mehr weiterging. Im Moment konnte er sich ein wenig Ruhe gönnen.

Das Meer leckte geduldig am Strand, ein fransiger Hund an einem porösen Knochen.

Rodraeg stemmte sich auf die Ellenbogen hoch, räusperte Speichel im Mund zusammen und spuckte ihn aus. Blaß rötlich, aber nicht mehr unverdünntes Blut.

»Ich hatte dank dem Kjeerhemd das Gefühl, mich auf dem Weg der Besserung zu befinden«, sagte er mit einem matten Lächeln auf den Lippen. »Als es gestern nacht wieder schlimmer wurde, habe ich das Quellwasser getrunken, das Nerass mir gegeben hat. Vielleicht wurde dadurch die Blutung ausgelöst.«

»Meinst du, daß das noch mal passiert?« fragte Bestar, der neben ihm im Sand kniete, seinem Kopf Schatten spendete und ihn flehentlich ansah.

Rodraeg blickte hilflos aufs Wasser. Er sog salzigen Gischtsprühnebel durch die Nase und das unverwechselbare Aroma von angespülten Algen. »In Kuellen gab es eine Frau mit einer Krankheit, die sie Blut husten ließ. Sie lebte noch ein Jahr, immer mit einem griffbereiten Taschentuch, dann starb sie. Aber in diesem letzten Jahr konnte sie gehen und reden, sie konnte lachen und essen und trinken und Bücher lesen und Briefe schreiben. Ich wollte für Cajin noch ein Buch kaufen. Hat einer von euch in Wandry einen Laden gesehen, wo Druckwerke verkauft werden?«

»Ja«, sagte Eljazokad. »In der Nähe meiner Herberge *Te Scoenheit* ist einer.«

»Sehr gut.« Rodraeg kämpfte sich hoch. Bestar stützte ihn, niemand wollte ihn überreden, noch liegen zu bleiben. »Wir machen weiter nach Plan. Ich gehe noch mal ins Rathaus und kläre einige Fragen, die ich habe. Wir sollten auch noch einmal bei der Magierin Danahe vorbeischauen, ob dort alles ruhig ist.«

»Ich begleite dich«, sagte Eljazokad. Rodraeg merkte, daß Widerspruch zwecklos war. Natürlich wollten sie auf ihn aufpassen, damit er nicht wieder blutspuckend zusammenklappte.

Sein Kopf war so voller Gedanken und Sorgen, daß er sich fast wünschte, das Ganze so ausspeien zu können wie Blut. Er dachte über Quellen nach, über Gimon Achildeas Theorie. So genau wie möglich versuchte er sich die Worte, die der weise Terreker ihm vor einem Mond erzählt hatte, ins Gedächtnis zurückzurufen. Das Meer, das Wasserchaos, war der Ursprung. Zu diesem hatte ihn der *Kreis* nun geführt, nachdem die Quelle des Elementes *Erde*, die Schwarzwachsquelle, ihn berührt, durchdrungen und vergiftet hatte. Gestern hatte er *Quellen*wasser getrunken, Quellenwasser aus dem Gebirge, das Kjeer, dem Gott der Erde, geweiht war. Vielleicht war Rodraegs Theorie, daß er in Kuellen an den Quellen des Wassers gelebt hatte, doch zu simpel, zu kindisch gewesen. Vielleicht war das ganze System viel komplizierter, die vier Quellen, ihre Hinweise darauf, ihr

Einwirken auf Rodraeg viel mehr eine Abfolge winziger Details. Wenn man nicht ununterbrochen auf der Hut war, verpaßte man Wichtiges. Kuellen: Wasser. Der Quellenkiesel, den Reyren ihm zum Abschied geschenkt hatte: Erde im Wasser. Die Schwarzwachsquelle: Erde, aber flüssig wie Wasser. Das Meer: Wasser. Nerass' Kjeerklippenwasser: Wasser aus geweihter Erde. Die Wale? Leben aus Wasser? Der Werwolf? Ein Walfisch des Landes?

Ihn schwindelte. Zuviel. Zu viele Möglichkeiten. Zu wenig Anhaltspunkte. Das Nachdenken glich eher einem Absturz als einer Kletterpartie.

Er mußte sich verengen, auf das Meer, das genau vor ihm lag, auf die Wale, die auf ihn zukamen, auf die drei Gefährten, die um ihn herumstanden und ihn aufmerksam und sorgenvoll musterten. Er straffte sich und atmete durch. Es ging ihm schon wieder besser.

»Bestar, du solltest morgen nicht mehr arbeiten, das bringt zu wenig. Halte dich besser frei beweglich in den Häfen auf, gehe hin und her. Vielleicht laufen morgen Schiffe ein, vielleicht kannst du die von Bord gehende Besatzung befragen. Die Wale sind morgen nur noch einen oder zwei Tage entfernt, möglicherweise sind sie von Bord eines Schiffes aus sogar schon gesichtet worden.«

»Wird gemacht.«

»Hellas, du hast völlig freie Hand. Noch mal Teoch oder nicht, noch mal *Haie* oder nicht. Vielleicht fällt dir aber auch noch etwas ganz anderes ein.«

»Ich wollte Ohters Krabbenfischer ein wenig in Augenschein nehmen«, schlug der Bogenschütze vor. »Wir haben Ohter von Anfang an ausgeklammert, aber jetzt, wo es ja nicht mehr darum geht, Magie zu unterbinden, sondern die Wale aufzuhalten, können wir jede Unterstützung brauchen.«

»Sehr gut, mach das. Paß nur auf, daß du nicht mit Gardisten aneinandergerätst.«

»Darauf passe ich immer auf.«

»Gut. Eljazokad und ich erkunden alles, was uns sonst noch in den Sinn kommt. Viel ist das, ehrlich gesagt, nicht mehr. Ich gehe davon aus, daß wir uns morgen einen Weg überlegen müssen, die Stadt zu warnen und auf die Beine zu bringen, ohne daß wir selbst dabei auf der Bühne erscheinen.«

Hellas und Eljazokad nickten. Bestar wirkte unruhig und zerrissen. Zwar entschlossen, etwas zu unternehmen, aber von Sorge um Rodraeg beschwert.

Rodraeg fühlte sich plötzlich auf eine unerklärliche Art und Weise geborgen. Es war gut möglich, daß er an dieser Vergiftung zugrunde ging. Aber er war immerhin von Menschen umgeben, die er mochte, denen er vertraute und denen er ebenfalls nicht ganz gleichgültig war. Das war schon besser, als ein im Rathaus arbeitender Junggeselle im ereignislosen Kuellen zu sein, der in einem Wirtshaus lebte, in seiner Freizeit alleine mit dem Säbel seines Onkels im Larnwald spazierenging und der mit seinem besten Freund schon seit Jahren keinen Kontakt mehr hatte.

Wenn doch nur Naenn hier wäre. Wenn doch nur Naenn öfter bei ihm und den anderen wäre.

Hätte ich Ryot Melron so zusammengeschlagen, wie er es verdiente, dann wäre Naenn jetzt hier.

Verrückt, wie aus dem einen das andere erwuchs.

Er blickte den Strand entlang. Hier trafen Wasser und Erde aufeinander, rangen miteinander in einem sanften Gefecht der Gezeiten. Nicht wie Feinde, eher wie Liebende. Es lag eine Antwort hierin auf alles, was den Kontinent quälte, aber sie war nicht so einfach und eindeutig, wie ein sterbender Mensch sich das vielleicht wünschen mochte.

13 Die Gezeitenfrau

Gemeinsam mit Eljazokad vertiefte Rodraeg sich im Rathaus noch einmal in unterschiedliche Dokumente. Inzwischen hatte er das Gefühl, daß das Kjeerhemd ihn eher beengte als erleichterte. Der Anblick des hemdlosen Eljazokad half auch nicht gerade. Vielleicht gehörte das Kleidungsstück des Kjeer auch einfach in die fürsorglichen Hände der Wäscherinnen von Wandry, denn es fühlte sich stickig und aufgeladen an.

Der Leuchtturm war seinerzeit nicht wieder aufgebaut worden, weil Yrmenlaf, der damals schon seit drei Jahren Stadtkapitän war, sich dagegen gesperrt hatte. Er war es leid, sich von den Skerbern verspotten zu lassen als ein »Kind, das ein Nachtlicht benötigte«. Auch Skerb hatte keinen Leuchtturm. Nur »handzahme Häfen« wie Fairai, Pelma und Josega hatten welche. In einem unabhängigen Bericht fand Rodraeg sogar die Vermutung, daß Yrmenlaf die Zerstörung des Turmes selbst angeordnet hatte, mit einer Sturmflut als willkommenem Deckmantel.

Rodraeg diskutierte mit Eljazokad darüber. Yrmenlaf war ein Mann, der Tarnungen zu nutzen verstand; der seinen Willen durchsetzte, auch mit ungewöhnlichen Mitteln. Würden die Wale hier stranden, würde man dies als weitere Bestätigung dafür werten, daß Yrmenlafs Amtszeit eine wohlstandsbringende und mühelose war. Er konnte also profitieren von diesem Massaker, auch ohne vorher prophetische Prahlreden zu halten. Um so besser: Das Geschehnis würde wie ein Unfall dummer Fische aussehen, und die königlichen Kontrolleure würden womöglich gar nicht auf den Gedanken kommen, daß hier manipuliert worden war.

Aber gab es überhaupt eine Manipulation? Wie – wenn keinerlei Magie im Spiel war?

Ein Unfall konnte es jedoch auch nicht sein, sonst hätten die Seemagier den *Kreis* nicht schon vor Wochen über den Bestimmungsort der Buckelwalherde in Kenntnis setzen können.

Zähneknirschend mußte Rodraeg sich eingestehen, daß Hellas wahrscheinlich recht hatte. Die Magie wirkte von anderswo in Richtung Wandry. Gut möglich, daß sie aus Skerb kam. Die Magie zu stoppen war dem *Mammut* nicht mehr möglich. Eine effektive Gegenmagie aufzubauen allerdings auch nicht, weil es einfach zu wenig nennenswerte Magier im von königlichen Kontrollen gebeutelten Wandry gab. Eine Meeresengenblockade schien tatsächlich die einzige Lösung zu sein. Aber was für eine furchtbare, das Leben vieler unschuldiger Seeleute aufs Spiel setzende Lösung!

In einem anderen Dokument fand Eljazokad noch eine Notiz über eine vierstellige Zahlung, die unter dem Stichwort »Kriegskasse Glut« über einen Aldavaer Mittelsmann in Richtung Königspalast geflossen war. Vier Seiten in dem Aktenordner später wurde die Ausgabe »Kriegskasse Glut« als »Kriegskasse Glut/Herbst« bezeichnet. Es gab also regelmäßige Zahlungen aus Wandry in Richtung Aldava. Regelmäßig und beträchtlich. Seit Jahren schon.

Rodraeg schaute ihm über die Schulter, als die Funde immer eindeutiger wurden. Gemeinsam blätterten sie weiter.

»Unglaublich, was für Akten die hier der Öffentlichkeit zugänglich machen«, sagte Eljazokad tonlos.

»Die fühlen sich sicher«, bestätigte Rodraeg. »Niemand in Wandry interessiert sich für das Rathaus und die Dokumente, die hier liegen. Außerdem ist nichts Ungesetzliches dabei, Zahlungen an den Thron zu leisten. Ich denke, daß Skerb genauso vorgeht. Beide Städte bezahlen die Königin dafür, daß sie die Stadtgarde kleinhält und bei dem schwelenden Seekrieg mehr als nur ein Auge zudrückt. So kann die Königin sich eine kostspielige militärische Einmischung sparen und noch an der Streitlust ihrer Hafenstädte mitverdienen.«

»Und weil die Garde so unbeträchtlich ist, florieren in beiden Städten das Bandenwesen und das Rotleuchtengewerbe. Jetzt verstehe ich endlich, warum das hier so reibungslos abläuft.«

»Ob die Königin überhaupt darüber informiert ist?« dachte Rodraeg laut nach. »Das System wurde offensichtlich von ihrem Vorgänger etabliert. Möglicherweise sind der jetzigen Throninhaberin in ihrer erst vierjährigen Amtszeit noch gar nicht alle Mechanismen klargeworden, die den Kontinent am Laufen halten.«

»Sie weiß es, vertrau mir, sie weiß es«, sagte Eljazokad mit bitterem Unterton. »Denn es bringt Geld und birgt gleichzeitig das Risiko eines echten Kriegsausbruches. Es wird Beobachter geben, hier und in Skerb.«

»Stav Clegos, der machtlose Bürgermeister.«

»Zum Beispiel. Vielleicht arbeitet auch einer im *Sturmhaus* heimlich für den Thron.«

Beide schwiegen. Dann klappte Eljazokad die Mappen zu. »Bei unserem Problem mit den Walen hilft uns das alles leider überhaupt nicht weiter.«

»Leider. Ich bin auch zu müde, um noch weiterzustöbern. Laß uns noch mal bei Danahe vorbeischauen und dann schlafen gehen.«

Sie schritten durch die nächtliche Stadt bis zu Danahes Haus. Durch eines der beleuchteten Fenster konnte man die Treidelmagierin und einen ihrer Söhne beim Legen von Karten sehen. Alles war ruhig, keine Spur von Geywan und seinem Überfallkommando. Mit ziemlicher Sicherheit war Danahe nicht das Ziel. Sie war auch nicht alt genug, um wirklich schon als »alte Frau« zu gelten.

»Ich werde zu dir ins *Zimfinnering* ziehen«, schlug Eljazokad auf dem Rückweg vor. »Ich muß nur noch mal kurz in meine Herberge zurück, um die Zeche zu begleichen.«

»Du kannst ruhig dort bleiben. Ich brauche keinen Aufpasser.«

»Du hast heute Blut gespuckt, Rodraeg. Viel ernster kann es nicht kommen. Wir werden dich nicht allein lassen. Wenn du in der Nacht einen Anfall hast, kann ich immerhin jemanden holen, der dir hilft.«

Rodraeg sah ein, daß Widerspruch sinnlos war. So sehr es ihm mißfiel, für die anderen ein Grund zur Sorge zu sein – wenn einer der anderen dermaßen hinfällig gewesen wäre, hätte er ihn auch nicht aus den Augen gelassen.

Während Rodraeg das *Zimfinnering* ansteuerte, kehrte Eljazokad ins *Te Scoenheit* zurück, um dort in Roniths Zimmer nach seinem verschollenen Hemd zu suchen. Als er die Kammer betrat, in der es immer noch nach ihren Körpern roch, traute er seinen Augen nicht: Ronith saß auf dem Bett. Als sie ihn sah, sprang sie auf.

»Da bist du ja endlich, ich warte schon seit Stunden, ich hatte schon befürchtet, daß du gar nicht mehr hierher zurückkommst, und ich wußte nicht, wo ich dich suchen sollte ...«

Er schloß sie in die Arme. Sie zerrte an ihm, halb wütend, halb begehrend. »Was ist denn los? Ist etwas passiert?«

»Noch nicht, aber ich fürchte, es wird etwas passieren. Ich habe ein ganz schlimmes Gefühl, deshalb bin ich noch mal umgekehrt, nachdem wir schon mehrere Stunden unterwegs waren. Seid ihr diesem Mordkomplott weiter auf die Spur gekommen?«

»Na ja, wir wissen ein wenig über die möglichen Täter, aber wir wissen nicht, wo sie zuschlagen werden und wer überhaupt das Opfer ist.«

»Niemand in Wandry hat euch von ihr erzählt?«

»Von wem sprichst du?«

»Von der Gezeitenfrau. Sie ist ein Geheimnis.«

Eljazokad schüttelte den Kopf. Dann setzten sie sich beide aufs Bett, Roniths Hände bewegten sich heiß und trocken zwischen seinen.

»Männer sprechen nicht von ihr«, fing Ronith an zu erläutern. »Für Männer ist die Gezeitenfrau nur eine wahnsinnige Alte. Aber sie ist mächtig. Sie gebietet den Wellen und dem Spiegelbild des Mondes. Frauen kommen zu ihr, wenn sie ... Probleme haben. Bis hoch nach Breann ist ihr Wissen den Frauen geläufig. Das Wissen von Seetang und Salz, die Weisheit von Muscheln und Sand. Ich fürchte, daß sie das Ziel eines Anschlags sein könnte.«

»Aber warum? Wer möchte eine Alte erschlagen, die sich um Frauen kümmert?«

»Sie spricht mit dem Meer und hatte schon oftmals Ärger mit den Fischern und Geschäftemachern in Wandry. Sie ist vielen ein Dorn im Auge.«

Und sie weiß von der Sache mit den Walen, dachte Eljazokad. *Deshalb soll sie weg.* Rodraeg hatte von Anfang an den richtigen Instinkt gehabt.

»Ist die Gezeitenfrau eine Magierin?«

»Sicher.«

»Aber das verstehe ich nicht. Wir sind heute mit einem Magier durch die Stadt gegangen, um andere Magier zu erspüren, und er hat nichts von ihr erzählt. Heißt das ..., daß sie schon nicht mehr lebt?«

Ronith verneinte entschieden. »Sie lebt nicht in Wandry, sondern gute zwei Stunden mit dem Boot nördlich von hier. Wenn ihr also durch Wandry geht und nach Magie forscht, werdet ihr die Gezeitenfrau nicht finden können.«

»Die Mörder haben aber einen vollen Tag Vorsprung.«

»Das macht vielleicht nichts. Wenn sie der Gezeitenfrau schaden wollen, werden sie nicht übers Meer dorthin fahren. Das wäre töricht und vermessen. Sie werden sich übers Land nähern müssen, und durch die Klippen zu klettern kann mehr als einen Tag dauern. Die Gezeitenfrau lebt nämlich im Wasser zwischen Brandungsfelsen, in einem runden Haus, das auf Stelzen im Meer steht. Wenn ihr also ein Boot nehmt, um ihr zu Hilfe zu eilen, kommt ihr vielleicht noch rechtzeitig.«

»Aber wir müssen uns beeilen.«

»Ja, das müßt ihr. Aber warte noch kurz. Da ist ... noch etwas, was ich dir sagen muß. In der Nacht, als wir geschwommen sind ...«

»Ja?«

»Du hast mich gefragt, ob ich Wale hören kann. Das konnte ich nicht. Aber gestern abend, als ich allein am Strand spazierenging, um mich auf das Konzert vorzubereiten, da hörte ich jemanden singen. Singen wie einen Wal.«

»Singen wie einen Wal. Konntest du diesen Jemand sehen?«

»Nein. Die Stimme schien direkt aus dem Wasser zu kommen. Und ich fürchtete mich. Die Stimme war in den Wogen. Im Salz.«

»Die Gezeitenfrau?«

»Ich weiß nicht ob Frau oder Mann. Das Lied eines Wales, von einem Menschen nachgesungen. Aber niemand außer mir konnte es hören.«

»Verdammt. Das hättest du mir gleich erzählen müssen.«

»Das ist deine Schuld! Wenn ich dich sehe, vergesse ich alles. Auch jetzt will ich dich aufs Bett reißen und dich lieben, obwohl ich weiß, daß du jetzt rennen müßtest.«

»Verdammt!« wiederholte er und küßte sie leidenschaftlich. Ihrer beide Hände zitterten vor Gier. »Du wirst nicht mitten in der Nacht den *Geblendeten* hinterherlaufen, oder? Du wartest auf mich, hier in dieser Kammer? Vor dem Morgengrauen bin ich wieder hier, ich verspreche es, und dann wollen wir uns wieder ganz gehören.«

»Ich ... kann nicht länger warten als bis zur Morgendämmerung.«

»Ich werde da sein! Ich werde das *Mammut* und die Gezeitenfrau und die Wale und den ganzen Kontinent verlassen, wenn es sein muß, um dich wiederzusehen!«

»Ich warte.«

Eljazokad riß sich los und stürmte aus dem Zimmer. Wie um einen Verfolger abzuschütteln, rannte er durch die warme Dunkelheit der Stadt. Atemlos kam er im *Zimfinnering* an, wo er den bereits eingeschlafenen Rodraeg weckte und ihm in hastigen Worten die Situation erklärte.

»Ich weiß, wo Bestar wohnt, und kann ihn holen«, schnaufte er, »und mit Hilfe von Bestars lauter Stimme werden wir auch Hellas auftreiben, der irgendwo in der Nähe des Süderhafens in einer Lagerhalle nächtigt. Wir treffen uns dann bei dem Fischer, der uns heute sein Boot geliehen hat. Du gehst, bevor du dorthin kommst, zu Danahe und bringst sie mit. Wir werden ihre Hilfe brauchen, um im Dunkeln mit einem Ruderboot durch die Klippen zu kommen.«

»Vielleicht solltest du besser mit Danahe reden – von Magier zu Magier.«

»Nein, du kannst das auch. Du bist genau der Richtige, um jemanden davon zu überzeugen, sich für eine gute Sache in Lebensgefahr zu begeben.«

»Na toll«, knirschte Rodraeg mit den Zähnen, zog sich aber weiter fertig an. Eljazokad, der das Gefühl hatte, daß genug Worte gewechselt waren, hatte schon wieder den Türknauf in der Hand, aber Rodraeg hielt ihn noch zurück.

»Eine Sache will ich noch kurz mit dir besprechen. Ich ...

habe keine Ahnung, was mit mir los ist. Gesundheitlich. Es kann gut sein, daß ich komplett ausfalle, wenn es hart auf hart kommt, und ich möchte, daß du zwei Dinge weißt. Erstens: In meinem Rucksack befindet sich ein Schwamm, der mir vielleicht auf die Beine helfen kann, wenn man ihn mir zwischen die Zähne preßt. Das hat zumindest der Heiler Nerass in Tyrngan behauptet. Und zweitens: Falls alles nichts mehr hilft ... möchte ich, daß du das Kommando über das *Mammut* übernimmst und die Sache in meinem Sinne zu Ende führst.«

»Ich? Das ist doch wohl ein Scherz!? Ich bin doch noch nicht einmal seit zwei Wochen bei euch!«

»Das genügt, um mir klarzumachen, daß du der Richtige bist. Hellas empfindet zu wenig für die Wale, er würde die Mission abbrechen, sobald ich nicht mehr bei euch bin. Bestar ist zu unbeherrscht. Er ist einfach noch zu jung, um anderen Anordnungen zu erteilen. Du mußt das machen.«

Eljazokad lächelte. »Eigentlich ... wies mein Traum mich an, der Fährte des Mammuts zu folgen, nicht, sein Anführer zu werden.«

»Damit die Fährte nicht hier schon endet, mußt du bereit sein, die Führung zu übernehmen.«

»Ich verstehe. Aber ich bin mir ziemlich sicher, daß es nicht so weit kommen wird. Du bist zäher, als du denkst. Ich war dabei, als du Adena Harpa nicht verlorengegeben hast. Du wirst auch die Wale nicht im Stich lassen.« Mit diesen Worten, die Rodraeg mehr Kraft gaben als alles, was er seit Wochen gehört hatte, eilte der Magier nach draußen.

Das Sammeln war nicht weiter schwer. Eljazokad holte erst Bestar aus den Federn, dann klapperten sie zu zweit die Süderhafengegend ab, wobei Bestar im Tonfall eines Betrunkenen – das war seine eigene Idee, um nicht allzu großes Aufsehen zu erregen – immer wieder Hellas' Namen rief. Der Bogenschütze tauchte schließlich, flankiert von mehreren Halbwüchsigen, zwischen ein paar abbruchreifen Gebäuden auf, und Eljazokad erklärte ihm die Situation. Hellas holte die noch fehlenden Bestandteile seiner Ausrüstung aus dem Lagerhaus, und zu dritt begaben sie sich dann zu den Fischern.

Rodraeg hatte inzwischen leichtes Spiel bei Danahe. Er brauchte nur zu erwähnen, daß die Gezeitenfrau höchstwahrscheinlich von gedungenen Mördern bedroht wurde, da griff sie sich schon einen Ölumhang und eine Sturmhaube und drängte ihn vor sich her zur Tür hinaus. Die finsteren Blicke zweier ihrer Söhne, denen er die Mutter hinaus in die nächtliche Gefahr entführte, war das letzte, was Rodraeg vom Inneren dieses Hauses zu sehen bekam.

Danahe erwies sich auch als unschätzbar, als es darum ging, den zopfhaarigen Fischer zur abermaligen Herausgabe seines Rudernachens zu bewegen. Denn daß Sery Talta nicht dabei war, machte ihn mißtrauisch, aber daß die Treidelmagierin für die schadlose Rückgabe seines Bootes einstehen wollte, versöhnte ihn mit Rodraegs Anliegen.

Zu fünft stachen sie schließlich in die nächtliche See. Bestar, Hellas, Eljazokad und Rodraeg legten sich paarweise in die Riemen, Danahe kniete am Bug, hielt eine Hand ins Wasser und entspannte die Strömungen, die der Schiffskiel durchschnitt.

Sie ließen die Klippen hinter sich zurück, die die Wandryer Bucht von der offenen Glutsee abschirmten, passierten linker Hand den zerborstenen Stumpf des ehemaligen Leuchtturmes und wandten sich dann nordwärts, so dicht an der Küste, daß sie nicht vom Brandungssog erfaßt werden konnten, aber weit genug weg vom Land, um im Dunkeln nichts mehr erkennen zu können. Rodraeg fragte sich die ganze Zeit, ob er überhaupt die brillante Idee gehabt hätte, Danahe mitzunehmen, oder ob er naiv losgerudert wäre und sich entweder schon nach einer Viertelstunde rettungslos verirrt hätte oder mit dem Boot an den vorgelagerten Klippen zerschellt wäre. Ihn schauderte bei dieser Vorstellung. Aber so, mit der Magierin als Lotsin und Wellenberuhigerin, war das Rudern angenehm, das Wetter klar und sommermild, und sie kamen unter dem Glitzern der Sterne gut voran.

Sie brauchten keine zwei Stunden, sondern nur etwa anderthalb, bis Danahe sie anwies, die Ruder hochzunehmen und leise zu sein. »Riecht ihr das auch?« fragte sie die anderen. »Wir sind nicht mehr weit weg.«

Alle schnupperten, doch nur Bestars breite Nase konnte die Witterung aufnehmen. »Rauch«, grollte er. »Wir kommen zu spät.«

»Das ist nicht gesagt«, machte Rodraeg ihnen Mut. »Rudern wir näher heran.«

Dann umglitten sie eine hochaufragende nachtschwarze Klippe und erblickten das winzige runde Stelzenhäuschen, dessen flachkegeliges Dach erleuchtet war vom Glimmen mehrerer kleiner Lichter.

»Was ist da los?« fragte Rodraeg, der kein erfahrener Kriegshandwerker war.

Bestar schnaubte geringschätzig. »Eine Belagerung. Die Trottel kommen nicht weiter, deshalb werfen sie Fackeln auf das Dach. Aber damit haben sie kein Glück, weil das ganze Häuschen viel zu naß ist außen. Mann, sind die dämlich! Man braucht doch nur mit einem Boot zwischen die Stelzen zu fahren und mit einer Axt zwei der Beine durchzuhauen, dann ist die Gezeitenfrau Geschichte.«

»Unterschätze sie nicht«, warnte Danahe. »Zwischen den Beinen ihrer Hütte bist du genau in ihrem magischen Haupteinflußbereich. Da kann sie von oben aus dein Boot versenken, als würde sie einen Felsbrocken auf dich herabwerfen.«

»Was machen wir?« fragte Hellas. »Wir dürfen nicht zwischen die Fronten geraten und von beiden Parteien angegriffen werden.«

»Kennt sie dich?« fragte Rodraeg die Treidelmagierin.

»Sie kennt mich, aber sie schätzt mich nicht besonders. In ihren Augen bin ich eine, die in Pfützen planscht, während die Gezeitenfrau dem großen Ozean die Hand reicht.«

»Kannst du sie mit deiner Magie auf dich aufmerksam machen?«

Danahe überlegte, dann nickte sie. »Ich könnte versuchen, auf die Strömungen direkt unter ihrer Hütte einzuwirken. Die Richtung zu verändern, wie das Wasser um die Stelzen bricht. Aber wir müßten noch näher heran.«

»Ich sehe keine andere Möglichkeit. Hellas, kannst du die Angreifer erkennen?«

Der Bogenschütze schüttelte den Kopf. »Zu dunkel die Klippen. Sie können überall stecken. Aber wenn sich etwas bewegt« – er nahm seinen Bogen und legte einen Pfeil auf – »habe ich vielleicht eine Chance.«

»Gut.« Rodraeg blickte allen in die gischtfeuchten Gesichter. »Wir rudern leise näher. Durch den Schein der Brandfackeln können die Belagerer uns womöglich sehen, also Vorsicht: Wir könnten beworfen und beschossen werden. Danahe, du kommst in die Mitte, wir schirmen dich ab, so gut es geht. Und denkt daran, daß wir nicht wissen, mit wie vielen Gegnern wir es zu tun haben. Es könnten nur drei sein, aber wenn Geywans ganze Bande mitmacht, sind es über zehn.«

»Zehn Kinder«, höhnte Bestar. »Kein Vergleich mit den Kruhnskriegern.«

»Trotzdem keinen Leichtsinn jetzt. Hellas, wenn es dir irgendwie möglich ist: Versuche sie nicht zu erschießen. Ein Pfeil in die Schulter oder ins Bein müßte genügen, einen Halbwüchsigen zur Aufgabe zu bewegen.«

»Keine Sorge. Ich bin nicht scharf darauf, Kinder umzulegen. Aber wenn ich diesen Helmwitzbold sehe, nagele ich ihm seinen Deckel an den Schädel.«

Sie ruderten näher heran. Eljazokad war bleich und ernst. Er sah sich nach allen Richtungen um. Rodraeg achtete auf die Klippen und die Stelzen. Er fühlte sich müde und ausgelaugt, aber dennoch kampfbereit. Ryots riesiges Schwert würde ihm bei einem Gefecht zwischen Wasser und Klippen abermals nichts nützen, aber es lag dennoch griffbereit über seinen Knien.

Danahe summte ein Schlaflied für die Strudel und Wirbel der Bucht.

Hellas zeichnete mit seiner Pfeilspitze sämtliche Felskonturen nach, ein Künstler auf der Lauer. Bestar ruderte und grinste vor freudiger Erwartung.

Als sie nur noch zehn Schritte von den Stelzen entfernt waren, rief eine krächzende Stimme aus der Hütte: »Danahe, bist du das, mein Mädchen? Du hast dir eine ungeschickte Zeit ausgesucht, mich zu besuchen.«

»Wir kommen, um dir beizustehen, Gezeitenfrau!« erwiderte Danahe.

»Wen hast du da bei dir? Das Boot wiegt schwer!«

»Wir sind vier Mann«, antwortete Rodraeg. »Man nennt uns das *Mammut*. Konntet Ihr die Angreifer erkennen?« Erst jetzt fiel ihm auf, daß die Hütte keinerlei Fenster besaß. Auch eine Tür war nirgends zu sehen.

»Sie hocken in den Klippen«, antwortete die krächzende Stimme. »Drei frierende Gestalten. Mein Wellensprüh hat sie schon längst durchwirkt und abgetastet. Ich weiß nicht, was sie dort treiben. Sie können mir mit Feuer nicht und nicht mit Pfeilen schaden. Aber für euch ist es gefährlich dort unten. Kommt herauf zu mir. Wiewohl: vier Mann, sagtet ihr? Es wird ein Deut zu eng in meiner kleinen Stube werden. Kommt zu dritt, wie die drei in den Klippen. Danahe, mein Mädchen. Der, der sich *Mammut* nennt. Und der, den das Stadtschiff ruft!«

Eljazokad zuckte zusammen. Rodraeg legte ihm die Hand auf die Schulter. Hellas nickte Rodraeg zu. »Also sind es nur die drei. Mit denen werden Bestar und ich spielend fertig.«

»Wie wollt ihr vorgehen?« fragte ihn Rodraeg.

»Wir fahren näher an die Klippen heran. Bestar springt ins Wasser und zieht die Aufmerksamkeit auf sich. Ich pflücke die, die dumm genug sind, sich zu bewegen.«

»Keine unnötigen Risiken. Unterschätzt den mit dem Helm nicht. Wir wissen nichts über ihn.« Rodraeg war nicht wohl bei dem Gedanken, Hellas und Bestar von der Leine zu lassen. Zu deutlich stand ihm die Erinnerung an das Blutvergießen im Terreker Talkessel vor Augen. »Paß auf, daß du nicht ertrinkst«, sagte er überflüssigerweise zu Bestar, doch der zog sich nur grinsend seine Überkleidung aus. Bestar konnte gut schwimmen, das wußte Rodraeg. An ihrem Übungstag am Larnusufer hatte er die Schwimmfähigkeiten von allen getestet. Wie zu erwarten hatten Migal und Bestar am besten abgeschnitten.

Inzwischen öffnete sich im Boden der Hütte eine kleine Luke und eine Schiffsstrickleiter wurde hinabgelassen. Danahe ergriff sie als erste und begann hinaufzuklettern, als ein Pfeil an ihr vorüberzischte.

»Sie schießen mit einem Kurzbogen«, sagte Hellas gutgelaunt. »Nettes kleines Kinderspielzeug.« Er zielte einen Moment und schoß dann. Aus einem Felsen, der isoliert im Wasser stand, löste sich ein Körper, drehte sich, sackte abwärts und plumpste wie ein Sack ins unruhige Wasser. »Hoppla. Da waren's wohl nur noch zwei. Tut mir leid, ich konnte ja nicht ahnen, daß er so einen schlechten Halt hat.«

»Spielverderber«, murrte Bestar. Er zerrte sich die Schuhe von den Füßen, klaubte sich ein Messer aus seinem Rucksack, klemmte es sich zwischen die Zähne und sprang dann kopfüber ins Wasser. Ein zweiter Pfeil kam aus einer anderen Richtung, verfehlte Bestar knapp und bohrte sich schräg in die Steuerbordwand des Bootes. »Ah, da ist noch einer«, verzeichnete Hellas, der schon wieder nachgeladen hatte.

»Ungemütlich hier«, befand Rodraeg, der Eljazokad an sich vorbei die Strickleiter hinaufwinkte. Danahe hatte etwas Mühe beim Aufentern, aber durch das Gewicht des unter ihr Kletternden wurde die Leiter für sie stabilisiert.

Hellas schoß. Diesmal stürzte niemand. »Ich habe ihn entweder knapp erwischt, oder es ging knapp daneben. Er konnte sich noch zurückziehen in eine Nische. Der ist nicht ganz so ein Waschlappen wie der erste.«

»War es der mit dem Helm?« fragte Rodraeg, der außer Schatten, Nacht und Wogenwirbel überhaupt nichts erkennen konnte.

»Glaube nicht«, antwortete Hellas und lud abermals nach. Von Bestar war nichts mehr zu sehen. Der Klippenwälder tauchte. Rodraeg fiel ein, daß das Salzwasser an Bestars Bauchwunde höllisch brennen mußte.

Danahes Füße verschwanden oben in der Luke, Eljazokad war auch schon mehrere Schritte hoch. Als letzter begann Rodraeg zu klettern. Ruhig. Gleichmäßig atmend. Der Anderthalbhänder baumelte an seiner Seite und schlug gegen die hölzernen Sprossen.

Aus der Luke schlug ihm der Geruch von schwelendem Holz entgegen. Unter ihm vertäute Hellas das Boot an einer der Stelzen und ritt dabei auf dem störrischen Seegang wie auf einem bockenden Pferd. Wie konnte man nur von einem dermaßen schlingernden Boot aus schießen und treffen? Manchmal waren Rodraeg seine eigenen Männer unheimlich.

Als er sich durch die Lukenöffnung nach oben stemmte, zog die Gezeitenfrau hinter ihm die Strickleiter ein. Sie war klein und farblos. Ihr graues Kleid roch nach Qualm, und das lag nicht daran, daß auf dem Dach brennende Fackeln lagen. Es war eher ein allgegenwärtiger, alles durchdringender Geruch hier drinnen, ein Geruch nach Schwelbrand, der zwar nicht zum Husten reizte wie echter Rauch, aber dennoch im Hals und in den Augen kratzte.

Die Hütte enthielt kaum Mobiliar. Ein Bett aus übereinandergelegten Matten, eine patina-überzogene Kommode, eine winzige Feuerstelle, ein Bord mit Büchern, ein Reusenkorb voller Holzteller und -besteck, ein dreibeiniger Schemel und ein Wandbehang aus Muschelschalen. Einen Tisch gab es nicht, und zu viert traten sie sich jetzt schon beinahe peinlich auf die Füße.

»Es ist seltsam, daß ihr jetzt kommt«, krächzte die Gastgeberin, die siebzig, neunzig oder auch zweihundert Jahre alt sein mochte. Langes, wirr filziges Haar von taubengrauer Farbe verhüllte den Großteil ihres Gesichtes, so daß beinahe nur runzlige Wangen und ein von Falten umfurchter Mund zu sehen waren. »Seltsam, aber von eigenartiger Folgerichtigkeit. Folge ich richtig? Folgt ihr mir zu Recht? Du solltest dich unbedingt hüten, denn das Stadtschiff nähert sich mit hoher Bugwelle, hoher Geschwindigkeit, hohem Hunger. Wenn sie dich ansprechen, sag ihnen deinen Namen nicht. Der wahre Name ist von großer Macht. Denk dir einen anderen aus, und wenn dieser andere nicht auf ihrer Liste steht, lassen sie dich vielleicht aus.« Sie sprach Eljazokad gar nicht direkt an, sondern schob sich suchend an allen vorbei im runden Raum herum, aber Eljazokad nickte dennoch wie ein artiger Schüler und wechselte ratlose Blicke mit Rodraeg.

»Zwei unserer Freunde kümmern sich unten um die Angreifer«, begann Rodraeg. Er wollte überleiten zum eigentlichen Grund ihres Hierseins in Wandry, doch die Alte unterbrach ihn.

»Die Angreifer, ja. Drei verlorene Gestalten. Nichts stimmt mit ihnen. Etwas anderes verbirgt sich in den Schatten, aber ich kann nicht klar genug sehen, die Gewässer sind miteinander vermengt, zu viele Neuankömmlinge auf einmal sollen mich abhalten vom Sehen und Begreifen.«

»Ähhhh«, stammelte Rodraeg, »wir sind nicht hier, um Euch zu verwirren. Aber wir könnten Eure Hilfe gebrauchen bei dem Problem, das uns zur Küste führte.«

»Problem?« krächzte sie. Es war nicht zu erkennen, ob sie wütend war oder einfach nur aufgeregt, aber ihre offensichtliche Nervosität übertrug sich auch auf Rodraeg. »Was ist ein Problem? Eine Frage, die nicht gestellt wurde? Die nicht gehört wurde? Die absichtlich nicht beantwortet wurde? Du bist Ribans Zögling, nicht wahr? Du trägst sein Zeichen in der Brust.«

»Was?« Rodraeg konnte jetzt nichts anderes mehr tun, als mit offenem Mund dazustehen. »Was?« Der kleine Raum begann sich zu drehen, ein Kreisel auf der Spitze einer Nadel, dann, exzentrisch: dreier Nadeln. *Ribans Zeichen in der Brust?*

»Ich erkenne seine Handschrift überall«, krähte die Alte. »Aber du darfst ihn nicht mißverstehen. Er meint es gut, nur manchmal halt *zu* gut. Bei Gelegenheit mußt du mir erzählen, wie es dazu gekommen ist, aber diese Gelegenheit ist, fürchte ich, nicht jetzt. Wenn ich mich nur besinnen könnte? Drei Kinder sind es jetzt, mein Mädchen?«

»Schon lange«, lächelte Danahe nachsichtig. »Auch mein Jüngster ist schon erwachsen.«

»Und sieht sich nach den Weibern um, nicht wahr? Ja, so sind sie, so sind sie alle. Diese Dreistigkeit. Wie sie versuchen, mich mit meinen eigenen Waffen zu schlagen! Ich hoffe, ihr könnt alle gut schwimmen. Wo ist es denn nur? Wo ist es?« Sie fuchtelte jetzt an ihrem Bücherbord herum, während die anderen sich fragend ansahen. »Ah, hier. Das ist es wert, gerettet zu werden. Hier, nimm es.«

Sie drückte Rodraeg ein Buch in die Hand, ein uralt aussehendes speckiges Druckwerk. Rodraeg, der ohnehin im Moment von der ganzen Situation ziemlich überfordert war, betrachtete den Einband. *Der Wal und andere Begegnungen. Von einem Irregeher.* Das Buch war dick und wertvoll. Er schlug es auf: über siebenhundert Seiten, gedruckt in einer Zeit, als Druckwerke nur ganz wenigen Wohlhabenden zugänglich waren.

»Packt es gut ein, so wasserdicht wie möglich. In euren Rucksack, hurtig!«

»Ich soll es ... für Euch aufbewahren?«

»Geschenkt habe ich es dir, aber wenn du es nicht schnell verpackst, wirst du wenig Freude daran haben. Hier, ein Stück Öltuch. Wickle es ein wie einen gefangenen Fisch, so ist es recht.«

»Was ist das für ein Geräusch?« fragte Eljazokad.

Danahe hielt sich an der Kommode fest, aus der die Gezeitenfrau gerade das Stück Öltuch für Rodraeg gezaubert hatte. »Das Wasser ... flieht von unterhalb der Hütte ... wird weggerissen wie ein Tischtuch ...«, stotterte sie.

Unten fing Hellas an zu schreien. Er schrie keine Worte. Er schrie unartikuliert vor Angst und Entsetzen.

Die Gezeitenfrau breitete die Arme aus und lachte ein keckerndes Lachen. »Das, meine Kinderchen – ist die Rache des kleinen Krabbensammlers!«

Dann ging die Welt unter.

14 Chaos und Flut

Bestar sah etwas in den Klippen glänzen, einen matten Widerschein der Mondsichel auf Metall. Er merkte sich die Richtung, tauchte wieder ab, zwischen scharfkantigen Riffen hindurch und auf verschlungenen Pfaden näher an die Küste heran. Hier vorne hatte er das Gefühl, daß ihm das Wasser entgegenströmte, vom Land weg ins Meer hinaus, weshalb er nur langsam vorankam, aber dennoch gelang es ihm, sich von einem unter Wasser liegenden Felsen abzustoßen und sich so weit aus den Fluten zu schnellen, daß er mit den Händen eine Felskante greifen und sich hinaufziehen konnte. Drei oder vier Schritte über ihm bewegte sich jemand, versuchte, in den Schatten seine Position zu verlagern, um entweder besser schießen oder Hellas' gefährlichen Pfeilen ausweichen zu können.

Bestar sprang die senkrechte Wand hinauf wie ein Gebirgsaffe. Die Felsen waren zwar feucht und kalt und dunkel, aber zersprengt und rissig genug, um vielfältige Griffe zu bieten. Nach wenigen Klimmzügen und seitlichen Schwüngen konnte der Klippenwälder mit den Händen den Grat erreichen, auf dem der andere balancierte. Mit tropfenden Haaren, das Messer wie eine stählerne Zunge zwischen den Zähnen glitzernd, zog er sich lautlos hinauf und packte den Gegner an der Wade. Ein erschrockener Aufschrei, dann klapperte ein Kurzbogen an Bestar vorüber in die Gischt. Es war Geywan höchstpersönlich. Er zitterte vor Kälte und Furcht, und nichts an ihm glitzerte metallisch. Bestar mußte auf der Hut bleiben. Er nahm sich das Messer aus dem Mund und stach es Geywan in den Oberschenkel. Der Dieb fiel der Länge nach auf den Sims und winselte wie ein Hund.

»Wärt ihr mit den zweihundert Talern nicht so geizig gewesen, hättet ihr jetzt keine Schwierigkeiten«, grinste Bestar, zog den Schlotternden am Kragen zu sich hoch und schüttelte ihn mit beiden Fäusten vor seinem Gesicht. »Also: Wer ist euer Auftraggeber?«

»Das … verrate ich nicht«, wimmerte Geywan in einem Aufflackern von Stolz.

»So – das verrätst du nicht? Na, dann habe ich ja keine Verwendung mehr für dich. Meinst du, daß du schwimmen kannst in diesem Hexenkessel da unten mit einem Messer im Bein? Meinst du das? Bist du so gut?«

»Nicht! Nicht!« schrie der Dieb, als Bestar ihn über die Kante hob.

»Wer ist euer Auftraggeber?«

»Ohter hat uns bezahlt! Ohter hat uns bezahlt!«

Bestar stellte Geywan wieder auf den Sims zurück. Der knickte mit dem verletzten Bein ein und blieb ächzend sitzen.

»Ohter?« Bestar blickte mißmutig auf See hinaus. »Welcher war denn das noch mal?«

»Er leitet das Rotleuchtenviertel, das Landbandentum und die Krabbenfischerei.«

»Und was hat er gegen die Gezeitenfrau?«

»Er ärgert sich über sie. Sie pfuscht ihm ins Handwerk mit den Krabben. Genau weiß ich das alles auch nicht. Brauche ich auch nicht. Ich werde von ihm bezahlt und … führe seine Aufträge aus.«

»Oder auch nicht.«

Jetzt passierte es. Die ganze Zeit über hatte Bestar schon darauf gewartet. Der dritte Angreifer, der mit dem Helm, startete seinen Vorstoß. Von schräg oben sprang er Bestar mit den Füßen voran an und versuchte, ihn über die Kante ins fünf Schritte unterhalb brodelnde Wasser zu schleudern. Doch Bestar krallte sich mit einer Hand in die Felsen, fing den Angreifer mit dem anderen Arm in einer weitausholenden Halbkreisbewegung über die Tiefe hinweg ab und schleuderte ihn oberhalb des Simses wieder von sich. Rückwärts prallte der Behelmte gegen die Klippenwand. Dumpf dröhnte der Helm gegen das Gestein. Der Angreifer taumelte seitwärts, um Halt bemüht, den Grat entlang. Bestar zog sein Messer aus dem Bein des aufheulenden Wandryers und wollte sich eben den benommenen Behelmten vornehmen, als draußen am Pfahlhaus Hellas unartikuliert zu schreien begann.

Bestar blickte auf See hinaus. Hinter Hellas türmte sich die Nacht auf und schien selbst die Sterne mit Gischt zu bespucken. Gleichzeitig rauschte unterhalb der Klippe alles Wasser Richtung See, so daß dort tangbehangene Felsen aufschimmerten, die vorher noch unter Wasser gelegen hatten. Etwas Gewaltiges näherte sich rasend schnell, gleich einem von Ketten zusammengeschnürten Gewitter. Dann wurde Hellas' Ruderboot in die Höhe gehoben wie von der Hand eines verspielten Gottes. Gleichzeitig wurde das Pfahlhaus der Gezeitenfrau verschluckt. Die Stelzen zerbrachen wie Strohhalme. Das Häuschen verformte und faltete sich wie ein zerknülltes Herbstblatt. Die Welle – denn das war es, was da heranraste, eine gigantische, unfaßbare, zehn oder mehr Schritt hohe Flutwelle – zerbarst an ihren oberen Rändern, fächerte und faserte sich auf, begann weißen Schaum zu bluten und kam immer noch näher. Sie brüllte wie eintausend durchgehende Rinderherden.

Geywan schrie, wie Hellas geschrien hatte, der nun nicht mehr zu sehen war.

Bestar kletterte wie noch nie zuvor in seinem Leben. Die Klippen waren hier hoch genug, um die Welle vollständig zu stoppen, und er befand sich bereits fünf Schritte oberhalb des Wasserspiegels. Er konnte es schaffen, konnte überleben, im Gegensatz zu Hellas, Eljazokad und Rodraeg.

Sein Messer verlor er, aber das kümmerte ihn nicht. Er sprang und zog sich, schlieferte aufwärts der Anziehungskraft der Welt entgegen – und wurde trotzdem noch erfaßt. Die Welle erwischte ihn, weil sie sich staute und noch höher wurde, als sie gegen die Steilküste schmetterte, aber die Hauptwucht ihrer Millionen und Abermillionen von Litern Wassermasse krachte unterhalb von Bestar gegen die Felsen. Die Klippen erzitterten unter der Macht dieses Ansturms. Bestar wurde von aufwärts rasendem Wellendruck eingehüllt und versuchte, sich im Gestein festzuklammern, aber das Gestein zerbröselte mürbe geschmettert unter seinen Fingern, und er wurde mitgenommen, hoch und hinauf, dann wieder hinab und hinaus, ein amokgelaufener Kreisel, ein Seestern mit vier Armen und einem wie Meergras wehenden Kopf. Aus seinem Mund und seiner Nase zog er eine Fahne aus Luftbläschen hinter sich her, aber er blieb dennoch bei Bewußtsein, stieß sich von Klippen ab und vermied es, zwischen aufgewirbeltem Kies, Muschelbruch, Findlingen und Schalentieren zermahlen zu werden. Zwischendurch kam er zweimal hoch und schöpfte Luft, und schließlich beruhigte sich die Glutsee von ihrem Ausbruchsversuch und senkte sich wieder in das nur oberflächlich unruhige Bett, das ihr seit jeher beschieden war.

Rodraeg erlebte das Ganze wie einen Traum, so, als hätte er aus Versehen einen Schritt neben die Realität gemacht und sei nun jenseits aller Begreifbarkeiten angekommen. Er hatte keine Möglichkeit gehabt, die Welle kommen zu sehen, keinerlei Gelegenheit, sich auf das Kommende einzustellen. Mit einem Mal barst die eine Wand der Hütte. Gleichzeitig bewegte sich die Hütte und begann auf ihren Stelzbeinen zu rennen. Gleichzeitig drang Wasser ein. Gleichzeitig lösten sich sämtliche Wände auf unter dem Angriff einer von überall her hereinwütenden Flut.

Einen einzigen Augenblick später kippte die Welt zur Seite, einen weiteren Augenblick später kullerte sie auf den Kopf und dann noch weiter. Eljazokad raste Luftblasen schreiend davon. Danahe wurde in den Trümmern von Strohmatten, Gerüstholz und Wandlehm herumgeschleudert wie eine Puppe in einem Suppentopf. Rodraeg hatte zwei ganz deutliche Empfindungen, als seine Lungen dem Druck nicht mehr standhalten und salzig wirbelndes Wasser atmen wollten: Die eine Empfindung war, daß er gerne noch Naenn und ihr Kind gesehen hätte; die andere, daß die letzten Worte des Wolfs nun Wahrheit wurden. Dann packte ihn die Gezeitenfrau an Kinn und Stirn, zog ihn aufwärts und hielt sein Gesicht in die frische, sommerliche Nachtluft, bis er sich ausgeatmet hatte.

»Was ist passiert?« waren Rodraegs erste Worte, nachdem er seine Stimme wiedergefunden hatte. »Wo sind wir?«

»Wir treiben in meiner Bucht, mein Söhnchen. Die Küste ist nicht weit, siehst du? Danahe ist auch hier, ich habe euch zwei Purzelbaumkinderchen aufgesammelt gleich Pusteblumenköpfen in einem Sommersturm.« Die Gezeitenfrau lachte keckernd. »Eure beiden Freunde, die nicht mit heraufgekommen sind, tollen irgendwo dort hinten zwischen den Klippen herum, ich kann sie schimpfen und erleichtert lachen hören. Nur der schöne Junge macht mir Sorgen. Ich fürchte, ich habe seine Witterung verloren. Das ist bemerkenswert, wirklich. Erst hielt ich die Welle für ein anderes, und nun ist das andere doch noch gekommen. Obwohl der kleine Krabbensammler das doch wohl nicht lenken konnte. Die Dinge geraten in Bewegung.«

»Wo ist Eure Hütte?« japste Rodraeg, dem immer noch etliche Bausteine zum Verständnis ihrer Worte fehlten. Als er zu der Gezeitenfrau aufblickte, sah er sie im Schneidersitz auf dem Wasser hocken wie einen Frosch auf einem Seerosenblatt.

»Die gibt es nicht mehr, was zu verschmerzen ist. Sie war

muffig und feucht, und bei Nordwind knarrten die Stelzen. Aber kommt, ich bringe euch an Land, damit das Buch nicht allzu naß wird. Oder siehst du eine Möglichkeit, den schönen Jungen noch zu retten, mein Mädchen?«

»Wenn das Boot ganz geblieben ist«, schnaufte Danahe, die ebenso wie Rodraeg paddeln und wassertreten mußte, um nicht unterzugehen. »Dann könnten wir weiter raus und ich könnte versuchen, ihn zu finden.«

»Dann kommt. Schauen wir nach eurem Boot.«

Die Gezeitenfrau erhob sich und watete wie durch lediglich hüfthohes Wasser dem Ufer entgegen, während die Treidelmagierin und der *Mammut*anführer jeweils eine ihrer Hände ergriffen und sich von ihr durchs Meer ziehen ließen, das zumindest unter Danahes und Rodraegs Füßen tief und klamm und ewig war.

Das Boot war ganz geblieben, und in ihm Hellas, der die ganze Zeit über lachte und seine unglaubliche Geschichte zu erzählen hatte, während er den anderen zu sich ins Boot half.

»Ich konnte gerade noch das Seil durchschneiden, mit dem ich das Boot am Haus festgemacht hatte«, berichtete der Bogenschütze, der als einziger nicht vollständig durchnäßt war. »Dann hebt die Riesenwelle mich an und trägt mich vor sich her wie einen Korken. Es war unglaublich, atemberaubend! Die ganze Zeit denke ich, daß ich an den Klippen zerschmettert werde mitsamt dem Boot, sobald die Welle dort gegenschlägt, also greife ich mir ein Ruder und paddele wie irre in der Wasserwand zurück, so daß ich hinter den Kamm gelange. Dann hämmert die Welle gegen die Felsen wie ein Feldzug der Riesen, und mein Boot wird von den bereits wieder zurückprallenden Wassermassen gebremst, es geht auf und ab und rundherum wie in Strudeln, wie ein Tanz auf einer Springquelle!« Er lachte wieder.

Seine Augen leuchteten, wie Rodraeg das noch nie zuvor bei ihm gesehen hatte. Es war offensichtlich, daß Hellas unter Schock stand. »Aber das Boot hält einfach durch und dicht, und ich halte mich in ihm fest und reite in einer Nußschale zwischen den Klippen herum, bis alles sich wieder beruhigt und senkt und ... ich Bestar sehen konnte, der sich gerade fluchend auf einen vorgelagerten Felsen hochzog.«

»Wo ist er?« fragte Rodraeg.

»Er wollte tauchen gehen, rief er mir zu. Nach einem Helm.«

»Der Spinner! Laß ihn uns holen und dann nach Eljazokad suchen.«

Bestar schwamm tatsächlich nicht weit entfernt im sanddurchwirbelten Wasser herum. Als er die anderen bemerkte, gab er seine Suche auf und zog sich hoch zu ihnen ins Boot. Seine Ausrüstung nahm er an sich wie einer, der nicht erwartet hatte, daß sie vielleicht inzwischen hätte verlorengehen können. »Keine Spur von den beiden. Sind wahrscheinlich abgesoffen. Zu schade, ich hätte gerne mal einen Blick unter diesen Helm geworfen.«

»Waren es nicht drei?« fragte Rodraeg, der immer noch leichte Mühe hatte, seinen Verstand zusammenzuhalten.

»Einen habe ich schon vor der Welle mit einem Pfeil erledigt«, erklärte ihm Hellas geduldig, und Rodraeg antwortete mit: »Ach so. Stimmt ja.«

Die Gezeitenfrau kauerte im Bug wie eine verschrobene Galionsfigur und blickte aufs offene Nachtmeer hinaus. »Sie begegnen sich, zum ersten Male wohl. Ich hoffe, er beherzigt meinen Rat. Schlagt die Ruder, Kinderlein, nach dorthinaus!« Sie deutete weg von der Küste.

Bestar, Hellas, Rodraeg und auch Danahe begannen zu rudern.

Ringsum war nichts als feuchte Nacht. Dann schälte sich die Stadt aus den Wassern wie ein bewaldeter, nebelumflorter Berg, eine Stadt der eintausend Segel und zweitausend Galeerenruder.

Eljazokad, der kaum noch bei Bewußtsein war, nachdem die Welle ihn in einem Strömungssog hinausgerissen hatte aufs offene Meer, blickte nach oben. Wellen plätscherten ihm über die Unterlippe in den Mund. Der gewaltige Rumpf des riesigen Schiffes glitt so dicht an ihm vorüber, daß er das kalfaterte Teer riechen konnte und die Muschelkolonien, die den Kiel bewucherten. Über und hinter ihm tauchten die baumlangen Ruderblätter verlorener Sklaven in die Wellen, ein dumpfes, rhythmisches Donnern war zu vernehmen: der Taktschlag einer hausgroßen Kesselpauke.

Unser Sohn ist für das Stadtschiff von Tengan bestimmt. Trage Sorge dafür, daß er seinen Träumen folgt, sonst wird er dem Schiff ins Netz gehen. Von einem Netz war nichts zu spüren, und dennoch war Eljazokad vollständig im Sog der unwirklichen Erscheinung verfangen.

Nahe bei ihm klatschte ein Fallreep zu Wasser, und eine hohle Stimme rief ihn an: »Heda, Seelenkamerad, gib uns deinen Namen, dann holen wir dich ein!« Eljazokad versuchte, hinter dem eigenartig verzierten Schanzkleid einen Sprecher auszumachen, doch so weit hoch reichte sein Augenlicht bei Mondschein nicht.

Sie wollten seinen Namen. Die Gezeitenfrau hatte ihn gewarnt. »*Eljazokad! Eljazokad!*« gellte es in ihm, eine Rettung aus seiner Seenot erhoffend, ein Entkommen aus den trügerischen Liebkosungen der Tiefe.

Eljazokad! Eljazokad! Eljazokad! Eljazokad!

Aber das war das Stadtschiff von Tengan. Dies war es tatsächlich. Wenn er jetzt hier an Bord ging, würde er nie wieder zurückkehren können, und er wollte doch noch so viel sehen vom Leben, wollte reisen, Abenteuer erleben, sich mit Rodraeg und den anderen vom *Mammut* auf die Suche nach zu rettenden Tieren machen. Er wollte Ronith wiedersehen und mit ihr Leidenschaften teilen. Er wollte auch noch andere Frauen als Ronith, alle, die so vielfältig, wundervoll und geheimnisumwittert waren.

Er wollte nicht sterben und seinen Dienst als Rudersklave eines Totenschiffes antreten. Also mußte er einen falschen Namen nennen.

Aber das war gar nicht so einfach. Er konnte keinen Namen von jemandem nennen, den es tatsächlich gab, weil sonst Gefahr bestand, daß er dadurch einen Unbeteiligten der ewigen Verdammnis an Bord des Stadtschiffes überantwortete. Er konnte sich aber auch nicht einfach einen Namen ausdenken, dazu war seine Situation auf dem nächtlichen Meer viel zu nervenaufreibend. Alle denkbaren Namenssilben schwammen vor ihm davon und rotteten sich weiter hinten zu Hilferufen zusammen.

Dasco! Dasco war die Lösung, denn Dasco war tot und begraben und konnte nicht mehr nachträglich verpflichtet werden. Dennoch wollte Eljazokad vollkommen sichergehen und drehte die Silben von Dascos Namen vorsichtshalber um.

»Codas!« rief er hinauf. »Mein Name ist Codas! Könnt Ihr mich an Land bringen?«

Der Mannschaftsmeister, der ihn angerufen hatte, schien in einer Liste zu blättern. Dann rief er mit dröhnender Stimme zurück: »Enter auf, Codas! Wir erwarten dich schon seit Jahren!«

»Nein!« schrie Eljazokad und schlug um sich. Er stieß sich nach hinten von der langsam vorübergleitenden Bordwand ab, geriet zwischen die mannslangen Ruderblätter, boxte und trat dagegen, schrie immer wieder »Nein! Nein! Nein!« und bewegte sich weg von dem Gespenst auf die sommerglatte See. Er schlug und kämpfte immer noch, mit matten Bewegungen und flatternden Augenlidern, als Hellas und Bestar ihn eine halbe Stunde später ins Boot zogen.

15 Die Welt ist das Meer

Sie ruderten nicht nach Wandry zurück. Zuerst sollte ihnen die Gezeitenfrau versuchen zu erklären, was eigentlich vorgefallen war und wie sie jetzt als nächstes vorgehen sollten. Also steuerten sie einen flachen Kiesstrand an, der auf halber Strecke zwischen der Gezeitenfraubucht und Wandry lag, zogen dort das Boot ein Stück aufs Land und krochen in einer muschelförmigen Höhle unter, wo sie ihre Kleidung an einem prasselnden Feuer trocknen konnten.

Eljazokad schlief den Schlaf großer Erschöpfung, unruhig vor sich hin murmelnd. Auch Rodraeg war zu müde, die Augen offenzuhalten. Bestar und die Gezeitenfrau erklärten sich bereit, Wache zu halten. Alle anderen rollten sich zusammen und gönnten sich zwei Stunden Schlaf.

Dann ging im Osten langsam die Sonne auf. Das Glutmeer lag immer noch tintenschwarz in den Schatten, aber der Himmel begann eine zweite Ebene auszubilden, ein unwirkliches Leuchten hinter dem Schleier der Nacht.

Rodraeg erwachte, weil er husten mußte. Die Gezeitenfrau schien ihn besorgt anzublicken, aber da ihre Augen von ihren wirren Haaren verdeckt waren, konnte er sich dessen nicht sicher sein. Er hustete in seine vorgehaltene Hand. Wenigstens kein Blut.

»Diesen Husten habe ich von Riban Leribin.«

Die Gezeitenfrau nickte. »Er hat dich berührt, um etwas in dir zu öffnen, was vorher verschlossen war. Ich sagte schon, er meinte es sicher nicht böse. Es ergibt keinen Sinn, daß er seinen Zöglingen Schaden zufügt. Keinen Sinn selbst für einen, der mehr Sinne hat als alle. Ich denke, er wollte dir helfen. Dir das Begreifen erleichtern. Ja, so wird es gewesen sein.«

Rodraeg stützte sich im Sitzen auf beide Hände. »Ich glaube ... ich beginne zu verstehen. Als ich Leribin das erste Mal begegnete ..., war er alles andere als angetan von mir. Ich hatte einen Faustkampf verloren. Er hielt mich für schwächlich und nicht geeignet, das *Mammut* anzuführen. An alle Einzelheiten dieses Treffens kann ich mich nicht mehr erinnern. Dieser Geruch in den Katakomben – Naenn nannte ihn ... *Feenrauch* – hat mich schon damals betäubt und geblendet.«

»Riban hat dich berührt und dir dann diesen Teil deiner Erinnerung wieder genommen, so wie man mit einem Hauchen einer Kerze ihr Leuchten nimmt.«

Rodraeg nickte. Die Erklärung für seinen Zustand entrollte sich vor seinem inneren Auge wie ein Garnknäuel. »Er hat mir auf magische Weise die Fähigkeit verliehen, mit den Quellen intensiver in Kontakt zu treten als andere Menschen. Wahrscheinlich wußte er schon von der Schwarzwachsmine bei Terrek, und er wußte, daß dies unser erster Auftrag werden würde. Aber was er nicht ahnen konnte, war, daß wir dort gefangen werden und ich einundvierzig Tage und Nächte in unmittelbarer Nähe der Quelle verbringen muß. Das hat mich vergiftet. Die anderen, die nicht von Riban magisch vorbereitet wurden, sind ohne Nachwirkungen davongekommen.«

»Gut möglich, daß er wußte und ahnte. Die Quelle der Erde und die Quelle des Feuers sind beide geöffnet worden innerhalb weniger Monde des letzten Jahres. Welche Erklärungen hat Riban denn für euch parat, wenn er euch irgendwo hinschickt? Wie, sagt er, erhält er Informationen?«

»Er sagt, er arbeitet mit Magiern zusammen. Magier haben ihn von der Schwarzwachsquelle und der Verschmutzung eines Flusses unterrichtet. Seemagier machten ihn auf Wandry aufmerksam und auf die Wale, die hier stranden werden.«

Die Gezeitenfrau lachte wieder ihr keckerndes Lachen. »Das

ist gut, ja! Das ist köstlich, geradezu! Riban und andere Magier – das war noch nie vom Glück gekrönt.« Sie lachte noch einmal, so laut, daß auch Hellas und Danahe davon aufwachten und sich den Schlaf aus den Augen rieben. »Nein, nein, das ist alles er selbst. Er lernt, er weiß, er ahnt und er schickt euch. Der gute, alte, zornige Knabe. Wie jung ist er denn jetzt?«

»Vierzehn. Das heißt« – Rodraeg stutzte –, »er war vierzehn, als ich ihn kennenlernte. Wenn er wirklich pro Jahr um fünf Jahre jünger wird, ist er jetzt wohl schon nur noch dreizehn und vor Ende des Sommers nur noch zwölf. Das geht alles unglaublich schnell.«

»Er hat zuviel gewollt. Zuviel für nur ein Leben.«

»Woher kennt Ihr ihn eigentlich so gut?«

»Ich? Ich und er?« Wieder keckerte sie und schüttelte sich dabei wie ein im Sturm auf einem Zaunpfahl hockender Rabenvogel. »Das geht lange zurück. Ich war verliebt in ihn, als wir beide noch jung waren. Er war fünfundzwanzig, ich zwanzig. Ich war sehr schön damals, du wirst es mir nicht glauben. Aber das ist jetzt bestimmt fünfzig Jahre her. Wir waren zwei von den *Zehn.*«

Die Zehn! Die *Großen Zehn*, wie sein Freund Baladesar diese Magiervereinigung genannt hatte, die vor zwei Generationen als Nachfolger der Götter gehandelt wurden. Jetzt war Rodraeg innerhalb weniger Monde schon dem zweiten Mitglied dieses mysteriösen Ordens begegnet. Konnte das ein Zufall sein, oder lenkte Leribin auch dies? Von Quelle zu Quelle, von Element zu Element, von Zehnzahl zu Zehnzahl, von einem der *Zehn* zum nächsten?

Die Gezeitenfrau schien ihren Erinnerungen nachzuhängen. Vorsichtig fragte Rodraeg: »Ihr … solltet die Götter beerben?«

Sie schmatzte unzufrieden. »Das war ein dummes Unterfangen, von Narren erdacht. Die Götter waren fortgezogen, woanders hin, wo sie noch spielen konnten, und überließen den Kontinent den Menschen. Den Menschen, wohlgemerkt, nicht den Schmetterlingen oder den Riesen. Den Menschen dürstete nach Führung. Weshalb also nicht die Götter nachbilden? Ein dummes Unterfangen, von Narren erdacht! Die *Großen Zehn* waren in Wirklichkeit ganz *kleine Zehn*. Sie stritten sich um Anteile und Macht. Riban, welcher der Strahlendste war von allen, löste den Bund. Die *Zehn* zerfielen, die meisten von ihnen verwelkten und starben im Lauf der Jahrzehnte. Doch Riban ließ der Gedanke nicht los. Vor den zehn Göttern hatte es *Den Einen* gegeben. Der den Kontinent schuf. Aus dessen Körperteilen die Zehn erwuchsen. Zwei aus jedem Arm, zwei aus jedem Bein, einer aus dem Rumpf, einer aus dem Kopf. Riban ließ das keine Ruhe: War es möglich, war es denkbar, daß ein einzelner Magier *Der Eine* werden konnte? Konnte er selbst das sein, weil er der Strahlendste war von allen? Oder war es Wahnsinn und Vermessenheit, so zu denken? Er zweifelte und haderte, forschte und versuchte. Als er dann langsam einer Lösung näher kam, war er über sechzig Jahre alt und spürte seine Kräfte schwinden. Er wollte in der Unendlichkeit baden, um mehr Zeit zu haben für seine Forschungen, doch die Unendlichkeit läßt sich nicht mit Komplimenten beeindrucken. Er erhielt die Jugend zurück, ja, fünffach sogar. Mit fünffacher Geschwindigkeit, und ohne Hoffnung auf ein Innehalten.«

»Also hat er sich seine zum Tode führende Verjüngung selbst zuzuschreiben, und nicht einem mißgünstigen Kontrahenten, wie Naenn mir erzählte ...«

»Na jaaaaaa«, knarzte die Gezeitenfrau. »Da war schon noch jemand, der womöglich eine Rolle spielte bei dem Ganzen. Einer von den *Zehn*, der seit jeher Ribans Ansprüchen am kritischsten gegenübergestanden hatte. Der Scharfsinnigste von allen, der am ehesten gewillt war, alle Magie abzustreifen, die

Götter hinter sich zu werfen und durch und durch ein Mensch zu sein. Zarvuer. Sein Vater.« Als sie »sein Vater« sagte, deutete sie mit ihrem knochigen Finger auf den schlafenden Eljazokad.

Alle schauten Eljazokad an, dann die Gezeitenfrau. Dann wieder Eljazokad. Schließlich Rodraeg.

»Eljazokad ist der Sohn des Mannes, der *womöglich* dafür verantwortlich ist, daß Riban Leribin nur noch wenige Jahre zu leben hat?« fragte Rodraeg tonlos.

Die Gezeitenfrau nickte.

»Aber Eljazokad weiß nichts über seinen Vater.«

Die Gezeitenfrau zuckte die Schultern.

»Und Riban billigt es, daß Eljazokad bei uns mitmacht.«

»Warum auch nicht? Es kann doch nicht schaden, den Sohn eines Gegners auf seine Seite zu bringen.«

»Aber ... wer hat Eljazokad die Träume gesandt, die ihn zu uns führten? Riban? Oder war es dieser Zarvuer, der möchte, daß sein Sohn die neue Zöglingsgruppe Ribans unterwandert?«

Jetzt brach die Gezeitenfrau in dermaßen langanhaltendes Gelächter aus, daß es schien, sie könne sich gar nicht mehr beruhigen. »Träume?« gluckste sie schließlich. »Was sind denn schon Träume? Wer sendet sie? *Die Zehn? Der Eine?* Ein Anderer? Ein Weiterer? Keiner? Ist alles, was du siehst im Schlaf, ein Traum? Oder blickst du hinüber auf die andere Seite? Du verzettelst dich, mein Junge, wenn du alles auf einmal zu entwirren trachtest. Du willst den übernächsten Schritt vor dem nächsten unternehmen. Vergiß nicht, daß ein großer Mann wie Riban Leribin Jahrzehnte benötigte, um hinter Dinge blicken zu können. Gut, du magst einen kleinen Vorteil haben, weil du geleitet wirst und unterstützt von anderen, die weiter sind als du, aber dennoch stehst du mit beiden Beinen noch am Anfang. Du hast eine Aufgabe in Wandry, hast du das schon vergessen? Was weißt du darüber? Wer hat diese große Welle geschickt?«

»Ohter«, sagte Bestar. Er genoß es sichtlich, daß alle Blicke sich nun ihm zuwandten und ihn anstaunten. Als die Gezeitenfrau in ihrer Hütte von der »Rache des kleinen Krabbensammlers« gesprochen hatte – was auch Rodraeg und Danahe nun zur Antwort »Ohter« geführt hätte –, war Bestar gar nicht dabeigewesen. Der grinsende Klippenwälder hielt es aber nicht lange durch, die anderen zappeln zu lassen. »Geywan hat es mir verraten«, erläuterte er. »Ohter hat die drei Trottel in den Klippen geschickt, also wahrscheinlich auch die Welle.«

»Sehr gut!« lobte die Gezeitenfrau. »Ohter steckte dahinter. Seit Jahren schon streite ich mich mit ihm, weil er seine Fanggründe auf meine Bucht ausweitet und weil er die Krabben überfischt, ohne Rücksicht darauf, ob es noch kommende Generationen geben wird oder nicht. Aber wie hat er es gemacht? Wie kann er eine Welle wie diese erzeugen und schicken? Ohter ist kein Magier.«

»Der Verdreifacher!« entfuhr es Rodraeg. »Sery Talta kann Wellen verdreifachen!«

»Falsch!« lachte die Gezeitenfrau. »Vollkommen falsch! Sery Talta kann sehr viel weniger, als er behauptet, und hat mit der ganzen Angelegenheit überhaupt nichts zu tun.«

»Dann gibt es doch einen Magier in Wandry, und Sery Talta hat ihn übersehen«, mutmaßte Rodraeg unzufrieden.

»Ja, aber ich nehme ihn in Schutz: Die Magie dieses Fremden kann nur erspürt werden, wenn er sie anwendet. Aber er wendet sie nur selten an, oft jahrelang nicht. Wenn Sery Talta nicht weiß, wonach er suchen soll, wonach soll er dann suchen?«

»Wer ist dieser Magier und wo steckt er?« fragte Hellas ungeduldig.

»Denkt selber nach!« Die Gezeitenfrau genoß dieses Spiel

und ließ sich das Heft nicht aus der Hand nehmen. »Der Magier kann große Wellen erzeugen. Wo und wann wurde er das erste Mal in Wandry tätig?«

»Vor acht Jahren«, nickte Rodraeg, »als der Leuchtturm zerstört wurde.«

»Sehr gut! In wessen Auftrag?«

»In Yrmenlafs Auftrag.«

»Sehr gut! Ihr seid doch nicht so unbedarft, wie ich zuerst dachte! Seit acht Jahren wird der Magier gefangengehalten, gepeinigt und unterdrückt – wo?«

»Auf einem von Yrmenlafs Schiffen?«

»Richtig! Sehr gut! Ohter und Yrmenlaf sind gute Freunde. Ohter durfte sich den Gefangenen ausleihen, um mich zu ersäufen, aber Yrmenlaf ist es, der ihn gefangenhält auf seinem Hauptschiff draußen im Norderhafen. Und warum nähern sich Wale, obwohl der Magier überhaupt keine Magie anwandte?«

»Er singt«, antwortete eine matte Stimme hinter ihnen. Eljazokad hatte sich ein Stück weit aufgerichtet. »Das Meer trägt seine Stimme hinaus, mondeweit. Die Wale folgen seinem Gesang.«

»Sehr gut! Und warum singt er?«

»Na, weil Yrmenlaf und Ohter die Wale in den Sund locken wollen, um reiche Beute zu machen«, vermutete Rodraeg.

»Nein, falsch! Yrmenlaf weiß nichts davon. Ohter weiß nichts davon.«

Alle schwiegen und dachten nach. Dann war es Hellas, dem die Lösung dämmerte: »Er singt die Wale herbei, damit sie ihn befreien. Teoch hat es die ganze Zeit über gesagt: Die Wale kommen als Schiffs- und Stadtzerschmetterer, nicht als Beute für bequem gewordene Walfänger.«

»Ihr Götter!« entfuhr es Danahe. »Und wie kann man sie aufhalten?«

»Indem wir den Sänger zum Schweigen bringen.« Eljazokad lächelte müde.

»Ja«, schnaufte Bestar und ballte die Faust. »Wir entern das Hauptschiff des Stadtkapitäns, befreien den gefangenen Magier und bringen ihn dazu, die Wale auf einer riesigen Welle wieder zurückzutragen in ihre Heimat!«

Es entstand eine längere Pause. Sie kümmerten sich um Eljazokad, der langsam von seiner Begegnung mit dem Stadtschiff von Tengan erzählte. Die Sonne wanderte höher und höher den Himmel hinauf. Eljazokad war klar, daß Ronith Wandry längst verlassen hatte, daß sie für ihn nun verloren war. Aber ihn beschäftigten jetzt andere Fragen, Fragen um Leben und Tod, Fragen über die Unausweichlichkeit eines wie auch immer benannten Schicksals.

»War es wirklich?« fragte er die Gezeitenfrau. »Ich meine: Hätte ein anderer, neben mir im Meer treibend, dieses ... wahnsinnige Schiff auch gesehen?«

»Ich konnte es zumindest spüren«, sagte sie heiser. »Ich hielt erst die Flutwelle des Gefangenen für die Bugwelle des Stadtschiffes und hatte Mühe, alles auseinanderzuhalten. Aber ich glaube, daß das Stadtschiff nur für dich da war. Für keinen anderen sonst erreichbar.«

Sie kamen darin überein, daß sie ihren Angriff auf Yrmenlafs Schiff erst im Schutz der Nacht beginnen wollten. Das gab ihnen diesen Tag Zeit zu planen, zu kundschaften, sich auszurüsten und Fragen auszuräumen.

Die Mittagsstunde fand Eljazokad, Hellas und Danahe schlafend, Bestar am Strand auf und ab gehend, und Rodraeg und die Gezeitenfrau auf einem dunklen Felsen in der Dünung sitzend.

»Ich verstehe vieles nicht an diesen Ereignissen«, murmelte

Rodraeg, der sich Notizen machen wollte, aber sein Schreibzeug erst trocknen lassen mußte. »Auf etliche Fragen finde ich einfach keine Antworten.«

»Oder keine einfachen Antworten? Frag mich, vielleicht kann ich helfen.«

Rodraeg blickte auf das vordrängende und zurückweichende Wasser hinunter. »Ihr seid eine Wassermagierin. Weshalb also dieser sinnlose Versuch, Euch ausgerechnet mit Wasser umbringen zu wollen?«

»Der Plan war gar nicht so dumm. Findet man meinen ertrunkenen Leichnam, löst sich mein Ruf vollkommen auf, und alle halten mich anschließend nur noch für eine verrückte Alte, die in ihrem eigenen Element unterging. Alle Wahrheiten, die ich jemals gegen Ohter vorbrachte, würden im nachhinein nach Irrsinn klingen. Um mich von der Welle abzulenken, mußten die drei angeheuerten Jungs mich angreifen und beschäftigen. Womöglich waren auch sie Ohter lästig. Geywan und seine Bande. Auf einen Schlag entledigt er sich aller Lasten.«

»Aber die Welle war keine Gefahr für Euch.«

»Um das vorher zu wissen, hätte Ohter mich für voll nehmen müssen. Das hat er aber nie getan. Anders als du. Du vertraust mir, obwohl ich eine Frau bin.«

»Das hat doch nichts mit Frau oder Mann zu tun.«

»Doch, das hat es. In einer Gegend wie dieser besonders. Frag deinen klippenwälder Freund. Und frage die Alten und Mächtigen des Kontinents, was es für sie bedeutet, daß der König nun eine Frau ist. *Du* hast keine Schwierigkeiten damit, dich einer Frau unterzuordnen, die mehr weiß als du. Das macht dich zu einem seltenen Mann.«

»Ich bin nicht halb so selten, wie ich manchmal gerne wäre. Aber nun zu der Frage, die mir am meisten Kopfzerbrechen bereitet: Warum findet das Anlanden der Wale beinahe gleichzeitig statt mit dem Attentatsversuch auf Euch? Eigentlich hat doch das eine nichts mit dem anderen zu tun. Aber hätte es den Anschlag auf Euer Leben nicht gegeben, hätten wir Euch nie gefunden und wüßten immer noch nichts von dem Gefangenen auf Yrmenlafs Schiff.«

»Wie würdest du so etwas nennen? Glück?«

»Ich weiß es nicht. Zufall?«

»Deine Frage hätte auch lauten können: Weshalb schickt euch Riban Leribin nicht gleich zu mir und läßt euch statt dessen mühsam in Wandry nach Hinweisen und Fährten suchen?«

»Richtig. Weshalb?«

»Weil er nicht wußte, daß ich hier bin? Weil er mich vergessen hat, seitdem ich alt und unansehnlich bin? Weil er ein Mann ist? Oder weil er mit euch etwas anderes vorhat, als euch einfach nur Aufgaben lösen zu lassen? Speziell mit dir. Weil der Weg oft von größerer Bedeutung ist als das Erreichen eines Zieles. Weil ihr Antworten berührt auf eurem verschlungenen Pfad der Fragen, die ihr niemals erhalten hättet, wäret ihr den einfachsten Weg gegangen. Ihr mußtet das Vertrauen einer Frau erringen, um mich finden zu können. Um nur ein einziges winziges Beispiel zu nennen.

Warum bittet der Krabbenfischer Ohter den Stadtkapitän Yrmenlaf um die Erlaubnis, eine alte Hexe, mich, mit der sich Ohter seit Jahren herumstreitet, beseitigen zu dürfen mit Hilfe eines Magiers, der seit über acht Jahren von Yrmenlaf gefangengehalten wird und vor etwa einem halben Jahr begonnen hat, einen Hilferuf durchs Meer hinauszusingen, der vor zwei Monden von Walen gehört wurde, die dann einen Tag nach dem nicht ganz freiwilligen Wellentod der alten Hexe hier eintreffen und den Wellenzauberer mindestens befreien, womöglich aber ebenfalls friedenbringend töten werden?

Ganz einfach. Weil die Dinge sich ganz langsam aufbauen wie eine Welle. Weil sie dann irgendwann eine Höhe erreichen, die unmöglich tragen kann. Weil sie dann brechen und mit ihrem Brechen benachbarte Wellen ebenfalls zum Brechen bringen. Weil die Dinge immer gleichzeitig passieren oder gar nicht. Weil entweder Ebbe herrscht oder Flut. Die Welt ist das Meer. Der Kontinent ist nichts weiter als eine Nußschale im Ozean, unterworfen dem ewigen Spiel der Gezeiten.«

Rodraeg schüttelte lächelnd den Kopf. »Wenn ich einen ... sagen wir – Erdmagier das alles gefragt hätte, dann hätte ich zur Antwort bekommen: Weil die Welt ein Berg ist. Weil man entweder auf dem Gipfel steht und alles sieht, oder im Tal und nichts.«

Die Gezeitenfrau lachte wieder und schlug sich auf die Schenkel. »Und er hätte nicht weniger recht gehabt als ich! Die Welt ist für uns Menschen nicht zu begreifen, es sei denn, wir fassen sie in die Begriffe, die wir fassen können.«

»Dennoch finde ich es enttäuschend, daß das Rad der Ereignisse durch nichts weiter als reinen Zufall in Bewegung gesetzt wurde.«

»Aber das stimmt ja gar nicht. Es gibt eine logische Verkettung. Die vielleicht bedeutendste Lektion dieses Tages steht dir noch bevor. Überlege selbst! Was ist die Verknüpfung zwischen den Walen und der Welle?«

»Hm. Das Stadtschiff?«

»Nein, das Stadtschiff unterliegt derselben Verknüpfung. Was verbindet die Wale, die Welle und das Schiff?«

»Das Meer?«

»Ja, auch, aber das meine ich nicht. Junge, denk doch mal nach! Es steht so dicht vor deinen Augen, daß du es nicht erkennen willst.«

»Ich muß passen ...«

»Aaaachh! *Ihr* seid es! Ihr, das *Mammut*! Ihr taucht hier auf und stellt Fragen. Ihr seid ernsthaft und besorgt, ihr seid Fremde, ihr könntet königliche Ermittler sein oder etwas anderes Unheimliches. Ohter hat seine Augen und Ohren überall in der Stadt. Da er nichts weiß von den Walen, muß er denken, eure Fragen über ihn und Wandry und das Meer haben mit seinen Krabben zu tun und wie verwerflich er sie fängt. Ohter befürwortete, daß ihr bei mir seid, wenn die Welle kommt. Er wollte uns alle verschwinden lassen, euch, mich und Geywan. Das *Mammut* aber hat das Rad der Ereignisse in Bewegung gesetzt, *du* hast das getan. Das mußt du unbedingt begreifen: Unterschätze niemals den Effekt, den du selbst auf die Welt um dich herum hast! Du ordnest die Dinge um dich herum an. Und ein *Mammut* hinterläßt eine besonders tiefe Spur.«

Rodraeg mußte das erst einmal auf sich wirken lassen. Die Gezeitenfrau schien alles zu wissen, was in Wandry vor sich ging. Die Wellen, die Krebse und die Fische flüsterten es ihr zu. Sie irrte sich nicht. Womöglich stand sogar einer von den *Haien* auf Ohters heimlicher Gehaltsliste. Der Herrscher des Rotleuchtenviertels und des organisierten Bandenwesens war die ganze Zeit über gut über sie unterrichtet gewesen. Über jeden einzelnen von ihnen. Und über ihre Konferenzen im *Ain Land* wahrscheinlich auch. Möglicherweise war auch Bestar nicht zufällig von Geywan angesprochen worden, sondern in Ohters Auftrag, um mindestens einen der Fremden zum Ort des Geschehens zu locken. Die Flutwelle war erst gekommen, nachdem sie alle beim Haus der Gezeitenfrau angelangt waren.

Sie unterbrach den Strom seiner Gedanken, indem sie weitere Turbulenzen erzeugte.

»Ein ausgestorbenes *Mammut*, das herumläuft und ausgestorbene Wale zu retten trachtet, ist wie eine Irritation, ein Strudel in einem ansonsten gleichförmig trägen Gewässer. Etwas rührt dort, etwas erzeugt Unruhe, und um den Strudel herum geraten die Dinge in einen völlig neuartigen Sog. Es hat andere unerklärliche Begebenheiten gegeben, seitdem es euch gibt, und es werden sich weitere Rätsel ereignen.«

»Auf unserer Hinreise …«, sagte Rodraeg nachdenklich, »wurden wir von einem Wesen begleitet, das eine Art Werwolf war. Es wurde getötet – von Jägern aus jenem Traum, der uns den Namen *Mammut* gab.«

»Die zwei Seiten, jahrhundertelang getrennt, bekommen Risse. Wunder und Zeichen wandeln leibhaftig unter uns Lebendigen. Ihr seid nur eines davon.«

»Ich habe noch so viele Fragen, mein Kopf will platzen.«

»Später ist noch Zeit für Antworten. Ruh dich jetzt aus, mein Junge, wie die anderen das tun. Die Nacht wird lang. Ihr müßt den Gefangenen befreien, und danach werden wir alle gemeinsam die Wale willkommen heißen und sanft zur Umkehr leiten. Lies in dem Buch, wenn du dich einsam fühlst.«

»Was hat es mit diesem Buch auf sich? Wer ist dieser *Irregeher*, der es geschrieben hat?«

»Dieses Buch ist wie alle Bücher: Du brauchst es nur zu lesen, dann wird es sich dir bereitwillig öffnen.«

Allein blieb Rodraeg auf dem Felsen zurück. Tatsächlich blätterte er in dem wertvollen Buch. Etwa in der Mitte schlug er es auf. Da er jetzt nicht die Zeit hatte, es vollständig zu lesen, war eine Seite so gut wie die andere. Das neunundsechzigste von insgesamt einhundertfünfunddreißig Kapiteln. Es trug den Titel *Die Bestattung.*

Die mächtigen Taljen haben ihre Pflicht nun getan. Der abgehäutete weiße Körper des geköpften Wals leuchtet wie ein Marmortempel; zwar ist seine Farbe verändert, doch an Masse hat er nicht merklich verloren. Er ist auch jetzt noch ein Koloß. Langsam treibt er weiter und weiter davon, während rings um ihn das Wasser gepeitscht und zerfetzt wird von den unersättlichen Haien und die Luft über ihm aufgerührt von den Raubflügen kreischender Meeresvögel, deren Schnäbel wie tausend höhnische Dolche in dem toten Riesen bohren. Das übergroße, weiße, enthauptete Phantom treibt schon fern und immer ferner, und um jeden Mannsschritt Weges, den es dahintreibt, wimmeln Felder von Haien und Türme von Vögeln mit stetig wachsendem mörderischen Getöse. Stunden um Stunden ist das widerliche Bild von dem fast stilliegenden Schiff aus zu sehen. Unter dem reinen, milden Blau des Himmels, auf dem schönen Antlitz der heiteren See, von übermütig spielenden Brisen bewegt, treibt diese schwere Masse Tod, treibt und treibt, bis sie sich in unendlichen Weiten verliert.

Welch ein jammervolles und hämisch schadenfrohes Leichenbegängnis! Alle die Geier der See im festlichen Trauergewand, alle die Haie der Luft in Schwarz oder Schwarzweiß gehüllt. Zu Lebzeiten, dünkt mich, hätten nur wenige von ihnen dem Wal beigestanden, wenn er von ungefähr in Not geraten wäre; doch auf dem Leichenfest stürzten sie sich alle über ihn. O grausiges Aasgeiertum der Weltbewohner! – auch der mächtigste Wal ist sein Opfer.

Rodraeg klappte das Buch wieder zu. Auf der Rückreise würde er beginnen, es ganz zu lesen.

»Ihr wolltet ans Meer, um die lebendigen singenden Schiffe zu schützen«, waren Dascos Abschiedsworte an das *Mammut* gewesen. *»Das ist wohlgemeint, wirklich. Nur wart ihr nicht einmal in der Lage, meine Wölfe und mich zu schützen.«*

Es stimmt, dachte Rodraeg, daß wir versagt haben bei deinen Wölfen und dir. Wir haben nichts verstanden und hatten niemanden, der uns etwas hätte erklären können. Aber jetzt haben wir Hilfe. Eine Treidelmagierin und die Gezeitenfrau von den

Zehn. Wir haben den Sohn eines weiteren Mitglieds der *Zehn*, wir haben einen der besten Bogenschützen des Kontinents, wir haben Bestar, den furchtlosen Streiter. Es wird keine toten Buckelwale im Sund von Wandry geben. Das schwöre ich.

Er schlief ein, den Kopf auf dem Buch, umspült von den Wassern der Glutsee, vom langsamen Atmen der Tiden, die Flutwellen Riban Leribins fest verschlossen in der Brust.

16 Freisetzung

Am Nachmittag begannen sie, einen Plan, den Rodraeg erarbeitet hatte, in die Tat umzusetzen.

Den Vorteil, daß sie alle mit einiger Wahrscheinlichkeit von Ohter für tot gehalten wurden, wollten sie nicht verspielen, also beschlossen sie, diesen Strand hier als Basis beizubehalten. Bestar und Rodraeg ruderten Danahe, die so schnell wie möglich nach Wandry zurück sollte, damit ihre Familie sich nicht in Sorgen zermürbte, zum Norderhafen zurück, während Hellas und Eljazokad mit der Gezeitenfrau in der Strandhöhle blieben und warteten.

Im Norderhafen glitten sie in der Deckung einiger größerer Schiffe an das Schiff heran, das Danahe ihnen als Yrmenlafs Hauptschiff bezeichnete, ein schnittiger Zweimaster mit hölzernen Bugverzierungen. Bestars Aufgabe war es, Bemannung und Erkletterbarkeit des Schiffes auszuspähen. Nach einer großzügigen Umrundung konnte er Rodraeg einen Bericht zusammenfassen. »Zwei Mann halten Wache auf Deck, aber nachts können es auch drei oder vier sein. Sie gehen auf und ab mit sich überkreuzenden Wegen. Das soll verhindern, daß man einen nach dem anderen ausschalten kann, ohne daß es den anderen auffällt. Wenn man aber schnell ist oder jemanden wie Hellas zur Hand hat, ist das trotzdem kein Problem. An Deck kommt man über die Ankerkette. Am besten schwimmt man dorthin, nachdem Hellas vom Ruderboot aus die Wachen ausgeschaltet hat.«

»Ich möchte die Wachen nicht umbringen«, bemerkte Rodraeg. »Sie tun einfach nur ihre Arbeit und haben nichts Böses getan. Danahe, meinst du, daß du uns in Wandry so etwas wie ein schnell wirkendes Pfeilgift besorgen kannst? Etwas, das nicht tötet, sondern lähmt?«

»Mit so etwas kenne ich mich nicht aus«, gab die Treidelmagierin zu. »Aber in meinem Viertel gibt es jemanden, der Kräutermischungen macht. Ich kann es versuchen.«

»Gut. Dann triff dich mit uns zwei Stunden nach Einbruch der Dunkelheit dort hinten am nördlichsten Kai.«

»Mache ich.«

»Gut wäre, wenn wir nicht nur Pfeilgift hätten«, gab Bestar zu bedenken. »Unter Deck sind wahrscheinlich auch noch welche. Wenn wir einen Lappen hätten wie die in Terrek, getränkt mit so stinkendem Zeug, dann könnten wir die restlichen Wächter damit betäuben.«

»Betäubungswasser kann euch die Gezeitenfrau herstellen«, schlug Danahe vor. »Sie weiß, wie man Salzwasser süß, Süßwasser salzig und Trinkwasser bitter machen kann.«

Rodraeg nickte. »Wir versuchen es mit ihr, aber du kannst trotzdem den Kräutermenschen fragen. Ich komme für die Unkosten auf. Vielleicht kannst du auch hinterher noch Sery Talta bitten, die Wirkung der Substanzen magisch zu verdreifachen. Du kannst ihm ruhig erzählen, worum es geht. Er weiß von uns und ist auf unserer Seite. Ach, und noch etwas: Falls du beim Fischer, der uns das Ruderboot geliehen hat, vorbeigehen und ihm sagen könntest, daß er es spätestens morgen früh zurückerhält – das würde ihm sicherlich einige Stirnfalten ersparen.«

Danahe hörte sich alles aufmerksam an, sagte: »Ich tue, was ich kann«, gab beiden die Hand und kletterte am Hafenrand aus dem Boot. Rodraeg und Bestar ruderten zurück. Ohne Unterstützung der Strömungsberuhigerin brauchten sie – andauernd gegen die seitliche Brandung anschlingernd – beinahe zwei Stunden bis zum Strandversteck.

Die Gezeitenfrau stellte ihnen Betäubungswasser her. Rodraeg goß es in das kleine Fläschchen, das er mit Kjeerklippenwasser gefüllt von Nerass erhalten hatte. Ansonsten wollte die

Gezeitenfrau aber mit den Gewalttätigkeiten, die bei der Befreiung eines Gefangenen unumgänglich waren, nichts zu tun haben. Sie wollte im Ruderboot in der Nähe abwarten.

»Ich hatte ohnehin nicht vor, daß wir uns alle daran beteiligen«, erklärte Rodraeg. »Je mehr Leute auf einem Schiff herumschleichen, um so größer ist die Wahrscheinlichkeit, daß einer Lärm macht. Das wird in erster Linie ein Einsatz für Bestar und Hellas. Ich selbst komme nur mit, weil ich mit dem Gefangenen reden möchte. Eljazokad, da du keine Waffe hast, solltest du vielleicht besser bei der Gezeitenfrau bleiben.«

»Aber der Gefangene ist ein Magier. Vielleicht braucht ihr mich.«

»Vielleicht macht es ihn aber auch unruhig, wenn ein anderer Magier sich nähert. Du bleibst auf Abruf im Boot. Wenn an Deck alles sicher ist und wir ohne dich nicht weiterkommen, schwimmt Bestar zu euch und rudert euch herüber.«

»Verstanden.«

»Rodraeg?« fragte Hellas. »Die Idee mit dem Pfeilgift ist neckisch, aber ich bin ziemlich skeptisch, daß wir in Wandry so etwas erhalten werden. Selbst die königliche Armee hat kein Pfeilgift, das verläßlich innerhalb von Augenblicken wirkt. Und wenn es fünf Augenblicke dauert, kann der Getroffene noch Alarm brüllen.«

»Wenn wir kein Pfeilgift haben, kümmere ich mich um die Wachen«, sagte Bestar bestimmt. »Ohne Blutvergießen«, beantwortete er Rodraegs unausgesprochenen Einwand. »Mit dem Wasser der Gezeitenfrau. Ich brauche nur noch einen Lappen.«

»Lappen können wir unten aus meinen Hosenbeinen reißen«, schlug Rodraeg vor. »Daran wird es nicht scheitern.«

»Nehmt lieber meine Hose«, lachte Eljazokad. »Ich sehe ohne Hemd ohnehin schon wie ein Pirat aus, warum dann also nicht noch unten ausgefranste Hosen? Rodraeg dagegen sollte in jeder Lebenslage gut gekleidet sein. Immerhin repräsentiert er *das Mammut.*« Auch die anderen lachten.

»Wie fühlst du dich eigentlich?« fragte Hellas Rodraeg. »Gesundheitlich.«

»Ganz gut. Dieser Anfall mit dem Blut scheint einiges gelöst zu haben. Seitdem habe ich zumindest keinen zweiten solchen Anfall mehr gehabt. Ich bin zuversichtlich, daß ich unsere Aktion durchhalte. Wenn ich dennoch zusammenklappe, könnt ihr mir« – ihm fiel ein, daß Nerass' essenzengetränkter Schwamm bei der Überflutung der Gezeitenhütte naß geworden war und seine Wirkung höchstwahrscheinlich verloren hatte – »diesen Schwamm auf den Mund pressen. Das wird mir helfen.« Er blickte Hellas nicht allzu lange in die Augen, damit dieser die kleine Notlüge nicht durchschaute.

Bestar bereitete sich gewissenhaft auf seinen Einsatz vor. Er entkleidete sich, zurrte sich den Lendenschurz so fest wie möglich über seine empfindlichsten Körperstellen, malte sich mit der Asche der Feuerstelle von Kopf bis Fuß rußschwarz an, band sich das nackte Schwert mit drei Lederbändern an die Außenseite des rechten Oberschenkels, so daß es nicht baumelte und behinderte, sondern starr anlag wie ein herausragender Knochen, knüpfte sich mit einer vierten Schnur die Haare zu einem Knoten zusammen und flocht sich zuletzt noch Rodraegs Betäubungsfläschchen an einer der Schenkelschnüre fest.

»Wozu der Haarknoten? Für den Kampf?« fragte Eljazokad.

Bestar verneinte kopfschüttelnd. »Wenn man aus dem Wasser steigt, läuft Wasser aus den Haaren. Das Geräusch kann einen verraten. Alter Anfängerfehler. So einen Haarknoten kann man noch im Wasser gut ausdrücken, dann tropft er nicht mehr so.«

»Aha. Und der Ruß wäscht im Wasser nicht ab?«

»Deshalb lasse ich ihn ein paar Stunden antrocknen. Dann hält er.«

»Und dein nasser Körper glänzt nicht mehr so im Mondlicht. Hast du schon oft solche Unternehmungen durchgeführt?«

»Ich habe meine ganze Kindheit damit verbracht, so etwas zu üben. Du kannst mir glauben: Ich bin bereit.«

Der Klippenwälder sah jetzt furchterregend aus. Zwei Schritte groß, ungeheuer muskulös, urtümlich, schwarzverschmiert, nur die hellen Augen leuchteten im verschatteten Gesicht.

Hellas traf nicht so viele Vorkehrungen, stellte nur sicher, daß beim Entkleiden sein Lendenschurz richtig saß. Immerhin war eine – wenngleich uralte – Dame zugegen.

Rodraeg überlegte lange hin und her, ob er auch zur Ankerkette schwimmen und was er dann mit dem Anderthalbhänder machen sollte, aber er entschied, daß er im Boot blieb, bis Bestar und Hellas signalisierten, daß das Deck des Schiffes sicher war. Dann konnte er mit von oben kommender Hilfe vom Ruderboot aus aufentern, ohne schon wieder naß zu werden.

Die Gezeitenfrau kümmerte sich um Nahrung. Sie fing ein paar Fische, indem sie sie – bis zu den Knien im Meer stehend – regelrecht in ihren Schoß und das aufgehaltene Kleid springen ließ. Dann entsalzte sie das in einer Strandpfütze zurückgebliebene Brandungswasser, so daß sie nicht nur zu trinken hatten, sondern die überm Feuer gebratenen Fische auch noch mit dem herauskristallisierten Salz bestäuben konnten. Sie schmausten und schwiegen dabei.

Langsam versank die Sonne und verwandelte die Glutsee in jenes orangerote Goldflimmern, dem sie ihren Namen verdankte.

Nachdem die Sonne nicht mehr zu sehen und auch ihr letzter violetter Schein nur noch ein Nachbild war, stachen sie in See. Rodraeg und Bestar hatten ohne Danahes Hilfe beinahe zwei Stunden gebraucht, um hierherzurudern. Sie pullten jetzt zwar zu viert, aber dafür war es erschwerend dunkel. Rodraeg wollte lieber zu früh als zu spät am Norderhafen ankommen.

Das gelang ihnen. Sie dümpelten in äußerster Sichtweite des nördlichsten Kais in der Dunkelheit, bis nach einer Sechstelstunde Hellas' ausgezeichnete Augen die Kontur Danahes ausmachen konnten. Vorsichtig und lautlos näherten sie sich der Kaimauer. Mißtrauisch geworden gegenüber Ohter, Yrmenlaf und eigentlich der ganzen Stadt Wandry achteten sie alle darauf, ob sich weitere Gestalten im Hafenbecken zeigten, doch die Treidelmagierin war allein. In einer warmen Sommernachtbrise bauschte sich ihr einfaches Kleid.

»Hier ist ein Pfeilgift. Sery Talta konnte nicht helfen, da er nur Magie verstärken kann, nicht jedoch natürliche Substanzen. Die Kräuterhändlerin sagte, das Gift wirkt durch Lähmung und dann Schlaf.«

»Wie lange dauert es, bis es wirkt?« fragte Hellas.

»Es geht schnell, sagte sie.«

»Ich müßte es testen, um das einschätzen zu können. Es ist ein gewaltiges Risiko, das zu benutzen, Rodraeg.« Der Bogenschütze nahm den fest verpackten Tiegel mit der Giftpaste zwar an sich, machte aber ein mißmutiges Gesicht.

»Wir versuchen, ohne es auszukommen«, entschied Rodraeg. Die folgende Frage konnte er sich eigentlich schenken, aber er stellte sie trotzdem, sozusagen für das Protokoll: »Traust du dir zu, das Deck im Alleingang zu räumen, Bestar?«

»Na klar.«

»Hier habe ich noch ein paar Lappen für euch, wenn ihr welche braucht«, sagte Danahe.

Eljazokad nahm sie an sich. »Dann bleiben meine Hosenbeine ja doch schicklich. Danke schön.«

»Wieviel schulden wir dir?« fragte Rodraeg die Treidelmagierin. »Je nachdem, wie sich jetzt alles entwickelt, haben wir vielleicht keine Gelegenheit mehr, hinterher bei dir zu Hause vorbeizuschauen.«

»Nun laßt euer Geld mal stecken. Seht es als kleine Aufmerksamkeit einer ansonsten unaufmerksamen Stadt. Wenn ihr es wirklich schafft, die Wale aufzuhalten, sollte man eigentlich euch zu Ehren ein Fest ausrichten.«

»Das wird wohl nicht geschehen«, lächelte Rodraeg, »egal, ob wir es schaffen oder nicht. Hab Dank für alles. Du hast uns sehr geholfen.«

»Nicht wirklich, oder? Jetzt, wo es gefährlich wird, lege ich mich faul ins Bett.«

»Das ist besser so«, sagte Rodraeg mit Nachdruck. »Denk an deine Familie. Keiner von uns hat etwas so Wertvolles.«

Die Treidelmagierin stand noch etwas verlegen herum, dann gab sie jedem die Hand und drückte die Gezeitenfrau an sich. »Dem Fischer habe ich übrigens Bescheid gegeben. Er erwartet sein Boot erst morgen zurück.«

Dann löste sie sich und wurde eins mit den Umrissen der Stadt.

»So.« Rodraeg wollte sich und die Gedanken der anderen sammeln. »Jetzt bin ich auf den Rat von euch Kriegstaktikern angewiesen. Wie nahe können wir an das Schiff heranrudern, ohne daß die Deckwachen eine Chance haben, uns zu bemerken?«

»Nicht sehr nahe«, sagte Bestar. »Der Hafen ist ruhig in der Nacht. Wir sind die einzigen, die hier herumpaddeln.«

»Nahe genug, daß ich etwas sehen kann«, widersprach Hellas. »Wir sollten von außen kommen, von der Seeseite her. Dann zeichnen sich vor den Lichtern des Rotleuchtenviertels Silhouetten an Deck ab und ich kann mit dem Bogen Hilfestellung leisten.«

»So machen wir es.« Rodraeg nickte entschlossen. »Und vergeßt nicht: Es ist noch nicht lange her, da lagen wir selbst in Ketten und mußten aus einer erniedrigenden Gefangenschaft befreit werden. Heute sind wir die Befreier. Das sollte uns allen ein gutes Gefühl geben.«

Sie ruderten unter der Kaimauer nach außen und näherten sich Yrmenlafs Schiff vom Meer her.

»Wie heißt das Schiff eigentlich?« fragte Eljazokad flüsternd. »Habt ihr heute während des Ausspähens darauf geachtet?«

»Das Schiff heißt *Aglaeca*«, antwortete Rodraeg. »Wahrscheinlich ein Frauenname, oder?« fragte er die Gezeitenfrau.

»Monstrum«, brummte sie. »In der sehr, sehr alten Sprache bedeutet *Aglaeca* einfach: Monstrum.«

Eine Bug- und eine Hecklaterne bezeichneten Position und Länge der *Aglaeca*, aber sie mußten noch näher heran, bis auf Deck etwas zu erkennen war.

»Halt«, wisperte Hellas. »Jetzt kann ich die Umrisse der Wächter sehen. Es sind drei, aber hinter den Aufbauten könnten natürlich noch weitere sein. Von hier aus kann ich sie wunderbar ausschalten, einen nach dem anderen. Was sagt ihr?«

»Zu laut«, knurrte Bestar. »Sie fallen um und poltern auf die Holzplanken. Es ist wichtig, daß man sie behutsam hinlegt, damit Leute unter Deck nichts hören.«

»Wir verfahren weiter nach Plan«, setzte Rodraeg sich durch. »Bestar agiert, Hellas ist die Absicherung.«

»Wehe, du schießt aus Versehen auf mich!« drohte Bestar dem Bogenschützen, während er langsam und lautlos ins Wasser glitt. Eljazokad reichte ihm Danahes Lappen.

»Ich kann doch wohl einen Ochsen von ein paar Wildschweinen unterscheiden«, sagte Hellas.

Bestar prägte sich die Richtung zur *Aglaeca* ein, holte tief Luft und tauchte. An der Oberfläche schwimmen machte immer Geräusche, aber Tauchen nicht. Es mußte ihm gelingen, unter Wasser bis zur Ankerkette zu kommen, dann hatten die Wachtposten keinerlei Möglichkeit, ihn zu bemerken.

Er vermißte das Messer zwischen seinen Zähnen, also steckte er sich den Lappen in den Mund und biß fest darauf.

Nach etwa einem Sandstrich unter Wasser gewahrte er vor sich den Kiel des Zweimasters. Er glitt in die Höhe, durchstieß mit dem Kopf sanft die Wasseroberfläche und versuchte, so lautlos wie möglich durchzuatmen. Die Ankerkette lag weiter links. Er tauchte wieder ab, bis er sie unter Wasser fand. Erneut schob er den Kopf leise aus dem nächtlichen Sternenspiegel. Er wrang seinen Haarknoten und den nassen Lappen aus. Wasser plätscherte. Niemand an Deck reagierte. Er konnte die rauhen Stimmen von Wächtern hören, die miteinander scherzten. Dann berührte er die Ankerkette – und zuckte sofort zurück. Die Kette war heiß!

Verflucht! Eine Sicherheitsvorkehrung. Magisch oder wie auch immer. Die Kette war nicht glühend, aber heiß genug, um Ratten oder Schwächlinge vom Erklettern des Schiffes abzuhalten. Es gab aber keine andere Möglichkeit, dort hinauf zu kommen.

Bestar hatte keine Lust, noch mal zurückzutauchen zu den anderen und sich dort kleinlaut ein paar Stoffstreifen zum Umwickeln der Handflächen und Zehen zu erbetteln. Verbrennungen schmerzten höchstens eine Woche, dann war schon wieder neue Haut nachgewachsen.

Er ergriff die Kette, ignorierte die Instinkte und den Schmerz, und zog sich an ihr hoch, so langsam und kontrolliert, daß die rostigen, aber straffen Metallglieder nicht zu klirren und zu rasseln begannen. Wegen der Hitze verzichtete er darauf, seinen Aufstieg mit den Füßen abzusichern, und zog sich lediglich mit den Armen hinauf. Am meisten peinigte ihn die Kette dort, wo sie über seine Brust und seinen Bauch strich.

Rechts oberhalb der Ankerkettenklüse befand sich ein Speigatt, dort wies die Fußreling eine Öffnung auf, damit Sturmwasser besser ablaufen konnte. Bestar griff dort hinein und klemmte sich mit dem linken Ellbogen fest. Er lauschte auf die Schritte eines oben vorbeigehenden Wachtpostens, nahm sich mit rechts den nassen Lappen aus dem Mund, steckte ihn sich an den Schwertknauf, zog das Fläschchen aus dem Schenkelband, entkorkte es mit den Zähnen, tränkte den Lappen mit dem Betäubungswasser und steckte das Fläschchen in das Band zurück. Er behielt den Korken zwischen den Zähnen, griff aufwärts und machte mit beiden Armen einen Klimmzug, so daß er über die Reling aufs Deck blicken konnte.

Der Posten, den er von unten gehört hatte, war gerade drei Schritte entfernt und wandte ihm den Rücken zu. Bestar prüfte, ob er sich im Sichtfeld eines weiteren Wächters befand oder ob oben im Krähennest jemand hockte, aber beides war nicht der Fall. Die Gelegenheit war günstig. Er stieß sich mit den Füßen ab und flankte über die Reling.

Der Wächter war nicht schwerhörig. Selbstverständlich machte Bestar ein Geräusch, auch wenn er sich darum bemühte, wie eine Katze auf allen vieren abzufedern. Doch das Umwenden des Wächters war die schläfrige Bewegung von jemandem, der vielleicht erwartet hatte, einen gelandeten Nachtvogel zu erblicken oder eine vorwitzige Bordratte. Bestar schoß von unten auf ihn zu, unterlief seine Deckung und hatte ihn fest im Griff, bevor der Wächter auch nur irgendwie reagieren konnte. Der frisch getränkte Lappen legte sich über Nase und Mund des Überrumpelten. Ein paar tiefe, panische Atemzüge, ein schüttelndes Aufbäumen, dann erschlaffte der Wächter in Bestars Armen. Umsichtig legte Bestar ihn in den Schatten zusammengerollten Segelwerks. Der Atem des Wächters verriet tiefe Ohnmacht.

Geduckt huschte Bestar zwischen einer aufgerichteten Gräting und einem aufgehängten Beiboot vorbei. Die Bugslaterne blieb zurück, die *Aglaeca* wurde eine Schemenlandschaft. Von jetzt ab mußte er einen Wächter nach dem anderen erwischen, und es mußte schnell gehen. Das Ausbleiben der ersten auf ihren Patrouillenrundgängen durfte den letzten nicht zu Bewußtsein kommen.

Taue knarrten. Nachtwind ließ die gereffte Takelung rascheln. Ein Schiff war selbst vor Anker niemals vollkommen still. Diese Geräusche konnte Bestar als Deckung nutzen; Manntaue, die bei schwerer See zum Festhalten dienten, erleichterten ihm in der Dunkelheit die Orientierung. Er huschte zwischen Leinen, Trossen und Strickleitern nach achtern wie durch ein unwirklich geometrisches Gehölz.

Der zweite Wächter schaute genau in seine Richtung, als Bestar um die Mittschiffshütte herumspähte, konnte ihn aber offenbar nicht sehen. Die Rußbemalung machte sich jetzt bezahlt. Bestar wartete, bis der Posten sich abwandte, um in eine andere Richtung zu spähen, und schlich sich von hinten an ihn heran. Dieser hielt länger durch, bis ihm die Sinne schwanden. Bestar fürchtete schon, ihn aus Versehen erstickt zu haben, aber er atmete noch flach, alles war in Ordnung. Auch dieser Seemann wurde von dem Klippenwälder versteckt, in einem Kabelgatt unter der Backbordlaufbrücke. Noch einer oder zwei.

Nahebei schimmerte Öllampenschein durch ein gitterförmiges Oberlicht. Bestar erblickte den Umriß des dritten Wachtpostens weiter bugwärts an der Steuerbordreling. Er hatte beide Arme auf die Reling gestützt und schaute versonnen Richtung Rotleuchtenviertel, wo trunkene Schatten wie Motten zwischen den Lampions hin- und herflatterten. Bestar kroch auf allen vieren an das Oberlicht heran und versuchte, den Raum darunter auszukundschaften. Zweimal mußte er sich an eine andere Seitenkante des Oberlichts bewegen, bis er einen vollständigen Eindruck von dem Raum darunter hatte. Ein paar niedrige Tische, fünfzehn Stühle. Zwei Wandryer Seebären spielten im Schein der Öllampe Schicksalskarten, versuchten sich gegenseitig mit den kunstvoll bunten Bildern zu übertrumpfen. Die beiden waren konzentriert bei der Sache, wenn hier oben also kein Lärm entstand, würden sie nichts bemerken.

Bestar pirschte sich in die Finsternis zurück Richtung Steuerbord. Es würde gar nicht so leicht werden, an diesen Wächter unbemerkt heranzukommen, denn von beiden Seiten aus mußte er sich mehrere Schritte weit über offenes Gelände nähern. Bestar entschied sich dafür, auf die Mittschiffshütte zu klettern und über das nach warmem Teer stinkende Dach in den Rücken des Wächters zu gelangen, um die ungedeckte Strecke zu verkürzen. Tatsächlich kam er auf dem Dach bis auf zwei Schritte an ihn heran. Er konnte ihn anspringen, ihm dabei gleichzeitig das Rückgrat brechen und ihn über die Reling schleudern, aber das Platschen im Hafenbecken würden die beiden Kartenspieler wahrscheinlich hören. Außerdem galt weiterhin Rodraegs Gebot der Gewaltlosigkeit.

So leise wie möglich ließ Bestar sich mit seinen von der heißen Ankerkette noch schmerzenden Händen vom Dach hinab, aber auch hier knarrte ein Brett und schabte seine Ferse über die Seitenwand. Dieser Wächter drehte sich schneller und gewandter um als der erste und hatte auch die Hand schon am Säbelgriff. Bestar schlug ihm mit der Faust mitten ins Gesicht, hielt den Taumelnden vom Sturz über die Reling ab und preßte ihm den Lappen auf Mund und Nase. Das Betäubungswasser brannte wohl wie Feuer auf der aufgeplatzten Gesichtshaut – der Wächter kickte und zappelte und versuchte zu brüllen, doch

Bestar schnürte ihm Luft und Bewegungsspielraum ab, bis der Wächter plötzlich schlaff wurde. Mißtrauisch hielt Bestar ihn noch einen weiteren halben Sandstrich lang im Griff des Atemgiftes, um festzustellen, ob das jähe Erschlaffen nicht nur vorgetäuscht war, aber da rührte sich nichts mehr. Bestar warf sich den Bewußtlosen über die Schulter, um ihn an einer geeigneten Stelle zu verstauen.

»Was treibt er da? Er ist hinter diesem Mittschiffsaufbau verschwunden, und vom Heck her pirscht ein Posten auf ihn zu!« Hellas hielt die anderen auf dem laufenden, keiner außer ihm konnte etwas anderes erkennen als die beiden Positionslaternen. »Hat er ihn nicht bemerkt? Soll ich ihn ausschalten, Rodraeg? Kein Problem von hier aus!«

»Warte.«

»Wenn dieser Typ Bestar überrumpelt, ist alles aus.«

»Warte ab.«

»Bestar könnte draufgehen!«

»Er wird sich nicht so einfach überrumpeln lassen. Behalte den Wächter vor der Pfeilspitze, aber laß Bestar das regeln.«

»Du hast ja grenzenloses Vertrauen in diesen großen Knaben, Rodraeg, aber ich sage dir, er hat kaum praktische Kampferfahrung. Den bedeutendsten Teil seines Lebens hat er mit Prahlen, Saufen und kindischen Balgereien verbracht.«

»Ich war mit ihm im Talkessel von Terrek. Er hat sich weder von dem giftgetränkten Lappen überwältigen lassen, noch ist er vor uns beiden zu Boden gegangen. Migal und Bestar haben gekämpft wie besessen.«

»Ja. Und bei unserer Flucht lag dieser Besessene die ganze Zeit mit einem Speer im Bauch herum wie ein nasser Sack.«

Weil er über offenes Feld gelaufen war, um den Pferden in

der Koppel die Leben zu retten. Nachdem er mir im Kampf gegen die Kruhnskriegerin das Leben gerettet hatte. Es stimmte, was Hellas sagte: Rodraeg hatte grenzenloses Vertrauen in die kämpferischen Fähigkeiten Bestars. Er würde ihm sein Leben, das des Gefangenen und das des *Mammuts* anvertrauen, wenn es nötig war.

»Was passiert gerade?« fragte Rodraeg ruhig.

»Ich kann immer noch den Wächter sehen. Er ist an diesem Mittschiffshäuschen angekommen. Gleich kann ich ihn nicht mehr treffen. He, da ist Bestar. Er trägt jemanden über der Schulter. Er bemerkt überhaupt nichts! Ich muß schießen, Rodraeg!«

»*Warte!*«

»Verdammt noch mal! Da hast du's: Jetzt ist der Wächter hinter der Hütte verschwunden. Bestar legt ganz seelenruhig seine Last ab und breitet eine Plane über ihr aus. So ist's recht, Bestar, laß dich bloß nicht stören. Hinter dir schleicht nur der Tod auf dich zu. Verdammt noch mal!« Hellas schoß. Rodraeg schnappte erschrocken nach Luft, doch Hellas lud ungerührt nach. »Mal sehen, ob er jetzt aufwacht.«

Der Pfeil blieb direkt vor Bestars Gesicht in einem Falltau stecken. Es gab beinahe kein Geräusch, aber der Luftzug berührte Bestar wie das Pusten eines Kindes. Bestar erstarrte. Der Pfeil kam von Hellas, soviel war klar. Auch die Richtung stimmte. Wenn Hellas schoß, mußte es dafür einen Grund geben.

Er ließ den Bewußtlosen halbverpackt liegen und schlüpfte in den Schatten der Mittschiffshütte zurück. Vorsichtig lugte er um die Ecke. Dort tauchte das schweißglänzende Gesicht eines korpulenten Wächters auf, der sich umschaute und seinen verschwundenen Kumpanen suchte. Er schien unschlüssig, ob er

Alarm schreien sollte oder leise den Namen seines Freundes rufen. Seine Lippen bewegten sich angespannt.

Allzu lange durfte Bestar nicht zögern. Wenn er jetzt erst die Hütte umrundete, um dem Gegner in den Rücken zu fallen, konnte dieser bis dahin schon Alarm gegeben haben. Aber Bestar mußte erst um die Ecke herum und dann noch zwei Schritte machen. Viel zu weit, viel zu langwierig.

Erschieß ihn, Hellas, flehte er in Gedanken. *Ich komme nicht an ihn ran!* Doch Hellas schoß nicht. Wahrscheinlich hielt Rodraeg ihn zurück.

Rodraeg baute ganz allein auf Bestar Meckin aus Taggaran.

Rodraeg wollte kein Blutvergießen.

Aber es ging jetzt nicht anders. Es mußte schnell gehen!

Bestar zog lautlos sein Schwert zwischen Lederband und Schenkelhaut hervor. Dann wirbelte er in einer Art Pirouette um die Hüttenecke und schlug mit dem Schwert beidhändig zu. Der Kopf des Wächters löste sich vom Rumpf und kippte mit dem Ausdruck eines Schreis im Gesicht nach hinten über die Reling ins Wasser. Bestar fing den zusammensackenden und Blut versprühenden Leib ab, der Säbel jedoch dengelte auf die Planken. Bestar richtete sich auf und wartete ab. Wenn noch ein fünfter Wächter auf Deck war, würde dieser jetzt reagieren und sich dadurch verraten. Wenn die Kartenspieler von unten heraufkamen, würden sie sterben. Alles war jetzt wieder ganz unkompliziert.

»Oh, hoppla«, lachte Hellas auf. »Das war eindeutig.« Er bestrich mit seiner Pfeilspitze das gesamte Deck der *Aglaeca*, ob sich irgendwo ein weiterer Wächter zeigte, aber alles blieb ruhig.

»Was ist passiert?« fragte Rodraeg, der unruhig zum Schiff hinstarrte.

»Bestar hat ihm den Kopf abgeschlagen«, berichtete Hellas. »Richtig so. Mit deiner abstrakten Friedfertigkeit kann man die Welt nicht retten.«

»Ich habe gar nicht die Absicht, die Welt zu retten«, entgegnete Rodraeg trotzig. »Ein paar Buckelwale würden mir schon genügen.« Er wechselte einen Blick mit Eljazokad. Die Gezeitenfrau schaute auf die offene See hinaus.

»Sie sind nicht mehr fern«, krächzte sie. »In der Morgendämmerung, würde ich schätzen. Haltet euch nicht mit einzelnen Tropfen auf.«

»Was macht Bestar jetzt?« fragte Rodraeg den Bogenschützen.

»Ich kann ihn nicht mehr sehen. Er kriecht entweder auf allen vieren herum oder ist unter Deck gegangen.«

»Näher ran. Entweder signalisiert er uns bald, daß alles erledigt ist, oder er kann unsere Hilfe gebrauchen.«

Sie ruderten näher heran. Eljazokad schwieg die ganze Zeit.

Bestar pirschte sich zuerst an das Oberlicht heran. Die beiden Kartenspieler waren immer noch mit Spielen beschäftigt. Bestar nickte. Wenn er unter Deck frei hätte, und oben wären vier Mann auf Wache, würde ihn das Klappern eines Säbels auch nicht beunruhigen. Solange keiner der anderen Alarm schlug, war lediglich einem übermüdeten Kumpel die Waffe runtergefallen.

Er erreichte den Niedergang. Die Treppe sah nicht allzu vertrauenerweckend aus, was ihre Geräuschlosigkeit anging. Bestar entschied sich für Frechheit und stapfte langsam und lautstark hinunter, wie ein Wächter, der den Abtritt aufsuchen muß. Sobald er in das Blickfeld der beiden Spieler kam, machte er zwei Sätze nach vorne und war schon bei ihnen. Dem vorderen – der ihm den Rücken zuwandte – schmetterte er die Breitseite des Schwertes gegen die Schläfe, so daß der Seemann mitsamt seinem Stuhl zur Seite stürzte, seine in der Hand gehaltenen Schicksalskarten sinnlos in die Luft werfend. Der zweite versuchte umständlich, gleichzeitig aufzustehen, die Karten fallen zu lassen und sein Entermesser zu ziehen, doch Bestar war schon mit aufgestütztem Arm über den Tisch geflankt und trat ihm mit beiden Füßen vor die Brust. Die Stuhllehne zerbrach, der Pirat krachte rückwärts gegen die Wand und rutschte benommen brabbelnd daran herunter.

Bestar blickte sich um. Da war noch ein dritter, den er von oben nicht hatte sehen können. Er lag in einer Hängematte, hatte bis eben noch tief geschlafen und starrte den ruß-, blut-, wasser- und schweißverschmierten Hünen mit entsetzensgeweiteten Augen an. Bestar ging ruhig auf ihn zu und drückte ihm den Lappen aufs Gesicht, bis der Erwachte wieder eingeschlafen war. Dann trat er den vorderen, der sich wieder aufzurappeln versuchte, hart zu Boden und betäubte auch ihn durch die abwehrend zappelnden Arme hindurch. Der hintere hatte inzwischen seine Benommenheit abgeschüttelt und sich aus den Trümmern des Stuhles emporgekämpft. Mit einem wütenden Schrei sprang er Bestar über den Tisch hinweg an. Bestar packte ihn mit beiden Armen, hob ihn im Flugschwung über sich hinweg und lenkte ihn so gegen die gegenüberliegende Wand. Mit dem Gesicht voll gegen das Holz geschlagen, schien der Pirat schon ohnmächtig zu Boden zu plumpsen, aber Bestar wollte kein Risiko eingehen und wrang ihm den letzten Rest des Betäubungswassers in den wehrlosen Rachen.

»Ein Wunder, daß Skerb euren Krieg nicht schon längst gewonnen hat«, spottete er, als er die drei Hilflosen von oben herab betrachtete. »Aber wahrscheinlich sind die Skerber *noch* schwächlicher als ihr.«

Er wollte Rodraeg nicht an Bord holen, solange er nicht ganz sicher war, ob sich nicht irgendwo noch ein Wandryer verkroch, also machte er sich jetzt an die Untersuchung des Schiffes. Jede Kajüte wurde von ihm in Windeseile inspiziert, jede größere Truhe, die nicht verschlossen war, jeder Schrank, jeder Lager- und Stauraum, die beiden Abtritte, die winzige Kombüse, die Bilge, das enge Mannschaftsquartier mit den übereinander angebrachten Hängematten und die beiden Aufbauten auf dem Oberdeck, mittschiffs und achtern. Er gab sich keine Mühe mehr, lautlos zu sein, denn er brauchte keine Angst mehr zu haben vor einem oder zwei oder drei Wandryer Schlappschwänzen, die sich vor ihm zu verkriechen suchten. Aber er fand niemanden mehr. Was er fand, waren zwei verschlossene Türen im Unterdeck. Die eine führte wahrscheinlich zu Yrmenlafs Kapitänskajüte, durch die andere – am entgegengesetzten Ende des Schiffes gelegen – roch es scharf und streng. Hier war mit ziemlicher Sicherheit der Gefangene eingesperrt.

Bestar winkte seinen Gefährten, die nur noch dreißig Schritt entfernt waren, und half ihnen an Bord. Eine Strickleiter konnte er in der Eile und Dunkelheit nicht finden, aber er warf Rodraeg und Hellas ein dickes Tau zu, und sie mußten sich nur nacheinander festhalten, den Rest erledigte er. Rodraeg bildete aus dem Tau eine Schlaufe um sein Handgelenk, um sich besser halten zu können.

»Alles klar an Bord«, erstattete der Klippenwälder kurz Bericht. »Insgesamt sieben Mann ausgeschaltet. Kein Vergleich zu den Kruhnskriegern. Das Wasser der Gezeitenfrau wirkt großartig.«

»Der Gefangene?« fragte Rodraeg, der sich das Handgelenk rieb und sich unwillkürlich nach dem Geköpften umsah, aber den Leichnam im Schatten der Mittschiffshütte nicht sehen konnte.

»Unten. Kommt mit.«

Sie folgten ihm bis zu der von Bestar bezeichneten Kajütentür.

»Den Schlüssel hat einer der Wächter. Oder Yrmenlaf. Oder er ist in Yrmenlafs Kajüte«, vermutete Bestar. »Soll ich ohne Schlüssel aufmachen?«

»Nur zu.«

Hellas legte einen Pfeil auf und zielte auf die Tür, falls ihnen irgendeine Gefahr entgegenspringen sollte. Dem Geruch nach zu urteilen, konnte dort drinnen genausogut eine Bestie gefangenhalten werden wie ein Mensch. Bestar lehnte sich mit dem Rücken an die gegenüberliegende Gangwand und trat mit dem rechten Fuß gegen die Tür.

»Vorsicht, bitte von der Tür weggehen, wir schlagen sie ein!« rief Rodraeg dem Gefangenen zu.

Bestar trat noch zweimal dagegen, um die empfindlichen Punkte der verstärkten Tür am Klang und am Nachgeben herauszufinden. Dann stemmte er sich in den Gang wie in einem Kaminschacht, den Rücken an der hinteren Wand, den linken Fuß neben der Gefängnistür, und trat dreimal mit rechts zu. Das Holz der Tür knirschte, dann zeigten sich erste Risse. Noch zwei Tritte, dann barst sie in der Mitte nach innen. Jetzt stemmte Bestar sich mit beiden Füßen gegen den unteren Türteil und bog sie somit nach hinten auf, ohne daß Trümmer ins Innere flogen. Rodraeg staunte, wie rücksichtsvoll und umsichtig der klippenwälder Krieger handeln konnte.

Aus der Öffnung quoll ihnen ein ekelerregender Gestank entgegen. Menschliche Körperausscheidungen, aber auch verdorbenes Pökelfleisch, verrotteter Fisch, schimmliges Holz und ein beißender, fremder Geruch, den keiner von ihnen zuordnen konnte. Außerdem ein leises Summen und ein eigenartig vielschichtiges Leuchten.

Rodraeg bückte sich und lugte hinein. Er sah ein Gespinst

bunter, leuchtender Fäden, die kreuz und quer im Raum gespannt waren. Dahinter – möglicherweise – eine zusammengekauerte Gestalt. Das Summen ging von den Fäden aus. Der Gestank kam von den Pützeimern, die um die Gestalt herumstanden.

»Könnt Ihr mich verstehen?« fragte Rodraeg die Gestalt, die jedoch weder antwortete noch sich rührte. »Wir sind hier, um Euch zu befreien.« Immer noch keine Reaktion. Nach dem, was Rodraeg in dem zerstreut bunten Licht erkennen konnte, war der Gefangene bewußtlos oder betäubt oder dem Tode sehr nahe.

»Was ist das?« fragte Bestar, der staunend die bunten Fäden betrachtete. Einige waren grün, andere rot, blau, gelb oder weiß, und sie durchzogen die vordere Hälfte der nur etwa zwei Schritt durchmessenden Kajüte mit einem vollkommen unregelmäßigen Netz.

»Keine Ahnung«, hauchte Rodraeg. »Besser nicht berühren. Hellas, geh Eljazokad holen. Und bring uns eine brennende Laterne mit.«

Der junge Magier nutzte die kurze Zeit, die er mit der Gezeitenfrau allein im Ruderboot war.

»Weshalb seid Ihr Euch so sicher, daß ich der Sohn von diesem Zarvuer bin?«

»Aha!« horchte sie auf. »Da hat einer doch nicht ganz so fest geschlafen, wie er nach außen den Anschein erweckte! Ganz einfach, mein Junge: Du siehst ihm sehr ähnlich. Ich kannte ihn in deinem Alter. Und du hast dieselbe magische Energie wie er. *Sichtbares, doch unantastbares Wirken* nannte er es, glaube ich.«

»Und? Lebt er noch?«

»Was würdest du tun, wenn ich dir dies verriete?«

»Ich weiß nicht. Ich weiß nicht, ob ich überhaupt etwas tun

würde. Ich habe ihn nie kennengelernt, also verspüre ich auch keine Sehnsucht nach ihm. Meine Mutter war mir eine gute Mutter. Mein Vater existierte nicht. Müßte ich jetzt losziehen und ihn suchen, wie man das vielleicht von einem guten Sohn erwarten würde? Ich glaube nicht. Wozu denn auch? Ich habe gelernt, ohne Vater zu leben.«

»Eine interessante Antwort. Ich kann dir nur sagen: Ich bin mir nicht sicher, ob er noch lebt. Lange, sehr lange habe ich nichts mehr von ihm gehört. Aber das wäre auch schwer, weil er seine Magie abgegeben hat.«

»Abgegeben?«

»Von sich geworfen wie einen Fluch.« Die Gezeitenfrau kicherte. »Er war ein hübscher Kerl, genau wie du. Immer in Gedanken. Stets von Ernst erfüllt. Er war der erste, der darauf hinwies, daß die sterblichen *Zehn* ein Irrweg waren. Wie Affen, die Schmetterlinge nachahmten. Einige mißverstanden ihn. Was er meinte, war, daß die Menschen die Verbindung zu den Göttern kappen sollten, um endlich durch und durch menschlich zu werden. Doch wir entwickelten statt dessen den Plan, einen einzelnen Magier herauszubilden, der dem *Einen* nahekommen sollte. Ein göttlicher Held, so wie Rinwe einer war. Einer, der ein religiöser und weltlicher Führer werden könnte. Zarvuer verließ uns voller Wut und gründete seine eigene Gegenbewegung. Wir vertaten zehn Jahre mit der Schaffung des *Einen*, dann gaben wir nach und lösten uns auf, die *Sieben* oder *Sechs*, die wir zu der Zeit noch waren. Zehn Jahre später wurde tatsächlich einer geboren, der der *Eine* hätte werden können, und wir hatten gar nichts damit zu tun. Delikate Ironie der Zeiten.«

»Hatte mein Vater etwas damit zu tun?«

»Nein. Wie sollte er? Er hätte diesen *Einen* gehaßt und verdammt, hätte er von ihm erfahren. Nein, die Geburt des Galin von Asteria war ein Zufall. Ein Unfall. Ein Glücksfall. Ein Unglücksfall. Ein uneindeutiger Scherz der Götter. Ein Mensch mit zu viel Macht für einen Menschen. Sein Verstand zerbrach in zehntausend Scherben, als er noch in den Windeln lag.«

»Den Namen habe ich schon mal gehört: *Galin von Asteria.*«

»O ja, es gibt ihn noch. Er müßte jetzt Mitte zwanzig sein. Wenn er den Mund auftut, öffnen sich Knospen zu Blüten. Wenn sein Schatten auf Ameisen fällt, wachsen ihnen Flügel und sie fliegen zur Sonne. Er hat sich von allen losgesagt, die ihn fördern oder hemmen könnten. Manchmal wandelt er auf Wellen, dann trägt das Wasser mir dies zu. Manchmal hilft er dem Thron, mehr als ein gewöhnlicher Stuhl zu sein, hat man mir erzählt. Er ist ein Halbgott, der ein Ganzgott werden möchte. Ihr werdet sicherlich nicht allzu lange auf dem Kontinent Taten vollbringen können, ohne Galins Weg irgendwann zu kreuzen.«

Oben an der Reling erschien Hellas, eine Laterne in der Hand. »Eljazokad? Ich glaube, wir können deine Hilfe gebrauchen.«

Eljazokad zögerte nur kurz. Er griff sich das Tau, das Hellas ihm zuwarf, und kletterte aus eigener Kraft an Bord der *Aglaeca.*

Aufmerksam betrachtete der junge Magier das vielfarbige Gespinst. Er war durch die geborstene Türöffnung geschlüpft und berührte mit der Nase und Hellas' Schiffslaterne beinahe das leuchtende Netzwerk.

»Offenbar eine Sicherung«, teilte er den anderen seine Gedanken mit. »Soll den Gefangenen am Fliehen hindern und Unbefugte am Zutritt. Eine seltsame Art von Magie, die nicht aus Licht besteht, sondern aus einem leuchtenden Material. Raupenseide womöglich. Entscheidend sind die Verankerungspunkte an den Wänden und der Decke. Dort wird die Leuchtfarbe der jeweiligen Stränge festgelegt.«

»Die entscheidende Frage ist: Kommen wir da durch?« Rodraeg stand dicht neben ihm.

Eljazokad verzog das Gesicht. »Ich weiß nicht, was passiert, wenn man das Netz einfach irgendwo berührt, aber irgend etwas *muß* passieren, sonst ergibt das ganze Gewebe keinen Sinn. Höchstwahrscheinlich gibt es einen Schlüssel, und den hat Yrmenlaf. Ich glaube aber nicht, daß Yrmenlaf so dumm ist, alles auf einen Schlüssel zu setzen. Würde der Schlüssel verlorengehen, könnte man das Netz nicht mehr öffnen. Nein, ich glaube, man kann das Netz auch ohne Schlüssel öffnen. Man muß nur die richtige Reihenfolge der Stränge wählen.«

»Sollen wir die Wachtposten befragen?« schlug Hellas vor.

»Meinst du, daß die etwas wissen?« fragte Rodraeg.

»Na, irgend jemand muß dem Gefangenen ja Essen bringen und ab und zu die Eimer austauschen. Ich glaube nicht, daß Yrmenlaf das höchstpersönlich macht. Vielleicht haben die Wächter den Schlüssel.«

»Du hast recht«, sagte Rodraeg. »Versuch mit Bestar etwas aus ihnen herauszubekommen. Aber laßt sie leben.«

»Keine Sorge. Es werden schon genügend Zeugen übrigbleiben.«

»Warte!« Eljazokad hielt den Bogenschützen zurück. »Ich glaube, ich weiß, wie es funktioniert. Es ist eigentlich ganz einfach. Seht ihr die fünf Fäden hier vorne? Die sind nicht mit dem Gesamtnetz verbunden, aber jeder hat eine andere Farbe. Diese fünf bezeichnen den Schlüssel: die Reihenfolge, in der man die anderen Fäden lösen muß. Weiß – Rot – Blau – Gelb – Grün. Das ist schwierig zu merken und leicht durcheinanderzubringen, und außerdem wird es womöglich jede Woche geändert. Deshalb haben sie sich hier vorne den jeweils aktuellen Schlüssel notiert.«

»Aber wenn sie den Schlüssel sichtbar aufhängen«, bemerkte Hellas skeptisch, »dann kann der Gefangene ihn sich doch ansehen und aufschließen.«

»Wenn er dazu in der Lage ist, aber vielleicht haben sie ihm die Augen verbunden? Also, ich beginne mit Weiß.«

Eljazokad reichte Rodraeg die Laterne und griff ohne weitere Einwände abzuwarten nach dem vordersten der weißen Fäden. Mit etwas Bastelei an den Wandkontaktpunkten gelang es ihm, den Faden abzulösen. Nun knöpfte er sich den nächsten weißen Faden vor, dann den dritten, dann den vierten. Die gelösten Fäden legte er behutsam auf dem Boden ab, wo sie langsam an Leuchtkraft verloren, bis dort nur noch ganz gewöhnliche Webfäden lagen.

Bestar rümpfte die Nase. »Woher wissen wir, ob überhaupt etwas passieren würde?«

»Ich will es lieber nicht riskieren«, flüsterte Rodraeg, der sich allein schon vom Zuschauen den Schweiß von der Stirn wischen mußte. »Solange nichts geschieht, macht Eljazokad alles richtig.«

Hellas nahm sich neugierig einen der abgelegten Fäden, befühlte ihn und schnupperte an ihm. »Riecht seltsam«, sagte er. »Mit irgend etwas sind die behandelt.«

»Ja«, sagte Eljazokad konzentriert. »Solange sie leuchten, sind sie gefährlich, sind sie voller Energie. Durchtrennt man sie, setzt man diese Energie unkontrolliert frei. Vielleicht solltet ihr nicht alle in meiner Nähe stehen. Falls ich einen Fehler mache, erwischt es uns alle.«

»Er hat recht«, sagte Rodraeg. »Kommt, wir gehen alle an Deck, frische Luft schnappen. Du rufst uns, wenn du etwas brauchst.«

»Trinkwasser wäre nicht schlecht. Das kann hier Stunden dauern.«

»Ich bringe dir was«, sagte Bestar. Bei seiner Schiffsdurchsuchung hatte er in der Kombüse ein Wasserfaß gefunden. Er suchte und füllte einen Becher und stellte ihn neben dem Magier ab. Dann folgte er den anderen an Deck.

Sie unterrichteten die wartende Gezeitenfrau vom Stand der Dinge.

»Es geht nicht schneller«, entschuldigte sich Rodraeg. »Ist das Locklied noch zu hören?«

»Das Lied ist schon längst in den Wellen. Meilenweit und tagelang entfernt. Das Lied wird noch gehört werden können von Fischen, die jetzt noch nicht geboren sind.«

»Was bringt es uns dann eigentlich, den Gefangenen zu befreien?« fragte Hellas.

»Es kann die Wut der Wale mildern«, sagte die Gezeitenfrau. »Vielleicht kann er auch einen zweiten Gesang anstimmen. Vielleicht kann er auch, wie Bestar das vorschlug, mit einer Welle die Wale sanft aufs Meer hinausschieben, aber ich fürchte, dafür wird er zu erschöpft sein. Die Springflut, die mein Haus zerstörte, muß ihn viel Kraft gekostet haben.«

Rodraeg blickte über sie und das Ruderboot hinaus. »Er liegt dort im Unrat, ohne Bewußtsein, gefesselt und gesichert von leuchtenden Schnüren. Wie konnten Ohter und Yrmenlaf ihn überhaupt jemals dazu bringen, in ihrem Sinne tätig zu werden?«

»Ist das nicht ganz einfach?« fragte die Gezeitenfrau zurück, ohne ihn anzusehen. »Wenn man jemanden schlägt, ihn krümmt, ihn hungern läßt und dürsten, ihn in ein Loch sperrt, ihn bricht, ihn schwitzen läßt bei Hitze und frieren bei Frost, ihn rotten läßt in seinem Schmutz, und seinen Worten, seinen Schreien und seiner Sprache kein Gehör schenkt – was soll er einem da noch entgegenhalten? Wandry wird sich zu verantworten haben für das, was über Jahre auf diesem Schiff geschehen ist.«

Rodraeg schwieg, dann riß er sich von der Reling los. »Kümmern wir uns um die Wachtposten, die du betäubt hast, Bestar.«

Sie sammelten die drei betäubten Lebendigen und den kopflosen Toten ein. Der Leichnam wurde von Bestar in der Mittschiffshütte in einer Tuchtruhe verstaut, die drei Schlafenden wurden von Hellas und Rodraeg mit Stricken sorgfältig gefesselt und unter Deck zu den anderen drei getragen. Diese wurden ebenfalls verschnürt und dann in sechs Hängematten des winzigen Mannschaftsquartiers gelegt. Zwischendrin brachte Bestar Eljazokad neues Wasser.

Als sie fertig waren, war der Magier gerade mit den gelben Schnüren zugange. Rodraeg ging wieder an Deck, weil der Gestank der Zelle seiner Atmung zu schaffen machte, Bestar und Hellas lagerten sich vor der eingetretenen Tür und schauten Eljazokad beim Basteln zu.

Eine weitere halbe Stunde später löste er den letzten Faden. Der Magier war schweißüberströmt. Bestar gab Rodraeg Bescheid.

Rodraeg stand am Heck der *Aglaeca* und starrte aufs dunkle Meer hinaus. Es war jetzt weit nach Mitternacht. Die ersten Stunden am vierten Tag des Sonnenmondes. Am vierten oder fünften Tag, so hatte der *Kreis* es ihnen geschrieben, sollten die Wale Wandry erreichen. Die Angaben der Seemagier – nein, das war falsch: Riban Leribins eigene Angaben – waren präzise gewesen, wenngleich eher knapp berechnet als mit üppigem Zeitpolster. Das mußte man sich merken. Den engsten Zeitpunkt voraussetzen, niemals den weitesten.

Rodraeg atmete noch einmal frische Seeluft ein und ging dann unter Deck. Eljazokad hatte auf ihn gewartet. Zu zweit traten sie nun, die Laterne in der Hand, an den Gefangenen heran.

Was sie sahen, erschütterte sie. Der Mann war offensichtlich mißhandelt worden, unbekleidet und unterernährt. Er war von völlig schwarzer Hautfarbe und dem kleinen Körperbau eines Kindes, war aber seinem Gesicht nach zu urteilen gewiß schon über vierzig Jahre alt. Ein Zwergwüchsiger. Dem Aussehen zufolge stammte er aus einem der beiden Regenwälder. Seine Arme waren mit einer rostigen Kette an die Wand geschlagen. Seine Augen waren durchschnitten oder ausgekratzt worden.

»Sie haben ihm das Augenlicht genommen«, sagte Eljazokad fassungslos. »Deshalb konnten sie den Schlüssel deutlich sichtbar vor ihn hinhängen.«

»Ihr Götter!« entfuhr es Rodraeg, ein Ausruf, der allgemein gebräuchlich war, auch wenn Rodraeg nie wirklich an die Götter geglaubt hatte. »Auch noch eine Kette! Und die Eimer sind voll mit widerlichstem Unrat. Nirgends Nahrung oder trinkbares Wasser. Er ist mehr tot als lebendig.«

»Sie müssen ihn sehr fürchten. Siehst du das hier? Sie haben Symbole in den Boden gekratzt, magische Formeln, um seine Macht zu bannen. Die Entkräftung, die Bannsymbole, die Kette, die Leuchtfäden, die verschlossene Tür, sieben Mann zur Bewachung, dann noch die Lage des Schiffes im Hafen: Das sind sieben Absicherungen, damit er nicht entkommen kann.«

Rodraeg ging neben dem nur schwach Röchelnden in die Hocke. »Könnt Ihr mich verstehen? Wir werden Euch zu einem Heiler bringen, habt bitte keine Angst vor uns.«

»Wie kriegen wir die Kette auf?«

»Bestar?« sagte Rodraeg nach hinten. »Wir haben hier eine rostige Kette zu knacken.«

Bestar kam zu ihnen und sah sich die Konstruktion fachmännisch an. Er zog an der Kette – die Wandverankerung war stabil. »Mit dem Schwert draufhauen bringt nichts, da mache ich mir nur die Klinge kaputt. Aber ich weiß, wo es hier Werkzeuge gibt.« Er verließ die Zelle.

Auch Eljazokad hockte sich nun hin. Die Handgelenke des Gefangenen waren dort, wo die Kettenringe sie umschlossen, faulig entzündet. Die Bauchdecke unter den deutlich zählbaren und von Tritten und Schlägen verfärbten Rippen bewegte sich atmend, ansonsten hätte hier auch eine verhungerte Mumie liegen können. Behutsam wie bei seiner Arbeit an den Leuchtfäden tröpfelte der Magier der Mumie etwas Trinkwasser auf Lippen und Mund. Der Zwergwüchsige begann zu murmeln.

»Uikoe«, konnte Eljazokad verstehen, als er mit dem Ohr näher heranging. »Uikoe.« Immer wieder dasselbe Wort. »Uikoe.«

»Vielleicht sein Name«, mutmaßte Rodraeg, der ebenfalls näher herangekommen war.

»Vielleicht aber auch sein Gott. Oder es heißt einfach: Hilfe. Oder: Wasser.« Eljazokad gab ihm mehr Wasser und fuhr ihm beruhigend über die klebrigen Haare.

Bestar kehrte zurück, mit einem eisernen Belegnagel in der Hand. Energisch machte er sich an die Arbeit, schlug damit auf die Kette ein, um sie mürbe zu klopfen. »Der ist ja noch schwärzer als ich jetzt«, knurrte er zwischen Schlägen. »Ist das ein Dämon des Geisterfürsten?«

»Quatsch«, sagte Rodraeg barscher als beabsichtigt. »Das ist ein Regenwaldmann. Auf dem Sklavenmarkt von Diamandan habe ich mal Frauen von seinem Volk gesehen, kleinwüchsig und zierlich. Für Reiche, die es lieben, ihre Bediensteten wie Puppen anzuziehen. Du hast doch auch schon mal einen Schwarzen gesehen: Timbare, in Warchaim, bei unserem ersten Gespräch, schon vergessen?«

»Der hier ist aber noch viel dunkler.«

»Also kommt er wahrscheinlich aus dem noch viel tieferen Regenwald, nicht aus den Randgebieten, für die Timbare streitet. Kommst du klar mit der Kette?«

»Kein Problem. Das hier ist das schwächste Glied. Hat mir Migal beigebracht, schon vergessen?« Bestar grinste über diesen Konter. Drei Schläge später zersprang das Metall der Kette.

»Nimm du ihn, du bist der Kräftigste«, schlug Eljazokad Bestar vor. »Du mußt ihn ganz vorsichtig über die Symbole hinwegheben, möglichst ohne daß er sie berührt. Falls dennoch etwas passiert, setzt du ihn wieder in den Symbolkreis zurück.«

Bestar war nicht begeistert darüber, den völlig verschmutzten, nackten Fremden tragen zu müssen, aber daß nur ihm das zugetraut wurde, versöhnte ihn wieder. Vorsichtig nahm er den Gefangenen auf. Er war federleicht, wog höchstens dreißig Festliter. Nichts passierte, als Bestar den Zwergwüchsigen über die Symbole hob. Es passierte auch nichts, als er mit ihm den ehemals von bunten Fäden verhängten Raum durchquerte. Erst als sie die Tür erreichten, spürte Bestar plötzlich, wie das Schwert an seinem Schenkel glühend heiß wurde.

Mit einem Aufschrei setzte Bestar den Gefangenen ab und zog sich das Schwert aus den Lederbändern. Auch der Griff war so heiß, daß es an den Fingern schmerzte. Rodraeg, Eljazokad und Hellas erging es nicht besser. Sämtliche Metallteile an ihren Körpern wurden von wütender Hitze erfüllt. Die Waffen waren recht schnell losgemacht und fallen gelassen, aber im Gegensatz zu Bestar hatten die drei nun noch mit Gürtel- und Schuhschnallen, Rucksacknieten und im Rucksack heiß werdenden Ausrüstungsteilen zu kämpfen. Eljazokad wand sich jaulend aus seiner Weste, deren Knöpfe metallisch waren. Hellas schleuderte ächzend den Köcher mit den annähernd vierzig glutpochenden Pfeilspitzen von sich.

Nach kurzer Zeit kehrte Ruhe ein in dem Raum. Die *Mammut*streiter standen schwer atmend und mehr oder weniger untauglich gekleidet in dem kochend heißen Raum herum und sorgten sich um den Zustand ihrer Schwerter, Degen und Pfeile. Dann erst bemerkten sie die Veränderung, die sich mit dem befreiten Magier ereignet hatte. Der kleine Mann schwelte. Er lag auf dem Boden, und sein Körperschweiß begann zu kochen und zu verdampfen. Gleichzeitig begann es, nach verschmorenden Haaren zu riechen. Aus den Ohren, den Nasenlöchern und einigen Stellen der Haut schlugen Flammen. Geschmolzen tropften die Finger- und Fußnägel auf die Planken.

Merkwürdigerweise blieb er dabei vollkommen ruhig. Er zappelte nicht oder schrie, wie man das von einem brennenden Menschen hätte erwarten können. Im Gegenteil: Lebenskraft schien in ihn zurückzuströmen. Er faßte nach dem Türrahmen – das Holz zischte und qualmte unter seiner Berührung – und zog sich daran hoch. Fast schien es, als würde er lächeln, das *Mammut* wohlwollend ansehen, aber das war schwer zu sagen, denn zwischen seinen Lippen quollen Lava und Rauch hervor und seine Augäpfel traten zurück und machten einer weißen Feuersbrunst im Inneren seines Schädels Platz.

Rodraeg sah für einen Augenblick sich selbst vor sich, flammendes Blut auf den Lippen, der ganze Leib ein schmerzend brüllender Ofen. Er verlor das Gleichgewicht und ging unter einem heftigen Hustenanfall zu Boden. Gleichzeitig verschwand der schmächtige Leib des Regenwaldmannes unter brausenden Flammen, deren Helligkeit alle Blicke hinfortzwang. Nur noch ein Umriß war jetzt zu sehen, ein weiß strahlender Umriß von annähernd menschlicher Form. Die Hitze war so groß, daß dem am nächsten stehenden Bestar die Augenbrauen ansengten und die Härchen auf Hellas' Handrücken sich kräuselten. Eljazokad half Rodraeg, der unter dröhnenden Hustenkrämpfen versuchte, sich wieder aufzurichten.

Als sie wieder schauen konnten, sahen sie gerade noch den Schein des Flammenmenschen hinter der Tür verschwinden.

»Hinterher!« würgte Rodraeg. »Wir ... müssen ihn ... auf... halten!«

Bestar und Hellas hetzten dem Feuer hinterher, Eljazokad

stützte Rodraeg und half ihm den Gang entlang und die Treppe hinauf.

Auf Deck unterteilte der brennende Mann alle Aufbauten und Takelung in blendendes Weiß und verdichtete Schlagschatten. Hellas und Bestar standen wie erstarrt und andächtig, als der Brennende über die Reling ins Hafenbecken sprang, aber nicht unterging, sondern in einer zischenden Dampfwolke auf Wandry zuzulaufen begann.

Rodraeg krallte sich an die Reling und rief zu der Gezeitenfrau hinunter: »Kannst du … was … tun?«

Sie blickte der Menschenflamme hinterher und sagte nur: »Das würde ich niemals wagen. Ich sagte doch schon, Wandry wird sich zu verantworten haben für die Untaten Yrmenlafs. Mindestens acht Jahre. Ihr hättet ruhig früher schon hierherkommen können.«

»Nein … nicht die Stadt!« Mit einem Stöhnen und anschließenden weiteren Hustenkrämpfen rutschte Rodraeg an der Reling hinab zu Boden. Eljazokad wühlte nach dem Schwamm in Rodraegs Rucksack und preßte ihm den auf den Mund, aber das brachte überhaupt nichts. Rodraeg biß hinein, schmeckte nichts als Salzwasser und spuckte ihn wieder aus. Der Schwamm war sinnlos geworden, seit die Flutwelle Rodraeg unter Wasser gerissen hatte.

Hellas und Bestar beobachteten inzwischen, wie die weiße Menschenlohe den Strand erreichte und darüber hinwegeilte wie ein von einem Sturmwind gepeitschtes Segel. Dann verschwand das Licht in schmalen Gassen zwischen Hafengebäuden. Menschen rannten dort vor Laternen und Fackeln herum. Frauen schrien.

Hellas blickte in den Himmel hinauf, wo das klare Sternensprenkeln mit dem Sichelmond zunehmend matt und glanzlos wurde, weil im Osten hinter Wandry langsam die Sonne aufging. Plötzlich explodierte eines der Stadtgebäude. Eine weiße Eruption, die den Himmel kurz von unten her erhellte. Eine Stichflamme, die sämtliche anderen Häuser überragte. Ein ungeheures Krachen, dann das Brausen einer Druckwelle. Holz- und Mörteltrümmer stiegen auf und sprengten in alle Richtungen davon. Bis hin zur *Aglaeca* regnete es Trümmer. Das Hafenbecken schien zu kochen unter dem Bewurf. Bestar und Hellas gingen von der Druckwelle zerzaust in Deckung, Eljazokad schirmte Rodraeg ab vor Holzstücken und Steinchen, die alle Rauchfahnen hinter sich herzogen.

»Nein ... nein ... nein ...«, stöhnte Rodraeg.

Kurz war es still in Wandry. Dann begann das Schreien. Schreie der Panik. Schreie der Verwundeten. Rufe von welchen, die Maßnahmen organisierten. Mehrere Feuer waren ausgebrochen und schleuderten orangegelbes Licht um sich. Man machte sich an Löscharbeiten. Selbst am Hafenbecken tauchten verschlafene Bürger mit Eimern auf.

»Das *Sturmhaus*«, kommentierte die Gezeitenfrau ungerührt. »Yrmenlaf wohnte dort, müßt ihr wissen. Wie es sich für einen richtigen Stadtkapitän eben gehört. Allzu viele Tote wird es nicht gegeben haben. Nachts ist im *Sturmhaus* nichts los. Yrmenlafs Familie und ein paar aus seiner Mannschaft, die Wache hielten.«

»Wir sind nicht hierhergekommen«, ächzte Rodraeg, »um Wandry in Schutt und Asche zu legen.«

»Selbstverständlich nicht! Ihr habt die Stadt vor weitaus größerem Schaden bewahrt. Der Gefangene ist in der Vergeltung aufgegangen. Er ist tot. Sein Zorn geißelt die Wale nicht mehr mit Wut und mit Schmerz, sein Lied wird irgendwann verklungen sein. Sie werden also nicht in den Hafen kommen, um alle Schiffe und Pfahlbauten zu zerschmettern. Aber wir müssen ihnen dennoch entgegenrudern, sonst geraten sie in ihrer Verwirrung und ihrer Neugier noch in die flachen Gewässer des Sundes, stranden und kommen um.«

»Wie hat er das gemacht?« fragte Bestar. »Diese Zerstörungskraft?«

Die Alte lachte abgehackt. »Tja, wie ihr sehen konntet, war er wohl eher ein Feuer- denn ein Wassermagier. Acht Jahre lang dazu gezwungen zu werden, sich im Sinne Wandrys ausschließlich dem Wasser zu widmen, hat in ihm eine ungeheure Feuerenergie angereichert, die irgendwann zum Ausbruch kommen mußte.«

»Die Bannsymbole haben sein Feuer zurückgehalten«, war Eljazokad jetzt klargeworden. »Kaum aus dem Bannkreis befreit, konnte er die Hitze nicht mehr halten. Er mußte sterben. Mit letzter Kraft ist es ihm gelungen, wenigstens einen angemessenen Ort dafür zu finden.«

»Dann hätten wir ihn also nicht befreien dürfen«, hustete Rodraeg.

»Wir hatten doch gar keine andere Wahl«, tröstete ihn Eljazokad. »Die Wale, die Stadt, ihr Kapitän und sein Gefangener. Alles Teile desselben Knotens. Jemand mußte ihn lösen.«

»Ja, diesmal haben wir gewonnen, ohne daß *wir* gefangen wurden!« lachte Hellas und eilte unter Deck, um nach ihren metallischen Ausrüstungsteilen zu sehen, die ausnahmslos abgekühlt waren.

»Jetzt los, los, los!« machte Bestar allen anderen Beine, während sie sich wieder ankleideten und ausrüsteten. »Ins Boot mit euch! Wir werden Wale sehen! Wir werden Wale sehen!«

Als sie durch die vordere Einfassung des Norderhafens hinausruderten, ging über Wandry die Sonne auf und beschien das fahle, zerfledderte Zelt aus Rauch, das über der Hafenstadt hing.

17 Die lebendigen Schiffe

Zuerst passierte überhaupt nichts.

Das Meer breitete sich vor ihnen aus, eine glitzernde, unendliche Oberfläche, die ihre Tiefgründigkeit nicht feilbot.

Bestar nutzte die Wartezeit, um sich gründlich den Ruß abzuwaschen – mit Rodraegs nutzlosem Schwamm, den er zu diesem Zweck mitgenommen hatte – und sich wieder anzukleiden. Hellas saß unterdessen im Heck und beobachtete mit seinen Adleraugen den Wandryer Hafen, wo Bewegung war und Unruhe, wo man schließlich auch mit Beibooten an der *Aglaeca* festmachte, das Verschwinden des Gefangenen feststellte und die Gefesselten befreite. Der Bogenschütze war kein großer Freund der Taktik, bei geheimen Unternehmungen lebendige Zeugen zurückzulassen, aber immerhin hatten diese hier niemand anderen zu Gesicht bekommen als einen rußverschmierten Klippenwälder. Mit etwas Glück würden sie ihn vielleicht für einen riesenhaften Verwandten des Gefangenen halten.

»Da kommen sie!« rief Bestar schließlich und deutete aufgeregt nach vorne.

Der spiegelnden, flimmernden See waren Warzen gewachsen. Eine Herde näherte sich, nur ihre Rücken waren sichtbar. Vereinzelt gischteten Wasserfontänen in die Höhe. Die Front dieser Annäherung war so breit, so unausweichlich, daß alle Männer im Boot mit einer ganz unwillkürlichen Furcht konfrontiert wurden.

»Einhundertzweiundsechzig Tiere«, lachte die Gezeitenfrau. »Schaut euch das an! Schaut euch das an!«

Rodraeg kniete sich neben ihr vorne in den Bug. »Die *Encyclica* führt sie als ausgestorben. Sind das wirklich Buckelwale?«

»Buckelwale, unverkennbar. Siehst du die Warzen und Wülste an ihren Köpfen? Daher haben sie ihren Namen. Sie sind uralt. Die Götter selbst tauchten ihre Finger, die vom Erschaffen des Landes heiß geworden waren, ins kühlende Meer, und aus den Tropfen, die beim Herausziehen zurückfielen, entstanden die Walfische.«

»Einhundertzweiundsechzig!« wiederholte Bestar und stieß einen Jubelruf aus. »Das muß ich dem alten Selt erzählen! Daß Migal das nicht sehen kann, verfluchte Schande! Woaaaah, der Große da hinten! Die Flosse ist breiter als ich hoch bin! Und da sind auch Kinderchen! Seht mal, da, zwischen den Dicken!«

Die Wale kamen ganz langsam heran und umgaben schon bald das Ruderboot. Die Gezeitenfrau redete beruhigend auf sie ein, beugte sich aus dem Boot und tätschelte sogar einen von ihnen, einen Riesen mit runzligen Augen, dessen helle Seitenstreifen schon gelb waren vom Alter. Bestar war der erste, der sich traute, es ihr nachzutun. Mit der flachen Hand berührte er einen Wal. Eljazokad war der nächste.

Rodraeg konnte nicht. Er hatte Tränen in den Augen und wußte gar nicht genau, seit wann. Bestars aufgeregtes Geplapper, die ruhigen Worte der Gezeitenfrau, die massigen dunklen Leiber, die sich so schwerelos im Wasser bewegten – all das wirkte zusammen zu einem perfekten Augenblick. Alles, was ihn bedrückte und beschwerte, trat einen Schritt zurück und ließ diesen Augenblick in der Morgensonne glänzen. Wandry war nicht zerstört worden, lediglich ein einziges Haus. Die Wale würden überleben, alle von ihnen. Die Qual des gefangenen Regenwaldmenschen war vorüber. Der Husten und die Schwarzwachsvergiftung würden Rodraeg umbringen, aber jeder mußte früher oder später sterben. Jetzt, durch diesen Augenblick, hatte er mehr gelebt als in seinen siebenunddreißig Lebensjahren zuvor. Das hatte er Naenn zu verdanken. Die zu ihm gekommen war. Zu ihm.

Steuerbords hob ein Wal langsam die Schwanzfluke aus dem Wasser und ließ sie dann zurück ins Meer klatschen. Andere taten es ihm gleich. Salzwasser spritzte empor, die Bootsinsassen wurden gründlich durchnäßt und lachten darüber. Die Gezeitenfrau sprang plötzlich aus dem Boot auf den Rücken des alten Wals, auf den sie die ganze Zeit über eingeredet hatte. Langsam kam in das verspielt wirkende Gleiten und Rollen der Walleiber eine neue Ausrichtung. Der Leitwal wendete. Die Herde wendete mit ihm.

»Du mußt sie auch mal anfassen, Rodraeg!« rief Bestar begeistert. »Das fühlt sich großartig an. Fest, aber nicht hart, irgendwie nachgiebig. Man kann das gar nicht beschreiben. Schnell, so lange sie noch so nahe sind!«

Rodraeg lehnte sich schließlich hinaus und strich mit den Fingern an einem vorübergleitenden Riesen entlang. Das dunkle Auge des Wales schaute ihn genau an, Rodraeg schaute gebannt zurück. Ein Zauber zog an ihm vorüber, etwas von so großer Macht und Selbstsicherheit, daß es keine Furcht kannte und keine Aggression. Um so zu werden, müßte man Hunderte von Jahren leben, dachte Rodraeg.

Hellas saß ziemlich unbeeindruckt im Heck und behielt weiterhin die Wandryer Küste im Auge. »Ich glaube, wir bekommen Gesellschaft«, sagte er schließlich. Ein einmastiges Fischersegelboot löste sich vom Hafenhintergrund und schob sich langsam nach vorne.

»Ihr müßt nun leider noch einmal kämpfen«, kündigte die Gezeitenfrau, die auf dem Walrücken hockte wie eine Kröte auf einem Stein, ihnen an. »Mit diesem Schiff sind sie schnell genug, um mit der Herde mitzuhalten und sie abzuschlachten. Ihr müßt sie aufhalten.«

»Wen?« fragte Eljazokad. »Sind das Walfänger aus Wandry? In einem so kleinen Schiff?«

»Nein.« Die Gezeitenfrau schüttelte den Kopf und blickte dem Einmaster entgegen. »Das sind die Wilden Jäger. Sie töten die Alten und Weisen, diejenigen, die schon umherstreiften, als alle Menschen noch Affenmenschen waren und als die Götter ihre Feste noch in Wäldern feierten, die heute schon gerodet sind. Haltet sie auf. Erkauft mir Zeit. Ich gehe mit den Walen.«

»Du ... ziehst mit ihnen davon?« fragte Rodraeg.

»Mich hält hier nichts mehr. Meine Hütte ist zerstört. In Wandry herrschen meine Gegner. Ich bringe die Wale in sichere Gewässer und bleibe vielleicht dort.«

»Aber ... wir haben noch so viele Fragen an dich! Du mußt Eljazokad noch erklären, was es mit ... was es mit seinem ... du weißt schon!«

Die Gezeitenfrau lachte ihr charakteristisches Lachen. »Eljazokad weiß alles, was er wissen muß. Ihr alle wißt, was ihr im Augenblick zu wissen habt. Viel mehr kann ich auch nicht ahnen. Ich bin nur Treibgut auf den Wassern, ein Schatten, den die Fische von unten betrachten und sich wundern. Was kann ich schon wissen über die Dinge des Landes, dieses Landes und aller anderen? Gehabt euch wohl, ihr *Mammut*kinder, und nehmt euch in acht vor der *Dämmerung*! Sie kommt schneller, als man denken möchte.«

»Die Dämmerung? Es ist doch noch früher Morgen ...«, stammelte Rodraeg hilflos. Die Gezeitenfrau winkte mit erhobener Hand, dann setzten sich die Wale in Bewegung. Das Boot schlingerte auf den Bugwellen und im Kielwasser der Herde. Bestar und Eljazokad winkten ihr hinterher. Schon nach zwei Sandstrichen war nicht mehr zu erkennen, ob der Leitwal mit der Gezeitenfrau untergetaucht war. Vereinzelt pusteten noch Fontänen in die Luft, dann verebbten auch diese.

Das Meer beruhigte sich wieder, verteilte seine Gischt gleichmäßig.

»Habt ihr nicht auf der Hinreise erzählt von einem Blauhaarigen und seinen Kumpanen?« fragte Hellas.

»Ja?«

»Das dahinten sind sie, in dem Einmaster. Ich kann die blauen Haare des einen deutlich am Bug im Wind flattern sehen. Die anderen haben auch ziemlich ausgefallene Frisuren. Vier Mann kann ich erkennen.«

»Das paßt immerhin«, sagte Rodraeg. »Sie waren hinter dem Werwolf her und sie sind hinter den Walen her. Sie jagen und töten alles, was alt und mächtig ist.« *Und all diese alten und mächtigen Wesen kommen zu uns, damit wir sie beschützen. Auch ein Mammut ist alt und mächtig. Wir sind eine Bruderschaft der Ausgestorbenen.*

Rodraeg riß sich zusammen. »Hellas, schieß mit allem, was du hast. Wir müssen sie aufhalten, mindestens auf uns aufmerksam und wütend machen, damit wir eine Gelegenheit bekommen, mit unserem Nachen auf Enterkurs zu gehen.«

»Schießen, um zu töten oder schießen, um zu reizen?«

»Ziele so gut du kannst. Die werden sich nicht einfach so abschießen lassen. Die sind noch eine Spur härter als die Kruhnskrieger. Macht euch für ein schweres Gefecht bereit, Männer. Eljazokad, du bleibst hinter uns im Boot.«

»Ich bin voller Energie, Rodraeg. Wenn ich *Jetzt!* rufe, bedeckt ihr eure Augen. Nicht einfach nur zukneifen. Am besten mit der Armbeuge die gesamte Augenpartie bedecken. Verstanden?«

»Verstanden. Aber du mußt das gleich zu Beginn bringen, sonst haben wir zu dritt gegen vier nicht den Hauch einer Chance.«

»Ich nehm zwei, kein Problem«, tönte Bestar.

»Los jetzt, an die Ruder! Rammkurs!« Rodraeg und Eljazokad setzten sich nebeneinander an den einen, Bestar an den anderen Riemen. Bevor sie losruderten, knüpfte Bestar noch mit gebleckten Zähnen sein zehn Meter langes Seil an den Wurfhaken, den er immer im Rucksack spazierentrug. Erst dann begannen sie zu pullen. Hellas verankerte sich am Bug so gut es ging im Dollbord, schnallte den Köcher tiefer, so daß er schneller nachladen konnte, machte den Bogen schußbereit und gab den anderen die Richtung an.

Schließlich war die Schußdistanz erreicht. Pfeil auf Pfeil jagte Hellas von der Sehne, schnitt gegen den Wind an, ließ die Pfeile treiben und einige von ihnen regelrecht schräg über das gegnerische Deck hageln. So dicht fielen die Geschosse über den Einmaster her, daß man denken mochte, zwei oder drei Schützen seien da am Werk. Die Wilden Jäger gingen in Deckung, dennoch wurden zwei von ihnen getroffen. Allzuviel schien ihnen das aber nicht auszumachen. Einer mit Hornzöpfen schleuderte sogar eine Fischerharpune nach dem Ruderboot. Zitternd blieb sie im Bug dicht neben Hellas stecken.

Das Segelschiff machte keine Anstalten, den Kurs zu ändern. Mit seiner höheren Geschwindigkeit wollte es einfach am Ruderboot vorbeipreschen und der Walherde hinterher. Das *Mammut* lenkte seinen Nachen beinahe genau in den Kurs des mehr als doppelt so großen Einmasters. Bestar schleuderte den Haken, der sich an der Reling des Einmasters verfing, zerrte mit Gewalt das Ruderboot längsseits, bis es bockend gegen den höheren Schiffsrumpf krachte und wickelte rasend schnell das Seil um die Dolle. Hellas ging beinahe über Bord bei diesem Manöver, konnte sich aber gerade noch festhalten. Einer der Jäger – er trug einen Haarkamm – tauchte an der Reling auf, um das Enterseil zu kappen, doch Bestar drosch ihm frech von unten herauf sein Ruderblatt gegen den Schädel. Als der Jäger sich wieder gefangen hatte und einen zweiten Anlauf unternahm, schoß Hellas ihm aus dem Liegen einen Pfeil durch den Gaumen. Gurgelnd brach der in Felle gehüllte Hüne zusammen.

Mit einem wilden Schrei ließ Bestar seine improvisierte Langwaffe fallen und packte die Reling des Einmasters. Schwungvoll zog er sich hoch und flankte über die Kante an Deck. Sofort sah er sich drei Gegnern gegenüber, die langsam auf ihn zukamen. Der Blauhaarige hatte zwei gesägte Krummsäbel, der mit den Hornzöpfen wog eine Doppelaxt in Händen, und der dritte, mit dem Spielbrettmuster auf dem Kopf, legte grinsend eine gewaltige und in sich wie ein Korkenzieher verzogene Armbrust auf Bestar an.

»Fehler!« dachte Bestar noch und sprang irgendwohin. Die Armbrust klackte. Der Bolzen traf Bestar dermaßen hart im Oberschenkel, daß er im Sprung um seine Querachse gedreht wurde und mit dem Kopf dort aufschlug, wo gerade noch seine Beine gewesen waren.

Rodraeg hatte Mühe, überhaupt an der gegnerischen Reling hochzukommen. Er mühte sich und schnaufte und rutschte immer wieder ab. Hellas war eher oben. Auch Eljazokad war schneller, hing schon halb über der Brüstung und brüllte sein *»Jetzt!«*.

Rodraeg ließ los, plumpste ins Ruderboot zurück und bedeckte seine Augen wie ein Kind, das nicht gefunden werden möchte.

»Baahm!«

Der Lichtblitz, den Eljazokad entfesselte, fraß sich sogar noch durch Rodraegs Finger und Lider. Gleichzeitig wurde Rodraeg klar: Wenn dieser Blitz von Wandry aus gesehen wurde, würde man ihn sofort mit der Zerstörung des *Sturmhauses* in Verbindung bringen und möglicherweise Boote ausschicken, um der Übeltäter habhaft zu werden. Mit etwas Glück konnte das *Mammut* den Wilden Jägern alles in die Schuhe schieben.

Grollend taumelten die Jäger durcheinander, faßten nach ihren erblindeten Augen. Hellas riß den Degen heraus und stach ihn dem Armbrustschützen quer durch den Leib, doch der schrie weder, noch brach er zusammen. Mit einer fahrigen Abwehrbewegung der Hand schleuderte er Hellas auf die Planken.

Der Blauhaarige fand als erster die Orientierung wieder, aber mit den Worten »Ich habe es satt, dauernd durchlöchert zu werden« mühte Bestar sich hoch, hüpfte aberwitzig auf einem Bein über das schlingernde Deck und stellte sich dem Blauhaarigen mit gezogenem Schwert in den Weg. Eljazokad beugte sich über die Reling hinunter und half Rodraeg, der keine Luft mehr bekam, hinauf. Zum Dank schubste Rodraeg Eljazokad über die Kante ins Ruderboot zurück und richtete sich mit dem Anderthalbhänder in der Hand auf, so weit es sein schmerzender Brustkorb erlaubte.

Zwei der drei Jäger waren immer noch geblendet. Der Blauhaarige kämpfte beidhändig gegen Bestar, der waghalsiges Können aufbot, um zwei Attacken parieren und darüber hinaus noch zurückschlagen zu können. Hellas sprang wieder auf und stach erneut auf den schon Verwundeten mit der Vierecksmusterfrisur ein. Der vierte Jäger zog sich stöhnend an der Reling hoch, obwohl ihm erschreckenderweise ein Pfeil vom Unterkiefer her im Kopf steckte.

Rodraeg schauderte. Eile war geboten. Eljazokad hatte ihnen ein paar Sandstrichbruchteile erkauft. Wenn Rodraeg die nicht nutzte, war alles vorüber. Es ging jetzt um alles. Nicht nur um die Wale, sondern auch um das Fortbestehen des *Mammuts.* Rodraeg mußte sich klarmachen, daß diese vier Jäger keine Menschen im herkömmlichen Sinne waren. *Die Jäger von der anderen Seite*, hatte Dasco seine Mörder genannt. Die erbarmungslosen Mammutschlächter aus einem in den Abgrund führenden Traum.

Rodraeg kniff die Augen zusammen und schlug zu. Der mit dem Pfeil im Kopf brach zusammen und atmete nicht mehr. Das war eher ein Gnadenakt gewesen als ein Totschlag, dennoch fühlte Rodraeg sich, als sei sein Leib eine Glocke und ein gewaltiger Glockenklöppel schlüge in seinem Inneren hin und her und schabte durch seine Eingeweide.

Benommen eilte er weiter. Mit dem Armbrustschützen – in dessen Schulter, wie Rodraeg jetzt erst sehen konnte, ohnehin schon einer von Hellas' früheren Pfeilen steckte – wurde der Bogenschütze schon fertig, aber der mit den Hornzöpfen war unverletzt und ohne Gegner. Rodraeg stürmte heran, den Anderthalbhänder beidhändig zum Schlag ausholend. Er mußte an Endailon denken, an das Ritterturnier, in dem er zum ersten und letzten Mal in seinem Leben ernsthaft mit einem Schwert gefochten hatte. Nicht um zu töten, nur um zu siegen. Die Waffen waren umwickelt gewesen. Jetzt waren die Klingen und die Seelen entblößt.

Obwohl er immer noch nichts sehen konnte, war der Angegriffene in der Lage, Rodraegs ungestümen Ansturm zu hören. Er riß die Doppelaxt hoch und schwang sie wie einen todbringenden Schild in alle möglichen Richtungen. Rodraeg mußte abbremsen, zurücktänzeln, abwarten, noch weiter zurückweichen, dann vorstoßen – und dann erst konnte er treffen. Der Jäger wankte, fiel aber nicht. Sein Sehvermögen klärte sich. Mit tränenden Augen fixierte er Rodraeg, der wieder kurz vor einem Hustenanfall stand, diesen aber genau so in sich niederrang wie Zweifel und Ekel. Beide Waffen schepperten gegeneinander. Der Jäger war kräftiger, aber Rodraeg wandte einen verschrobenen Trick an, den sein Onkel Severo ihm beigebracht hatte: Er hob das Schwert weit, wie um von oben rechts zuzuschlagen, ließ den Arm und die für ein solches Einhandmanöver ohnehin viel zu schwere Waffe dann aber absinken und schlug schwungunterstützt von rechts unten zu. Aufwärtsschlag statt Abwärtsschlag. Die winterliche Fellkleidung des Jägers fing einen Teil der Wucht ab, dennoch schnitt die Klinge durch Haut, Fleisch und Muskeln, schabte über Knochen und wurde schneidend wie ein Messer von Rodraeg wieder herausgezogen. Dem tödlichen Stoß hatte der Jäger nun nur noch eine Abwehrbewegung der Axt entgegenzusetzen, aber Rodraeg umging diese, stach vor, traf und tötete den Mann. Keine Gnade, hämmerte die Glocke in ihm. Keine Menschen.

Dies war alles nur ein Traum. Ein Alptraum. Das kleine Mammut warf sich vor der schwindelerregenden Tiefe herum und tötete die siegessicheren Verfolger mit Stoßzähnen, die ihm eigentlich noch gar nicht gewachsen waren.

Hellas stocherte immer noch in dem Armbrustschützen herum, der bereits sterbend auf dem Deck lag. Vom Blut der Jäger ging ein eigenartiges Aroma aus, fast wie von schwerem Wein.

Jetzt noch der Blauhaarige. Der Anführer.

Bestar wich, entwaffnet und hinkend, vor ihm zurück. Sein Schwert drehte sich mehrere Schritte entfernt auf besudelten Planken. Der Klippenwälder hatte ein untrügliches Gespür dafür, sich immer genau den Gegner auszusuchen, den er nicht besiegen konnte. Andererseits hatte er dadurch, daß er den Blauhaarigen aufhielt, Hellas und wahrscheinlich auch Rodraeg das Leben gerettet.

Das Segel schlug um. Steuerlos krängte der Einmaster sich schräg in den Wind.

Mit rasselndem Atem sprang Rodraeg vor und griff den Blauhaarigen an. Das konnte nur ein Traum sein! Er war ein Rathausschreiber, verdammt! Möglicherweise auch ein hauptstädtischer Advokat in abgebrochener Ausbildung, ein hilfloser Dorfschullehrer in einem Gewimmel von ungebärdigen Kindern, aber doch nie und nimmer ein Schwertkämpfer. Ryot Melrons aberwitzige Klinge war viel zu lang. Der Gegner war viel zu groß und imposant, seine Gesichtszüge zu ebenmäßig und ruhig, seine Haare so lang und leuchtend blau wie eine Theatermaske. Es ging um alles.

Mit Müh und Not gelang es Rodraeg, beide Krummsäbel zu parieren. Die Finger wurden ihm taub unter dieser Wucht. Das Langschwert entkam ihm.

Der Blauhaarige stand nun vor ihm, als wollte er sagen: »Wer bist du denn? Was mischst du dich ein in meine Pläne, du und deine anderen Verlierer?«

Die Armbrust klackte.

»So also funktioniert dieses Ding. Da sind mehrere Bolzen drin«, sagte Hellas anerkennend. Es klackte noch zweimal.

Der Körper des Blauhaarigen erzitterte unter der Wucht der drei Einschläge. Mit Verwunderung in den Augen stolperte er rückwärts bis zur Reling. Dort stützte er sich auf, bebte und atmete.

»Wer seid ihr?« fragte Rodraeg so ruhig wie möglich. »Weshalb tötet ihr Wale, Werwölfe und Mammuts?«

Der Blauhaarige blickte ihn von unten herauf an und malmte Blut auf seinen Lippen. »Ich ... bin ... Udin Ganija. Wir sind die Kinder der Tränen und des roten Schnees. ... Aufgewachsen in den Provinzen von ... Bazuzary und Benitdouleur. Wir werden niemals, niemals aufhören ..., gegen das Urteil der Götter zu kämpfen.«

Ein Traum. Rodraeg war sich sicher. Von Provinzen dieses Namens hatte er noch nie gehört. Und roter Schnee, so hatte die Heilerin Geskara ihm in Terrek erzählt, war das, was die Götter aus Toten machten. Die Götter, die in seinen Augen nie mehr als ein Märchen gewesen waren.

Der Blauhaarige griff noch einmal an. Rodraeg empfand es

als wichtig, daß er selbst den Kampf beendete. Er konnte nicht immer nur Bestar und Hellas das Köpfen und Erschießen von Gegnern überlassen. Er war entweder selbst ein Teil des *Mammuts*, oder er stand darüber oder daneben, und das wollte er nicht. Er holte aus, um den Anderthalbhänder im Rumpf des Blauhaarigen zu versenken.

Aber er hielt inne. Was redete er sich da eigentlich ein? Gab es keine Möglichkeit mehr, sich zu verständigen? Sie sprachen doch alle *eine* Sprache! Hatte das ganze Blut ihn trunken gemacht, trunken, noch mehr und immer mehr Blut zu fordern?

»Rodraeg!« brüllte Bestar, als die beiden Krummsäbel auf Rodraeg zuzischten, und Rodraeg handelte ganz aus Reflex. Er wich einem aus, wehrte den zweiten ab und stieß dann vor. Der Blauhaarige hatte nicht mehr das Vermögen, seinerseits zu parieren. Er empfing die Klinge mit röchelndem Atem und stürzte schwer zu Boden. Zwei hastige Herzschläge später war er tot.

Rodraeg fuhr sich mit der Hand durchs Gesicht. Der Husten war ganz fern, ein Widerhall vergangener Not. Der Sommermorgenhimmel war fast so blau wie die Haare des Gefallenen.

»Seht euch das an«, war Eljazokads Stimme zu vernehmen. Er war ebenfalls an Bord geklettert und kniete nun neben dem Leichnam des von Hellas erstochenen Armbrustschützen. »Er hat Mandelaugen. Er sieht dem Mädchen ähnlich aus meinem Traum. Aber er ist der einzige von den vieren. Die anderen sehen eher aus wie ... besonders wilde Klippenwälder.«

»Das sind nie und nimmer Klippenwälder«, brummte Bestar.

»Aber was sind das nur für Kerle? Woher kommen sie? Warum sind sie mitten im Sommer angezogen wie im tiefsten Winter?« Plötzlich wurde Eljazokads Stimme lauter und heftiger: »Seht doch: Etwas ... passiert mit ihm!«

Der junge Magier deutete auf den Blauhaarigen. Und tatsächlich: Um den auf dem Bauch liegenden Leichnam herum begann die Luft zu flimmern wie bei sehr großer Hitze, der Körper wurde undeutlich, unwirklich, fing an zu flackern, wurde durchscheinend und verschwand. Es sah anders aus als bei dem Regenwaldmenschen. Dieser hier begann nicht zu leuchten, sondern löste sich auf. Nur seine Kleidung blieb zurück und sackte, nicht mehr von einem Leib ausgefüllt, in sich zusammen. Sein Blut, das auf den Planken Pfützen bildete, schien zu verdampfen, stieg als warmer Rauch auf und umhüllte das *Mammut* mit einem seltsamen, an Tempelrauchwerk erinnernden Duft.

Rodraeg lächelte. »Ich wußte, daß es nur ein Traum ist. Ich wußte es die ganze Zeit. Ich habe noch niemals zuvor jemanden umgebracht – und jetzt gleich drei hintereinander? Das kann doch nicht sein. Da mußte etwas nicht stimmen. Sie sind gar nicht wirklich!« Er brach in ein erleichtertes Gelächter aus. Seine Nerven waren völlig überspannt.

»Deine Unwirklichen haben mir aber kräftig ins Bein geschossen!« schimpfte Bestar und hinkte richtungslos im Kreis herum. »Der Bolzen löst sich nicht auf, verflucht noch mal!«

»Die anderen drei Jäger auch nicht. Nur ihr Anführer«, stellte Eljazokad fest.

»Und die phantastischen Waffen bleiben uns auch erhalten«, frohlockte Hellas. »Bedient euch, Jungs, solche Fabrikate habe ich noch nie zuvor gesehen.«

Rodraeg mußte sich am Mast festhalten, um nicht dem Seegang nachzugeben und zu stürzen. »Das sind Mammutjägerwaffen, Hellas. Die werden uns mit Sicherheit kein Glück bringen.«

»Mann, vier Schuß hintereinander ohne Nachladen!« protestierte der Bogenschütze. »Das *wird* uns Glück bringen, weil es unseren Gegnern Unglück bringt!«

»Nein, laß es«, riet ihm auch Eljazokad. »Wer weiß, mit welcher Magie sie behaftet sind. Woher sie stammen. Ob sie sich nicht gegen uns richten.«

»Deiner Meinung nach richtet sich ja jede Waffe gegen uns«, versetzte Hellas unzufrieden, legte die Armbrust aber ab. »Wenn man so was in Händen hält, wagen es nicht mehr allzu viele, einen anzugreifen.«

»Laßt uns jetzt lieber von hier verschwinden«, sagte Rodraeg. »Wir haben eine einmalige Chance erhalten. Die Wandryer werden ein treibendes, gestohlenes Schiff entdecken, mit drei fremdartigen Leichen an Bord. Da haben sie dann jemanden, dem sie die Zerstörung des *Sturmhauses* und die Befreiung des Gefangenen anlasten können.«

»Und wer soll die drei getötet haben?« fragte Eljazokad.

»Der vierte. Der, der auf magische Weise aus seinen Kleidern verschwunden ist. Oder nackt ins Meer gesprungen ist, um zu entkommen. Ihn können sie suchen. Mit der Suche nach ihm können sie wertvolle Zeit verlieren. Inzwischen sind wir über alle Berge.«

»Wir müssen Alins abholen«, ächzte Bestar, der sich notdürftig mit einem Seil das Bein abband, um die Blutung zu stoppen, bis sie Zeit fanden, den Bolzen aus seinem Bein zu entfernen.

»Ja. Aber der *Haefr Haefn* liegt am östlichen Stadtrand. Wir können Wandry umrunden und die Kutsche von außerhalb erreichen, ohne in irgendwelche Schwierigkeiten zu geraten.«

»Ich muß noch einmal kurz in die Stadt«, widersprach Eljazokad bestimmt.

»Ich auch«, stimmte Hellas mit ein.

Rodraeg war nur einen Augenblick lang irritiert. Dann merkte er, daß er nicht mehr die Kraft für eine Meinungsverschiedenheit hatte. »Na gut. Dann … können wir wenigstens auch Danahe Bescheid geben, wo wir das Fischerboot an Land gebracht haben. Geht zu zweit und paßt aufeinander auf. Geratet nicht an irgendwelche Suchtrupps, in der Stadt wird einiges los sein. Verständigt Danahe und Alins. Wir treffen uns dann außerhalb an der Klippenstraße, wo wir uns von der Kutsche getrennt hatten. Und jetzt laßt uns endlich losrudern, möglichst außer Sichtweite der Stadt um den Hafen herum, und dort irgendwo landen.«

Allzuviel Zeit hätten sie nicht mehr gehabt. Als sie in gerader Linie vom Einmaster der Jäger wegruderten, sahen sie, wie sich zwei schnelle Zweimaster aus dem Hafen lösten und Kurs nahmen auf den Schauplatz ihres letzten Gefechts. Eljazokads Lichtblitz war tatsächlich bemerkt worden.

Bestar legte sich trotz seiner Verwundung beim Rudern mächtig ins Zeug. Hellas und Eljazokad zogen den anderen Riemen durchs Wasser, während Rodraeg, der völlig entkräftet war und ein nach dem Kampf aufgekommenes Zittern zu unterdrücken versuchte, sich ausruhte.

In unmittelbarer Nähe des Hafens waren die Klippen zum Anlanden zu steil, aber etwa eine Meile weiter südlich fanden sie eine Bucht aus zerbrochenem Gestein. Dort zogen sie mühsam das Boot in Sicherheit und machten sich an den Aufstieg, bis sie die Küstenstraße erreichten. Rodraeg und Bestar versteckten sich im Gebüsch, wo Rodraeg nun endlich die Zeit fand, Bestar beim Herausziehen des Armbrustbolzens zu helfen, während Eljazokad und Hellas sich auf der Straße nach Wandry begaben.

Über der Stadt hing immer noch Rauch. Brennende Trümmer waren in einem Umkreis von vierhundert Schritten auf andere Dächer herabgeregnet und hatten so manchen Schwelbrand entfacht, aber im großen und ganzen hatte Wandry aufgrund der Feuchtigkeit seiner Baumaterialien Glück gehabt. Alle Brände waren unter Kontrolle. Dennoch herrschten in den Gassen und auf den Verbindungsbrücken immer noch große Aufgeregtheit und Verunsicherung.

Zuerst suchten Eljazokad und Hellas das Versteck der *Haie* auf, wo Hellas sich von den Jungen verabschieden wollte.

»Das wart ihr, das mit dem *Sturmhaus*, oder?« fragte Queckten grinsend.

Hellas grinste zurück. »Sagen wir es mal so: Ich hatte euch doch versprochen, daß in Wandry bald eine Position frei werden wird.«

»Du kannst jederzeit bei den *Haien* anfangen, Weißkopfadler. Als meine rechte Hand.«

»Oh, das klingt ja unschlagbar. Wieviel wirft das denn so ab im Mond?«

»Genug.«

»Genug für ein Kind vielleicht. Das hier wollte ich dir noch geben.« Hellas zog eins seiner Wurfmesser aus seinen Rucksackschlaufen und schleuderte es in die Mitte der Wurfscheibe, die immer noch an der Wand aufgemalt war. »Damit du das nächste Mal nicht wieder die Ausrede hast, meine Messer seien besser als deine.«

»Nur das eine? Und womit sollen meine Männer üben?«

Hellas blickte zu Boden. Dann warf er auch noch sein zweites und drittes Messer in die Zielscheibe. Queckten sagte kein »Danke«. Aber die Gesichter der übrigen *Haie* leuchteten wie Lampions.

»Von uns wird man noch hören«, sagte Queckten nach dem letzten Händedruck.

»Ja. Von uns auch.«

Der Bogenschütze und der Magier gingen weiter in die Stadt.

Te Scoenheit war der nächste Halt. Eljazokad ging in das Zimmer hinauf, in dem Ronith bis gestern früh auf ihn gewartet hatte. Das Zimmer war noch nicht neu vermietet, es roch noch nach ihr und der ganz speziellen Energie, die sie beide in diesem Raum entfesselt hatten.

Sie hatte keine Nachricht hinterlassen. Aber auch nicht sein Hemd wütend auf den Boden geschmissen. Sie mußte gegangen sein in einer Mischung aus Sorge und Enttäuschung, unerfülltem Verlangen und drängendem Pflichtgefühl gegenüber den *Geblendeten.* Eljazokad stellte sich vor, wie sie sein schwarzes Hemd trug, und nichts darunter.

Seitdem war viel geschehen. Das Stadtschiff von Tengan. Der Name seines Vaters. Der Gefangene. Die Wale. Der Jäger mit den Mandelaugen. Aber all dies kam ihm nur gleichbedeutend wichtig vor, und Ronith bedeutete ein kleines bißchen mehr.

Er atmete sie noch einmal ein, dann ging er hinunter zu Hellas.

Das vorgelagerte Gebiet rings um das zerstörte *Sturmhaus* mieden sie weiträumig, um nicht Yrmenlafs aufgebrachten Seeräubermannschaften aufzufallen, die den gesamten Hafenbereich durchstreiften auf der Suche nach jemandem, den sie beschimpfen und erschlagen konnten. Danahe war zu Hause und hatte auf sie gewartet. Sie beschrieben ihr die Stelle, wo der Fischer sein Boot wiederfinden konnte, erfuhren von ihr den ungefähren Stand der Wandryer Aufräumarbeiten – ihre Söhne hielten sie in dieser Hinsicht auf dem laufenden – und erzählten ihr in raschen Worten, was tatsächlich vorgefallen war. Das Schicksal des Gefangenen machte sie ebenso betroffen wie der höchstwahrscheinlich endgültige Abschied der Gezeitenfrau.

»Wer wird jetzt Stadtkapitän?« fragte Eljazokad nach einigen Momenten des Schweigens. »Ohter?«

Die Treidelmagierin schüttelte den Kopf. »Ohter hat kein Interesse daran, Verantwortung in den tagtäglichen Mühlen der Stadtpolitik zu übernehmen. Er hat genug zu tun mit seinem Rotleuchtenviertel und seinen Krabben, die er jetzt, wo die Gezeitenfrau weg ist, hemmungslos abfischen kann. Scirham Sceat wird sich um den Posten des Stadtkapitäns reißen. Aber wenn wir Pech haben, wird Yldest das Rennen machen. Die naheliegendste Erklärung für die Vernichtung des *Sturmhauses* ist ein Anschlag aus Skerb. Yldest wird das Ganze so hindeichseln, daß die Wandryer ihm eine große Racheflotte finanzieren.«

»Aber es gibt deutliche Hinweise auf die tatsächliche Identität des *Sturmhaus*-Zerstörers«, argumentierte Eljazokad. »Die gefesselten Wachtposten auf Yrmenlafs Hauptschiff sind bereits gefunden worden. Die verwaiste Zelle des Gefangenen ist für jedermann zu besichtigen.«

»Wenn es Yrmenlafs Männer waren, die die *Aglaeca* zuerst betreten haben, werden sie das großartig vertuschen können«, widersprach ihm Danahe mit einem nachsichtigen Lächeln. »Sie werden ihre gefesselten Kameraden befreien und sämtliche verräterischen Spuren in der Zelle beseitigen. Dann sagtet ihr, daß die drei Toten auf dem Einmaster wild und barbarisch aussehen. Das könnten gut Skerber Söldner sein. Da für den einfachen Bürger diese ganzen Vorkommnisse weder nachvollziehbar noch nachprüfbar sind, kann ein geschickter Redner alles Denkbare mit der Wahrheit anstellen.«

»Aber es ist doch Wahnsinn, daß der Krieg zwischen Wandry und Skerb dadurch angefacht wird, daß wir letzten Endes nichts anderes getan haben, als Buckelwale zu retten!«

Hellas legte dem aufgebrachten Magier die Hand auf die Schulter. »Mach dir nichts draus. Wenn wir die Wale nicht gestoppt hätten, hätten sie Wandry verwüstet – und die Wandryer hätten auch dafür die Skerber verantwortlich gemacht. Solche Konflikte schreiben ihre eigenen Gesetze, die kann man nicht aufhalten und nicht abschwächen. Man kann sich nur abwenden und die Verblendeten sich selbst überlassen.«

Eljazokad blickte zwischen Danahe und Hellas hin und her.

Dann drückte er die Treidelmagierin fest an sich, verabschiedete sich und wünschte ihr und Wandry viel Glück. Hellas hob nur lässig die Hand zum Abschiedsgruß, dann schloß sich Danahes Haustür hinter ihnen.

Sie gingen durch Seitengassen zum *Haefr Haefn*, wo sie Alins Haldemuel antrafen, der die bereits fertig angeschirrten Pferde bürstete.

»Ich habe mir schon gedacht, daß ihr bald hier aufkreuzt. Nach dem, was heute morgen los war, ist abzureisen wohl eine gute Idee für alle Fremden.«

»Die anderen warten ein Stück weit die Küstenstraße hinauf«, erklärte Hellas knapp.

Sie fuhren aus der Stadt, ohne durch Kontrollen behelligt zu werden. Die Garde hatte zu wenig Männer für eine Abriegelung, und Yrmenlafs Leute durchkämmten nicht die vornehmen Außenbezirke, sondern eher den Wasserbereich.

Rodraeg und Bestar traten auf die Straße, als die komplett überholte *Slaarden-Edolarde*-Kutsche sich näherte. Bestar sah bleich aus und hinkte, der Bolzen war entfernt, die Wunde behelfsmäßig versorgt. »In vier Tagen sind wir wieder in Tyrngan, da werden wir uns beide noch mal von Nerass untersuchen lassen«, munterte Rodraeg den zerknirschten Klippenwälder auf.

»Rodraeg?« fragte Eljazokad, der in der geöffneten Kutschentür stand, als die beiden einstiegen.

»Ja?«

»Wenn ich der Küstenstraße weiter folgen würde nach Fairai ... weil ich dort noch etwas zu erledigen hätte – könnte ich dann nachkommen nach Warchaim?«

»Du kannst tun und lassen, was du möchtest. Du kannst mit uns zusammen reisen oder getrennt von uns auf anderen Wegen. Du bist uns in Warchaim jederzeit willkommen. Aber falls wir dort den nächsten Auftrag bekommen, brechen wir sofort auf und können nicht auf dich warten. Und dann wird es möglicherweise schwierig, uns wiederzufinden, während wir unterwegs sind.«

»Stimmt.« Eljazokad wog ab. *Der Fährte des Mammuts folgen.* Oder Ronith wiedersehen, ihre Enttäuschung mit Küssen heilen, ihre Sorgen zerstreuen. Sein albernes, unwichtiges schwarzes Hemd zurückerhalten.

Er lächelte. »Dieses kleine Mammut bewegt sich schneller, als einem lieb sein kann.«

Er stieg ein und schloß die Kutschentür hinter sich.

Alins schnalzte mit der Zunge und das Gespann zog an.

Epilog

Udin Ganija kniete nackt auf dem kalten Stein. Seine rechte Hand war aufgestützt, sein Rücken und Nacken gebeugt. In wirren Mustern floß sein blaues Haar über den Fels. Die Stimme kam von überall her und war dennoch nicht laut.

»Wir sind enttäuscht, Udin, sehr enttäuscht. Wir haben dich nicht ausgebildet und dir drei starke Krieger mitgegeben, damit ihr alle von Träumern erschlagen werdet.«

»Es ist mir ein Rätsel, wie das passieren konnte. Sie haben uns geblendet mit einem magischen ...«

»Schweig! Merkst du denn nicht, wie demütigend es ist, für ein Versagen auch noch Erklärungen zu finden? Ach, Udin. Hättet ihr wenigstens zehn oder fünfzehn der Wale getötet, hätten wir genug Energie gehabt, deine Gefährten auch mit zurückzuholen. Aber so? Nur ein einziges Ungeheuer auf der gesamten Reise in den Westen? Ihre Gebeine werden verrotten in der Welt, gegen die wir uns stemmen müssen!«

Ganija schloß die Augen, um dem Schmerz und der Scham und dem Wissen um die Wahrheit dieser Worte Herr zu werden. »Es waren gute Männer. Wir haben Jahre zusammen gejagt. Wir hatten reiche Beute erhofft bei den Walen. Nie hätte ich gedacht, daß sich uns jemand entgegenstellt. Ihr sagtet uns, niemand weiß von den Walen.«

»Niemand wußte von den Walen, davon gingen wir aus. Wir haben uns wohl geirrt. Die Träumer holen auf. Hast du die, die dich erschlugen, wiedererkannt? Es waren dieselben, die schon den Wolf begleiteten. Einmal kann das ein Zufall sein. Zweimal wohl kaum.«

»Was folgert ihr daraus?«

»Daß sie von uns wissen. Daß es Träumer gibt, die den Auftrag haben, vor uns am Ort des Geschehens zu sein und unsere Aufgabe zu vereiteln. Das ist schlecht. Das ist ausgesprochen schlecht. Die Zeit läuft uns davon. Die Götter ziehen immer weiter. Unsere Halteseile reißen. Bald werden die ersten Provinzen ins Grundlose stürzen.«

»Laßt mich noch einmal zurückkehren. Dieses Mal werde ich nicht versagen. Ich gelobe es!«

»Du gelobst es! Du hast viel gelobt in den vergangenen Jahren. Aber all dein Kämpfen und Wüten war nicht fruchtbar genug. Wir werden unsere Vorgehensweise ändern müssen. Es genügt nicht mehr, die Ungeheuer zu vernichten. Wir müssen nun auch die Magier töten. Und alle Spuren führen in den Norden. Dort wandert der mächtigste Magier der Träumer durch das Land, das sie das Land der Affenmenschen nennen. Und es sind noch andere dort oben, die ihn beobachten. Andere, so machtvoll und alt, daß selbst unsere Augen sie nicht klar erkennen können.«

»Dann schickt mich wieder hinüber auf die andere Seite, und ich gehe nach Norden.«

»Aber so einfach wird das nicht sein. Sollen wir alle Energie, die dein Wirken uns bislang gegeben hat, nur darauf verwenden, dich aufs neue hinüberzuschicken? Das wäre töricht. Wir müssen warten, bis sich uns ein Durchschlupf bietet. Und am allerbesten wäre es, wenn diejenigen, die dich erschlugen, dir dieses Tor öffnen.«

»Können sie das von ihrer Seite aus tun?«

»Nein. Wir müssen sie herüberholen. Durch Träume, oder besser noch: über die Grenze des Schmerzes.«

»Vollbringt dies, dann vollbringe ich das andere.«

»Bis dahin sollst du jedoch nicht untätig sein. Übe dich an den Scherendrachen der Dreifarbenländer und den Einhörnern der Glasgrassteppen. Und das Mammut, das in den Abgrund stürzte, hat überlebt und ist euch so entkommen, ein einziges winziges Kind, das alle Macht der Mammuts als sein Erbe trägt. Kehre zurück nach Uesch, wo Schnee von weißer Farbe ist, und färbe ihn rot, damit er deiner Heimat ähnelt. Du wirst ohne Waffen gehen müssen, denn auch die sind auf der anderen Seite geblieben.«

Ganija erhob sich. Sein Stand war wieder fest, die Wunden nur noch ferne Erinnerungen. »Ich habe verstanden und danke euch für euer Vertrauen.«

»Enttäusche uns nicht mehr. Der Preis dafür ist unermeßlich.«

Die Stimme ging fort.

Udin Ganija war jetzt allein.

Rot begann der Schnee zu fallen.

Glossar

Zeitrechnung

Man schreibt das Jahr 682 n. K. (= nach der Königskrone, also dem Jahr, in dem König Rinwe die Provinzen und Herzogtümer des Kontinents unter einer Krone einte und eine neue Zeitrechnung einführte, die die bisherigen »provinziellen« Kalender ablöste).

Die jetzige Königin Thada wurde im Jahre 678 inthronisiert, ist also erst seit vier Jahren an der Macht.

Götter

Der Pantheon des Kontinents ist unterteilt in die vier Oberen Götter und die sechs Unteren Götter, welche den Oberen Göttern als Unterstützung entweder einzeln oder paarweise zugeordnet sind.

Die vier Oberen Götter repräsentieren die vier Elemente:

- Afr = Feuer, aber auch: Männlichkeit, Schmiedekunst, Leidenschaft, Kraft
- Tinsalt = Luft, aber auch: Wind, Sturm, Ideen, Geister, Vögel
- Delphior = Wasser, also Flüsse, Seen, Meer und Regen, aber auch: Weiblichkeit, Fische, Wandelbarkeit, Seefahrt
- Kjeer = Erde, aber auch: Ackerbau, Pflanzen, Landtiere, Familie, Heilkunde.

Afr zugeordnet sind zwei Untergötter: Lun = Sommer, Senchak = Krieg; Tinsalt zugeordnet ist ein Untergott: Arisp = Frühling, Kinder; Delphior zugeordnet ist ein Untergott: Hendelor = Winter, Eis, Schnee; Kjeer zugeordnet sind zwei Untergötter: Bachmu = Herbst und Gold, Helele = Silber und das Alter.

Seit alters her gibt es einen Streit unter Priestern, Gelehrten und auch Gläubigen, ob diejenigen Oberen Götter, die zwei Hilfsgötter haben, mächtiger sind als die mit nur einem Hilfsgott, oder weniger mächtig, da sie schließlich zwei Helfer benötigen statt nur einen.

Jedenfalls ist das Pantheon asymmetrisch, was für Bewegung sorgt und Energie.

Kalender

Das Jahr der Zeitrechnung n. K. ist in zwölf Monde und vier Jahreszeiten unterteilt. Jede Jahreszeit ist einer (unteren) Gottheit zugeordnet, so daß sich folgendes Schema ergibt:

1. Taumond	
2. Regenmond	Gottheit: Arisp
3. Blütenmond	
4. Wiesenmond	
5. Sonnenmond	Gottheit: Lun
6. Feuermond	
7. Rauchmond	
8. Blättermond	Gottheit: Bachmu
9. Nebelmond	
10. Frostmond	
11. Schneemond	Gottheit: Hendelor
12. Eismond	

Um den Kalender auf unseren umzurechnen, nimmt man einfach den Taumond als März, den Regenmond als April und so weiter bis hin zum Eismond Februar. Auf dem Kontinent beginnt jedes Jahr mit dem Frühlingsanfang und endet mit dem Ende des Winters, womit ein kompletter Lebenszyklus symbolisiert wird.

Jeder der zwölf Monate hat dreißig Tage. Zusätzlich gibt es einmal im Jahr eine fünf- oder viertägige Zeit, die *Sternentage* genannt und mit Fasten und Feiern verbracht wird. Die *Sternentage* wandern von Jahr zu Jahr nach hinten, d. h., wenn sie im letzten Jahr noch zwischen Wiesenmond und Sonnenmond lagen, so werden sie dieses Jahr zwischen Sonnenmond und Feuermond liegen und nächstes Jahr zwischen Feuermond und Rauchmond.

Da jeder Monat genau dreißig Tage hat, dauert eine Woche zehn Tage, was den Monat somit in drei Drittel unterteilt. Man spricht dann z. B. im Schneemond auch von *Anfangsschnee*, *Mittelschnee* und *Endschnee*.

So etwas wie ein gesetzlich festgelegtes Wochenende gibt es nicht. Man kann davon ausgehen, daß jedes Geschäft an sieben Tagen der zehntägigen Woche geöffnet hat und daß sich z. B. zwei Bäcker, die in derselben Gegend wohnen, aufeinander einspielen, so daß Bäcker B an den Tagen geöffnet haben wird, an denen Bäcker A Ruhetag hat. Der Vorteil dieses sehr freien und individuellen Systems liegt darin, daß man an jedem Tag einkaufen kann.

Die einzigen gesetzlich – oder besser: religiös – wirklich festgelegten Feiertage im Jahr sind die vier Göttertage jeweils in der Mitte ihrer Jahreszeiten: das *Arispfest* am 15. Regenmond, das *Lunfest* am 15. Sonnenmond, das *Bachmufest* am 15. Blättermond und das *Hendelorfest* am 15. Schneemond.

Darüber hinaus gibt es noch regional begrenzte Feiertage. So wird in Aldava der Geburtstag des derzeitigen Throninhabers gefeiert (momentan: 24. Feuermond), in den Sonnenfeldern der *Tag der Befreiung* (2. Nebelmond), in der Festungsstadt Galliko der *Tag der blutenden Stufen* (29. Eismond) und in der Provinz Hessely der Jahresanfang (1. Taumond).

Zeitmessung

Ein Tag hat vierundzwanzig Stunden, gemessen nach Sonnenuhren oder – in größeren Städten – auch nach kunstvollen Sand- oder Wasseruhren.

Der Begriff »Minute« ist unbekannt, man spricht von den Sandstrichen einer haushaltsüblichen Sanduhr. Fünf Sandstriche (ungefähr fünf Minuten) werden als *Zwölftelstunde* bezeichnet. Zehn Sandstriche sind eine *Sechstelstunde.* Fünfzehn Sandstriche eine *Viertelstunde.* Zwanzig Sandstriche eine *Drittelstunde.* Dreißig Sandstriche eine *Halbe Stunde.* Fünfundvierzig Sandstriche eine *Dreiviertelstunde.* Für Sekunden gibt es keine Messung. Für sehr kurze Zeiteinheiten sagt man Moment, Augenblick oder Sandstrichbruchteil.

Andere Maßeinheiten

Statt »ein Meter« sagt man ein *Schritt*; tausend Schritt sind eine Meile.

Kleinere Maßeinheiten als ein Schritt sind: ein *Fuß* (etwa 30 Zentimeter, also etwa ein Drittelschritt), eine *Handbreit* (etwa zehn Zentimeter), ein *Fingerbreit* (entspricht zwei Zentimetern) und ein *Haarbreit* (Millimeterbereich).

Flüssigkeiten werden wie bei uns in Litern gemessen. Die Bezeichnung »Kilogramm« dagegen ist unbekannt, statt dessen sagt man *Festliter*. 70 Festliter sind ein *Mannsliter*, zehn Mannsliter (also etwa 700 Kilogramm) ergeben einen *Ochsliter*.

Die Meere

Der Kontinent ist die einzige bekannte Landmasse im endlosen Ozean der Götter. Entsprechend den vier Himmelsrichtungen tragen die den Kontinent umgebenden Meere Namen, die den vier Elementen zugeordnet sind:

- im Westen, wo die Sonne untergeht und das Wasser feurig leuchten läßt, die *Glutsee*, in der die Piraten aus Skerb und Wandry einen seit etwa fünfzehn Jahren immer heftiger werdenden Krieg gegeneinander führen
- im Norden die von Eisschollen überwucherte *Eissee*
- im Osten die schwer befahrbare *Sturmsee*
- im Süden die *Sandsee* mit ihrem klaren blaugrünen Wasser und den herrlichen Stränden

Währung

Das gebräuchliche Zahlmittel auf dem Kontinent ist der *Taler*, eine versilberte Münze mit dem aufgeprägten Profil von König Rinwe. Wertvoller als der Taler ist der *Goldtaler*, der zehn Talern entspricht. Als Unterwährung benutzt man *Kupferstücke*, deren Wert ein Zehntel eines Talers ist.

Post

Zu den größten Errungenschaften von König Rinwes Regierungszeit gehört die Einführung eines Postsystems, das Kontakte innerhalb des gesamten Kontinents ermöglicht. Vorher konnte man höchstens private Boten anheuern oder Brieftauben züchten, seit König Rinwe gibt es jedoch in jeder nennenswerten Ortschaft eine königliche Postreiterstelle, in der regelmäßig Post aus allen Richtungen eintrifft und von der aus man Post in jede Richtung verschicken kann. Die Postreiter sind deutlich schneller als ein herkömmlicher Reisender und bewältigen 70 bis 100 Kilometer pro

Tag. Oft wird nicht so dringliche Post auch Kutschen mitgegeben, die zwischen Städten verkehren.

Der Nachteil des Systems besteht in seiner Kostenintensität, weshalb sich nur betuchtere Bürger den königlichen Postreiterdienst regelmäßig leisten können.

Magier besitzen noch andere, zeitverlustfreie Möglichkeiten der Kommunikation, behalten diese aber in der Regel für sich.

Namenregister

Abim, Pargo – Bauer in Kuellen
Acennan – Sänger und Anführer der Musikantengruppe *Die Geblendeten*
Achildea, Gimon – Wortführer einer Terreker Bürgerbewegung
Arisp – der Gott des Frühlings und der Kinder
Bachmu – die Göttin des Herbstes und des Goldes
Baitz, Lerte – Bogenmacherin
Baitz, Teff – Schmied und Waffenhändler in Warchaim
Barsen, Yoich – Warchaims wohlhabendster Einwohner
Beceorfan – gilt als Wandrys bester Seemann, *Sturmhaus*-Ratsmitglied
Borgondi, Hellas – Bogenschütze und *Mammut*-Mitglied, Deserteur der königlichen Armee
Breklaris, Samistien – besitzt einen »Kräuter & Drogen«-Laden in Warchaim
Cajumery, Cajin – er kümmert sich um das Haus des *Mammuts*
Carhard & Bernsten – ein privater Kurierdienst
Cingeco – Fängermagier, der vor über zweitausend Jahren lebte
Clegos, Stav – der Bürgermeister von Wandry
Danahe – Treidelmagierin in Wandry
Dasco – ein Mitreisender
Delbane, Rodraeg Talavessa – trägt schwer an all seinen Fragen
Delbane, Severo – Rodraegs Onkel, ein Abenteurer und Säbelfechter
Delphior – der Gott des Wasserelementes
Deterio, Wellingor – koordinierte im Auftrag der Firma *Batis* den Schwarzwachsabbau in Terrek, der durch *Mammut* und *Erdbeben* gestoppt wurde
Divon, Baladesar – Rodraegs bester Freund, lebt mit Frau und Töchtern in Aldava
Dulf – Familienname dreier magisch begabter Brüder, die auch unter dem Namen *Dreimagier* bekannt sind
Edolarde, Slaarden – Begründer eines schon seit über siebenhundert Jahren existierenden Kutschenbetriebes
Eljazokad – ein junger Lichtmagier
Eria – in Aldava wohnende Verbindungsfrau zum *Kreis*

Falanko, Malk – herrschte vor zwei Jahrzehnten mit seiner Räuberbande im Gebiet der Kjeerklippen

Figelius, Baron Ortric – residiert im Warchaimer Schloßbezirk, Stadtrat

Fremmender, Selt – alter klippenwälder Abenteurer, aus seinen Schnitzbildern und Erzählungen bezieht Bestar sein Wissen von der Welt

Galin – Galin von Asteria, der wohl mächtigste Magier des Kontinents

Ganija, Udin – er stammt von der anderen Seite

Geskara – eine Heilkundige aus Terrek

Geywan – Anführer einer Diebesbande in Wandry

Gunurd – Mitglied der *Haie*, einer Wandryer Jugendbande

Haldemuel, Alins – Kutscher für *Slaarden Edolarde*

Harpa, Adena – Besitzerin eines kleinen Hofes am westlichen Larnwaldrand

Harpa, Adeni – die Tochter der Harpas ist erst sechs Monde alt

Harpa, Terenz – Besitzer eines kleinen Hofes am westlichen Larnwaldrand

Hjandegraan – ein Aldavaer Advokat, bei dem Rodraeg zum Schreiber und Ermittler ausgebildet wurde

Helele – die Göttin des Silbers und des Alters

Iddni – ein Bartendrache aus der Gegend um Terrek

Ijugis – der Anführer der Gruppe *Erdbeben*

Immergrün, Bep – Besitzer des nach ihm benannten großen Ausrüstungshauses von Warchaim

Kjabram – ein Abt des Kjeer im Warchaimer Kjeertempel

Kjeer – der Gott des Erdelementes

Korengan – legendärer Abenteurer und Verfasser des Romans »Das Schwert im Baum«

Leribin, Riban – ein im Körper eines Kindes steckender greiser Magier, Gründer und Oberhaupt des *Kreises*, der dem *Mammut* übergeordnet ist

Lun – der Gott des Sommers

Meckin, Bestar – der Klippenwälder in der *Mammut*-Gruppe

Meldrid – eine schöne Dienerin im Schloß Figelius

Melron, Ryot – Sohn des Terzel Melron von der Roten Wand, jetzt Herumtreiber und Abenteurer

Naenn – Schmetterlingsmädchen und Rodraegs Leitstern

Nerass – ein Heiler in Tyrngan

Oobo – die von Benter Smoi geschaffene Statuette eines hölzernen Kopfes, welche auf Rodraegs Schreibtisch steht

Ohter – befehligt die Krabbenfischer und das Rotleuchtenviertel von Wandry, *Sturmhaus*-Ratsmitglied

Onjalban – ein Wandryer Magier, der am Affenmenschenfeldzug teilnahm

Onouk – eine Kämpferin der Gruppe *Erdbeben*

Parn, Migal Tyg – Bestars bester Freund, der einen Auftrag lang beim *Mammut* war, dann aber zu *Erdbeben* überlief

Phrilio – er gibt sich in Wandry als Magier aus

Queckten – Anführer der Wandryer Jugendbande *die Haie*

Raukar – ein suchender Heimlichgeher

Reidog – einer von Geywans Spießgesellen

Reyren – ein junger Schreiber im Rathaus von Kuellen

Rigan, Skandor – ein steckbrieflich gesuchter Mörder

Rigurd – Besitzer von *Rigurds Stall* in Warchaim

Ronith – eine Klangzauberin, arbeitet mit den *Geblendeten* zusammen

Sceat, Scirham – stammt aus Ferbst und ist jetzt *Sturmhaus*-Ratsmitglied in Wandry

Smoi, Benter – Holzschnitzer, nahm die *Mammut*-Gruppe auf dem Rückweg vom ersten Auftrag mit nach Warchaim

Talta, Sery – ein magischer Verdreifacher

Teckler, Jerennji – ein fahrender Siruphändler

Teoch – einäugiger Galliko-Veteran, gilt in Wandry als Prophet

Timbare – Sprecher eines Stammes von Regenwaldkämpfern

Trinz, Jerik – Maulwurfsfachmann aus der Ortschaft Findel

Yldest – Piratenkapitän, *Sturmhaus*-Ratsmitglied

Yrmenlaf – Wandrys Stadtkapitän

Zarvuer – ein verlorengegangener Vater

Zayl, Cobeni – eine Lederschneiderin

Danksagung

den vier Hauptdarstellern: Frank Herrgoß, Carsten Belz, Mathias Hagen und Jörg-Uwe Zuchold. Unschätzbar ist ihr Beitrag; drei von vielen Lehrmeistern: Herman Melville und seinen beiden deutschen Übersetzern Alice und Hans Seiffert; zwei Langzeitmusen: Sylvia und Janine Scholz; einem Klassiker: »Beowulf«, dem ich einige Namen und Begriffe einer fernen Sprache entliehen habe.
Außerdem: dem sich gründenden und findenden *Pahino!*-Umfeld.
Und: Thorsten Nalazek für das ehrfurchtgebietende »13 Proofs«.
Auch: Noriko und Yukiko für alle japanrelevante Unterstützung.
Sowie: einfach jedem bei *Piper*.

Dies hier ist erst recht für Melanie.

SERIE PIPER

Tobias O. Meißner

Die dunkle Quelle

Im Zeichen des Mammuts 1.
384 Seiten. Serie Piper

In einer phantastischen Welt zieht ein Geheimbund die Fäden: Im Zeichen des Mammuts haben sich der Rathausschreiber Rodraeg, eine Schmetterlingsfrau und andere illustere Gestalten zusammengefunden, um gegen die Umweltzerstörung in ihrer Welt zu kämpfen. Doch schon beim ersten Einsatz in den berüchtigten Schwarzwachsminen werden die Gefährten in die dunkle Hölle der endlosen Stollen und Gänge verschleppt und müssen sich ihren Widersachern in einem tödlichen Duell stellen ... Fantasy, wie sie moderner und spannender nicht sein kann

»Fast überflüssig zu sagen, dass Meißners schriftstellerisches Können überragend ist ...«
Frankfurter Allgemeine Zeitung

05/1904/01/L

Tobias O. Meißner

Das Paradies der Schwerter

Roman. 368 Seiten. Serie Piper

Sechzehn Männer reisen durch eine bizarre, apokalyptische Landschaft, einem Turnier entgegen: In verschiedenen Paarungen sollen sie mit eigens gewählten Waffen gegeneinander antreten. Doch auch wenn ein Preisgeld winkt, geht es in Wahrheit nur um Leben und Tod – und darum, die Sensationsgier des Publikums zu befriedigen. Und je weiter das brutale Schauspiel voranschreitet, je mehr Männer unter der sengenden Sonne fallen, desto deutlicher begreifen die Teilnehmer, daß es am Ende vielleicht gar keinen Sieger geben wird ...

Mit meisterhafter Sprache webt Shooting-Star Tobias O. Meißner eine fesselnde Mischung aus Thriller und Fantasy.

05/1935/01/R

SERIE PIPER

Markolf Hoffmann

Nebelriss

Das Zeitalter der Wandlung 1.
510 Seiten. Serie Piper

Fremdartige Invasoren fallen in die Welt Gharax ein und reißen die magischen Quellen an sich, auf die Kaiser, Götter und Priester ihre Macht gründeten. Ein Bündnis der letzten freien Reiche könnte die Feinde aufhalten, doch zwischen den Ländern herrschen Hass und Intrigen. Fürst Banister wagt eine gefährliche diplomatische Mission. Nur ein junger Zauberlehrling, der über die Macht verfügt, in die bizarre Dimension der Fremden einzutauchen, wird die Welt retten können – doch er fällt dem Feind in die Hände …

Mit diesem Band beginnt der große Zyklus des neuen Shooting-Stars deutscher Fantasy!

05/1803/01/L

Markus Heitz

Trügerischer Friede

Ulldart – Zeit des Neuen 1.
448 Seiten. Serie Piper

Nach der großen, verheerenden Schlacht ist auf dem Kontinent Ulldart wieder Frieden eingekehrt. Doch die Ruhe trügt: Während Lodrik sich immer weiter zurückzieht, plant seine erste Frau Aljascha, die Herrschaft über Tarpol zu erlangen. Und im fernen Norden ist jemand erschienen, den alle für tot gehalten haben. Die ehemaligen Kampfgefährten müssen erneut zusammentreffen, um die Katastrophe zu verhindern …

Mit dem Zyklus »Zeit des Neuen« kehrt der Bestsellerautor auf den Kontinent Ulldart zurück – ein idealer Einstieg für Neuleser und zugleich ein Wiedersehen mit den beliebtesten Helden und größten Schurken.

05/1869/01/R